Erzwungene Wege

Roman nach einer wahren Geschichte

ANNETTE OPPENLANDER

Umschlaggestaltung, Illustration: www.fiverr.com/akira007
Lektorat, Korrektorat: Kerstin Brömer
Übersetzung: Annette Oppenlander
Herausgeber: Annette Oppenlander
ISBN e-Book: 978-3-948100-14-8
ISBN Taschenbuch: 978-3-948100-15-5

Bibliografische Information der Deutschen Nationalbibliothek:
Die Deutsche Nationalbibliothek verzeichnet diese Publikation in der Deutschen Nationalbibliografie; detaillierte bibliografische Daten sind im Internet über http://dnb.d-nb.de abrufbar.

WIDMUNG

Für alle Kinder, die Kriege erdulden, weil ihre Regierungen sie
im Stich lassen

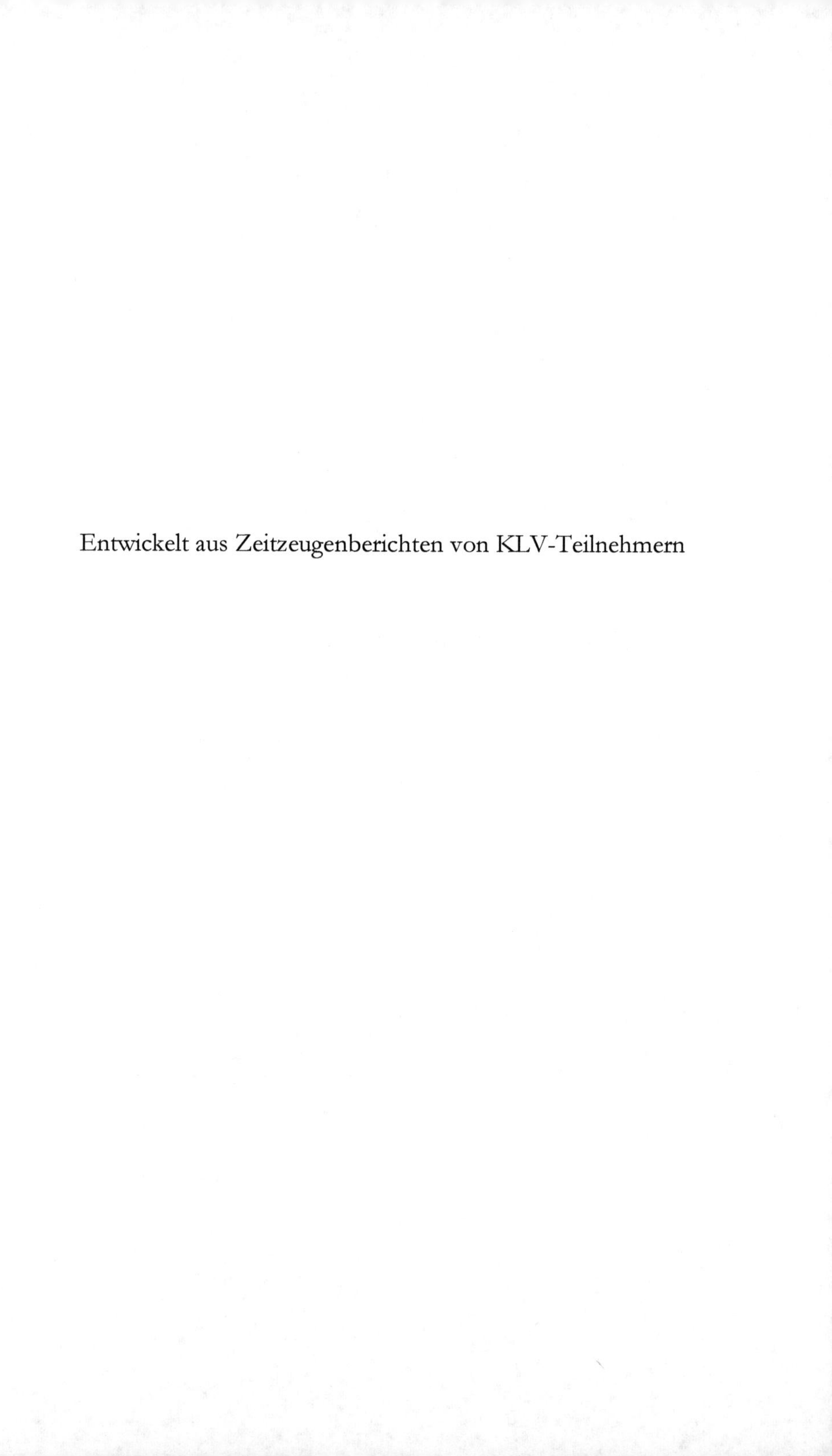

Entwickelt aus Zeitzeugenberichten von KLV-Teilnehmern

WEITERE BÜCHER DER AUTORIN

Vaterland, wo bist du? Roman nach einer wahren Geschichte
(deutsche Übersetzung der achtfach preisgekrönten
Originalausgabe »Surviving the Fatherland«)
47 Tage: Wie zwei Jungen Hitlers letztem Befehl trotzten
Immer der Fremdling: Die Rache des Grafen
Ewig währt der Sturm
Leicht wie meine Seele
Bis uns nichts mehr bleibt
Endlos ist die Nacht
Das Kreuz des Himmels

ENGLISCH

A Different Truth *(Historical Mystery — Vietnam Krieg Era)*
Escape from the Past: The Duke's Wrath I *(Zeitreise Abenteuer*
Adventure Trilogie)
Escape from the Past: The Kid II
Escape from the Past: At Witches' End III
47 Days: How Two Teen Boys Defied the Third Reich
(Novelette)
Surviving the Fatherland: A True Coming-of-age Love Story
Set in WWII *(Historischer biographischer Roman)*
Everything We Lose: A Civil War Novel of Hope, Courage
and Redemption *(Amerikanischer Zivilkrieg)*
Where the Night Never Ends: A Prohibition Era Novel
A Lightness in My Soul: Inspired by a True Story
The Scent of a Storm
A Lightness in My Soul
So Close to Heaven

»Die gesamte deutsche Jugend ist außer in Elternhaus und Schule in der Hitlerjugend körperlich, geistig und sittlich im Geiste des Nationalsozialismus zum Dienst am Volk und zur Volksgemeinschaft zu erziehen.« —Gesetz über die Hitlerjugend von 1936

»Meine Pädagogik ist hart. Das Schwache muss weggehämmert werden. In meinen Ordensburgen wird eine Jugend heranwachsen, vor der sich die Welt erschrecken wird. Eine gewalttätige, herrische, unerschrockene, grausame Jugend will ich … Schmerzen muss sie ertragen. Es darf nichts Schwaches und Zärtliches an ihr sein. Das freie, herrliche Raubtier muss erst wieder aus ihren Augen blitzen. Stark und schön will ich meine Jugend. Ich werde sie in allen Leibesübungen ausbilden lassen. Ich will eine athletische Jugend … Ich will keine intellektuelle Erziehung. Mit Wissen verderbe ich mir meine Jugend. Aber Beherrschung müssen sie lernen. Sie sollen mir in den schwierigsten Proben die Todesfurcht besiegen lernen …« —Adolf Hitler

»Vorwärts! Vorwärts! Jugend kennt keine Gefahren. // Deutschland, du wirst leuchtend stehn, // Mögen wir auch untergehn.« —Baldur von Schirach, Reichsjugendführer und Organisator des Kinderlandverschickungsprogramms (KLV), Volksbuch Deutscher Dichtung, Hrsg. Gerhard Fricke, Junker & Dünnhaupt Verlag, Berlin 1937

»Kollektive Angst erzeugt kollektives Schweigen.« —Claus Günther, KLV-Teilnehmer und Zeitzeuge

Buch eins: Mai 1943 — Juli 1944

KAPITEL EINS

Hilda

Ich wünschte, was mir passiert ist, wäre eine Ausnahme, ein Zufall oder einfach Pech. In Wahrheit war ich Teil einer Massenmanipulation, eines schlauen und verdrehten Plans, erfunden von Hitler und seinen Handlangern.

Das Programm, von dem ich spreche, hieß »erweiterte Kinderlandverschickung« oder »KLV«, Hitlers Massenevakuierungsprogramm für deutsche Kinder und Jugendliche. Sie nannten es ein freudenreiches Programm, das das Ziel habe, Deutschlands Jugend zu schützen und zu pflegen, in wunderbaren Landschaften in den Bergen und am Meer unterzubringen, sie mit den besten Gerichten zu versorgen, ihre Köpfe mit hervorragendem Wissen zu füllen und ihre Körper mit Sport, Spielen und Tanz zu kultivieren.

Alle deutschen Kinder sollten teilnehmen, ob sie drei Monate oder fünfzehn Jahre alt waren. Aber zweifellos galt der Fokus der KLV den Jugendlichen, den elf- bis sechzehnjährigen, die gemeinsam in von der Hitlerjugend organisierten Lagern untergebracht wurden.

Die Geschichte, die hier erzählt wird, ist kein Einzelfall. Im Gegenteil. Die Dinge, die mir und meinen besten Freunden passierten, erlebten Hunderttausende, wenn nicht Millionen Kinder und Jugendliche, alle in Hitlers propagandistischer Maschinerie gefangen und seinem ausgeklügelten Plan ausgeliefert, Deutschlands Jugend vom Einfluss ihrer Familien, Freunde, Nachbarn, Vereine und Kirchen zu entfernen und sie zu nationalsozialistischen Marionetten zu formen.

Solingen, Mai 1943

Gut, ich habe eine halbe Stunde Zeit, bevor Mama von der Arbeit zurückkehrt. Reichlich Gelegenheit, meinen besten Freund Peter nebenan zu besuchen. Kaum geht mir dieser Gedanke durch den Kopf, klingelt es an der Haustür und Peter steht da, rot im Gesicht und außer Atem. Weil er genau achtzehn Meter von uns entfernt im Nachbarhaus wohnt — ich hab's gemessen — weiß ich nicht, was ich von seinem Auftreten halten soll.

»Kann ich reinkommen?«, keucht er, bevor er an mir vorbei in die Küche hastet.

Unsere Wohnung ist klein, bestehend aus drei Räumen mit einem winzigen Wohnzimmer. Ich habe die Fenster geöffnet, um die herrliche Frühlingsluft und das Gezwitscher eines Spatzenpärchens, das unter dem Dachvorsprung nistet, hereinzulassen. Inmitten der Küche steht ein Tisch für vier Personen, obwohl ihn seit Monaten nur Mama und ich nutzen.

Peter sinkt auf einen Stuhl, seine Augen tanzen. Irgendwie wirkt er heute größer, obwohl er sitzt. Er war wieder beim Friseur, sein Haar ist über den Ohren kurz geschoren. Ich mag es länger, weil er dann oben lustige Locken bekommt, aber die Hitlerjugend verlangt von allen Jungen, dass sie ihre Haare so kurz wie Soldaten tragen. Das Beste an Peter sind seine Augen: nicht ganz braun, nicht grün, eine eigene Mischung aus Moos, Rinde und Blättern wie die erdige Palette eines Herbstwaldes.

Wir lieben beide die Natur, vor allem den Wald. Nicht nur, wie er aussieht und riecht – die Eichen und Buchen, deren Wurzeln unter einem Teppich aus Zweigen und zerfallenden Blättern begraben liegen, die Haselnuss- und Wildrosenbüsche oder der blühende Holunder im Frühjahr –, sondern auch die Tiere, die darin leben. Peter kennt sie alle. Letztes Jahr hat er ein Eichhörnchenbaby aufgezogen. Im Moment kümmert er sich um eine Amsel, die aus dem Nest gefallen war.

Seit Jahren verbringen wir sehr viel Zeit im Wald. Vielleicht will er eine dieser Wochenendwanderungen vorschlagen, die den ganzen Tag dauern. Dazu nehmen wir immer eine Thermoskanne, Brot und Marmelade mit. Manchmal erfrischen wir uns an einem Bach oder finden einen Teich zum Schwimmen.

»Heraus damit«, sage ich und mustere ihn, wobei mir auffällt, wie kurz seine Hose geworden ist. Ich weiß, dass irgendwas los ist, denn ich kenne Peter seit Ewigkeiten, kann seinen Ausdruck lesen wie andere die Zeitung.

Peter lehnt sich im Stuhl zurück, schaut dabei die ordentlich gedeckten Suppenschüsseln, Gläser und Löffel für zwei an.

»Irgendwas riecht gut«, sagt er grinsend.

Ich schnaube. Er weiß besser als alle anderen, wie er mich ärgern kann. Nicht mal mein großer Bruder Paul, der vor vier Monaten in den Krieg zog, ist darin so gut.

»Wenn du mir nicht sofort sagst, was los ist, drehe ich dir den Hals um.« Ich werfe ihm einen Blick zu, der hoffentlich drohend wirkt, doch ich kann nicht verhindern, dass sich meine Mundwinkel nach oben ziehen. In Peters Gegenwart geht es mir immer gut, selbst wenn er mich zankt.

»Ist deine Mutter schon zu Hause?«

Ich schüttele den Kopf. Merkt er, dass ich über uns allein zu Hause nachdenke? Wir waren schon oft allein, aber irgendwie kommt mir heute alles anders vor.

Als könnte Peter meine Gedanken hören, streckt er den Arm aus. »Komm her.«

Ich mache einen Schritt, dann noch einen. Meine Knie zittern, als ich meine Hand in seine lege. Seine Nähe nimmt mir den Atem. Ich kann jetzt nicht sprechen, das Blut rauscht wie ein Wasserfall in meinen Ohren. Ich rieche seinen Körper, frischer Schweiß gemischt mit Kamillenseife, so vertraut und —.

»Hier! Für dich.« Peter wedelt mit der Fasanenfeder, die er vor zwei Wochen gefunden hat. Sie ist wunderschön, braun und cremefarben mit einem Muster aus schwarzen Streifen.

»Aber du liebst diese Feder.«

»Sie ist ein perfektes Lesezeichen. Für so eine Leseratte wie dich ... ich meine ...«

Ich nehme ihm die Feder ab, streiche mit ihr meine Wange entlang. Peter hält noch immer meine Hand, sein Gesicht ist so nah, dass ich die winzigen Sommersprossen auf seiner Nase sehen kann. Ist dies der Moment, den ich mir ausgemalt habe? Wird er mich endlich küssen?

»Nächste Woche reise ich mit der KLV nach Pommern.« Peters Grinsen wird breiter. »Unsere Klasse fährt zusammen.«

Es wird still im Zimmer, während das Wort *Pommern* in meinem Kopf widerhallt. *Sag schon was*, kommentiert mein Hirn.

»Wie lang?«, gurgelt es aus mir heraus. Ich stehe noch immer neben ihm, meine Hand von seinen warmen Fingern umschlossen.

»Keine Ahnung. Vielleicht bis zum Herbst oder Weihnachten.«

Während ich meinen Schock zu verbergen suche, reiße ich mich los und haste zum Spülstein. Ich wische unsichtbare Wassertropfen weg, suche nach Worten. Irgendwelche. Ich kann mir nicht vorstellen, ohne ihn hier zu leben. Das Waschbecken verschwimmt. Ich zwinge meine Schultern nach hinten und drehe mich um. »Wo in Pommern?« Ich weiß nur, dass Pommern irgendwo im Norden und östlich von Mecklenburg an der Ostsee liegt.

Peter zuckt die Schultern. »Die Einzelheiten erhalten wir morgen.«

»Was ist mit deiner Mutter?«

Peter sieht mich komisch an. »Was soll mit ihr sein? Ist ja nicht *ihre* Entscheidung.« Er springt auf und kommt auf mich zu. Der Wasserfall ist zurück. »Wird sowieso nicht lange sein, maximal sechs Monate. Ich dachte, du wolltest auch weg.«

Ich schüttele den Kopf. »Ich kann Mama nicht verlassen. Es ist nur …«

»Was?«

»Nichts.« Ich wende mich zum Herd, um seiner Nähe zu entkommen, zwinge mich, Mimik und Tonfall neutral zu halten. »Du gehst besser. Ich muss das Essen fertigmachen«, lüge ich. *Wie kann er sich so freuen, mich zu verlassen?*

»Also gut, ich hau ab. Ich weiß nicht, warum du dich so aufführst«, murmelt er und schiebt sich an mir vorbei zur Tür.

Das Schloss fällt zu und ich lasse den Tränen freien Lauf.

Peter

Was ist nur in Hilda gefahren? Sie ist immer zu Abenteuern bereit, ob es den steilsten Berg zu erklimmen gilt oder wir uns durch Brombeerranken und Brennnesseln kämpfen — sie beschwert sich nie. Hierbei habe ich gedacht, sie würde sich freuen. Klar fahren wir nicht zusammen, aber wer weiß, vielleicht kommt sie ins gleiche Lager. Schließlich ist sie nur eine Klasse unter mir ... in der Achten.

»Peter, warum kommst du so spät? Ich dachte, du würdest unser Brot holen.« Mutters Stimme ist streng, also eile ich in die Küche, wo sie bügelt. Walter, mein kleiner Bruder, lungert auf einem Stuhl und macht Hausaufgaben. Für seine neun Jahre ist er groß und sieht mir mit seinem braunen Haar und den kantigen Schultern ziemlich ähnlich. Aber da hören unsere Gemeinsamkeiten auf. Eine Narbe schneidet seine rechte Braue in zwei. Außerdem geht er mir auf den Nerv, weil er seine Nase überall reinsteckt — und laut ist.

Wie nicht anders zu erwarten, schaut er auf und schreit dramatisch: »Wir verhungern und kratzen ab.« Er rollt mit den Augen, umschließt seinen Hals mit beiden Händen und lässt den Kopf auf den Tisch sinken.

Ich ignoriere ihn und lege einen Arm um Mutters Schulter. »Hab's vergessen.« Ich weiß, wie sehr sie meine Umarmungen schätzt, besonders seit Vater vor drei Jahren eingezogen wurde.

Vorsichtig setzt sie das heiße Eisen auf einen Stein und lehnt sich stirnrunzelnd zurück, was die Falten zwischen ihren Brauen vertieft. »Warum lächelst du? Es sollte dir leidtun. Wir haben nichts zum Frühstück.«

»Ich geh morgen früh.«

»Aber du hast Schule.«

»Erst um neun.«

»Was ist mit meinem Frühstück?«, fragt Walter, offensichtlich wieder lebendig.

»Dann geh ich direkt um sieben.«

Mutter seufzt und tätschelt mir den Rücken. »Also gut. Du hilfst mir besser mit dem Abendessen.« Sie schiebt mich zur Seite, doch dann zögert sie und sieht mich neugierig an. »Was ist mit dir los? Haben wir Post bekommen? Hat Vater geschrieben?«

Ich bemerke die Hoffnung in ihrer Stimme, ihre suchenden Augen auf meiner Hand, als trüge ich einen Brief herein. Schuldgefühle machen sich in mir breit und ich beginne, hin- und herzulaufen.

»Ich gehe ins KLV-Lager in Pommern.« Wie vorhin bei Hilda

senkt sich ein Schatten über Mutters Augen. Ich ergänze schnell: »Du wusstest, dass es so kommen musste. Der Führer will uns in Sicherheit wissen, und die HJ hat alles vorbereitet — wir werden schwimmen, wandern und Lagerfeuer machen.«

Mutter massiert die roten Flecken an ihrem Hals. »Was ist mit der Schule?«

Ich grinse. »Herr Zimmermann, unser Mathelehrer, kommt mit. Er wird dafür sorgen, dass wir Unterricht haben — die meisten Fächer wie hier. Außerdem liebt er Literatur.« Unter uns Schülern heißt Zimmermann nur *Palme*, weil er groß und dürr ist und sein Kopf mit den glatten dünnen Haaren an eine Palme erinnert.

Aber der finstere Ausdruck verharrt auf Mutters Gesicht. »Was passiert, wenn ich dich nicht gehen lasse?« Ihr Blick wandert zum Fenster. »Wir werden ganz allein sein.«

»Hör doch auf! Du hast ... unsere Nachbarn ... Hildas Mutter. Und Hilda kann Sachen für dich erledigen.«

»Das Mädchen hat genug zu tun.« Mutter schaut zum Pappkarton auf der Anrichte. »Was ist mit dem Vogel? Ich habe ihn eben gefüttert, wie du es mir erklärt hast, aber nachts bist du für ihn verantwortlich.«

Verdammt, den hatte ich vergessen. Ich eile zu Alex, der auf einem Stück Zeitungspapier hockt, seine leuchtenden Augen auf mich gerichtet. Seine Beinchen zittern und er schüttelt seine struppigen Federn. Die Flügel sind fast ausgewachsen.

»Hallo Alex, bist du hungrig?« Mit einer Pinzette füttere ich ihm einen Regenwurm. Er schluckt gierig, schüttelt sich erneut und produziert ein winziges Paket Kot, das ich mit einem Löffel entferne. »Guter Junge.«

Ich unterdrücke meine Enttäuschung, Alex zurücklassen zu müssen, und ergreife die Metalldose mit den restlichen Würmern. »Ich hole noch welche. Alex wird noch eine Woche oder zehn Tage brauchen, bis er selbstständig ist.«

Walter springt vom Stuhl und kuschelt sich an Mutter. »Ich werde dir helfen.«

Sie wuschelt durch sein Haar. »Natürlich, mein Schatz.«

Er grinst sorglos und macht sich an mich ran. »Was ist, wenn es dir in dieser KLV nicht gefällt?«

Ein winziger Schauder erfasst mich, aber dann lächele ich.

»Unmöglich. Ich habe die Bilder gesehen. Die Strände sind toll, weißer Sand und riesige Dünen. Und sie sagen, dass wir richtig gutes Essen bekommen — Fleisch und Soße und Pudding.« Ich halte ihm die Wurmdose hin. »Hier. Du hast gesagt, du willst helfen. Warum gräbst du nicht ein paar Würmer aus?«

Als Walter ohne Murren nach draußen eilt, bemerke ich eine Träne in Mutters rechtem Auge. Sie glänzt und schwebt auf den unteren Wimpern, bis Mutter sie ärgerlich mit dem Ärmel fortwischt.

»Mit der Arbeit komme ich zurecht. Aber du bist meine Familie und ich sorge mich ...« Ihre Stimme schwankt. »Wenn Vater etwas passiert ... Du weißt, es sterben mehr und mehr Soldaten. Walter braucht dich auch — vor allem nach der Attacke ...«

Wie könnte ich das vergessen? Walter wurde von zwei älteren Jungen in der Gasse hinter dem Haus verprügelt. Ich schüttele die Erinnerung ab und sage: »Deshalb wollen sie uns Kinder an sichere Orte und weg von den Bombern bringen.« Als Mutter nichts erwidert, spreche ich weiter: »Es gab Bombenangriffe auf Köln. Sie kommen vielleicht bald hierher. Wir haben ständig Luftschutzalarme.« Mein Blick wandert zu den Schulbüchern meines Bruders. »Vielleicht sollte Walter auch wegfahren.«

Abgesehen von einigen Kleinangriffen auf Fabriken ist Solingen bisher verschont geblieben. Die Behörden sagen, die Stadt verstecke sich im Nebel oder unter Wolken und dass die vielen Berge und Täler den britischen Bombenflugzeugen die Arbeit erschweren.

»Was ist, wenn ich Nein sage?« Mutter streckt sich ein wenig, ihre Stimme ist nun lauter.

»Das kannst du nicht!«, schreie ich. »Die gesamte Klasse fährt. Sie haben uns gesagt, dass wir bald keine Schule mehr haben. Die Lehrer fahren mit und ...« Mir fällt auf, dass ich immer noch brülle, und ich spreche leiser weiter. »Soll ich etwa ohne Schule sein?«

»Nein, nein, aber es muss doch einen anderen Weg geben.«

Das Abendessen verläuft schweigsam und ich bin der Erste, der abräumt. Aus den Augenwinkeln sehe ich, wie Walter sitzen bleibt. Er tut so, als würde er arbeiten, aber der Bleistift hängt in der Luft.

Ich zögere, weil ich auf einmal das Verlangen habe, meinen Arm um ihn zu legen. Aber dann erinnere ich mich an meinen Plan und schnappe mir das Trockentuch. Normalerweise freut Mutter sich, wenn ich freiwillig helfe, aber heute Abend gießt sie das heiße Wasser wortlos ins Becken.

»Du wirst nicht so viel kochen müssen«, versuche ich es wieder. »Wir werden Spiele machen, und Wettkämpfe. Wer weiß? Der Krieg ist vielleicht bald aus. Bis Weihnachten bin ich bestimmt wieder zu Hause.«

»Aber —«

Ich stürze zu Mutter und fange ihre Hände, wie die Flügel meines Vogelbabys Alex. »Ich werde dir schreiben — oft. Versprochen.« Heimlich wünsche ich mir, Mutter wäre nicht so schwach. Der Führer sagt, deutsche Frauen sollen mutig und stark sein.

Ein tiefer Seufzer entringt sich Mutters Brust und ich weiß, dass ich gewonnen habe.

KAPITEL ZWEI

Hilda

Die Suppe schmeckt nach Sägemehl und ich nehme einen Schluck Wasser, um sie herunterzuwürgen. Mamas Blick klebt auf mir, aber sie sagt nichts.

Sie schnüffelt nie rum, aber sie ist ebenso verschlossen wie ich, also essen wir schweigend, nur das rhythmische Kratzen der Löffel in den Schüsseln ist zu hören. Ausnahmsweise ist mir nicht nach Nachschlag. Stattdessen stehe ich auf und nehme mir das Geschirr vor, während es Mama zum Sessel am Fenster zieht, wo sie das letzte Licht für ihre Stickarbeit ausnutzen möchte.

Ich verstehe nicht, warum Peter so froh ist, wegzugehen. Ist er überhaupt nicht traurig, mich zu verlassen? Mein Herz hämmert gegen meine Rippen, meine Wangen lodern. *Du bist eine dumme Kuh, Hilda. Er darf es nicht wissen ... niemals.* Meine Gedanken wandern und ich merke, wie müde meine Arme sind. Selbst das Heben der Teller aus dem Seifenwasser ist zu viel. Ich beiße die Zähne zusammen und beginne, abzutrocknen, wünsche mir ausnahmsweise, dass die Arbeit länger dauern würde. Heute Abend kann ich keinesfalls neben Mama sitzen, mich unterhalten oder dem Volksempfänger lauschen. Dem hört Mama jeden Tag zu, als ob sie so Pauls Stimme und Gesundheitszustand herbeibeschwören könnte.

Ich sollte lieber ins Bett gehen und das neue Buch lesen, Erich

Kästners *Fabian*. Meine Lehrerin, Fräulein Heinrich, hat es mir heute Morgen unter dem Siegel der Verschwiegenheit gegeben. Sie weiß, wie gern ich lese, dass ich nichts vergesse, aber das Buch ist verboten. Sie erwähnte, es sei eigentlich für Erwachsene, was immer das bedeuten mag.

Nicht dass ich je die Dinge gebrauchen werde, die wir lernen. Mädchen sollen viele Kinder für das Vaterland bekommen. Ich weiß nicht, ob ich dem zustimme. Ich weiß nicht mal, ob ich Kinder will — jedenfalls nicht bald.

Ausgenommen … Peters Gesicht schwebt vor meinem inneren Auge. Er grinst, während er mich anfeuert, ins Schwimmbecken zu springen, streckt die Hand aus, um mir den Berg heraufzuhelfen, zeigt mir Taubnesseln oder den Bau eines Fuchses auf einer Wanderung.

Entschlossen räume ich die trockenen Teller weg und ergreife meine Schultasche.

»Ich lerne jetzt«, erkläre ich. »Habe morgen eine Klausur.« Ohne auf Antwort zu warten, schlüpfe ich ins Schlafzimmer. Es ist meine zweite Lüge am heutigen Tag.

Ich bin noch wach, als Mama schlafen geht, Fabian, Seite eins, liegt neben mir, Peters Feder im Buch eingebettet. Durch die dünnen Wände höre ich die Schranktür, die Seufzer. Ich stelle mir vor, wie sie ihr Kleid sorgfältig aufhängt und ein Nachthemd überstreift. Mir kommt ihr Lachen in den Sinn, der trockene Humor, den sie auf unseren Ausflügen zeigte. Diese Frau verschwand, als mein Vater fortging. Und als Paul eingezogen wurde, beugten sich ihre Schultern unter neuen Lasten. Seitdem scheint sie um Zentimeter geschrumpft zu sein.

Mein Bruder Paul ist, wie wir glauben, irgendwo in Frankreich. Er schreibt alle paar Wochen, aber seine Briefe sagen wenig aus. Ich versuche, zwischen den Zeilen zu lesen, so wie bei der Geheimsprache, die wir benutzten, als ich klein war. Was ich dabei sehe, ist nicht gut. Gestern wurde Paul neunzehn, aber ich wette, er hat überhaupt nicht gefeiert. Mama hat seine Briefe mit einer roten Schleife zusammengebunden und verwahrt den Stapel auf dem Buffet im Wohnzimmer. Jedes Mal, wenn sie daran vorbeigeht, streichelt sie darüber.

Jetzt geht auch mein bester Freund, und obwohl er nicht an die Front muss, wird er weit weg von mir und meinem blutenden

Herzen sein.

Peter

Der Bahnhof ist mit Menschen überschwemmt, die meisten davon Jungen und ihre Eltern. Mutter kam mit, um sich zu verabschieden. Insgeheim wünsche ich mir, sie wäre daheim geblieben. Sie trägt ein rot und blau geblümtes Kopftuch, und in ihrem schwarzen Wintermantel, der für heute zu warm ist, sieht sie alt und trostlos aus. Ihr Ausdruck ist noch schlimmer, ihr Hals fleckig und ihre Augen glitzernd, aber trocken. Warum kann sie sich nicht für mich freuen?

Beim Frühstück beobachtete sie mich, als wollte sie meine Bewegungen in ihr Gehirn einbrennen. Sie hatte es fertiggebracht, einen ganzen zusätzlichen Brotlaib zu organisieren und mir einen Berg Butterbrote zu packen.

Karl-Heinz winkt mir vom Rand des Bahnsteigs zu und zeigt hektisch auf die Zahlen, die auf dem Waggon neben ihm stehen. Er ist nicht nur – neben Hilda – mein bester Freund, wir teilen auch die Schulbank und er ist der Klassenclown.

Palme, groß, dünn und ein wenig schief wie immer, gestikuliert in Richtung Zug. Seine Stimme geht im Gewusel der kreischenden Jungen und dem Pfeifen der Lokomotive unter.

Ich beuge mich nach vorn, um Mutter zu umarmen. Seit wann ist sie so klein? Ich fühle, wie sich ihre Finger in meiner Jacke verkrampfen, als ob sie nicht loslassen wollte.

»Ich schreibe bald«, sage ich, auf einmal atemlos. Ich will sie fester an mich drücken, halte mich jedoch zurück. So etwas tun Männer nicht. Also richte ich mich auf und marschiere zur Waggontür, wo Karl-Heinz auf mich wartet.

»Wird auch Zeit«, scherzt er und wirft einen Blick zu meiner Mutter, die uns zuwinkt.

»Deine Mutter ist nicht gekommen?«

Karl-Heinz zuckt die Achseln. »Sie war bis spät aus. Konnte heute Morgen nicht aufwachen.«

Ich habe den Eindruck, dass er froh darüber ist, dass seine Mutter sich nicht vor uns in Tränen auflöst.

Das Abteil ist überfüllt mit Klassenkameraden. Alle quatschen durcheinander, während Karl-Heinz mich neben sich auf die Bank zieht. Durch das Fenster sehe ich Mutter draußen stehen. Sie beobachtet die Jungen, die sich hinauslehnen, und ich weiß, dass sie nach mir sucht. Aber aus irgendeinem Grund kann ich nicht aufstehen.

Karl-Heinz kommentiert, wie Palme uns wie einen Flohzirkus dahertreibt, und ich lache, so laut ich kann. Ein Beben wandert durch den Eisenbahnwagen, ruft erneutes Gebrüll hervor. Während die Jungen ihre Sitze einnehmen, bemerke ich erneut Mutter auf dem Bahnsteig. Viele Leute winken oder rufen etwas, aber sie steht still, wie eine schwarze Statue. Unsere Blicke treffen sich für einen kurzen Moment. Ihrer ist mit einer Traurigkeit gefüllt, die zu tief für Tränen ist.

Ich springe auf und finde das Fenster, aber schon ist der Zug in Bewegung — das Bild meiner Mutter löst sich in einer Rauchwolke auf. Ein Klumpen würgt mich mit plötzlicher Heftigkeit. Ich falle auf den Sitz zurück, dankbar, dass Karl-Heinz ins Gepäcknetz klettert und eine Willkommensrede hält.

KAPITEL DREI

Hilda

Ich bin dabei, eine weitere Suppe zu kochen, als Mama hereingeeilt kommt. Sie ist später dran als normal, aber heute Abend geht meine Kocherei schleppend voran und ich bin eben erst vom wöchentlichen Treffen des Bunds Deutscher Mädel, BDM, zurückgekehrt.

Ich bin die ewigen Märsche in geordneten Zweierreihen mit schweren Rucksäcken leid, und kann Theater und Singen nicht ausstehen. Nicht nur ist meine Stimme für Volkslieder ungeeignet, ich hasse es, vor anderen sinnlose Sketche aufzuführen. Am schlimmsten sind die Gymnastikübungen mit Musik. Ich mag einen vernünftigen Wettlauf, kann auf Bäume klettern, aber verlange nicht von mir, wie ein Affe herumzutanzen. Laut unseren Führern sollen wir uns harmonisch miteinander bewegen und anmutig über die Wiese hüpfen. Angeblich soll uns das auf die Mutterschaft vorbereiten.

In meiner Suppe schwimmen eine gehackte Zwiebel, zwei Kartoffeln, eine Dose grüne Bohnen und ein paar Stücke Makkaroni, die ich in der hinteren Ecke des Küchenschranks gefunden habe.

Meistens ist das eine oder andere Nahrungsmittel nicht verfügbar und die Schlangen vor den Läden werden immer länger. Unsere Fleischration haben wir bereits am Sonntag verzehrt, eine

Dose sehnigen Fleisches ohne viel Geschmack. Neuerdings gibt es keine Butter mehr, deshalb hat Mama das Fleisch in ein wenig Margarine gebraten. Selbst eine ganze Packung Butter hätte nicht geholfen.

Wir haben Lebensmittelkarten für alles — Mehl, Zucker, Salz, Fleisch, Fett, Kartoffeln, Kaffeeersatz, Kohlen, Brot ... selbst Sauerkraut und Schuhpolitur — aber die meisten Marken sind wertlos und unsere Regale fast leer.

»Warum hast du mir nicht von Peter erzählt?« Außer Atem hängt Mama ihre Tasche an den Haken im Flur. »Ich habe gerade Frau Breuer getroffen, deshalb bin ich spät dran. Sie sagt, Peter sei heute Morgen abgefahren.«

Ich gebe meinem Suppenlöffel einen extra Schubs, sodass er, scheinbar wie besessen, durch den Suppentopf kreist, und konzentriere meinen Blick auf die wenigen in der Flüssigkeit schwimmenden Stücke.

»Es gibt nichts zu sagen.« Meine Stimme klingt fremd, irgendwie hohl.

»Aber ihr zwei seid gute Freunde. Ihr seht euch jeden Tag.«

Ich zucke die Schultern, besorgt darüber, mein Hals könnte sich komplett zuschnüren, wenn ich gestehe, wie sehr ich ihn vermisse.

Aber Mama spricht weiter. »Frau Breuer schien mitgenommen. Sie wollte nicht, dass er mit der KLV reist. Peter meinte, sie hätten die ganze Klasse mitgenommen, dass es keine Schule gäbe, wenn er bliebe.« Sie stellt sich neben mich und schaut in den Topf. »Glaubst du, deine Klasse wird ebenfalls fahren?« In Mamas Stimme schwingen Unsicherheit und Sorge mit, was mich beruhigt.

»Ich gehe nirgendwo hin«, sage ich. »Ich gehöre hierher ... zu dir.«

Mama legt eine Hand auf meine Schulter und ich unterdrücke mein Sehnen, mich in ihre Arme zu werfen. Aber Mama greift sowieso bereits nach den Schüsseln.

»Es riecht lecker. Ich bin so froh, dass du kochst. Es erspart mir so viel Zeit.«

Ich behalte für mich, wie einfach es ist. Ich habe mir die Suppenrezepte einmal angesehen und kann jetzt so ziemlich alles zubereiten, was wir bekommen.

»Aber ernsthaft«, fährt Mama fort, als wir uns setzen. »Was ist, wenn sie die Schulen komplett evakuieren?«

»Ist mir egal. Ich bleibe hier. Es heißt doch, die KLV sei ein freiwilliges Programm.« Ich probiere die Suppe und nehme mir vor, diesen Sommer nach Kräutern zu suchen. »Und sag nicht Evakuierung, ist doch eine Verschickung.«

»Ach was, ich nenne es Evakuierung«, sagt Mama. »Immerhin beordern sie euch in die Ferne, wer weiß, wohin genau.«

»Um uns vor Bomben zu schützen.«

»Um eure Köpfe mit Propaganda zu füllen.« Mamas Löffel sinkt zum Tisch. »Wie bei diesen Veranstaltungen.«

Wie wahr. Alle Jungen müssen an der Hitlerjugend teilnehmen und Mädchen gehen zum BDM. Wir marschieren und singen. Vielleicht hat Mama recht, obwohl ich mir wünsche, sie würde diese Dinge nicht laut sagen. Es ist gefährlich, wenn Menschen sich kritisch äußern.

Erst letzte Woche erzählte mir meine beste Freundin Biene von einer Nachbarin, die in einem schwarzen Wagen weggefahren wurde und seitdem nicht mehr aufgetaucht ist. Biene flüsterte, sie sei mit einem Kommunisten verheiratet gewesen. Während er schon vor zwei Jahren verhaftet worden sei, habe man die Frau in Ruhe gelassen. Bis jetzt. Ich bin froh, dass Mama keine Freunde in der Partei oder SS hat. Sie würden mit Sicherheit spitzeln.

Peter

Die Reise dauert ewig. Unsere Aufregung schrumpft mit jedem vorüberziehenden Kilometer. Wir haben zweimal den Zug gewechselt, sind immer noch nicht da. Einmal stoppten wir mitten auf der Strecke, weil britische Bomber in der Nähe waren. Anscheinend jagen sie bevorzugt Schienen in die Luft, möglichst mit einem Zug voller Menschen darauf.

Unser Proviant ist längst aufgebraucht, Thermoskannen mit Wasser und Tee sind leer. Wir wechseln uns mit dem Schlafen ab, die Nähe meiner Klassenkameraden ist nicht mehr amüsant, sondern nervig. Jedes Mal, wenn sich Karl-Heinz im Schlaf umdreht, wache ich auf. Gegenüber schnarcht Dieter Maier wie ein Holzfäller. Er hat eine krumme Nase von einem Fahrradunfall und bekommt schlecht Luft.

Ich versuche, eine bequeme Stellung zu finden, sehne mich

nach meinem Federbett. Kurz nach Mitternacht, in der Nähe von Pommern, weckt uns Palme, damit wir ein weiteres Mal die Bahn wechseln können. Er reißt mich damit aus einem unruhigen Halbschlaf und ich stelle fest, dass meine Knochen mit Blei gefüllt sein müssen, so schwer sind sie.

Kaum sind wir aus dem Zug ausgestiegen, peinigt uns ein schneidender Wind auf dem ungeschützten Bahnsteig. Es ist um einiges kälter hier oben im Norden. Wir hocken zusammen, halb sitzend, halb gegen unser Gepäck gelehnt. Im nächsten Zug verweigert der Schlaf sich.

Im Morgengrauen erreichen wir Körlin. Der Bahnhof ist verlassen. Nachdem Palme mit dem Schaffner gesprochen hat, marschieren wir einen Feldweg entlang. Das Land ist grün und nüchtern, Büsche und Bäume sind kurz und gebeugt, die Felder liegen brach. Hier und da sieht man in der Ferne ein schlichtes Bauernhaus. Palme schüttelt den Kopf und studiert die Karte, die ihm der Schaffner gezeichnet hat. Wir hätten längst da sein müssen. Die Sonne kriecht über den Horizont, ich sauge gierig das bisschen Wärme auf. Mein Magen knurrt wie nach Plan. Wir verpassen unser Frühstück. Hier und da erheben sich Seufzer und Murren.

»Ich brauche zwei Freiwillige«, sagt Palme zu guter Letzt.

Ich melde mich sofort und ziehe Karl-Heinz mit mir. Alles ist besser, als ziellos herumzuwandern.

»Da drüben ist ein Hof, fragt nach dem Weg.« Palme zeigt auf einen schmalen Pfad, der zu einem rotgeziegelten Bauernhof mit Reetdach führt. Ein dünnes Band aus Rauch schlängelt sich in den Himmel. »Wir suchen die Mittelschule, die letztes Jahr geschlossen wurde. Sie ist das neue KLV-Lager.«

Karl-Heinz und ich marschieren davon.

Das lange, nasse Gras weicht meine Schuhe in Sekunden auf. Es kommt mir vor, als wären hundert Jahre vergangen, seit jemand hier entlangging. In dem kleinen Vorgarten gackern eine Handvoll Hühner.

»Hallo? Ist jemand zu Hause?«, schreien wir gleichzeitig.

Der Kuhstall ist dunkel und leer, es gibt keinen Misthaufen. Die Haustür öffnet sich langsam und offenbart eine Mumie — so jedenfalls sieht die Frau aus, die nun vor uns steht. Sie trägt in mehrere Schichten geblümte Röcke und einen unförmigen Pullover, ihr Gesicht ist so schrumpelig, dass es an eine Kartoffel vom letzten Winter erinnert. Ihr Haar ist grau wie Schneematsch und zu einem winzigen Dutt gebunden.

»Was wollt ihr?«, fragt sie mit dünner Stimme.

»Wir suchen die ehemalige Mittelschule«, rufe ich viel zu laut. »Da soll ein Lager für Jungen sein.«

Sie murmelt irgendwas und ich erwarte schon, dass sie uns fortschickt, aber dann bedeutet sie uns mit gekrümmtem Zeigefinger, näher zu kommen. Sie erinnert mich an die Hexe in Hänsel und Gretel, denn selbst Barthaare und ein riesiges schwarzes Muttermal am Kinn fehlen nicht.

»Kommt ihr von Westen?«, fragt sie. Ihre dunklen Augen mustern uns gründlich.

»Solingen, im bergischen Land«, meint Karl-Heinz. »In der Nähe von Köln.«

»Wir sind vom Körliner Bahnhof gekommen«, füge ich hinzu.

Die Frau nickt, ihr Ausdruck bleibt neutral. »Ihr seid zu weit gelaufen. Geht zurück, dann an der alten Linde rechts Richtung Norden, ungefähr einen Kilometer bis zum Becker Hof.«

Neben mir murmelt Karl-Heinz: »Zurück, Linde, Becker Hof.«

»Dann links.« Die Alte tippt den gekrümmten Zeigefinger gegen ihr Kinn, wobei sie nur knapp das Muttermal verfehlt. Ich kann gar nicht wegsehen. Es sieht aus, als hätte sie keine Zähne, ihre Wangen und ihr Mund sind eingefallen. »Noch besser, ihr geht geradeaus.«

»Am Becker Hof vorbei?«, fragt Karl-Heinz.

Die Alte runzelt die Stirn, wenn das bei den Falten überhaupt möglich ist. Sie hat wahrscheinlich seit Jahren mit niemandem gesprochen.

»Vielleicht sollten wir bei den Beckers nachfragen?«, sage ich.

»Die Beckers sind letztes Jahr fortgezogen«, erwidert die Alte nachdenklich.

Ich unterdrücke einen Fluch. Mein Magen knurrt wie ein alter Hund, meine Zehen sind eingefroren und ich will schlafen. »Meinen Sie, Sie könnten uns eine Karte zeichnen? Wir haben die gesamte Klasse dabei, dreißig Jungen warten — und unser Lehrer.« Sicherlich wundern die sich, wo wir bleiben.

Die Alte zögert, doch dann wackelt sie wieder mit dem Zeigefinger, was wohl bedeutet, dass wir ihr ins Haus folgen sollen.

Zunächst kann ich nichts sehen, der Raum ist so dunkel, dass ich einen Stuhl anrempele. Als sich meine Augen an die Dunkelheit gewöhnt haben, erkenne ich eine Küche mit einem altmodischen Kachelofen und Holzschränken. Alles ist alt, aber sauber.

Die Frau fummelt in einer Schublade herum und kehrt mit einem Fetzen dicken Papiers zurück. Auf einer Seite stehen Bleistiftnotizen und Zahlen. Sie zeichnet auf der sauberen Seite, doch ihre Hände zittern so sehr, dass die Linien wie besessen über das Papier zucken. Sie murmelt etwas. Ich frage mich, ob sie sehen kann, was sie skizziert. Ihre Augen sind matt grau, ohne sichtbare Pupillen. Der Bleistift verweilt unsicher in der Luft.

Letztendlich schüttelt sie den Kopf. »Ich erinnere mich nicht.« Unsere Blicke treffen sich und da ist Schmerz und Traurigkeit. Aber dann lächelt sie, ein fast zahnloses Grinsen, welches ihre Züge verwandelt. »Wenn Ihr mir helft, zeige ich es euch.«

Karl-Heinz rollt die Augen, aber ich tätschele ihm beruhigend den Arm. »Natürlich, was können wir tun?«

Die Alte schlurft zur Tür, doch dann kehrt sie zurück und öffnet einen Kasten auf dem Tisch. Meine Nase weiß schon Bescheid, bevor meine Augen es sehen: Brot. Die Frau schneidet zwei Scheiben ab und hält sie uns hin.

»Ich bin Augusta Weber.« Das zahnlose Lächeln ist zurück.

Wir greifen nach dem Brot und kauen los. Nachdem wir uns vorgestellt haben, finden wir heraus, dass Frau Weber ihr ganzes Leben auf dem Hof verbracht hat. Sie wurde sogar hier geboren.

An der Tür krümmt Frau Weber wieder den Zeigefinger. Wir folgen ihr hinaus. Inzwischen steht eine milchige Sonne am Himmel. Die Alte schleicht um das Gebäude zu einer baufälligen Scheune. Drinnen steht ein ebenso uralter Esel. Heu kauend schaut er uns aus trüben Augen an.

Frau Weber befestigt ein Geschirr und führt das alte Tier nach draußen. Endlich verstehe ich. Sie wird darauf reiten und uns den Weg zeigen. Aber es gibt keinen Sattel. Stattdessen watschelt sie zu einem überdachten Raum mit einer Kollektion aus Feldwerkzeugen, Sicheln, einer hölzernen Bank und einer sonderbaren Vorrichtung mit zwei Rädern.

»Helft mir damit.«

Karl-Heinz und ich ziehen einen Karren, der nicht viel breiter als einen Meter ist, heraus. Zwei Holzräder stützen eine winzige

Sitzbank und eine offene, flache Lagefläche dahinter.

Endlich geht mir ein Licht auf.

Die Rückkehr über den Feldweg geht langsamer vonstatten als bei einem Faultier. Ich könnte locker zehnmal um Esel und Karren herumlaufen und immer noch schneller vorankommen. Als wir auf der Hauptstraße, nicht mehr als ein Schotterweg, ankommen, erheben sich Pfiffe und Rufe, dann Gelächter. Palme nickt nur ernst und reiht sich hinter dem Wägelchen ein. Gemecker und Lachen schwinden.

Das *Wettrennen* zum Lager beginnt.

KAPITEL VIER

Hilda

Es ist der erste Juni und wir haben Geografie, eins meiner Lieblingsfächer. Heute Morgen bin ich schläfrig, weil wir in der Nacht wieder mehrmals Luftalarm hatten. Manchmal sind es drei oder vier, was meinen Schlaf in Stücke reißt. Das einzig Positive ist, dass der Unterricht nach solchen Nächten eine Stunde später anfängt.

Fräulein Heinrichs Haare flammen besonders rot. Jedes Mal, wenn sie in der Sonne steht, fangen sie Feuer. Ich kann gar nicht wegschauen.

»Ihr habt alle von Wuppertal gehört?«, fragt sie, während ihr Blick durchs Klassenzimmer wandert. »Man sagt, es seien über siebenhundert Bomber gewesen und dass Tausende umgekommen sind … viele Frauen und Kinder.«

Es wird ganz still im Klassenzimmer. Ich habe nichts von der Bombardierung gehört, aber das ist nicht überraschend, immerhin erreichen uns solche Nachrichten fast ausschließlich von Mund zu Mund. Zeitungen und Radiosender sprechen von Sieg, Ehre und Ruhm.

Ich versuche, zu verarbeiten, was ich gehört habe, die Zahlen schwirren durch meinen Kopf wie ein Schwarm Fliegen auf einem stinkenden Misthaufen. Ich kann mich auf nichts konzentrieren, meine Handflächen sind feucht.

Fräulein Heinrichs Augen glitzern mit Tränen und ich frage mich, wie sie von den Ereignissen in Wuppertal erfahren, ob sie dort Familie hat. Solingen ist nur zehn Kilometer entfernt und von manchen Stellen kann man Rauch über die Hügel ziehen sehen. Angeblich soll Wuppertal seit drei Tagen brennen.

»Deshalb hat Direktor Schmidt sich entschlossen, alle verbleibenden fünften bis achten Klassen in die KLV zu schicken.«

Arme fliegen hoch, es erhebt sich ein Stimmengewirr aus Fragen und Rufen. Fräulein Heinrich lässt den Blick aus ihren grünen Augen durchs Zimmer schweifen, sieht jeden von uns eindringlich an, um uns ruhigzustellen, doch an diesem Morgen funktioniert ihre Taktik nicht. Alle quatschen durcheinander, alle außer mir. Das Gespräch mit Mama geht mir durch den Kopf wie eine Leier.

»Wohin fahren wir?«, fragt Susanne, unser Klassenstreber. Sie trägt immer perfekte Kleider mit weißen Kragen. Ihr Vater ist ein hohes Tier bei der Stadt.

»Und wann?«, schreit Biene neben mir.

Ich stoße meinen Ellenbogen in ihre Seite, weil Fräulein Heinrichs Augenbrauen unter ihrem Pony verschwinden, ein sicheres Zeichen dafür, dass sie gereizt ist.

»Wenn ihr einen Moment still seid, werde ich alles erklären.«

Den ganzen Nachmittag gehe ich in der Küche auf und ab. Die Klasse fährt am Freitag — wir haben Listen bekommen, was wir packen sollen. Schon in drei Tagen soll es also losgehen, aber ich bin entschlossen, einen Ausweg zu finden. Es sind fast Sommerferien, also werde ich kaum Schule verpassen. In meinem Kopf gehe ich die Argumente durch. Ich kann zu Hause lernen, Bücher lesen. Die meiste Zeit ist Schule sowieso langweilig. Mama braucht mich. Da Paul im Krieg ist, wäre sie sonst ganz allein. Ich kann nicht weg. Kann einfach nicht.

Als ich den Türschlüssel höre, laufe ich in den Flur. Mama sieht müde aus, die Linien um ihren Mund sind tiefer als in meiner Erinnerung.

»Hallo, Kind«, sagt sie arglos. Dann hält sie inne und schaut mich mit diesem eindringlichen Blick an, der mich an Fräulein Heinrich erinnert. »Was ist passiert? Hast du von … Paul gehört?«

»Nein, nein!«, rufe ich. »Es geht um mich. Ich soll mit der

KLV wegfahren … schon Freitag.«

Komischerweise nickt Mama nur. Sie zieht bedächtig ihre Schuhe aus, hängt den Mantel auf einen Bügel und platziert ihre Handtasche auf dem Haken. »Dann erzähl mal«, sagt sie endlich.

Außerstande, still zu bleiben, umrunde ich unseren Küchentisch. »Fräulein Heinrich sagt, wir sollen fort, weil Wuppertal bombardiert wurde. Dass es gefährlich ist und Solingen vielleicht als Nächstes dran ist. Direktor Schmidt will nicht riskieren, dass wir ihn für tote Kinder verantwortlich machen.«

Mama lässt sich schwer auf einen Stuhl fallen. »Oh, wir machen die britischen Bomber verantwortlich«, schnappt sie. »Und die Männer in Berlin.«

»Was sollen wir bloß tun?«

»Ich werde mit dem Bürgermeister sprechen. Ihm erklären, dass du hierbleiben und mir helfen musst.« Sie lächelt. »Er weiß nicht, wie schlau du bist.«

Erleichtert erwidere ich Mamas Lächeln. Sie wird es richten.

Wir machen Brote zum Abendessen und teilen uns ein gebratenes Ei. Innerlich stelle ich mir vor, wie Mama dem Bürgermeister von mir erzählt.

Peter

Als Frau Weber die schmale Straße hinunterzeigt und ihren Esel wendet, rennen wir wie die Wilden los. Nach dem lahmen Spaziergang spüre ich meine Beine kaum. Das Brot war gut, aber mein Magen knurrt wieder. Vielleicht haben sie für uns ein Willkommensessen vorbereitet.

Das zweistöckige Gebäude, das sich vor uns erhebt, besteht aus roten Ziegelsteinen mit einer Reihe weiß gestrichener Fenster. Erleichterung breitet sich in mir aus — es sieht wie eine typische Schule aus. Doch im Schulhof ist niemand.

Meine Aufregung unterdrückend, zwinge ich mich neben Karl-Heinz in eine der Zweierreihen und marschiere auf den Eingang zu. Die Hitlerjugend organisiert alle KLV-Lager, also wollen wir einen guten Eindruck machen.

Palme übernimmt die Führung ins Gebäude. Es ist unverschlossen, aber sobald wir eintreten, wird mir klar, dass etwas nicht stimmt. Alles wirkt verlassen, abgestanden und kalt. Die Rezeption und das Büro stehen leer, Papiere liegen auf dem Boden verstreut, Schubläden stehen offen, als wären die Leute in Eile weggelaufen.

Palme schickt vier Jungs durch die Korridore und nach oben. Ich setze mich, lasse mich an einer Wand herunterrutschen, Wut im Bauch. Der Mangel an Essen und Schlaf zeigt seine hässliche Fratze. Den anderen geht es nicht besser. Zwei Kameraden streiten, Udo Lempski, der Klassenschreihals, stampft laut klagend nach draußen. Er ist klein und quadratisch, aber er kompensiert es, indem er alles und jeden kommentiert.

»Ist keiner hier«, keucht Dieter Meier, unser Schnarchmeister.

»In manchen Zimmern stehen Betten«, berichtet ein anderer Junge.

Palmes Miene verdüstert sich weiter.

»Was ist mit Essen?«, fragt Dieter. Er ist der Einzige von uns, der etwas rundlicher aussieht. Seine Familie besitzt eine Hühnerfarm und er ist es gewohnt, gut zu essen.

Palme zieht ein Papier aus seiner Tasche und macht sich Notizen. Ich sehe, dass der Stift fast so sehr zittert wie heute Morgen bei Frau Weber.

Stille senkt sich herab — wir warten. Inzwischen ist mir flau und ich sehne mich nach Schlaf.

Palmes Stimme bringt mich zurück. »Jungs, hört zu.« Sein Blick schweift durch den Raum, als wären wir im Klassenzimmer. »Ich weiß nicht, was hier los ist oder warum sie uns hierhergeschickt haben, aber ich werde es herausfinden. In der Zwischenzeit erwarte ich eure Kooperation. Reißt euch zusammen.«

Wir nicken und murmeln, aber Palme hebt die Hand. »Formt fünf Gruppen mit je sechs Jungen. Drei Teams wandeln die Klassen oben in Schlafzimmer um. Sammelt Bettzeug und Laken, Möbel und so weiter. Eine Gruppe bereitet ein Zimmer hier unten für den Unterricht vor. Da werden wir lernen. Ein Team organisiert die Küche.«

»Womit?«, will ich fragen. Wir haben keine Vorräte und ich habe nirgendwo einen Lebensmittelladen gesehen.

Palme winkt mir zu. »Du und Karl-Heinz sucht noch mal Frau Weber auf und organisiert Proviant. Egal was, Hauptsache essbar.« Er zögert und zieht dann sein Portemonnaie heraus. »Hier sind fünfzig Reichsmark.«

Karl-Heinz und ich marschieren denselben Weg, den wir hierhergekommen sind, zurück. Ich bin jenseits von erschöpft, außerdem hungrig, und ich blicke einfach nicht durch, was mit unserem Lager los ist. Warum weiß keiner, dass wir kommen? Wo ist die Hitlerjugend?

Der Hof sieht so abgenutzt aus wie eben, die Mumie starrt.

»Ich habe nichts, womit man dreißig hungrige Jungen satt bekäme«, sagt sie.

Ich glaube ihr.

Sie winkt uns herein und wir nehmen an ihrem Tisch Platz — jetzt fast vertraut.

»Hier, esst.« Sie schiebt eine Schüssel und zwei Löffel über den Tisch — Hafergrütze mit eingemachten Pfirsichen darauf.

Die Alte gibt uns ihr Essen. Ich will es zurückweisen, aber mein Magen ist inzwischen stinkwütend. Als Karl-Heinz seinen Löffel ergreift, nehme ich meinen, und wir schaufeln in Rekordtempo.

»Ihr werdet Lawinskis Hof aufsuchen müssen«, sagt Frau Weber. »Sie haben dort genug Vorräte … solange Ihr bezahlen könnt.«

Karl-Heinz wedelt mit dem Fünfziger. »Ich habe Geld.«

Die alte Frau schüttelt den Kopf. »Das wird nicht lange reichen für dreißig Jungen.«

»Vielleicht kehren wir heim.« Es ist raus, bevor ich Zeit zum Nachdenken habe. Ein Teil meines Herzens wünscht sich, es wäre wahr.

»Und auf Bomben warten?« Karl-Heinz kratzt die letzten Spuren Hafer aus der Schüssel.

Ich zucke die Schultern. »Wenigstens haben wir da Essen und ein vernünftiges Bett.«

»Wie lange?«

Karl-Heinz ist nicht mehr lustig. Ich habe ihn noch nie so erlebt. Aus dem Nichts verspüre ich den Wunsch, ihm eine zu langen — hart.

»Jungs!« Durch den Nebel meines Zorns erreicht Frau Webers Stimme meine Ohren. Die netzartigen Falten um ihre Augen wackeln, während sie uns anschaut. Güte lebt dort, aufgewogen durch einen Mund, der große Traurigkeit gesehen hat. Ich frage mich, was sie erlebt hat und warum sie allein ist.

»Bis zu den Lawinskis ist es nicht weit. Ich weiß, sie hatten eine gute Kartoffelernte, haben sicher was übrig.« Sie stöbert in einem Schrank. »Hier ist ein Kochtopf.« Die Alte stellt den Pott, der locker einen Kürbis tragen könnte, auf den Tisch, außerdem zwei Suppenlöffel mit langen Stielen. »Jetzt erkläre ich euch, wie ihr zum Hof findet.«

Lawinskis Bauernhof steht inmitten von riesigen Feldern und umfasst ein zweistöckiges Haus, Scheunen und mehrere Ställe aus rotem Ziegelstein.

Eine Frau in Mutters Alter, die ein waschwasser-graues Tuch um den Kopf gebunden hat, öffnet die Eingangstür. Sie muss die Eigentümerin sein.

»Wir möchten Lebensmittel für unsere Klasse kaufen«, bricht es aus Karl-Heinz heraus.

Frau Lawinski betrachtet uns halb neugierig, halb gelangweilt. »Ihr seid nicht von hier.«

Ich setze ein Lächeln auf. »Die KLV schickt uns, aber sie wussten nicht, dass wir hier sind.«

Frau Lawinskis rechter Mundwinkel sinkt herunter und sie kreuzt ihre Arme über der Brust. »Wir sollen also zur Hilfe kommen?«, schnaubt sie. »Ständig müssen wir unsere hart erarbeiteten Ernten abgeben.«

»Wir zahlen natürlich.« Karl-Heinz gräbt Palmes Fünfziger aus und wedelt mit dem Schein vor dem Gesicht der Frau.

»Wir haben unheimlichen Hunger«, füge ich hinzu, in Gedanken bei meinen Klassenkameraden, die noch immer nichts zu essen bekommen haben. Und die halbe Portion Hafergrütze hat auch meinen Hunger kaum stillen können. Ich frage mich, was aus der tollen Ferienreise geworden ist, die uns versprochen wurde. Nicht nur sind hier weder Strand noch Schwimmen angesagt, wir haben nicht mal ordentliches Essen oder ein vernünftiges Bett. Mein Schädel brummt und meine Kehle brennt vor Durst.

Frau Lawinski mustert uns von Kopf bis Fuß, als analysierte sie den Zustand unserer Mägen. Offensichtlich haben wir die Überprüfung bestanden, denn sie marschiert davon und ruft über ihre Schulter: »Worauf wartet ihr? Kommt schon.«

Auf dem Weg über den Hof bemerke ich, wie ein Mädchen in unserem Alter um die Ecke des Hauses davoneilt, ganz so, als wollte sie nicht gesehen werden.

Der Vorratskeller ist in verschiedene Räume unterteilt. »Ich habe Kartoffeln vom letzten Winter, Steckrüben und Zwiebeln — Salat gibt's auch.«

»Wie viele Lebensmittel bekommen wir für das Geld?«, fragt Karl-Heinz.

»Mehr als ihr tragen könnt.« Einen Moment bleibt es still, dann seufzt Frau Lawinski und meint: »Sagt mir, wo ihr wohnt. Ich lasse es liefern.«

KAPITEL FÜNF

Hilda

Als Mama am nächsten Abend nach Hause kommt, habe ich schon fertig gekocht.

»Der Laden hatte eine Lieferung Weißkohl, also gibt's Kohl mit Kartoffeln und Zwiebeln«, erzähle ich lächelnd. »Ohne Fleisch natürlich, aber ich glaube, es schmeckt einigermaßen.«

Mama hängt Mantel und Tasche auf und kommt in die Küche. In dem Moment fallen mir die hektischen roten Flecken an ihrem Hals auf. Anstatt mich anzusehen, beschäftigt sie sich ausführlich mit Wasser und Seife.

»Was ist los?«, frage ich.

Mama schaudert und wendet sich mir zu. »Ich habe mit meinem Chef gesprochen, auch mit dem Jugendamt. Ich war sogar beim Bürgermeister.« Ihre Stimme verklingt und ich beuge mich vor. »Es hat keinen Zweck«, fährt sie schließlich fort. »Sie bestehen darauf, dass du Freitag mitfährst. Ich soll ein Beispiel setzen, weil ich für die Stadt arbeite. Sie behaupten, ich würde dein Leben gefährden. Ich solle daran denken, was für eine Mutter ich sein wolle. Sie haben mir vorgeworfen, ich sei verantwortungslos.«

»Oh, Mama.« Ich werfe mich in ihre Arme. »Du bist die beste Mutter, die man sich wünschen kann.«

»Wie können sie es wagen, mir so was zu unterstellen!« Mamas Stimme zittert.

»Und wenn ich mich weigere?«

»Sie behaupten, dann müsstest du dich beim Arbeitsamt melden und in der Kriegsmanufaktur aushelfen.«

Ich verschränke meine Arme vor der Brust. »Ich produziere keine Waffen.«

»Mein Kollege glaubt, sie könnten deine Lebensmittelkarten konfiszieren, meine auch.« Mama sinkt auf einen Stuhl. »Ich weiß nicht … Ich kann meine Stelle nicht riskieren. Nicht jetzt, wo Papa und Paul …«

»Aber ich kann nicht weg — ich werde es hassen.« Genau wie ich Mamas Vorliebe hasse, meinen Vater Papa zu nennen, obwohl er seit Jahren nicht mehr hier ist. Wir wissen nicht mal, ob er im Krieg dient. Ich will, dass es mir egal ist, ärgere mich über die Sorge, die meine Gedanken unterwandert.

Ein Seufzer erhebt sich aus Mamas Brust. »Vielleicht wird es nicht so schlimm und du darfst bald nach Hause. Ich habe gehört, sie planen mit maximal sechs Monaten. Das ist nicht schrecklich lang.«

Ich registriere die Resignation in ihrer Stimme und weiß, dass ich verloren habe. Sie wird nicht weiter für mich kämpfen.

»Das ist ewig!«, schreie ich. »Ich werde es nicht aushalten.«

»Deinem Freund Peter gefällt es. Vielleicht wird es besser, als du glaubst.«

Ich starre meine Mutter an. Ist das dieselbe Frau, die gestern von Meuterei sprach? Ich hasse es, wie sie ihr Angst einflößen. Uns.

Das Abendessen ist mir inzwischen egal, ich schwappe es auf unsere Teller. Wir essen wortlos, während ich in Gedanken meine wenigen Kleidungsstücke im Schrank durchgehe. Zwei Kleider, ein Rock, zwei Pullover — einer davon zu klein — ein paar Garnituren Unterwäsche. Ich bezweifle, dass ich den Wintermantel mitnehmen kann — die Ärmel sind zu kurz und er wird vorn eng. Mama wird Ersatz besorgen und ihn mir schicken müssen.

Mein Magen zwickt, wenn ich an Mama allein zu Hause denke … an Weihnachten. Und Peter? Ein Teil von mir hoffte, hier zu sein, wenn er zurückkehrt. Ich stelle mir die Szene im Detail vor, wie er hereinkommt, die Freude in seinen Augen, unsere Umarmung … der Kuss.

»Vielleicht kommst du ja schon im Herbst zurück.« Mamas

Stimme ist voller Hoffnung. »Vielleicht ist der blöde Krieg bis dahin vorbei.«

Aber ich weiß, sie glaubt nicht daran. Ich auch nicht.

»Ich schreibe, sobald ich Papier und Briefmarken bekomme«, sage ich mit so viel Enthusiasmus, wie ich aufbringen kann. »Dann hast du meine Adresse und kannst mir von Paul erzählen.«

Pauls letzter Brief kam vor zwei Wochen. Es stand nichts Wichtiges drin, außer, dass sein Regiment neue Position bezogen und er zum ersten Mal gebratenen Tintenfisch probiert hat.

Ich stehe abrupt auf und räume den Tisch ab.

Mama bleibt sitzen und beobachtet mich. »Soll ich dir beim Packen helfen?«

»Mache ich morgen. Wir haben sowieso keine Schule.«

Der Bahnhof ist mit Kindern überlaufen, trotzdem fühle ich mich mutterseelenallein. Gelächter und Schreie hallen, Tränen laufen, gepaart mit endlosen Umarmungen. Deshalb habe ich Mama gesagt, sie soll arbeiten gehen. Ich will nicht vor allen weinen.

Erleichtert finde ich Biene am Ende des Bahnsteigs. Sie ist mit ihrer Mutter hier, einer kleinen und plumpen Frau in den Vierzigern, die im Gesicht wie eine ältere Version von Biene aussieht, und ihrem Vater, der ein hohes Tier in einer Stahlwarenfabrik ist. Er trägt einen dunklen Anzug und sieht ernst aus.

Bienes Wimpern sind feucht. Wieder bin ich dankbar, allein hier zu sein. Selbst meine beste Freundin so zu sehen, lässt mir den Hals eng werden. Gleichzeitig ist mir besser, weil es anderen auch so geht.

Eine schrille Pfeife kreischt. Die Rufe vermehren sich, werden lauter, und ich entdecke flammend rotes Haar in der Nähe einer der Waggontüren. Fräulein Heinrich kommt mit. Zum Glück!

Ich drehe mich zu Biene um, die an ihrer Mutter wie an einer Rettungsboje hängt. Im nächsten Moment reißt sie sich los, wischt sich über die Augen und zieht mich fort.

»Komm schon, beeilen wir uns!«, schreit sie.

Auf der Seite des Eisenbahnwagens steht »Sonderzug« und ein Schild auf der Lokomotive kündigt an »Räder rollen für den Sieg«. Während wir uns ins Abteil quetschen, kehrt das Gefühl des Verlorenseins zurück. Einige meiner Klassenkameraden lachen und hängen aus den Fenstern. Sind sie wirklich fröhlich oder tun sie nur so? Ich kann es nicht sagen, also konzentriere ich mich auf Fräulein Heinrich, die mit einem Notizbuch durch die Gänge marschiert. Normalerweise ist sie recht entspannt, aber heute drücken sich ihre Lippen zu einem Strich zusammen.

Eine Trillerpfeife schrillt, die Mädchen am Fenster kreischen und winken wie besessen. Der Zug ruckt, rollt los, wird schneller. Früher mochte ich Bahnreisen, empfand das Stampfen der Lokomotive als beruhigend. Jetzt verschwindet die vertraute Landschaft, verwandelt sich in von der Wehrmacht mit Tankern und Lastern verstopfte Straßen. In der Ferne beflecken scharfkantige Ruinen den Himmel.

Einmal halten wir auf einer Station, wo uns Frauen in Schürzen und Kopftüchern heißen Tee und Kartoffelsuppe in Bechern reichen. Wir unterhalten uns leise beim Essen und Trinken, die Wärme im Bauch ist eine willkommene Abwechslung zu den taumeligen Empfindungen, die mich seit Peters Abreise heimsuchen.

Wir erreichen Bayern nach Einbruch der Dunkelheit. Zweimal gab es abrupte Stopps mitten auf der Strecke. Fräulein Heinrich erzählte, es hieße, die britischen Bomber abzuwarten.

Biene und ich wechseln uns mit Schlafen ab, fast so, als müsste einer von uns Wache halten. Tilly, die Jüngste in unserer Klasse, sitzt neben uns. Ihre Hände und Füße sind winzig, eher wie die eines Kindes, und ihre Augen füllen sich ab und an mit Tränen. Ich wünschte, mir fiele etwas Lustiges ein, um sie abzulenken. Aber mein Hirn ist wie leergefegt. Wortfetzen erreichen meine Ohren und ich hebe den Kopf.

Karin und Ilse, die mir gegenüber sitzen, starren Tilly an, deren Kleiderärmel vor lauter Tränen verknautscht sind.

»Unser Liebling verlässt das Nest«, hänselt Karin. »Heulsuse.«

Ilse kichert. »Zeit, erwachsen zu werden.«

Die beiden erinnern mich an böse Zwillinge. Sie ziehen sich immer gleich an. Beide haben dunkelbraunes Haar und tragen selbst ihre Zöpfe in der gleichen Mode: ein langer Zopf oben auf den Kopf zu einer Schnecke festgesteckt. Aber während Karin gemeine Augen hat, ist Ilses Mund schief und sie sieht immer so aus, als würde sie höhnisch grinsen.

»Möchtest du ein Stück Kuchen?«, frage ich Tilly. Mama hat

extra für die Reise Honigkuchen gebacken. Er ist krümelig, schmeckt aber recht gut.

Tilly nickt dankbar, also stopfe ich ihr einige Brocken in die Hand. Sie ist so ein kleines Ding, hat aber einen scharfen Verstand, vor allem in Mathe — ihre Antworten stimmen immer.

»Was ist mit uns, Hilda?« Karins herzlose Augen versuchen, freundlich zu wirken, aber sie können es einfach nicht.

»Ja, genau, wie wäre es mit Teilen?«, mischt sich Ilse ein.

»Zu spät, sie hat mir den Rest versprochen.« Bienes Hand landet auf meinem Unterarm und ich reiche ihr mit grimmiger Zufriedenheit die letzten Bissen.

Als der Zug endlich hält, springen wir alle gleichzeitig auf. Fräulein Heinrichs Rufe gehen im Lärm unter. Natürlich ist es im Gang zu eng, also drängeln wir wie die Wilden, bis wir draußen sind.

Es ist längst dunkel. Ein Mann mit einer Laterne an einem langen Stab spricht mit Fräulein Heinrich und bald sind wir unterwegs — dreißig Mädchen und ein Lehrer.

Zum Glück ist es bis zum Kloster Engelsflug nicht weit. Gegen den Nachthimmel wirken die Gebäude hoch und düster. Der Wind nippt an meinen Beinen. Warum habe ich die blöden Söckchen angezogen anstatt der Strumpfhose?

Eine Nonne im langen schwarzen Ordenskleid mit wehendem Schleier zeigt uns unsere Zimmer. Außer einem Flecken weiß an der Stirn ist sie komplett schwarz gekleidet. Sie scheint keinen Humor zu besitzen. Vermutlich hat sie in den letzten zehn Jahren kein einziges Mal gelacht. Ich bin froh, als Biene die Tür schließt. Wir sind zu sechst im Zimmer, in dem sich auf beiden Seiten eines schmalen Gangs je ein Hochbett mit drei Matratzen befindet. Am Fußende der Betten steht an der Wand eine Kommode mit sechs Schubladen, die wir uns teilen müssen. Darauf thronen eine weiße Schüssel und Karaffe.

Zwischen den Betten hoch an der Wand hängt Jesus am Kreuz. Seine Augen sind offen und er starrt traurig auf eine Stelle auf dem Boden zwischen unseren Betten. Bemalte Nägel halten ihn fest und er hat ein wenig blutiges Rot auf seinen Handflächen und den Oberseiten seiner Füße. Ich stelle mir vor, wie er den Kopf dreht und uns anschaut. Wahrscheinlich hat er noch nie eine Gruppe Mädchen hier drin gesehen.

Tilly nimmt das untere Bett und Biene und ich teilen uns die anderen beiden. Gegenüber keifen Karin und Ilse über die dünnen Decken. Ausnahmsweise haben sie recht. Meine Decke besteht aus kratziger Wolle und ist bestenfalls fadenscheinig. Vor allem, weil sich das Zimmer wie im Winter anfühlt. Das Kloster stammt aus dem Mittelalter und hat dicke feuchte Wände und Steinböden. Obwohl früher Juni ist, sehne ich mich nach unserem Teppich und Kohleofen.

»Ich will nicht unten schlafen.« Ursel Anton, das sechste Mädel im Zimmer, konfrontiert Ilse, ihre Fäuste auf die Hüften gestemmt. »Die Luft ist schlecht hier und ich bin klaustrophobisch.« Ursel ist so klein wie Tilly, aber stabil gebaut. Selbst ihre Haare sind kurz und ein wenig ausgefranst wie der Saum ihres Kleides. Sie sieht aus, als bereitete sie sich auf einen Boxkampf vor.

»Wer sagt das?« Ilse blinzelt, was sie noch hässlicher macht.

»Sage ich.«

»Die oberen Betten sind reserviert«, sagt Karin und legt einen Arm um ihre Freundin. »Wenn es dir nicht passt, kannst du dich bei Fräulein Heinrich beschweren. Ich bin sicher, sie hat Besseres zu tun, als sich dein Gejammer anzuhören.«

Als Ilse und Karin kichern, wirft Ursel murmelnd ihre Tasche auf das unterste Bett. Vielleicht wird sie Ilse und Karin in der Nacht den Hals umdrehen. Ich kann mir ein Grinsen nicht verkneifen und tausche einen Blick mit Biene aus. Wieder wünsche ich mir, auf dem Weg nach Hause zu sein.

Wir entscheiden, das Zähneputzen ausfallen zu lassen, und löschen das einzige Licht, eine nackte Birne an der hohen Decke. Während unser Zimmer in Dunkelheit gehüllt wird, rolle ich mich auf dem Bett zusammen und massiere meine eisigen Zehen. Ich könnte die Decke doppelt falten, aber dann müsste ich eingerollt schlafen. Das würde nie im Leben klappen. Ich stehe noch mal auf und hole mir ein Paar Socken. Wieder im Bett höre ich Tilly. Sie schluchzt in ihr Kissen und versucht dabei, leise zu sein. Aber die Geräusche scheinen von den kahlen Wänden widerzuhallen und ich weiß, dass jeder zuhört.

Irgendwann wird es still, ebenmäßiges Atmen kommt von allen fünf anderen Betten. Mir ist immer noch kalt und ich stelle mir vor, wie weiße Atemwolken über unseren Köpfen aufsteigen und morgen früh Eiszapfen von unseren Nasen hängen. Dann wandern meine Gedanken zu Mama und Paul. Peter behalte ich mir für zuletzt auf, versuche, an unsere spaßigen Zeiten zu denken und meine Verärgerung über seinen Enthusiasmus fürs Lager zu ignorieren.

So langsam bezweifle ich meine Überzeugung, dass er der Junge ist, den ich will … oder der mich will. Er sitzt bestimmt unter irgendeinem Baum und hält Händchen mit einem Mädel. Der Gedanke lässt meinen Bauch gefrieren, bis er sich wie eine Eiskugel anfühlt. Ich massiere meine Mitte, aber der Knoten bleibt.

Die Tür öffnet sich und ein Schatten fällt über unsere Betten. Fräulein Heinrich, mit einer Kerze in der Hand, beugt sich über uns. Ich halte meine Augen fest geschlossen und hoffe, dass meine Augenlider nicht flattern. Als sie fort ist, entspringt mir ein Seufzer.

Ich weiß nicht, wann ich letztlich eingeschlafen bin, aber ich erwache zu grellem Licht. Biene hat die Fensterläden geöffnet und lehnt sich hinaus, eine frühe Sonne wirft ihre Strahlen auf mein Gesicht.

»Zeit zum Waschen«, verkündet Tilly. In ihrem Nachthemd sieht sie noch kleiner aus als sonst, der Saum schleift über den Steinboden.

Wir werfen uns verstohlene Blicke zu: sechs magere Mädchen in verwaschenen Nachtkleidern, die sich eine Schüssel mit kaltem Wasser teilen sollen.

»Vergiss es«, sagt Karin. Sie streift ihr Kleid von gestern über, zwingt eine Bürste durchs Haar und flechtet es zu einem Seitenzopf.

Ilse macht es ihr nach. Ursel lässt das Kämmen gänzlich ausfallen und inspiziert stattdessen die Wasserkanne mit dem angekatschten Griff.

»Wir müssen Wasser finden«, sage ich in die Runde. Eine Trillerpfeife ertönt und Sekunden später wird die Tür aufgerissen. Eine junge Nonne mit riesigen blauen Augen rauscht herein.

»Guten Morgen, Mädchen«, sagt sie mit einem warmen Lächeln. »Ich bin Schwester Rose. Sieht so aus, als wärt ihr auf.« Sie dreht sich im Kreis, ihr Habit schwingt wie eine schwarze Wolke um sie herum. »Kümmert euch nicht um das Wasser. Zeit fürs Frühstück. Wir zeigen euch später das Kloster und wo ihr euch waschen könnt.« Sie zögert. »Es gibt ein Waschhaus, aber das

Wasser ist recht kalt.« Sie sieht sich im Zimmer um und klatscht in die Hände. »Jetzt zieht euch schnell an und folgt mir.«

Befangen streife ich mir ein Kleid über, schlüpfe in meine Schuhe und binde mir einen Pferdeschwanz in der Hoffnung, dass keine Strähnen heraushängen. Es gibt keinen Spiegel im Zimmer — so etwas würden die Nonnen sicherlich als Eitelkeit verstehen.

Wir marschieren durch den Korridor, rechts, dann links. Die meisten von uns sind still, voller Erwartung.

Der große Raum, in dem wir uns versammeln, hat ovale Fenster. Weihrauch kitzelt in meiner Nase. Ein Dutzend Nonnen in schwarzen Ordenskleidern stehen vorn neben Fräulein Heinrich, deren Haar in der schwarzen Umgebung unglaublich grell leuchtet.

»Jetzt, da wir alle hier sind, möchte ich euch im Kloster Engelsflug willkommen heißen. Ich bin die Oberin.« Eine Nonne mit einer riesigen Kette aus Holzperlen und einem Kreuz auf dem Bauch breitet ihre Arme aus. »Ihr werdet eure Unterkunft etwas spartanisch finden.«

Ein karges Lächeln spielt auf den Lippen der Oberin. Sie muss alt sein, viel älter als Fräulein Heinrich, hat aber keine Falten. Nicht mal um die Augen. Ihr Gesicht ist rund wie ein Fußball, die Wangen reichen von den Schläfen bis zum Kinn. Ich kehre zu den Augen zurück, konzentriere mich auf deren Blick, auf die Art, wie er den Raum erfasst, alles und jeden darin mustert. Ich schaudere, weil mir klar wird, dass ich unsichtbar bleiben will.

»So ist es unsere Art, also werdet ihr euch daran gewöhnen müssen.« Sie lässt ihren Blick weiterhin hierhin und dorthin schießen, wie ein Adler, der nach Beute sucht. »Wir werden uns bemühen, euren Aufenthalt angenehm zu gestalten. Als Gegenleistung erwarte ich, dass ihr unseren Stundenplan einhaltet, unsere Gebetszeiten und Zeit der Betrachtung respektiert. Das heißt, ihr geht leise durch die Gänge und sprecht niemals mit lauter Stimme. Ihr werdet es beruhigend finden, davon bin ich überzeugt.« Sie hält kurz inne, der Raum ist totenstill. »Ihr werdet in der Küche und im Garten arbeiten, putzen und kochen helfen. Und natürlich werdet ihr lernen und mit eurer Lehrerin Projekte ausführen.« Der verächtliche Blick der Oberin fällt auf Fräulein Heinrich, die merklich zusammenzuckt. »Unterricht und Mahlzeiten finden in diesem Raum statt. Frühstück ist pünktlich um sieben Uhr fünfzehn. Unterricht beginnt um acht. Lasst uns beten.«

Wie die anderen senke ich den Kopf. Die Nonnen murmeln auf dem Podium, aber ich verstehe kein Wort. Ist egal, Gebete interessieren mich sowieso nicht. Mein Magen knurrt, und ich frage mich, was es zu essen gibt.

Verunsichert und eingeschüchtert sitzen wir entlang der schmalen Holztische, die so kahl sind wie die weißgewaschenen Wände. Vier Mädel wurden zum Küchendienst abkommandiert. Schweißtropfen stehen auf ihren Stirnen, während sie einen Handwagen durch den Gang vor sich herschieben. Darauf thronen ein riesiger metallener Topf und eine Porzellanschüssel, aus denen sie unsere Teller füllen. Die Luft riecht nach heißer Milch. Ich hasse den Geruch heißer Milch. Ich weiß, das klingt wählerisch, vor allem, weil es so wenig zu essen gibt. In dem Moment erscheint der Teller mit Milchsuppe vor mir. Obendrauf schwimmen drei halbe gekochte Pflaumen und ein Fleckchen lila Soße.

Während die meisten meiner Klassenkameradinnen ihren Haferflockenbrei hinunterschlingen, picke ich die Pflaumenstücke heraus. Die klumpige Suppe erinnert mich an eine Szene vor vielen Jahren, als Mama versucht hatte, mir eine ähnliche Mahlzeit aufzuzwingen. Ich kann nicht älter als drei oder vier gewesen sein, aber ich erinnere mich noch an den Geschmack und Mamas drohende Blicke. Nach ein paar Bissen erschien der ganze Schlamassel wieder auf dem Tischtuch. Mama schimpfte, aber von da hatte es nie wieder Milchsuppe gegeben.

»Isst du das?«, fragt Biene. Sie begutachtet meinen Teller — ihrer ist sauber gekratzt.

Ich schiebe ihr den Brei entgegen und frage mich, ob ich an Hunger sterben werde, wenn es jeden Tag Milchsuppe gibt.

Um Punkt acht Uhr sitzen wir wieder auf den Bänken. Fräulein Heinrichs Wangen glühen, das Rot sticht sich mit dem Rot ihrer Haare. In der letzten Sekunde gleitet Biene auf den Sitz neben mir. Sie musste den Tisch abräumen und spülen.

Ihre Hand schiebt mir etwas auf den Schoss und sofort steigt mir das köstliche Aroma von Brot in die Nase. Nicht irgendein Brot, sondern Schwarzbrot mit Roggen und Molasse. Ich riskiere einen Blick auf Biene, deren Mundwinkel zucken. Ich senke den Kopf und beiße schnell ab. Als ich aufschaue, liegt Fräulein

Heinrichs Blick auf mir. Sie weiß Bescheid.

Zu meiner Überraschung sagt sie nichts dazu, sondern beginnt: »Ihr habt's gehört, Mädchen. Zeit zu lernen. Ich habe einen Stundenplan gemacht.« Irgendwoher hat das Kloster eine Tafel organisiert, die jetzt Fräulein Heinrichs ordentliche Schrift trägt. »Schreibt ihn ab oder prägt ihn euch ein.«

Ich weiß, dass die letzte Bemerkung mir gegolten hat.

»Montag- bis Freitagmorgen lernen wir und samstags gibt es, wenn das Wetter mitspielt, Ausflüge. Nachmittags kümmern wir uns um die Klosterarbeit und wenn Zeit genug bleibt, machen wir draußen Leibesübungen. Sonntags soll eine Flaggenzeremonie stattfinden, welche ich noch mit der Oberin absprechen muss. Jeden Samstag und Dienstag schreiben wir Briefe nach Hause.«

Murmeln erhebt sich in der nüchternen Halle, die wie eine Katakombe wirkt und ähnlich kalt ist. Die größere Version eines ernsthaften Jesus beobachtet mich von einem Holzkreuz an der Wand. Ich stelle mir vor, wie er mir zuzwinkert und seine rotgefärbte Hand zum Gruß hebt.

Ich fühle mich ein bisschen wie er: ein hilfloser Zuschauer, der kalt und irgendwie nackt das Geschehen beobachtet, weit entfernt von allem, was er kennt.

Fräulein Heinrichs Stimme dringt zu mir durch. »Ihr schreibt über euren Aufenthalt und ich werde eure Briefe lesen, bevor sie verschickt werden.« Ihr Ausdruck ist verschlossen, ihre Lippen zusammengepresst, als wäre es zu anstrengend, die Worte zu formen. »Das sind die Auflagen des Reichsamts.«

Ich schleppe einen Blecheimer mit Wasser, Seife und eine Bürste zur Latrine. Wie das Glück es wollte, habe ich Toilettenputzdienst — die ganze Woche. Jede in meiner Klasse erhielt eine Arbeit, und ich bekam die schlimmste zugeteilt. Mein früherer Hunger ist vergessen, der Geruch und Geschmack der wässrigen Graupensuppe vertrieben durch den Gestank einer Gruppentoilette.

Mit Schrecken starre ich auf die Reihe der Klosetts entlang der Wand. Es gibt keine Wände oder Abtrennungen, nur eine Anzahl von nebeneinanderliegenden Steinsitzen. Zeitungspapierstreifen hängen an einem Nagel an der Wand am Eingang. Mir bleibt nur, an etwas anderes zu denken ... an jemand anderen.

Während ich innerlich Peters Gestalt hervorrufe, beginne ich mit der Arbeit. Ich erinnere mich daran, wie er das Amselbaby fand. Es war aus dem Nest gefallen und hatte kaum Federn, es hechelte mit seinem gelb umrandeten Schnabel, während seine blauen Glubschaugen geschlossen blieben.

»Vielleicht können wir ihn retten«, hatte Peter gesagt und das Tierchen vorsichtig mit einem Handschuh aufgehoben. »Es braucht Essen und Wärme.«

Damals hatte ich gedacht, dass jeder andere Junge es hätte sterben lassen.

Peter

Eine Woche später hatten wir unsere Betten und das Klassenzimmer organisiert. Das Problem war, dass keiner von uns kochen konnte. Palme war Junggeselle und schien sich schwerzutun, den Ofen anzuschalten. Also dekorierten wir die gekochten Kartoffeln und Steckrüben mit Salatblättern und bezeichneten das als Mahlzeit.

Bauer Lawinski hatte außerdem zwischendurch Mehl und ein paar Eier vorbeigebracht, also versuchten wir uns mit Pfannkuchen und Brot. Weder das eine noch das andere schmeckte, die Pfannkuchen waren matschig und das Brot krümelig. Trotzdem war es besser, als zu hungern. Palme hatte an Reichsamt, Schulrat und Körlins Bürgermeister geschrieben und sich über unseren Empfang beklagt. Genaueres hatte er nicht erwähnt, aber ich war sicher, es waren Worte scharf wie Schwerter dabei.

Heute Morgen war ein Mann im braunen Anzug erschienen, irgendein Beamter vom Reich, der sich die Schule angesehen und dabei gemurmelt und den Kopf geschüttelt hatte. Laut Palme sollen wir bald Hilfe bekommen, aber alles muss über die *ordnungsgemäßen* Kanäle abgewickelt werden. Der »Braune« hatte erklärt, dass die Hitlerjugend einen Fehler begangen habe, indem sie verwendbare Gebäude gezählt und gelistet habe, ohne sicherzustellen, ob verschickte Jugendliche dort einziehen könnten.

Palme müht sich, uns Mathe, Geschichte und Literatur beizubringen. Wir haben einen Weltatlas und ein paar Kopien von Thomas Manns *Die Buddenbrooks* entdeckt. Außerdem zitiert Palme gern Rilke. Dazu trägt er ein abgewetztes Exemplar einer Gedichtsammlung in der Anzugtasche. Gerade liest er *Vor dem*

Sommerregen, irgendwas von einer bedrohten Kindheit und grauenvollen Erinnerungen. Ich habe keine Ahnung, worum es geht, und es ist mir auch egal. Ich würde lieber die Gegend erkunden und nach Essbarem suchen, um unsere Speisekarte aufzustocken.

Karl-Heinz wirkt benommen und hat eine verdächtig glänzende Stirn. Er sieht erhitzt aus, obwohl es im Klassenzimmer nicht gerade warm ist.

»Karl-Heinz, kannst du wenigstens so tun, als ob du teilnähmst?« Palme stopft die Eselsohrenkopie von Rilke in seine Jackentasche.

Normalerweise würde Karl-Heinz jetzt irgendeinen trockenen Kommentar von sich geben, »Ich höre mit geschlossenen Augen zu.« oder »Ich kann gern übernehmen.« Aber heute Morgen bleibt er wortlos. Jetzt mache ich mir wirklich Sorgen.

Scheinbar ist Palme ebenfalls beunruhigt, denn er eilt auf uns zu und legt Karl-Heinz die Hand auf die Stirn. In seiner Vertrautheit ist diese Geste zugleich tröstend und alarmierend.

»Du brennst ab, sofort nach oben«, sagt Palme. Innerhalb von Sekunden nehmen wir Karl-Heinz zwischen uns, um ihn ins Bett zu bringen. Ich fühle die Hitze seiner Brust an meinen Achseln, während wir ihn halb ziehen, halb tragen. Derweil wir uns abmühen, verschwimmen die Treppen und etwas Saures steigt aus meinem Magen. Tief im Innern weiß ich, dass etwas Schlimmes mit Karl-Heinz los ist.

Acht Strohsäcke reihen sich an der Wand entlang. Karl-Heinz schläft auf dem letzten in der Ecke. Nachdem er auf seinem Bett zusammengesackt ist, berühre ich sanft seine Stirn — eindeutig in Flammen. Er röchelt und als er sich erschöpft an die Kehle fasst, bemerke ich seinen geschwollenen Hals.

Jetzt mache ich mir wirklich Sorgen. Karl-Heinz ist nie krank. Tatsächlich kam er immer zu Besuch, wenn ich mit Grippe im Bett lag. »Die Bazillen mögen mich nicht«, sagte er jedes Mal. Jetzt mögen sie ihn definitiv.

Christian erscheint im Türrahmen, mit vor Sorge zusammengezogenen Brauen. »Palme sagt, du sollst den Doktor holen«, sagt er mit zittriger Stimme. »Jetzt sofort.«

Christian ist mindestens zehn Zentimeter grösser als wir und scheint nur aus Ellbogen, Knien und schlaksigen Gliedmaßen zu bestehen, die allesamt falsch eingehängt sind. Wenn man ihn laufen sieht, bewegt er sich wie eine Marionette, deren Puppenspieler besoffen ist. Im Moment glänzen seine Augen feucht, als ob er gleich losheulen wollte. Er wohnt neben Karl-Heinz und sie sind seit dem ersten Schuljahr Freunde.

Ich renne davon. In meiner Verwirrung steuere ich auf das Haus der alten Mumie zu.

»Was ist passiert?«, ruft Frau Weber vom Eingang her. Erstaunlicherweise hat sie mich trotz ihrer trüben Augen erkannt.

»Karl-Heinz ist schlimm krank.« Panik treibt mich zu der Alten. »Er braucht einen Arzt.«

»Dazu musst du nach Körlin.«

Ich versuche, Luft in meine verengten Lungen zu saugen. Ich hab keine Ahnung, wie weit es bis zur Stadt ist.

Die Alte deutet mit dem arthritischen Zeigefinger. »Da hoch, dann links auf die Hauptstraße, bis du das Stadtschild siehst.«

Ich nicke benommen.

»Nimm Ingo«, sagt sie. »Es ist ein Stück.«

Als ich nicht reagiere, schlurft sie zur Scheune, wo der steinalte Esel Heu kaut. Das darf doch nicht ihr Ernst sein. Das Tier fällt jeden Moment um.

Die Alte gackert. Sie klingt wie eine Hexe, aber Belustigung spiegelt sich in ihren Zügen. Anscheinend hat sie meine Gedanken erraten, denn sie sagt: »Er ist schneller, als er aussieht — und er kennt den Weg. Früher sind wir zusammen zum Markt gegangen.«

Und so kommt es, dass ich Körlin auf einem Esel reitend erreichte. Tatsächlich fiel Ingo zeitweise in einen unruhigen Trott, obwohl ich allein wahrscheinlich schneller gewesen wäre. Mein Hintern ist feucht und stinkt nach Esel, aber das ist mir jetzt auch egal. Ich muss mich beeilen.

Ich frage mich durch, bis ich den Doktor finde, einen alten Mann mit grauem Haar und passendem Bart, der sofort nach seiner Tasche greift und mich bittet, ihn auf dem Buggy zu begleiten. Ich binde Ingo hinten an und hoffe, dass er die Strapaze überlebt. Im Vergleich zu Frau Webers halbtotem Esel schlägt die schwarze Stute ein ordentliches Tempo an.

Offensichtlich hat Palme aufgegeben, heute Morgen zu unterrichten. Unsere Klasse lungert in den Gängen herum. An der Tür zum Schlafraum hebt der Doktor die Hand.

»Nicht weiter. Am besten geht ihr alle nach draußen — und wascht euch gründlich die Hände. Jetzt!«

Zögernd schlendern wir davon. Die Zeit vergeht im Schneckentempo, während wir auf dem Schulhof umherwandern. Ich kann mich auf nichts konzentrieren. In meinem Kopf schwirren die Szenen durcheinander: Karl-Heinz' heißes Gesicht, die Art, wie er sich die Treppen hochschleppte. Er benahm sich wie ein Greis im Altersheim.

Ich sinke auf einen Stein und starre ins Leere.

»Glaubst du, er hat was Schlimmes?«, fragt Christian. Ich habe nicht gemerkt, wie er sich genähert hat.

Unsicher, ob meine Stimme funktioniert, zucke ich die Schultern. Mit einem Seufzer lässt sich Christian neben mir nieder — die Stille zwischen uns ist fast tröstend.

Bisher ist unsere Reise kein bisschen so, wie ich es erwartet hatte. Heute Morgen mussten wir die Flagge hissen, die der Mann im braunen Anzug uns dagelassen hat. Angeblich sollen wir jetzt jeden Morgen und Abend einen Flaggenappell durchführen. Keiner von uns hat Lust, die erforderlichen Lieder und Sprüche vorzutragen …

Die Fahne hoch!
Die Reihen fest geschlossen!
SA marschiert
Mit ruhig festem Schritt.

Ich habe bei den restlichen zwei Strophen abgeschaltet. *Unsere* Fahne hängt schlapp wie ein alter Lappen … wie ich mich fühle.

Irgendwann erscheint Palme. Seine Miene ist noch düsterer als zu Beginn unserer Reise. »Karl-Heinz hat Diphtherie«, erklärt er. »Das ist hochansteckend, also darf keiner ins Zimmer. Körlin hat kein Krankenhaus, aber der Arzt wird eine Pflegerin organisieren, die sich um Karl-Heinz kümmert.« Palme zögert. »Es ist möglich, dass noch mehr von euch infiziert sind.« Er zieht ein Stück Papier aus der Tasche. »Meldet euch, wenn ihr eine der folgenden Symptome habt: Müdigkeit, Schluckprobleme, Bauch- oder Gliederschmerzen, Übelkeit oder Erbrechen.«

Ich überfliege die Menge, während ich innerlich die verschiedenen Leiden durchgehe. Mein Hintern schmerzt. Ist das vom Eselreiten oder werde ich krank? Mein Hals ist irgendwie geschwollen, aber das ist eher von der Sorge um Karl-Heinz und der Anstrengung, nicht loszuheulen.

Ich habe Fragen. Was wird mit Karl-Heinz passieren? Wird er sterben?

Einige Jungs melden sich, einer davon ist Christian. Palme scheucht sie nach drinnen, damit der Doktor sie untersuchen kann.

Der Rest von uns geht ein weiteres Mal in den Waschraum, Hände waschen.

Christian kehrt zurück, während wir eine weitere Kartoffel- und Salatmahlzeit zubereiten. Die Salatblätter sind weich und gelblich, aber wir können es uns nicht leisten, etwas wegzuwerfen.

»Ich bin wohl in Ordnung«, sagt Christian leise. Er schnappt sich eine Handvoll Kartoffeln und wäscht sie im Spülbecken. »Was ist, wenn er stirbt?« Wasser tropft von seinen Händen, die Kartoffeln sind vergessen, seine knochigen Arme hängen herunter — besiegt.

»Quatsch«, spotte ich. »Karl-Heinz ist zu eigensinnig, um abzukratzen.« Ich drehe mich abrupt weg, um nach dem großen Topf zu suchen. Muss mich beschäftigen.

Es ist bestimmt schon Mitternacht und in unserem Schlafsaal ist es still. Ich liege auf einem neuen Strohsack, weil wir nichts aus dem Zimmer, in dem Karl-Heinz liegt, holen durften. Den ganzen Tag über habe ich den Wunsch unterdrückt, nach oben zu rennen und die Pflegerin, eine mütterlich aussehende Frau von einem nahegelegenen Bauernhof, nach Karl-Heinz zu fragen.

Der Wind rüttelt an den Fenstern und ich frage mich, ob Karl-Heinz noch atmet.

KAPITEL SECHS

Hilda

Ich wache früh auf und bemerke sofort den Geruch: Urin. Er ist so durchdringend, dass ich mich frage, ob jemand den Nachttopf bei der Tür umgestoßen hat. Aber der Deckel liegt fest auf.

Vorsichtig klettere ich aus dem Bett und stelle fest, dass der von Tilly herrührt. Im Halbdunkel, das durch Fensterläden sickert, schimmern ihre hellen Locken wie ein Heiligenschein um ihre Wangen. Sie schläft und ausnahmsweise sieht sie friedlich aus.

Jeden Moment wird der Alarm schallen und dann wissen alle, was Tilly getan hat. Also berühre ich leicht ihre Schulter. Tilly öffnet die Augen. In dem Moment, als ich den Zeigefinger auf meine Lippen lege, bemerkt sie ihr Problem. Ihre Augen weiten sich, während sie von mir weg zur Wand rutscht.

Ich fuchtele mit den Armen, will ihr andeuten, dass sie schnell aufstehen soll — bevor Karin und ihr böser Zwilling Ilse etwas herausfinden. Oder diese schreckliche Nonne, die sie Oberin nennen.

Ich habe einen Plan.

Heute schreiben wir unseren ersten Brief nach Hause. Auf der Tafel hat Fräulein Heinrich Ideen gelistet. »Glücklich« und »Spaß« werden genannt, außerdem »friedlich« und »sicher«.

Aber Fräulein Heinrich sieht nicht glücklich aus. Sie trägt

keinen Lippenstift mehr und ich vermute, die Nonnen haben es verboten. Aber da stimmt noch anderes nicht.

»Sobald wir fertig sind, machen wir einen Spaziergang«, unterbricht Fräulein Heinrichs Stimme meinen Gedankengang, also schreibe ich:

> *»Liebe Mama,*
> *Wir sind gut im Kloster Engelsflug angekommen. Es wird von Nonnen geleitet und ist ein friedlicher Ort. Wir sind sicher untergebracht. Unsere Lehrerin beschäftigt uns morgens und wir haben ~~Arbeit~~ Spaß an den Nachmittagen. Ich vermisse dich so sehr. Bitte schicke mir bald Neuigkeiten. Vor allem, wenn du von Paul hörst. ~~Oder Peter.~~ Bitte gib Frau Breuer meine Adresse, falls Peter mir schreiben will.*
> *Alles Liebe,*
> *Hilda«*

Wir verbringen den Rest des Nachmittags mit dem Identifizieren von Kräutern und essbaren Pflanzen im Klostergarten. Bis jetzt ist das mein Lieblingsort. Die gepflegten Beete befinden sich in Holzboxen. Jede Pflanze trägt ein Namensschild und es riecht nach Rosmarin und Lavendel, Zitronenmelisse und Minze. Nächste Woche darf ich hier arbeiten.

Für Samstag planen wir eine Wanderung in den Wäldern, die das Kloster in dichter, grüner Fülle umgeben. Es ist unmöglich zu erkennen, wo und wie weit der nächste Ort entfernt ist. Ich plane, weitere Kräuter und Pflanzen für die Klosterküche zu finden.

Ich habe mich an die stinkige Milch gewöhnt. Musste es, weil mein Magen vor Hunger so schmerzte, dass ich mich im Unterricht nicht konzentrieren konnte. Die Nonnen sind offensichtlich arm — oder vielleicht glauben sie, so zu leben, als wären sie im Hungerstreik, würde sie Gott näherbringen.

Die Abendessen bestehen aus Suppen und etwas Brot. Heute gibt es Erbsensuppe. Nicht die dicke Erbsensuppe, die ich von zu Hause kenne, sondern ein grünliches Wasser mit einer Handvoll zermatschter Erbsen, ähnlich dem veralgten Teich im Schrebergarten. Oh, wie ich das Kochen zu Hause vermisse. Aber ich habe Angst, darüber zu schreiben — genau wie ich davor Angst habe, Mama von Tillys nächtlichen Unfällen zu erzählen, von den strikten Nonnen und meinem Heimweh.

Der Führer sagt, Angst sei Schwäche. Er will, dass wir Mädchen stark und mutig wie Krieger sind. Ich weiß nicht, wie die anderen darüber denken, aber ich fühle mich wie eine Fälschung. Nicht stark, nicht mutig, sondern die Dinge ersehnend — und die Menschen zu Hause —, die ich nicht haben kann.

Nach dem Essen haben wir eine Freistunde zum Lesen, doch ich habe zu tun. Ich tue so, als müsste ich zur Toilette, stattdessen schlüpfe ich in den Hausratsraum daneben. Dort lagern die Nonnen Reinigungsmittel. In der Ecke wartet ein Eimer, in dem Tillys Bettlaken schwimmen. Ich muss sie noch mal ausspülen und dann irgendwo möglichst warm zum Trocknen aufhängen.

Ha! Das Kloster ist klamm und kalt und ich kann mir nicht vorstellen, wie es erst im Winter werden soll. Ich kann nur hoffen, dass wir spätestens im November heimfahren. Dann sind die sechs Monate um.

Im tiefen Spülstein fülle ich einen weiteren Eimer und ziehe die Betttücher herüber. Zum Glück ist der Geruch fort. Ich musste extra Seife nehmen, die ich normalerweise zum Putzen gebrauche. Ich wringe die Laken aus und beschließe, es auf dem Speicher zu probieren. Zumindest glaube ich, dass über uns ein Dachboden liegt, denn eine schmale Stiege führt vom Flur nach oben. Mit etwas Glück kann ich ungesehen hingelangen. Erfreulicherweise hatte Tilly Wäschedienst und konnte frische Laken unter ihrem Kleid schmuggeln. Sie ist so dünn, kein Mensch hat etwas gemerkt.

»Was machst du hier oben?«

Ich erschrecke mich dermaßen, dass mein Eimer auf die Holzdielen poltert und die Wäsche sich mit leisem Klatschen daneben ergießt. Ein schwarzer Schatten flitzt an meine Seite und ich befinde mich Auge in Auge mit Schwester Rose, der jungen Nonne, die uns am ersten Morgen aus dem Zimmer geholt hat. Sie lächelt, ihre Zähne sind so weiß wie die Bundhaube auf ihrem Kopf.

»Ent…schul…digung«, stottere ich.

Die Nonne hebt den Eimer mit der Wäsche auf und reicht ihn mir. »Du wäschst so spät?«

Ich nicke stumm. Meine Wangen sind heiße Lava und mein Mund trocken. Meine Gedanken wirbeln. Eine Beschwerde bei der Oberin … hasserfüllte Blicke … Strafen. Vielleicht muss ich auf den Knien beten. Oder nach Hause —.

Das junge Gesicht der Nonne ist immer noch nahe. »Mach dir keine Gedanken. Ich dürfte auch nicht hier oben sein.« Sie lächelt verschwörerisch.

Ich räuspere mich und sage: »Danke. Ich muss nur die Laken trocknen.«

Schwester Rose streckt den Arm aus. »Ich helfe dir.«

Zusammen drapieren wir ein Teil über einen der schrägen Stützbalken, die im Boden verankert sind. Das andere kommt auf den Handlauf an der Treppe.

Die Nonne dreht sich zu dem winzigen Fenster unter den Dachbalken. »Willst du gucken?«, fragt sie.

Ich schleiche näher, bin befangen, so nahe dem schwarzen Habit. Draußen, unter der Dachrinne, klebt ein unordentliches Nest aus Lehm und Stroh. Darauf sitzt ein Mauersegler, ein Weibchen. Mit der weißen Brust und den langen spitzen Flügeln sieht sie wie ein kleiner Greifvogel aus. Ihre braunen Federn sind weiß umrandet. Sie hat große schwarze Augen, die leicht nervös wirken.

»Oh«, kommt es aus mir, »wie schön.«

»Sie hat fünf Eier.« Schwester Rose kichert, ein seltsames Geräusch an diesem düsteren Ort. Sie streckt eine makellose Hand aus.

Ich schüttele sie und muss lächeln.

Sie kichert wieder. »Dein Geheimnis ist bei mir sicher. Solange du meins behältst.«

»Allzeit.«

Schwester Roses Miene wird ernst. »Ich gehe besser, bevor mich einer vermisst. Ich soll beten.« Sie legt einen Zeigefinger auf ihre Lippen und gleitet die Treppen hinunter. Ich schaue ihr ehrfürchtig nach und muss dann grinsen.

Ich habe eine Nonne als Freundin.

Peter

Während Palme über Napoleon referiert, schweifen meine Gedanken ab. Heute Morgen ist eine andere Frau erschienen, um Karl-Heinz zu pflegen. Ich sah sie mit unserem Lehrer flüstern, aber keiner sagt uns was. Gleichermaßen besorgt und gelangweilt, male ich auf dem kostbaren Papier, das Palme ausgeteilt hat.

In dem Moment bemerke ich draußen eine Bewegung. Bevor

ich Zeit habe, Palme darauf aufmerksam zu machen, schreit und gestikuliert Udo Lempski, unser Besserwisser: »Wir haben Besuch!«

In Windeseile schieben und drängeln wir uns an die Fenster. Auf dem Schulhof rollen drei Laster vor den Eingang. Eine Meute Jungs in beige-schwarzen Uniformen der Hitlerjugend, mit roten Hakenkreuz–Armbinden auf den Ärmeln, springt heraus. Der Fahrer des ersten Wagens trägt die braune Uniform der NSDAP, *Braunhemden* genannt.

Während Palme davoneilt, die Leute zu begrüßen, hängen wir aus den Fenstern. Die Hitlerjugend lädt die Wagen aus, trägt Säcke und Kartons ins Gebäude. Zwei marschieren zum Fahnenmast, hissen die rote Hakenkreuzfahne und salutieren. Seitdem Karl-Heinz krank ist, hat Palme die Zeremonien ausfallen lassen.

Im Flur erheben sich Stimmen — wütende Stimmen.

Wir eilen zur Tür und spähen hinaus. Palme spricht mit dem Braunhemd. Beide sind rot im Gesicht.

»Ich habe Proviant angefordert, nicht zurechtgewiesen zu werden«, schreit Palme.

»Laut meinem Befehl übernimmt ab sofort der Lagerführer — und das sind jedenfalls nicht Sie.« Der Mann signalisiert einem Jungen, der vielleicht siebzehn ist, er solle zu ihm kommen.

Der Junge hat blonde Haare und ist fast so groß wie Palme, nur viel dünner. Er knallt die Hacken zusammen und salutiert. »Werner Zeibler, alles unter Kontrolle. Wir hörten, Sie haben einen kranken Jungen.«

Mein Magen zwickt. Karl-Heinz.

»Er wird gleich abgeholt«, sagt Zeibler, während der Braune davonmarschiert. »Sie können zum Unterricht zurückkehren.«

Ich registriere erstaunt, wie Palme mit wütendem Gesichtsausdruck auf uns zukommt.

»Rein«, schnaubt er. »Macht die Tür zu.«

Wir drängeln zu unseren Stühlen und beobachten unseren Lehrer, der nicht die richtigen Worte zu finden scheint.

»Ihr habt's gehört«, sagt er endlich. »Karl-Heinz wird abgeholt. Das ist für uns alle sicherer.« Auf der Unterlippe kauend, steht er für einen Moment unschlüssig da. Dann seufzt er und nimmt ein Stück Kreide. »Wir machen mit Napoleon weiter.«

Während Palme vor sich hin murmelt, beobachte ich, wie die Hitlerjugend die Entladung der Fahrzeuge beendet. Fast entgeht mir das Klopfen an der Tür, aber da schreitet Zeibler auch schon ins Zimmer, eine Akte in der Hand.

»Ich weiß, es ist Unterrichtszeit, aber die Situation bedarf einer Ausnahme.«

»Ich wäre Ihnen dankbar —.«

Zeibler hebt eine Hand, um Palme zu unterbrechen. »Ich brauche sechs Jungs für die Küche, um die Verpflegung wegzuräumen und Kartoffeln zu schälen. Ich brauche sechs weitere zum Sortieren und Austeilen der Uniformen.« Mit angewidertem Gesicht lässt er seinen Blick über uns schweifen. »Bis Mittag will ich jeden von euch in Uniform sehen. Ich brauche vier weitere Jungs zum Schreiben der rotierenden Stundenpläne. Die anderen können saubermachen.« Er überreicht Palme ein Papier. »Hier ist der neue Stundenplan. Ich erwarte, dass ihn bis heute Abend jeder auswendig kann.« Er dreht sich auf dem Absatz um, überlegt es sich anders und wendet sich uns erneut zu, sein Ausdruck bleibt dabei unlesbar. »Ab heute findet die Fahnenzeremonie bedingungslos zweimal am Tag statt.«

Die Tür knallt hinter Zeibler zu, doch Palme bleibt ein zweites Mal bewegungslos stehen. Dann schaut er uns an. »Ihr habt's gehört. Wer will in die Küche?«

Keiner von uns meldet sich. Ich hasse Kartoffelschälen.

»Also gut, dann werde *ich* für euch wählen.«

Nach dem Mittag und kurzer Pause versammeln wir uns in unseren Uniformen auf dem Schulhof. Die meisten von uns hatten unsere alten Dinger mitgebracht, aber diese hier sind nagelneu. Zeibler lässt uns in Sechserreihen aufstellen.

»Zeit zum Training«, erklärt er. »Wir beginnen mit marschieren. Linker Fuß zuerst. Vorwärts, marsch!«

Wir stolpern dreißig Meter voran, bevor die Pfeife ertönt. »Stopp, STOPP!« Zeibler baut sich vor uns auf, seine Miene ist so angewidert, als hätte er in Hundescheiße getreten. »Noch mal von vorn.« Er zeigt auf Christian, dessen schlaksige Gliedmaßen nicht mal ihm selbst folgen, geschweige denn einem arroganten Kerl in Uniform. »Du da, pass gefälligst auf. Dein linker Fuß zuerst. Passe deinen Schritt an. Achte auf deinen Vordermann.«

Wir marschieren wieder los, Christians Ohren glühen unmittelbar vor mir. Diesmal marschieren wir fünf Minuten lang.

Die Pfeife trillert erneut. Ich behalte Zeibler im Blick, will meine Faust in seine unverschämte Fresse schleudern. Was für ein Arschloch.

Zeibler richtet einen knochigen Zeigefinger auf Christian. »Du, wie heißt du?«

»Christian Koch.«

»Kannst du nicht geradeaus gehen?«, schnaubt Zeibler. »Das kann doch nicht so schwierig sein.«

Christians Ohren leuchten, während ich mir Zeibler mit blutender Nase vorstelle. Ein leichter Nieselregen weicht unsere Kleider auf, aber das kümmert den Möchtegernsoldaten nicht. Wir laufen Sprints, machen im Matsch Rumpfbeugen, laufen weiter und marschieren noch mal.

»Welch ein erbärmlicher Haufen!« Zeibler schielt auf seine Armbanduhr. »Entlassen.«

Wortlos schleppen wir uns nach drinnen. Meine Beine brennen vor Müdigkeit und ich habe Kohldampf. Zum ersten Mal wünsche ich mir ernsthaft, zu Hause geblieben zu sein.

KAPITEL SIEBEN

Hilda

Als ich am nächsten Tag nach dem Mittagessen in mein Zimmer schleiche, liegt ein fein gefaltetes Set Bettlaken auf meinem Kopfkissen. Schwester Rose, denke ich dankbar. Leider hatte Tilly einen weiteren Unfall, obwohl sie vor dem Schlafengehen zweimal auf Toilette war und ich sie beim Abendessen daran erinnert hatte, weniger zu trinken.

Ich weiß, das, was sie plagt, hat nichts mit der Menge Flüssigkeit zu tun, die sie konsumiert. Sie ist einfach traurig. Und hat Angst vor den hässlichen Zwillingen und der Oberin. Ich bin versucht, ihr von Schwester Rose zu erzählen, aber ich muss mein Versprechen gegenüber der Nonne halten.

Schnell mache ich Tillys Bett mit den frischen Tüchern und verstecke die schmutzigen darunter, bevor ich Mamas Brief erneut lese.

»Liebste Hilda,

ich hoffe, dir geht es gut. Ich vermisse dich so. Frau Breuer sagt, Peter gehe es gut. Er hat geschrieben, dass ihm sein neues Heim, eine ehemalige Schule, gefällt und dass sie viele interessante Unternehmungen machen. Er schickt dir Grüße. Ich habe Frau Breuer deine Adresse gegeben, damit Peter dir direkt schreiben kann ...«

Meine Gedanken wandern. Peter liebt sein Leben und ich hasse meins. Was ist nur mit mir los? Ich wette, weder ist ihm kalt, noch leidet er Hunger. Ich massiere meinen Hals, der auf einmal steif ist und schmerzt. Wie konnte er nur so gern abreisen?

»Was machst du hier?« Die Oberin füllt den Türrahmen wie ein überdimensionales schwarzes Zelt.

Ich zucke zusammen und stopfe den Brief unter mein Kopfkissen.

»Was hast du da?«

»Einen … Brief von meiner Mutter.«

Die Oberin streckt den Arm aus, rosige Finger zappeln wie pinkfarbene Würstchen. »Gib ihn mir.«

Besorgt, meine Zunge könnte erscheinen, um ihr zu zeigen, was ich von ihr halte, beiße ich mir auf die Unterlippe. Die Worte schlüpfen trotzdem heraus. »Aber er gehört mir.«

»Gib ihn her, aber sofort.«

Trotz meiner Angst fällt mir auf, dass die Augen der Frau so schwarz sind wie ihr Habit. Ich händige ihr den Brief aus und senke den Blick.

»Du meldest dich jetzt sofort zum Dienst.«

Ich eile wortlos an ihr vorbei. Sockenstopfen steht auf dem Programm, aber nachdem ich neben Biene sinke, kriege ich den blöden Faden nicht durchs Öhr.

»Ich helfe dir«, flüstert Biene. Wir sollen nicht sprechen. Eine ältere Nonne, die aussieht, als kaue sie Zitronen, liest vor uns in der Bibel. Da sie nicht aufschaut, fragt Biene: »Was ist passiert? Du bist rot wie eine Mohnblume.«

»Shh.« Die Augen der alten Nonne durchbohren meine beste Freundin, also zucke ich die Schultern und versuche, mich auf die durchgescheuerte Socke zu konzentrieren. Meine Finger weigern sich, zu kooperieren, während die Szene mit der alten Schrulle sich in meinem Kopf wiederholt. Das Mädel, dessen Socke ich stopfen soll, tut mir leid.

Zum Abendessen versammeln wir uns wie immer. Heute Abend gibt es Kartoffeln mit wässriger Soße und zähen Fleischschnipseln. Ich will gar nicht wissen, welches Tier dafür sterben musste.

Anstatt des gewohnten Gebets erklimmt die Oberin das Podium. »Es scheint so, als hätten einige von euch noch nicht die

Regeln gelernt. Diese Gemeinschaft kann nur funktionieren, wenn wir alle zusammenarbeiten und Gehorsam leisten. Wir haben Regeln und halten uns an strikte Versprechen. Ich erwarte, dass ihr alle sie einhaltet.« Sie nickt Fräulein Heinrich zu, deren Wangen wie ihr Haar glühen. »Jetzt beten wir.«

Ich bin mir sicher, dass jedes dieser Worte an mich gerichtet war, und ducke mich auf meinem Stuhl.

Nach dem Abendessen erwischt mich Fräulein Heinrich im Gang. »Was ist passiert?«, fragt sie mit undurchdringlicher Miene.

Ich zucke die Schultern. »Ich wollte doch nur Mamas Brief lesen.«

Fräulein Heinrich legt eine schmale Hand auf meinen Unterarm. »Sei vorsichtig, Hilda. Wir sind hier zu Gast und die Reichsverwaltung hat genaue Anweisungen gegeben. Die Oberin ist … streng.«

»Wann bekomme ich meinen Brief zurück?«

»Bald.«

Ich weiß, dass meine Lehrerin noch mehr sagen möchte, aber sie hat Angst. Mein Hals zieht sich zusammen, weil mir klar wird, dass sie ebenso machtlos ist wie ich. Ich will ihr von Tilly erzählen, aber ich kann es nicht riskieren. Stattdessen eile ich mit hängendem Kopf in unser Zimmer.

»Ich glaub es nicht«, höhnt Karin im selben Moment.

»Wie ein Baby«, sagt Ilse. »Wegen dir stinkt der ganze Raum.«

Mir fallen die schmutzigen Laken unter Tillys Bett ein. Ich wollte sie vorhin einsammeln, aber die verdammte Oberin …

Tilly kauert auf dem einzigen Stuhl, ihre Hände hat sie unter den Beinen versteckt. Sie ist blass, ihre Augen sind zum Glück trocken.

Karin und Ilse, beide mit vor der Brust gekreuzten Armen, ragen wie Aasgeier über ihr auf. Die Laken liegen zusammengeknüllt auf dem Boden.

»Sie kann nichts dafür«, sage ich und wünsche mir, Biene wäre hier.

Karin dreht sich auf dem Absatz zu mir um. »Wer macht dich zur Expertin?«

Meine Güte, ist die blöd. »Würde irgendjemand absichtlich in sein Bett pinkeln?«

Ilse ignoriert mich. »Wir sagen es besser Fräulein Heinrich.«

»Und der Oberin«, fügt Karin hinzu. »Sie hat ein Recht darauf, zu wissen, welche Schweine unter ihrem Dach schlafen.«

»Bitte tut das nicht«, flüstert Tilly.

Ilse ist schon an der Tür. »Kommst du?«, sagt sie zu Karin.

»Warum hältst du nicht die Klappe?« Ich stelle mich in Karins Weg. »Das geht dich nichts an.«

Karin schubst mich zur Seite, ihr Ellbogen rammt sich scharf in meine Rippen. In dem Moment kommt Biene herein, ein Handtuch über der Schulter.

»Was ist denn hier los?« Ihr Blick schweift durchs Zimmer und bleibt an mir hängen.

»Tilly ist ein Schwein«, sagt Karin und zieht an Ilses Arm. »Komm schon.«

Ich stehe mitten im Zimmer, weiß nicht, was ich tun soll. Ich will den Ziegen hinterherrennen, und ich will Tilly verstecken. Sie von hier entführen — uns beide entfernen.

»Sie haben herausgefunden, dass ich ins Bett mache«, sagt Tilly mit unsicherer Stimme.

Biene nickt. Ich glaube, sie wusste es schon. »Was jetzt?«, fragt sie.

Ich tätschele Tillys Schulter. »Wir machen uns auf das Schlimmste gefasst. Wenigstens bringen wir die Wäsche fort, bevor sie auftauchen.«

»Ich mach's.« Tilly knüllt die Laken zusammen und verschwindet.

Ich sehe Jesus an, der noch trauriger als sonst wirkt. Ich bin sicher, dass er noch nie darüber nachgedacht hat, wie grausam Mädchen zueinander sein können.

Wenigstens ist morgen Waschtag. Ich frage mich, ob Schwester Rose auf dem Speicher »Mutter« Mauersegler besucht.

»Du hast ihr geholfen«, sagt Biene. »Ich hatte schon den Eindruck, es würde hier komisch riechen. Arme Tilly.«

Ich nicke.

»Ich hasse diese Nonne.« Biene zieht ihr Nachthemd unter dem Kissen hervor. »Sie mag Fräulein Heinrich nicht.«

»Woher weißt du das?«, frage ich, während ich mich umziehe.

»Ich war zufällig im Flur und habe mit angehört, wie die Oberin sich über uns beschwerte. Sie sagte, dass Fräulein Heinrich uns keine Manieren beibringe und dass sie eine schlechte Lehrerin sei.«

»Sie ist eine tolle Lehrerin!«, bricht es aus mir heraus.

»Klar ist sie das.« Biene klettert ins Bett. »Und sie ist jung und hübsch und die Oberin ist eine hässliche, stinkende Zwiebel.«

Ich lache.

Jedes Mal, wenn ich aufwache, höre ich leise Geräusche von Tillys Bett. Gestern Abend ist keine Nonne und auch nicht die Oberin erschienen, aber Karin und Ilse hatten ein so selbstgefälliges Grinsen im Gesicht, dass ich ihnen den Hals umdrehen wollte. Das Warten ist schlimmer, als hätte jemand Tilly angebrüllt. Kein Wunder, dass sie nicht schlafen kann.

Am Morgen ist Tillys Bett trocken, aber ihre Augen sind gerötet und ihre Wangen blass. Sie sieht aus, als hätte sie keinen Moment geschlafen und würde jederzeit umkippen.

Nach dem Frühstück nimmt Fräulein Heinrich Tilly beiseite. Dann verschwinden beide und uns ist klar, wo sie als Nächstes hingehen. Den ganzen Morgen über ist Tilly fort, während Fräulein Heinrich versucht, uns Algebra beizubringen.

Beim Mittagessen sitzt Tilly an ihrem gewohnten Platz und ich erwische sie auf dem Weg zur Ruhestunde.

»Was ist passiert?«

Tilly schüttelt den Kopf und vermeidet meinen Blick. Sie klettert wortlos in ihr Bett und dreht mir den Rücken zu.

Peter

Eine Woche ist vergangen, seit Karl-Heinz abgeholt wurde. Palme hat ihn im Krankenhaus besucht, aber uns ist es verboten, das Schulgelände zu verlassen. Ich habe erwogen, mich für einen Nachmittag wegzuschleichen, aber dieser neue HJ-Kerl Zeibler betreibt unser Lager wie eine Kaserne. Das beinhaltet Anwesenheitsappell und Marschieren, mit Stöcken Zweikampf üben und endlose Geschichten darüber, wie wir zu Helden werden sollen.

Außerdem haben wir einen neuen Tagesplan, das heißt, wir stehen schon um sechs Uhr fünfundvierzig auf, also dreißig Minuten früher als bisher, damit wir Zeit zum Schuheputzen, perfekten Bettenmachen und Zimmerreinigen haben.

Um Viertel vor acht versammeln wir uns im Hof, um die

Fahne zu hissen. Dabei verkündet Zeibler feierlich den Flaggenspruch des Tages. Einer seiner Lieblingssprüche ist: »Du bist nichts, unsere Nation ist alles.«

Unser Marschieren ist viel besser geworden, aber Zeibler hat es weiter auf Christian abgesehen, zwingt ihn, Liegestütze zu machen und extra Putzdienst in den Badezimmern zu leisten. Christian verbringt mehr Zeit auf den Knien als auf den Füßen.

Die Verpflegung hat sich seit der Lieferung um einiges gebessert. Aber Palme versteckt seine Nase oft in Rilkes Gedichten, die Sorgenfalte zwischen seinen Brauen will gar nicht mehr weichen. Er war immer geduldig. Jetzt braust er wegen jedem Furz auf.

Gegen Mittag kommt Zeibler ins Klassenzimmer marschiert. Er hat vor drei Tagen aufgehört, anzuklopfen, und übernimmt die Kontrolle.

»Hört zu, Männer.« Er streckt seine kümmerliche Brust raus und sieht uns an. »Ich weiß, ihr hattet für heute Nachmittag ein Fußballspiel geplant, aber ich habe von Lawinskis Hof eine Nachfrage erhalten. Sie brauchen Hilfe mit den Zäunen. Ich habe Lawinski deshalb für heute und das Wochenende unsere Hilfe angeboten.« Zeibler zeigt die Zähne. »Schließlich kann doch nichts besser sein, als in der freien Natur zu arbeiten und unseren Proviant aufzustocken.«

Ich starre auf den Boden, versuche, meine Wut zu kontrollieren. Irgendwas muss mit diesem Scheißkerl geschehen, nur was, ist die Frage. Warum kann nicht er anstelle von Karl-Heinz krank werden? Schade, dass wir Karl-Heinz' Bettzeug verbrannt haben. Ich hätte Zeibler gern die bakterienverseuchten Laken und damit eine Diphtherieinfektion untergejubelt.

Ich grinse verbissen, als Udo Lempski hinter mir aufmuckt: »Wir wollten morgen wandern gehen.«

Palme hat ihn nach hinten umgesetzt, weil er jeden nervt, der in seiner Nähe ist. Trotzdem tut er mir sofort leid, weil Zeibler ihn nun aufs Korn nimmt.

»Was war das?«

Udos typisches Selbstvertrauen wankt. »Ich dachte ... wir ... Herr Zimmermann hat gesagt, dass wir morgen wandern ... Kräuter und Pilze suchen.«

»Du solltest an deinen Manieren arbeiten.« Zeiblers Augen

sind fast farblos, sie erinnern mich an einen gefrorenen Teich. »Melde dich in fünfzehn Minuten in meinem Büro.« Er wirft einen grimmigen Blick zu Palme, bevor er »Heil Hitler« schreit, seine Hacken zusammenknallt und davonmarschiert.

Die Tür schlägt zu und wir alle starren Palme an. Er steht einfach da, seine Kiefermuskeln sind so angespannt, dass man sie unter der Haut mahlen sieht. Vorsichtig legt er Rilke aufs Pult und sieht uns an. Er hat braune Augen, aber im Moment erscheinen sie eher schwarz, als würden die ganze Wut und Frustration, die er zurückhält, sich dort sammeln.

»Jungs, ihr habt gehört, was er sagt.« Palme spricht betont langsam. »Wir werden unsere Wanderung auf Montagmorgen verschieben.« Er seufzt. »Meine Anweisungen sind unmissverständlich. Wir müssen dem Lagerleiter Folge leisten und das, meine Herren, ist nun mal Herr Zeibler.« Er richtet seinen Blick auf Udo. »Du gehst besser sofort.«

Mit lodernden Wangen rennt Udo davon. Ein Teil von mir freut sich über seine Bestrafung, ein anderer Teil spürt sein Grauen.

Um vierzehn Uhr sind wir zu Lawinskis Hof unterwegs. Als wir aufbrechen, sehen wir Udo auf dem Schulhof im Kreis marschieren.

Diesmal wartet Herr Lawinski, ein gedrungener Mann in abgenutztem Arbeitsanzug mit Dreck auf den Knien, an der Tür, neben ihm das Mädchen, das Karl-Heinz und ich bei unserem ersten Besuch gesehen hatten. Sie trägt ebenfalls einen Arbeitsanzug und Gummistiefel, ihr blondes, zu einem Zopf geflochtenes Haar schlängelt sich um ihren Kopf. Sie beobachtet uns, wie mir scheint, mit großem Interesse, obwohl ihr Blick hin und wieder nervös zu ihrem Vater wandert.

Tatsächlich schreit er sie an: »Bea, geh sofort ins Haus!«

Ich könnte schwören, dass sich in Beas Augen Bedauern abzeichnet, aber sie verschwindet trotzdem in Windeseile.

Herr Lawinski riecht ziemlich streng nach Mist und altem Schweiß. Dazu blinzelt er mürrisch, ganz so, als wären wir hier, um ihn zu ärgern. Zeibler gestikuliert und grinst dümmlich, als er mit ihm spricht, doch wir können auf die Entfernung nicht verstehen, was er sagt.

Wir werden, schwerbeladen mit Holzpfählen, Schaufeln und

Draht, aufs Feld geschickt. Der Wind bläst stürmisch über das pfannkuchenplatte Land. Schwere Wolken schieben sich über unseren Köpfen gen Osten.

Christian und zwei andere Jungs arbeiten in meiner Nähe. Ihre Hände sind mit Lappen umwickelt — keiner von uns besitzt Handschuhe und der alte Draht schneidet wie Solinger Messer. Wir kämpfen mit dem schweren Boden, ziehen alte Pfähle raus und setzen neue.

Zeibler rührt keinen Finger. Er marschiert zwischen uns auf und ab und spielt den Aufseher. Wenn wir für seine Begriffe zu langsam sind, schreit er uns an. Wut braut sich in meiner Mitte zusammen und ich stelle mir vor, wie ich Zeibler zu Boden stoße und wir ihm abwechselnd eins überziehen.

Mein Hemd ist dünn und bereits zu kurz an den Armen. Beim Schwingen der Schaufel reißt die Schulternaht. Zu Hause würde ich jetzt Zeit mit Hilda verbringen, mit ihr gemeinsam im Wald wandern oder irgendwo sitzen und plaudern. Oh, wie wir uns unterhalten konnten. Über alles. Auf einmal habe ich das Bedürfnis, ihr zu schreiben. Ihr über meine Tortur mit Karl-Heinz und Zeibler und über die schreckliche Schule zu berichten. Sie hatte die ganze Zeit über recht gehabt. Neuer Schmerz gesellt sich zu der Kälte in meinen Knochen. Er überrascht mich.

»Autsch, verdammt!«, unterbricht Christian meine Gedanken. Es ist der erste Fluch, den ich je von ihm gehört habe. Er starrt auf seine Handfläche, auf der sich Blut sammelt und zwischen seinen Fingern ins Gras tropft. Zeibler erscheint, seine Miene ist voller Abscheu.

»Warum passt du nicht auf?« Er packt Christian am Ellbogen und halb zieht, halb schubst er ihn über das Feld. Über seine Schulter schreit er: »Ihr seid besser fertig, wenn ich wiederkomme, oder ihr könnt euch auf was gefasst machen.«

»Arschloch«, flüstert Dieter Meier, der nachts so laut schnarcht.

Wir anderen schließen uns an, erfinden neue Schimpfwörter und wiederholen einige nicht so neue. Aber unsere Sticheleien versickern bald wie Wasser im Sand und wir machen uns erneut an die Arbeit.

Zeibler äußert keine leeren Drohungen.

Karl-Heinz betritt unser Klassenzimmer mit einem scheuen Lächeln. Es ist Mitte Juli und er ist so blass wie die Wolken draußen. Wir brüllen los und umzingeln ihn, Palme und Aristoteles sind für den Moment vergessen.

»Wie geht's dir?«, frage ich, nachdem er neben mir Platz genommen hat.

»Ich bin froh, wieder hier zu sein.« Ringe umschatten seine Augen und er sieht viel dünner aus, als ich ihn in Erinnerung habe. Seine Handgelenke sind knochig und seine Stimme klingt heiser. Trotzdem bin ich glücklich, meinen Freund wiederzuhaben. Schräg vor mir hält Christian seinen Kopf gesenkt, ein gigantisches Lächeln im Gesicht.

Beim Abendessen haben wir endlich eine Chance, miteinander zu reden. Zum Glück musste Karl-Heinz nicht am zermürbenden Kriegsspiel teilnehmen, das den ganzen Nachmittag dauerte. Ich bin ebenso erschöpft wie hungrig. Tatsächlich fühle ich mich in letzter Zeit häufig so. Ich will essen und mich ausruhen. Es wird schwieriger und schwieriger, lügengefüllte Briefe zu erfinden. Mutter wird sich sicher über die mangelnde Kreativität meiner Sätze und Beschreibungen wundern. Aber Palme hat gesagt, wir sollen Positives schreiben und dass er dazu gezwungen ist, unsere Briefe zu lesen. Ich weiß, es ist nicht unser Lehrer, sondern Zeibler, der in unseren Privatsachen herumschnüffelt. Er sucht nach Zeichen der Rebellion, nach negativen Kommentaren, irgendeiner Kritik.

Also schreibe ich Dinge, die Mutter sicher hören möchte. Und vielleicht ist es so besser, weil ich nicht will, dass sie sich um mich sorgt. Sie hat genug um die Ohren. Hilda will ich auch schreiben, aber jedes Mal, wenn ich anfange, fällt mir nichts ein. Ich habe sie noch nie angelogen und irgendeinen Quatsch zu schreiben, ist unter ihrer Würde.

»Habe ich dir ja gleich gesagt«, würde sie grinsend behaupten. Komisch, dass sie auch weggefahren ist. Mutter hat erwähnt, Hildas gesamte Klasse sei gefahren. Ich frage mich, wie es ihr in Bayern geht. Wahrscheinlich klettern sie in die Berge, essen Speckknödel und sammeln Waldbeeren.

Karl-Heinz stochert auf seinem Teller herum. Es gibt gekochte Kartoffeln, Weißkohl und fettige Wurst. Ich warte darauf, dass er zu reden anfängt, aber er schweigt und starrt die meiste Zeit auf den Tisch. Wo ist mein alter Freund, der Clown, der die ganze Klasse zum Lachen brachte?

»Also … was ist passiert?«, frage ich endlich. Ich habe meine Portion verschlungen und schaue gierig auf seine.

Er zuckt die Schultern. »Ich erinnere mich an kaum etwas, vor allem in den ersten Tagen. Ich konnte nicht schlucken oder vernünftig atmen. Alles tat weh.« Er sieht mich an, in seinen hellblauen Augen liegt ein schwermütiger Blick. »Ich dachte, ich wär erledigt.«

»Du hast abgenommen.«

»Konnte nicht essen.«

Ich tätschele ihm die Schulter. »Du wirst im Nu wieder fit sein.«

Er ignoriert es und beobachtet stattdessen Zeibler. »Was ist nur mit dem Kerl los?«

»Er glaubt, er sei Hitlers erster Vetter.«

Karl-Heinz grinst. Es ist das erste Lächeln seit Monaten und es spornt mich an.

»Er nudelt uns, als wären wir an der Front. Palme kann ihn nicht ausstehen, da bin ich mir sicher.«

Wie auf Bestellung steht Zeibler auf und pfeift zum Appell.

Karl-Heinz folgt mir nach draußen, wo wir uns um den Flaggenmast sammeln. Während wir mit ausgestrecktem Arm salutieren, zieht Udo die Fahne herunter, faltet sie und übergibt sie Zeibler. Der trägt sie wie einen kostbaren Karton Eier davon.

Danach hasten wir in unsere Schlafräume. Fast jeden Abend kontrolliert Zeibler unsere *organisatorischen* Fähigkeiten, indem er unsere Schränke inspiziert. Jedes Stück muss nach exakten Regeln gefaltet sein, die Betten glatt und ohne Falten, was bei Strohsäcken unmöglich ist.

»Zimmerkontrolle«, schreit Udo. Wir rennen zur Wand und stehen stramm. Karl-Heinz folgt, Verblüffung breitet sich auf seinen Zügen aus.

Zeibler marschiert an uns vorbei zu den Schränken, wo er beginnt, wahllos Kleidungsstücke herauszuziehen und mitten im Raum aufzuhäufen. Unterhosen, Socken, Hemden und Handtücher mischen sich in fröhlichem Durcheinander.

»Wessen Schrank ist das?« Er blinzelt und zeigt auf die Fächer ganz rechts.

Christian streckt sich unmerklich, seine Gliedmaßen hängen wie losgelöst. »Meiner.«

»Was für ein Schlamassel. Ordne das gefälligst!«

Blitzschnell schmeißt Zeibler Christians gesamte Garderobe auf den Boden. Dass er nicht drauftritt, ist ein Wunder. Während Christian sich bückt und anfängt, zu sortieren, rieseln weitere Teile dazu.

»Ihr seid alle Schweine.« Zeibler geht langsam an uns vorbei zur Tür. »Wird Zeit, dass ihr in den Dienst kommt.«

Du bist das einzige Schwein, denke ich. Laut sagt keiner etwas. Wir wissen, was passiert, wenn wir den Mund aufmachen und Kritik äußern. Nachdem wir unsere Sachen wieder eingeräumt haben, besuche ich Palme. Er hat sich in einem ehemaligen Vorratsraum niedergelassen, seine Liege steht eingezwängt zwischen den Regalen.

Palme macht hastig das Radio neben seinem Bett aus. »Peter, was kann ich für dich tun?«

»Herr Zimmermann, Zeibler ist verrückt. Wir müssen was wegen dem unternehmen.« Da Palme schweigt, fahre ich fort: »Er behandelt uns wie Dreck und ist total ungerecht.«

Wenn ich ehrlich bin, will ich nach Hause. Zu Mutter und Walter, selbst wenn da Bomben fallen. Aber ich kann mich nicht dazu bringen, es laut zu sagen.

»Ich erzähle dir jetzt etwas, das unter uns bleiben muss.« Palmes dunkle Augen bohren sich in meine und ich nicke. »Ich habe den Ämtern geschrieben, auch der KLV, und Ersatz beantragt.« Er atmet tief durch und schluckt. »In der Zwischenzeit ist Zeibler verantwortlich, ob wir es wollen oder nicht.«

»Können wir nicht woanders hin?«

Palme schüttelt den Kopf. »Ich habe von Kollegen gehört, dass ganz Deutschland unterwegs ist. Kinder und Jugendliche wohnen nun sogar schon in Hotels und Pensionen. Ich bezweifle, dass wir die Erlaubnis bekommen. Es gibt einfach nicht genügend Unterkünfte.« Palmes Mund verzieht sich zu einem dünnen Grinsen. »Vielleicht versuche ich das als Nächstes … wenn wir hier keinen Ersatz bekommen. Jetzt gehst du besser ins Bett.«

Ich schleiche in unseren Schlafsaal. Dort angekommen, frage ich mich, woher Palme so viel über die KLV weiß. Dabei wird mir klar, wie wenig wir tatsächlich wissen — über den Krieg, unsere

Väter, über alles.

»Wo warst du?«, fragt Karl-Heinz, als ich unter meine Decke krieche. Es ist schön, meinen Freund wieder neben mir zu haben.

»Musste Palme was fragen.«

»Was?«

»Nichts.«

»Warum erzählst du's mir nicht?«

Ich drehe ihm den Rücken zu. »Kann gerade nicht.«

Hier zeigt sich, wie verdreht dieses neue Leben ist, gefüllt mit Schikane, Lügen und Intrigen. Erst kann ich Hilda und Mutter nichts erzählen, weil sie uns überwachen. Jetzt kann ich meinem besten Freund nichts verraten. Ist das das neue Deutschland, von dem Hitler spricht?

Falls ja, will ich damit nichts zu tun haben.

KAPITEL ACHT

Hilda

Heute Nachmittag komme ich endlich nach draußen. Es ist ein wunderschöner Tag und für einen Moment vergesse ich, wo ich bin. Der Klostergarten drückt sich rechtwinklig entlang der drei Meter hohen Mauer. Beete beherbergen Zwiebeln, Kartoffeln, Möhren und Bohnen. Andere Beete sind in ordentlichen Reihen mit Kräutern bepflanzt: Petersilie, Schnittlauch, Thymian und Rosmarin, aber auch ungewöhnliche, die ich noch nie gesehen habe. Winzige Schilder verkünden Mönchspfeffer, Schöllkraut, Mutterkraut, und Frauenmantel. Entlang der westlichen Mauer winden sich Weinreben und Blauregen. Die Luft ist schwer mit Lavendel, der in dichten Büschen wächst.

Nach der düsteren Muffigkeit drinnen atme ich nun tief durch. Die Sonne steht hoch am Himmel und ich gerate sofort ins Schwitzen — aber oh wunderbare Helligkeit. Einen Moment lang schließe ich die Augen und sauge die Wärme auf. Die Haare an meinen Unterarmen recken sich gen Himmel, meine Haut singt.

Letzten Sommer waren Peter und ich oft im Schellbergtal, einem Freibad, versteckt in den Hügeln im Süden Solingens. Ich hörte ihn lachen, das Wunder seiner neuerlich tiefen Stimme, zugleich seltsam und vertraut. Wir verbrachten den ganzen Tag dort, wanderten vom Schwimmbecken zum Fußballfeld, zu unserer Decke und zum Kiosk, wo Peter mir ein Eishörnchen spendierte.

Ich will auf ihn einhämmern, uns so zu verlassen. Mich zu verlassen.

»Welch ein herrlicher Tag.« Die Stimme hinter mir bringt mich in die Gegenwart zurück.

Schwester Rose steht da, ein Lächeln auf dem Gesicht. »Du hilfst mir heute im Garten?«

Ich nicke, bemerke dabei, wie der schwarze Habit der Schwester alle Aufmerksamkeit auf ihr Gesicht lenkt. Ihre Augen sind blau wie ein Bergsee. Mit dem blendenden Lächeln, der fein geformten Nase und den vollen Lippen könnte sie jedes Titelblatt einer Zeitschrift schmücken.

»Dann komm, machen wir uns die Hände schmutzig.«

Ich folge der Nonne, deren Habit zu schweben scheint, die ordentlichen Wege entlang.

»Wie geht es Frau Mauersegler?«, frage ich, als wir uns neben einem Beet mit Gurkenranken niederlassen.

Schwester Rose schaut kurz um sich, bevor sie mit leiser Stimme antwortet: »Mama Mauerseglers Babys werden bald schlüpfen.«

»Ich möchte sie noch mal sehen.«

»Vielleicht heute Abend?«

Ich nicke und nehme eine Harke aus dem Eimer, den Schwester Rose mitgebracht hat.

Die Erde ist aromatisch und feucht — Regenwürmer schlängeln sich. Dreck kriecht unter meine Fingernägel und meine Unterarme hinauf. Meine Knie pressen in den Boden. Macht nichts.

Schwester Rose summt, während sie mit flinken Bewegungen Löwenzahnwurzeln zieht. Warum ist sie nur in ein Kloster gegangen?

»Wie lange sind Sie schon hier?«, frage ich.

»Eine Weile.«

»Wo sind Sie aufgewachsen?«

»In Berlin.«

»Das muss ja eine riesige Umstellung gewesen sein.«

Schwester Roses Schäufelchen hängt einen Moment in der Luft, bevor sie weitergräbt. »Das war es.«

Ich warte auf eine Erklärung, irgendeinen Grund, warum sie sich hier unter den Krallen der Oberin versteckt. Aber die Nonne fährt wortlos mit ihrer Arbeit fort, ihr Blick ist nach unten und innen gerichtet, wo sie sicher ist.

Aber da ist noch ein Thema, das ich besprechen will.

»Wo geht Tilly jeden Morgen hin?« Seit ihrer *Entdeckung* verschwindet Tilly nach dem Frühstück und taucht erst zum Mittagessen wieder auf. Da sie weitere Unfälle hatte, bewahrt sie einen Stapel Bettwäsche unter ihrem Bett auf.

»Die Oberin glaubt, dass Beten Tilly heilt«, sagt Schwester Rose. Schwingt da Zweifel in ihrer Stimme?

»Aber Tilly ist traurig und verängstigt. Sie vermisst ihre Mutter.« *Wie ich meine vermisse.*

Schwester Rose sieht mich an, ihre blauen Augen sind ernst. »Ich weiß.«

»Warum kann sie dann nicht nach Hause?«

Die Nonne zuckt die Schultern. »Die KLV hat es verboten. Sie hätte keine Schule.«

»Ich bezweifle, dass sie hier etwas lernt.« Es ist heraus, bevor ich Zeit zum Denken hatte. Schwester Rose wird ärgerlich sein, dass ich die Bibel beleidige.

Zu meinem Erstaunen kichert sie. »Gottes Wege sind unergründlich.«

Ich weiß nicht, ob ich dem zustimme. Die Oberin soll für Gott arbeiten. Aber sie ist so schrecklich, dass ich mir nicht vorstellen kann, dass Jesus mit ihren Methoden einverstanden ist. Aber ich spreche es nicht aus, sondern konzentriere mich auf die Tentakel von Klee und Ackerwinde. Die Sonne kriecht um das Gebäude herum und versenkt den Garten in Schatten.

Die Luft kühlt sich sofort ab. Obwohl mir vom Arbeiten warm ist, scheinen sich kalte Finger aus dem Boden zu erheben und meine Wirbelsäule entlangzukriechen. Ich kann das plötzliche Unbehagen nicht erklären, sicher ist nur, dass die anfängliche Freude verschwunden ist.

Ich strecke meinen schmerzenden Rücken und reibe mir den gröbsten Dreck ab. Irgendwo über uns erklingen Glocken — Zeit für das Abendgebet. Während Schwester Rose zur Kapelle eilt, sammele ich die Gartengeräte ein und betrachte meine verdreckten Hände. Ich muss mich beeilen, damit ich rechtzeitig zum Essen fertig bin.

Ich treffe Tilly im Badehaus. Sie beugt sich über ihre Beine und hört mich nicht.

»Schwester Rose sagt, du studierst die Bibel mit der Oberin?« Meine Stimme hallt durch den steinernen Raum, während ich einen Eimer Wasser fülle.

In dem Moment fällt mein Blick auf Tillys Knie. Sie sind geschwollen und blutunterlaufen, die Haut ist stellenweise aufgebrochen.

»Was ist passiert?«, rufe ich entsetzt.

Tilly versucht, ihre Knie mit den Händen zu verstecken, und dreht sich weg.

Diesmal lasse ich sie nicht aus den Augen. Mit zwei Schritten stehe ich vor ihr und halte sie am Arm fest.

Tillys Augen füllen sich mit Tränen. Die Stellen darunter sind grau vor Schlaflosigkeit und wahrscheinlich Angst. Sie schüttelt den Kopf und versucht, sich loszureißen. Mein Griff hält.

»Was ist mit deinen Beinen los?«, frage ich noch mal.

Tilly sackt gegen meine Schulter und fängt an, zu weinen. »Ich halte es nicht mehr aus. Meine Knie tun so weh, ich kann sie kaum beugen, und der Schmerz hält mich wach. Ich will nach Hause. Bitte.« Ein Schluchzer entweicht ihr und hallt laut und verloren von den nackten Wänden wider.

Ich drücke sie an mich, fühle ihr Zittern an meiner Brust. »Hat die alte Nonne das getan?«

Unsere Augen treffen sich. In ihrem Blick gesellt sich Empörung zur Angst. »Sie zwingt mich, stundenlang auf dem Holzboden vor dem Jesuskreuz zu knien. Ich soll die Bibel lesen und ihr dann davon erzählen.« Sie schluckt und wischt sich die Tränen mit dem Ärmel ab. »Aber ich kann mir nichts merken. Ich denke immerzu an meine brennenden Beine.«

Ich tätschele ihr beruhigend den Rücken. »Geh in unser Zimmer. Ich komme gleich nach.«

Dreck und Waschen sind vergessen, ich renne den Korridor entlang. Etwas, das wir nicht tun sollen. Na und? Mein Atem geht stoßweise. Nicht, weil ich müde bin, sondern weil mir solche Wut, wie ich sie noch nie gefühlt habe, die Luft abschnürt.

Ich schlage mit der Faust gegen die Tür und als sie sich öffnet, erscheint Fräulein Heinrich.

»Hilda, ich wollte gerade zum Essen gehen.« Dann hält sie inne und schaut mich näher an. »Was ist passiert? Gab es einen

Unfall?«

»Wussten Sie, was Tilly jeden Morgen tun muss?«, schreie ich. Ist mir egal, ob ich laut bin, mein Kopf scheint über meinem Körper zu schweben.

»Sie bekommt Privatstunden von der Oberin.«

»Tilly wird gefoltert. Haben Sie ihre Knie gesehen, blutunterlaufen und zerschrammt?«

Fräulein Heinrichs Augen weiten sich. »Nein, nein, das darf doch nicht wahr sein.«

Sie rennt an mir vorbei und ich folge ihr langsam den Gang hinunter. Meine Lungen sind leer. Ich habe kaum genug Energie, mich zu bewegen. Ich bin immer noch dreckig und das Abendessen beginnt jeden Moment.

Mechanisch gehe ich in unser Zimmer, erwarte, dort Tilly anzutreffen. Aber der Raum ist leer — wie mein Hirn. Mit einem Knoten im Bauch wasche ich mir halbwegs den Dreck von Fingern und Unterarmen und ziehe mir mein anderes Kleid an, ein buntes Ding in Weiß und Gelb, das ich früher hübsch fand.

Alle sitzen bereits, eine ältere Nonne liest aus der Bibel. Mir fällt auf, dass Tilly fehlt. Genau wie die Oberin und Fräulein Heinrich.

»Wo warst du?«, flüstert Biene, als ich neben ihr auf die Bank sinke.

»Die Oberin zwingt Tilly zu knien, bis sie blutet.«

Meine Sicht verschwimmt, während ich zwei Kartoffeln, grüne Bohnen und eine blasse Wurst auf meinen Teller lade. Biene überhäuft mich mit Fragen. Ich kaue — so muss Kartonpappe schmecken. Ich bin so unendlich müde, vielleicht werde ich krank.

Der Boden bewegt sich, schwingt auf mich zu und alles wird schwarz.

Peter
28 Juli 1943

Karl-Heinz ignoriert mich. Er ist ein völlig anderer Mensch. Er witzelt nicht, lacht nie, sondern hängt wie ein nasser Sack auf seinem Stuhl. Wenn er sich bewegt, erinnert er mich an einen Greis. Er spricht mit Christian, aber ansonsten bleibt er allein. Ich weiß, dass er sauer ist, weil ich ihm nicht von meinem Gespräch mit Palme erzählt habe. Ich kann nur hoffen, dass Palme Hilfe bekommt und Zeibler bald verschwindet.

Nachdem Zeibler unsere Fingernägel, Haare und Betten inspiziert hat, lässt er uns zum Frühstück gehen.

»Hast du gemerkt, dass uns keiner vom Krieg erzählt?«, fragt Christian. Er sitzt mir und Karl-Heinz gegenüber, seine schwarze Krawatte hängt schief, sein blondes Haar ist bereits zerwühlt.

»Oder von den Luftangriffen«, fügt Karl-Heinz hinzu.

Ich zucke zusammen, stelle mir vor, wie Mutter aus dem brennenden Haus rennt, Walter mit blutender Nase in der Gasse am Boden. Das Bild wechselt und Mutter und Walter liegen unter Trümmern vergraben, ihre Gesichter durchsichtig und bewegungslos. Ich schüttele den Kopf, um die Bilder zu verscheuchen.

»Palme hat ein Radio. Hab's in seinem Zimmer gesehen«, sage ich kauend. Das Brot ist hart und trocken, mit einem Hauch Gelee, das ich nicht identifizieren kann, bestrichen. Butter gibt es seit zwei Jahren keine.

»Ich würde gern was erfahren«, sagt Karl-Heinz. »Gut oder schlecht.«

»Warum fragen wir nicht Palme?« Christians Augen folgen Zeibler, der den Raum verlässt. Ich weiß, dass er ihn fürchtet. Wie wir alle. »Vielleicht lässt er uns in der Klasse zuhören.«

»Bezweifle ich.« Ich leere den Rest der Milch, Sonderlieferung von Lawinskis Hof, und stehe auf.

Da ich Tischdienst habe, sammele ich Teller und Besteck ein. Obwohl wir täglich nur vier Stunden Unterricht haben, reißt die Arbeit nie ab. Wir rotieren ständig zwischen putzen, Küche und Tischdienst, die Nachmittage und Abende sind nichts als Schinderei. Ich bin an freie Zeit gewöhnt, daran, meine Freunde zu besuchen, schwimmen zu gehen und Hilda zu sehen.

Ich halte inne, weil Hildas Gesicht vor mir erscheint. Beim letzten Mal hat sie mich finster angesehen, ihre Augen glänzten und sie wirkte irgendwie verletzt. Woher nur wusste sie über die Lager Bescheid? Warum ist sie die Expertin?

Ich knalle die Teller auf den Tisch in der Küche. Udo setzt bereits beim Spülen alles unter Wasser.

Kaum zu glauben, dass Sommer ist. Bisher sind wir noch nicht mal zum Strand gekommen. Obwohl es nur dreißig Kilometer bis zur Ostsee sind, könnten es genauso gut tausend sein. Wir haben keine Transportmöglichkeiten und an einem Tag dorthin und zurück zu wandern, schaffen wir nicht. Also bleiben wir in diesem Kaff, während der Sommer davoneilt.

Würde man mich jetzt fragen, würde ich auf jeden Fall zu Hause bleiben — nicht, dass ich hätte wählen können.

Als ich in den Waschraum eile, stoße ich auf Christian und Karl-Heinz. Sie stehen flüsternd in der Fensternische. Christian lächelt, aber das ist nicht das Komische. Es ist die Art, wie er Karl-Heinz anschaut. Etwas Weiches liegt darin, wie er sich vorlehnt. In dem Moment wird mir klar, dass Christian nicht nur Karl-Heinz' Freund ist. Er liebt ihn.

Ich massiere mir die Stirn. Kann nicht sein. Aber in dem Augenblick, in dem die beiden meine Anwesenheit bemerken, sehe ich Karl-Heinz' sehnsüchtigen Ausdruck.

Dann passieren mehrere Dinge gleichzeitig. Schritte trampeln, die Tür schwingt auf und Zeibler marschiert herein. Karl-Heinz und Christian stieben auseinander. Ihre Bewegungen sind so abrupt, dass sie noch mehr Aufmerksamkeit auf sich ziehen.

»Was macht ihr Jungs hier?« Zeiblers Stimme ist wie Schlangengift. Er schiebt sich an mir vorbei, um Karl-Heinz und Christian den Weg abzuschneiden.

»Ni... nichts.« Karl-Heinz' Stimme zittert leicht. So leicht, dass ich bezweifle, dass Zeibler es bemerkt.

Doch Zeibler braucht keine Anhaltspunkte und stürzt sich auf Christian, wobei sich seine Brauen misstrauisch zusammenziehen. »Warum bist du nicht im Unterricht?«

Christian antwortet nicht. Alle Farbe ist aus seinem Gesicht gewichen, seine Wangen sind bleich wie die Wand dahinter.

Ich merke, wie mein Körper sich anspannt. Ich schlucke hart, so hart, dass ein Gurgeln meiner Kehle entweicht. Was denken die beiden sich bloß? Ist Karl-Heinz schwul wie Christian? Zeibler wird sie in Stücke reißen. Die Nazis hassen Homosexuelle, nennen sie Degenerierte und Staatsfeinde. Zeibler wird sie verhaften lassen, in ein Arbeitslager schicken oder ....

»Ich habe sie hergebeten«, höre ich mich sagen.

Zeibler dreht sich auf dem Absatz um und verzieht seinen Mund spöttisch nach unten. »Was könntet ihr drei nur im Waschraum wollen?«

Ich starre Zeibler an. *Ja, was wohl?* Ich muss einen guten

Grund vorgeben, ein glaubhaftes Motiv, um den Verdacht von Karl-Heinz abzulenken. Zeiblers farblose Augen haften noch immer auf mir, genau wie Christians und Karl-Heinz'. Was habe ich getan? Ich brauche eine Ausrede. Schnell. Früher ist mir Karl-Heinz oft zur Hilfe gekommen, aber ich sehe, wie aufgebracht er ist.

»Raus damit!«, schreit Zeibler. Ein deutlicher Zweifel ist zurück in seine Stimme gekrochen. Er dreht sich zu Christian um. »Ich beobachte dich schon eine Weile. Da ist was nicht in Ordnung, irgendwas stinkt da.« Er schnüffelt, obwohl der einzige Mief von den Toiletten stammt.

»Tut mir leid«, sage ich. »Es ist nur … Ich wollte sie überreden, mit mir Lawinskis Hof zu besuchen.«

Zeibler steht wieder vor mir. »Weshalb, zum Teufel?«

»Das Mädchen«, bringe ich hervor. Verflixt, wie hieß sie noch gleich? »Bea«, fällt es mir glücklicherweise wieder ein. »Die Blonde. Ich dachte, wir könnten sehen, ob sie mit uns ausgeht. Vielleicht zeigt sie uns ihre … Du weißt schon.«

Ein widerwilliges Grinsen breitet sich auf Zeiblers Gesicht aus. Es wirkt damit ganz andersartig, weil er so selten freundlich ist. »Ihr Hunde. Ihr wolltet davonschleichen, um Bea zu besuchen.« Dann scheint er sich an seine Rolle als Sklaventreiber zu erinnern und das Schmunzeln verfliegt. Er kreuzt die Arme vor der Brust und streckt sich, vermutlich, um größer zu erscheinen. »Ihr lasst mir keine Wahl, ich muss euch bestrafen.«

Ich lasse den Kopf hängen. »Tut mir leid.«

»Ich werde darüber nachdenken. Jetzt aber schnell zurück in die Klasse, bevor ich die Geduld verliere.«

Wir drei stolpern davon. Karl-Heinz schlüpft, ohne mich anzusehen, an mir vorbei auf seine Bank. Ich will ihn nach Christian fragen, doch meine Wangen glühen. Welch peinliches Thema.

Stattdessen sitze ich da und frage mich, was ich getan habe, teils triumphierend, teils mit Grauen erfüllt.

Als Palme auftaucht, hebt Christian sofort die Hand.

»Was gibt's?«

»Wir würden gern ab und zu Radio hören.«

Palme wirft mir einen Blick zu. Ihm ist klar, dass ich Christian vom Radio erzählt haben muss. »Ich weiß nicht, ob das gestattet ist. Ich werde mit Herrn Zeibler darüber sprechen.«

Was geht es den an?, schießt mir durch den Kopf, aber ich frage es nicht.

Mathe und Literatur habe ich immer gern gemocht. Jetzt kann ich mich nicht konzentrieren. Palmes Stimme dröhnt im Hintergrund. Ich starre aus dem Fenster oder auf Udos und Dieters Hinterköpfe. Udos Haare sind wie immer bereits struwwelig und ich frage mich, wann er sie zuletzt gewaschen hat. Haarwaschmittel sind selten geworden, also benutzen wir Luftseife — Seife, gefüllt mit so viel Luft, dass sie schwimmt.

Wie erwartet berichtet Palme mittags, dass wir kein Radio hören dürfen, es sei denn, es handele sich um eine Rede von Propagandaminister Goebbels oder vom Führer selbst. Laut Palme meint Zeibler, es würde uns ablenken und dass wir uns auf wichtigere Dinge konzentrieren sollten. Aber dann äußert Palme etwas Eigenartiges.

»Ich könnte heute Abend Hilfe gebrauchen, sagen wir gegen sieben?« Sein Blick wandert durch den Raum und bleibt an Christian und mir hängen. »Ich will mein Zimmer umräumen, einige Möbel verschieben.«

Irgendwie weiß ich, dass ich mich melden muss. Christian und Karl-Heinz heben ebenfalls die Hand.

Sobald wir nach dem Essen Palmes Zimmer betreten — wir sind zu fünft, einschließlich Schnarchmeister Dieter und seinem Freund, Werner Niemann —, deutet Palme an, die Tür zu schließen.

Mir läuft immer noch das Zusammentreffen mit Zeibler nach. Dieses Wochenende, wenn Palme die Klasse zum Wandern ausführt, muss ich zwei Stunden marschieren. Zeibler sagt, ich hätte Glück, dass er uns nicht auf frischer Tat erwischt habe. *Welche Tat?*, wollte ich fragen. *Es war doch alles gelogen.* Aber ich halte den Mund, so wie bei allem anderen.

Palmes Zimmer ist vollgestopft. Das Pult drückt mir in den Oberschenkel, also klettere ich obendrauf. Karl-Heinz folgt und Christian und die anderen quetschen sich auf Palmes Bett.

»Jungs, was hier geschieht, muss geheim bleiben«, sagt unser Lehrer. Im Schein der trüben Deckenfunzel sieht er alt aus, sein Kinn hat graue Schatten, dunkle Ränder umgeben seine Augen.

»Ich sehe kein Problem darin, wenn ihr Nachrichten hört. Denkt daran, dass ihr nicht unbedingt die ganze Wahrheit erfahrt.« Er sieht zwischen uns hin und her. »Habe ich euer Wort?«

Karl-Heinz steht feierlich auf und hebt die Hand. »Ich schwöre, unser Treffen und was wir hören geheim zu halten.«

»Ich auch!«, »Genau!«, »Ich schwör's!«, rufen wir anderen durcheinander.

Palme nickt. »Dann lasst uns hören, was sie sagen.«

Er dreht an dem kleinen Rad des Radios. Wir lehnen uns vor, während sich das Knistern in die Stimme eines Radiosprechers verwandelt.

»Gestern Abend traf der Feind das Herz Deutschlands, indem er Hamburg bombardierte und damit einen beispiellosen Feuersturm auslöste. Zehntausende Menschen gelten als tot. Zehntausende mehr haben ihre Wohnungen verloren. Dies ist ein direkter Angriff auf das deutsche Volk, dem wir mit gleicher Grausamkeit antworten werden.« Der Radiosprecher fährt mit Kommentaren über die Fortschritte und Siege der Wehrmacht fort.

Ich versuche, mit den Zahlen klarzukommen und zu begreifen, was passiert ist. Zehntausende Zivilisten waren in kürzester Zeit gestorben. Menschen wie Mutter und Walter, die nicht mal im Krieg waren.

Ich frage mich, ob es Solingen erwischt hat. Zwei Wochen sind seit Mutters letztem Brief vergangen — eine Ewigkeit.

Als wir Palmes Zimmer verlassen, stehen die Regale und Schreibtische unverändert. Aber etwas in unseren Herzen ist anders. Wenn die Alliierten Hamburg zerstören können, was wird sie davon abhalten, Solingen anzugreifen?

KAPITEL NEUN

Hilda

Der Raum wackelt und kippt — weiß auf weiß, eine Art Nebel mit formlosen Gebilden, Gebilden, die ich nicht identifizieren kann. Geräusche und Stimmen wabern in der Nähe meines Kopfes.

»Hilda, wach auf!«

»Sie ist ohnmächtig geworden.«

»Was ist mit ihr los?«

Ich zwinge meine Augen auf und erblicke die blauen von Schwester Rose. Offensichtlich ist sie in Sorge, denn die Haut um ihren Mund spannt sich und ihre Oberlippe zittert leicht.

Ich befinde mich auf dem Podium. Irgendjemand hat ein Kissen unter meinen Kopf geschoben. Meine Sicht klärt sich genug, dass ich Bienes sorgenvolle Miene erkenne. Dagegen malt sich auf den Gesichtern der hässlichen Zwillinge Schadenfreude ab.

»Was ist passiert?«, frage ich.

»Du bist umgefallen, wahrscheinlich warst du von heute Nachmittag dehydriert.« Schwester Rose klingt schuldbewusst. »Ich hätte dich ausruhen lassen, dir Wasser zu trinken geben sollen. Es tut mir so leid.«

Ich versuche, ihre Hand zu ergreifen, verheddere mich jedoch stattdessen in ihrem Habit. »Es ist meine Schuld.«

Wie auf Kommando stützt Biene meinen Rücken und hält mir einen Becher an die Lippen. »Runter damit.«

Ich rieche Schokolade ... heißen Kakao. Oh, das letzte Mal, dass ich so was Leckeres geschmeckt habe, war Heiligabend, zu Hause bei Mama. Tränen fließen, während ich Mamas stolze Miene vor mir sehe. »Ich habe die Schokolade gegen Wolle eingetauscht«, hatte sie erklärt.

Die warme Süße gibt mir Kraft, also wische ich mir über die Augen und setze mich auf. »Mir geht's schon viel besser.«

»Biene wird dir zu Bett helfen.« Schwester Rose dreht sich zur Klasse um. »Hilda geht es gut. Esst zu Ende.«

»Wo ist Tilly?«, frage ich, als Biene mir ins Nachthemd hilft.

»Habe sie nicht gesehen.« Auf einmal sieht sie so beunruhigt aus, wie ich mich fühle. »Ich kann kaum glauben, dass die alte Hexe sie auf die Knie zwingt.«

»Wie wär's, wenn wir einen Brief an ihre Mutter schrieben ... oder an Direktor Schmidt?«

»Vergiss nicht, sie lesen alles.« Biene deckt mich zu.

»Was ist, wenn wir direkt zur Post schleichen?«

»Wir brauchen Briefmarken und —«

»Ich frage Schwester Rose.«

Biene setzt sich neben mir aufs Bett. »Wir schreiben besser bald. Bevor sie Tilly umbringen.« Sie massiert ihre Stirn in Konzentration. »Ich werde Papier organisieren. Ich glaube, ich weiß, wo ich etwas bekommen kann.«

An der Tür dreht sie sich um und zieht mit Daumen und Zeigefinger eine horizontale Linie über ihre Lippen. Ich mache es ihr nach.

»Morgen schreiben wir«, sagt sie und eilt davon.

Peter

Der nächste Tag ist völlig verschwommen. Ich kann mich nicht konzentrieren, den anderen vier, die ebenfalls Radio gehört haben, geht es genauso. Karl-Heinz sieht wieder kränklich aus und selbst Christian, der normalerweise glücklich wirkt, solange er in Karl-Heinz' Nähe ist, lässt den Kopf hängen. Seit dem Vorfall im Waschraum haben sie sich nicht einmal angesehen.

Als ich meinen Schrank während der Mittagspause kontrolliere, taucht Karl-Heinz neben mir auf. Er ist blass, sein Blick auf mich fast hypnotisch. Er versucht, zu grinsen, was fehlschlägt, und räuspert sich stattdessen.

»Es … tut mir leid. Ich … wollte dir danken. Es ist nicht so, wie es scheint. Ich …«

Ich will ihm sagen, dass er mich nicht anlügen soll, aber vielleicht ist es so einfacher. »Wer braucht schon eine Wanderung. Ich gehe sowieso lieber für Zeibler marschieren«, scherze ich.

Karl-Heinz' Kinn zittert. »Tut mir echt leid.«

Im Flur erklingen Stimmen, also sage ich: »Hören wir besser auf. Ist erledigt.«

Karl-Heinz lässt den Kopf hängen, aber ich bemerke das Glänzen in seinen Augen. »Ich werde es dir nie vergessen.«

»Ich will den anderen von den Radionachrichten erzählen«, sagt Karl-Heinz, als wir uns nachmittags zur Inspektion aufstellen. Draußen schüttet es wie aus Eimern, also treffen wir uns in der Turnhalle. »Sie müssen wissen, was wirklich vorgeht.«

»Geht nicht«, flüstere ich. »Palme bekommt Ärger. Zeibler wird es herausfinden.«

Zeibler betritt in dem Moment die Halle, als ich seinen Namen sage. Ausgerechnet in diesem Moment ist es so still im Raum, dass meine Worte deutlich hörbar sind. Ich könnte mich für meine Unvorsichtigkeit treten, aber schon konzentrieren sich Zeiblers Blicke auf mich, seine Augen sind vor Bosheit bewölkt. Er mag der perfekte deutsche Junge sein mit blondem Haar und blitzsauberer Uniform, so überzeugt, das Richtige zu tun, so geradlinig und vollkommen, doch ich möchte ihm das Hemd aus der Hose zerren, sodass die Knöpfe abreißen, oder seine blanken Stiefel mit frischem Mist beschmieren.

Mein Grinsen gefriert, als er brüllt: »Breuer, du schon wieder! Würdest du wiederholen, was du soeben über mich gesagt hast?«

»Lieber nicht«, murmele ich. Ich kann mir kein weiteres Vergehen leisten, nicht nach dem Vorfall im Waschraum.

»Was war das?« Zeibler ist schnell, wenn er will, und er baut sich vor mir auf. Er ist auf Augenhöhe, aber wie immer geht er leicht auf die Zehen, um größer zu erscheinen.

»Nichts.«

»Klang nicht nach nichts.« Zeiblers Stimme ist ruhig, zu ruhig. Seine Augen schimmern — offensichtlich amüsiert er sich, doch meine Knie werden weich.

Ich zerbreche mir den Kopf, was ich sagen soll. Er wird mich noch mehr bestrafen, mich den Waschraum mit der Zahnbürste putzen lassen.

»Du wirst mir auf der Stelle erklären, was du gesagt hast, oder muss ich an dir ein Exempel statuieren?«

Zeibler darf nichts vom Radio erfahren, jammert mein Hirn. Ich denke an das erste Mal, dass ich ihn gesehen habe. Es war durch die Fenster des Klassenzimmers und er sprang aus dem Lieferwagen. Da kommt mir eine Idee.

»Ich sprach von dem Transporter, dem L 3000, der unsere Vorräte geliefert hat. Wie froh wir sind, so viel Hilfe zu bekommen.«

»Was hat das mit mir zu tun?«

»Die Marke des Lasters … ist ein Daimler.« Mein Kiefer schmerzt vor Mühe, meinen Gesichtsausdruck neutral zu halten. »Ich weiß, es klingt ähnlich. Sie müssen mich missverstanden haben.«

Zeibler steht da. Ausnahmsweise ist er sprachlos, wahrscheinlich überdenkt er meine Erklärung und was er gehört hat. Ich bleibe bewegungslos stehen, halte meinen Blick auf ihn gerichtet, zwinge meinen Atem, ruhig zu bleiben.

Endlich räuspert er sich. »Also gut. Dann fangen wir mit Aufwärmen an.«

Ich stoße einen Seufzer aus und Karl-Heinz boxt mich in die Rippen. Ich wage es nicht, ihn anzusehen, vor Angst, in Kichern auszubrechen.

»Wie wäre es, wenn wir eine Zeitung besorgen würden?«, fragt Christian, als wir uns um einen Eimer Kartoffeln versammeln. Dank einer Spende aus der Stadt haben wir neue Küchenmesser. Auf dem Speiseplan stehen gekochte Kartoffeln, gebratene Eier und Spinat. Ich kann inzwischen gut schälen und wenig verschwenden, aber es ist immer noch Quälerei.

Ich schaue mich rasch um, will sicherstellen, dass keiner zuhört. Udo wäscht im Becken Spinat und Werner Niemann, der älteste Junge in der Klasse, zählt Eier. Frau Landau, die anfangs Karl-Heinz versorgt hat, hilft uns beim Kochen und bereitet gerade Töpfe vor. Sie hat ihren Mann in Russland verloren und spricht kaum, ihre Augen sind trüb und wirken wie geschlossene Fensterläden. Aber sie hat Gewürze mitgebracht, vor allem Salz, und sie weiß, wie man für eine Gruppe kocht.

»Wir können nicht weg«, sage ich und schnappe mir eine weitere Kartoffel.

»Vielleicht geht's morgen.« Christian hält den Blick auf die Kartoffel in seiner Hand gerichtet. »Wir machen einen Ausflug nach Körlin. Wir brauchen nur ein Geschäft zu finden, die Zeitung zu kaufen und zu verstecken. Wir tun so, als ob wir sie irgendwo gefunden hätten und lassen sie im Schlafsaal herumliegen. Wir müssen nur sichergehen, dass Zeibler sie nicht findet.«

»Was ist mit Palme?«, fragt Karl-Heinz.

Christian wirft die schlampig geschälte Kartoffel ins Wasser. »Ist ihm sicher egal.«

»Dann können wir weiter Radio hören.« Ich weiß nicht mal, ob ich das will, aber ich merke, dass Ungewissheit schlimmer ist, als schlechte Nachrichten zu bekommen.

»Wenn er uns lässt«, sagt Karl-Heinz.

»Richtig.«

»Seid ihr bald fertig, Jungs?« Frau Landau richtet das Tuch auf ihrem grau-blonden Haar und wirft einen Blick in unseren Topf, in dem ein paar einsame Kartoffeln schwimmen. »Ihr beeilt euch besser. Abendessen ist um Punkt achtzehn Uhr dreißig. Ihr wollt doch nicht Herrn Zeibler verärgern.« Sie zwinkert mir zu.

Ich grinse zurück. Sie weiß, wie wir leiden.

Wir erreichen Körlin in weniger als einer Stunde und doch fühle ich mich so schlapp, als hätten wir eine fünfstündige Wanderung hinter uns. Palme hat versprochen, uns Zeit zum Erkunden zu geben, und wir verteilen uns. Es gibt kaum Geschäfte, keinesfalls vergleichbar mit Solingen, aber Karl-Heinz, Christian und ich betreten einen Lebensmittelladen, dessen Regale beinahe leer sind. Es gibt noch Gemüse aus lokalem Anbau wie Kartoffeln, rote Beete, verschiedene Salate und Zwiebeln.

»Verkaufen Sie Zeitungen?«, frage ich den Mann hinterm Tresen.

Er schüttelt den Kopf. »Tut mir leid, Jungs, keine Zeitungen. Versucht es im Eisenwarenladen oder in der Apotheke.«

Das Eisenwarengeschäft ist geschlossen. Ein Schild im Fenster teilt mit, dass der Eigentümer eingezogen wurde. Die Apotheke ist eine Mischung aus Kramladen, Drogerie und

Süßwarengeschäft. Zeitungen sind nicht zu sehen.

»Es ist Monate her.« Die Frau hinter dem Tresen trägt eine rot-weiß gestreifte Schürze und beäugt uns misstrauisch. »Früher bekamen wir die Zeitungen aus Danzig.«

Ich nicke, aber meine Aufmerksamkeit richtet sich auf die drei Tafeln Sarotti Milchschokolade auf dem Regal hinter der Frau. Mir wird klar, dass ich seit über zwei Jahren keine Schokolade mehr gegessen habe. Auf einen Schlag trifft mich ein solches Verlangen, dass ich am liebsten über die Theke springen, das Papier aufreißen und meine Zähne hineinversenken möchte. Ich stelle mir vor, wie ich die Frau beiseiteschubse, die Tafeln raube. Die Frau kreischt …

In dem Moment packt mich Karl-Heinz am Ärmel und unterbricht meinen Tagtraum. Beim Rausgehen wirft er mir einen neugierigen Blick zu, weil ich ständig schlucken muss.

»Was ist denn mit dir los?«, fragt Christian.

Ich zucke die Schultern, auf einmal stinksauer. Hier sitzen wir, in einem verlassenen Kaff in Pommern, ohne Nachrichten, ohne Geld. Wir werden gezwungen, in einer heruntergekommenen Schule zu vegetieren, müssen uns fragen, wann wir nach Hause können und ob unsere Mütter noch unverletzt sind — ganz zu schweigen von unseren Vätern.

Ich haste die Straße hinunter, Karl-Heinz und Christian mühen sich, Schritt zu halten.

»Sieht so aus, als hätten wir Pech«, sage ich irgendwann. Ich bekomme kaum Luft vor lauter Wut und zwinge mich, tief durchzuatmen. Ich muss etwas tun, irgendwas. Da kommt mir eine neue Idee. »Wie wär's, wenn wir ein anderes Radio fänden?«

Keiner von uns hat Geld«, meint Karl-Heinz. »Außerdem bezweifle ich, dass die Geschäfte hier Radios verkaufen.«

Er sieht nicht mal besonders ärgerlich aus. Wenn ich ihn um etwas beneide, dann ist es seine pragmatische Art, die Dinge so zu nehmen, wie sie kommen. Ich weiß, er will auch nach Hause, aber es zerfrisst ihn nicht.

»Und wenn wir eins stehlen?«

»Bist du verrückt?«, fragt Christian. »Das ist ein Verbrechen.«

»Was die mit uns machen, ist ein Verbrechen«, schieße ich zurück. »Ich will heim.« Ich bin erstaunt über meine eigenen Worte. Zeibler trichtert uns ständig ein, wir sollten zäh und stolz und mutig sein. Mir doch egal! Obwohl ich froh bin, dass er nicht hier ist.

»Geht nicht.« Karl-Heinz kaut an seiner Oberlippe herum und sieht uns nachdenklich an. Vor seiner Krankheit hätte er einen blöden Witz gemacht und uns zum Lachen gebracht.

»Wie sollen wir ein Radio stehlen?«, fragt Christian. »Wir dürfen die Schule nicht verlassen, die Bauern haben Hunde und beobachten alles. Stell dir vor, die würden uns erwischen. Zeibler würde Gehacktes aus uns machen. Wir kämen ins Gefängnis … oder an die Front.«

»Ich weiß!«, bricht es aus mir heraus. Eine Frau mit einem Einkaufskorb starrt mich an, also fahre ich ruhiger fort: »Vielleicht müssen wir eins *organisieren* — oder tauschen.«

Karl-Heinz runzelt die Stirn. »Wogegen denn?«

»Wir halten die Augen auf.«

»Das ist keine schlechte Idee«, sagt Christian. »Vielleicht kennt Frau Landau, die Küchenhilfe, jemanden.«

Endlich nickt Karl-Heinz. »Also gut. Wir fragen sie. Und wenn das nichts bringt, machen wir einen Plan.«

Ich boxe Karl-Heinz gegen den Arm, erleichtert. Es ist fast so, als hätte ich meinen Freund wieder.

KAPITEL ZEHN

Hilda

Wir kommen erst während der Ruhestunde zum Schreiben. Ich schlüpfe in Bienes Bett und wir verstecken uns unter ihrer Decke.

Tilly liegt bewegungslos da, schläft aber nicht. Gestern Abend erschien sie zum Essen. Weder sprach sie, noch schien sie zu hören, was wir sagten. Über Nacht hatte sie einen weiteren Unfall, aber heute Morgen ist sie trotzdem wieder in unserer Klasse. Offensichtlich hat das Beten nichts bewirkt. Das hätte ich der Oberin vorher sagen können.

»Was sollen wir schreiben?«, flüstere ich.

Die Aufgabe, eine Briefmarke zu besorgen, füllt meine Glieder mit Blei. Biene ist besser mit Worten, also beginnt sie:

»Sehr geehrter Herr Direktor Schmidt,
unsere Freundin Tilly Lindner hat Probleme. Sie ist sehr unglücklich und traurig und will nach Hause. Sie hat nächtliche ›Unfälle‹ und die Mutter Oberin zwingt sie, stundenlang zu knien und zu beten. Tillys Beine sind so voller blauer Flecken und schmerzen so sehr, dass sie kaum mehr laufen kann. Die Oberin hasst Fräulein Heinrich und behandelt sie schlecht. Wir wollen alle nach Hause, aber Tilly muss bald fort oder sie wird ernsthaft krank. Bitte informieren Sie Tillys Mutter und sagen Sie ihr, sie möchte Tilly sofort abholen.
Viele Grüße,

Sabine Fuchs und Hilda Hagedorn

Wir lesen den Brief ein zweites Mal, falten ihn in den Umschlag, den Biene mit einem anderen Mädel getauscht hat.

Ich habe vor, Schwester Rose nach meinen Hausarbeiten aufzusuchen. Gestern Abend war sie nicht auf dem Speicher, Frau Mauersegler saß still auf ihrem Nest. Ich habe mich nicht getraut, lange zu warten, weil ich besorgt war, jemand könnte mich sehen.

Als die Glocke das Ende der Ruhezeit verkündet, marschieren wir zur Singstunde in den Saal. Ich überlege, Tilly einzuweihen, entscheide mich aber dagegen. Sie könnte es jemandem verraten und wir bekämen riesigen Ärger.

Ich habe zwölf Pfennige in meiner Tasche — Biene hat zehn beigetragen, ich den Rest. Mama sollte mir Geld schicken, aber bisher ist nichts angekommen. Nicht, dass wir hier irgendwas kaufen könnten.

Während wir *Alle Vögel sind schon da* üben — Fräulein Heinrich schwingt das Lineal wie ein Dirigent und sieht fast froh aus —, sehe ich mich verstohlen um. Schwester Rose bleibt verschwunden. Die Benediktiner-Nonnen beten viel, manchmal dringt ihr Singsang durch die Wände. Sie treffen sich immer in der Kapelle — mindestens fünf- oder sechsmal täglich und auch noch nachts.

Das andere Problem ist der Briefkasten. Wir haben einen im Kloster, aber ich weiß, dass sie alles lesen, was wir schreiben. Drei Meter hohe Wände umschließen das Kloster und das Holztor ist immer geschlossen. Immer wenn Fräulein Heinrich unsere Briefe einsammelt, übergibt sie sie anschließend einer Nonne, also nehme ich an, jemand geht zur Post in einem Dorf. Fragt sich nur, wo.

In einer der Scheunen habe ich eine Leiter gesehen, doch sie ist schwer. Und ich wüsste nicht, wie ich auf der anderen Seite der Mauer runter- und wieder raufklettern sollte. Ich nehme an, das Kloster ist kilometerweit vom nächsten Dorf entfernt. Meine einzige Hoffnung ist, dass wir den Bahnhof finden, an dem wir vor zwei Monaten angekommen sind. In ihrem letzten Brief hat Mama wieder gefragt, wie es mir geht. Ich kann mich nicht dazu bringen, ihr die Wahrheit zu sagen. Außerdem würde die Oberin davon erfahren.

Da ich keinen Küchendienst habe, schleiche ich sofort nach dem Abendessen die Treppe hinauf zum Speicher. Egal, wie sehr ich mich anstrenge, jede Stufe ächzt. Ist es nicht lachhaft, dass ich mich wie ein Dieb bei meiner einfachen Bemühung fühle, einem Mauersegler beim Brüten zuzusehen? Selbst nachdem mein Bruder Paul fortging, kam ich mir noch frei vor. Jetzt sehe ich überall nur Verbote, Strafen und Schuldgefühle.

Mein Bauch zwickt schmerzhaft, wenn ich an Vater denke. Mama hat seit Jahren nicht mehr von ihm gesprochen. Manchmal wünsche ich mir, *er* würde bestraft. Die Wochenschau, die ich ab und zu im Kino sah, zeigte schreckliche Kämpfe und Gebäude, die sich in Asche auflösten. Immer sprachen sie von den mutigen Soldaten, die den Feind über ein Meer aus Stacheldraht hinweg beschossen. Ich versuche, die Bilder von Papa zu verdrängen, Bilder von ihm in einem Erdloch oder blutbefleckt im Stacheldraht — obwohl er uns verlassen hat.

In ihrem letzten Schreiben erwähnte Mama Peters Brief. Er und seine Klassenkameraden wohnen in einer ehemaligen Schule in Körlin. Sie machen Sportwettkämpfe, marschieren und musizieren. Ich kratze mich nachdenklich am Kopf, während in mir eine Stimme laut fragt, weshalb er mir nicht geschrieben hat. Mama erwähnte Ausflüge zum Strand und Schwimmen. Das Wasser habe nur fünfzehn Grad, doch sie seien alle hineingegangen.

Ich wünsche mir, ich könnte Peters Brief selbst lesen, stelle mir vor, wie er durch die Dünen klettert und in die eisigen Wellen springt, seine Lippen blau vor Kälte. Geschieht ihm recht.

Zumindest hat Mama von Paul erfahren, dass er immer noch in Frankreich ist. Was passiert mit uns? Jeder lebt woanders … allein. Will der Führer so den Krieg gewinnen? Er spricht ständig von Verzicht und Tapferkeit. Und wenn ich nicht verzichten will? Wenn ich bei meiner Familie leben will? So wie früher, als ich klein war.

Frau Mauersegler sitzt auf ihrem Nest. Ihre braunen Augen sind größer als die anderer Vögel und sie hat diese nette weiße Kehle.

Ich starre nach draußen, weg von den Wänden. Zum ersten Mal fällt mir die Straße auf, die über die Hügel führt — waldbedeckte Berge ziehen sich am Horizont entlang. In diesem Moment fühle ich mich so gefangen, als wäre ich in einem Gefängnis eingeschlossen. Was sollte daran schon anders sein?

Die Tür öffnet sich und rüttelt mich aus meinen Gedanken.

Schwester Rose erscheint, Sorge in ihren schönen Augen.

»Ach, was bin ich froh, dich hier zu finden. Ich hatte zusätzliche Arbeit und konnte nicht früher kommen.« Sie lacht, aber ich weiß, dass sie leidet. »Das Benediktiner-Motto lautet *ora et labora*.«

»Was bedeutet das?«

»Bete und arbeite.«

»Machen Sie sonst nichts?«

»Eigentlich nicht.«

Ich mustere die junge Frau. »Warum tun Sie das?« Die Frage bricht aus mir heraus, bevor ich mich stoppen kann. »Es erscheint so … so …«

»Langweilig?«

»Nicht nur langweilig … Sie sind so jung und hübsch. Und klug.« Ich suche nach den richtigen Worten. »Es scheint mir solche Verschwendung zu sein. Sie könnten glücklich leben.«

»Ich bezweifle, dass die Deutschen je wieder glücklich leben werden.« Die Nonne scheint ihre Worte zu bereuen und fährt schnell fort: »Ich meine … das gilt jedenfalls für mich. Ich bin mir aber sicher, dass es besser wird.«

»Wie lange sind Sie schon hier?«

»Zwei Jahre, zwei Monate und sechs Tage.«

Warum zählt sie die Tage, wenn sie hier ewig wohnen will? Ich möchte sie fragen, warum sie sich hier versteckt, aber ihre Oberlippe zittert so, als würde sie gleich in Tränen ausbrechen.

»Ich brauche Ihre Hilfe«, sage ich stattdessen. »Ich muss einen Brief nach Hause schicken.«

»Oh?«

»Ich … Es ist privat. Nicht wegen mir, sondern wegen einer Freundin.« Besser keine Namen nennen. »Ich brauche eine Briefmarke und eine Möglichkeit, den Brief zu verschicken, ohne …«

»… ohne dass ihn jemand liest.«

Ich nicke.

»Ich habe bisher keine Briefe geschrieben«, sagt Schwester Rose leise. »Aber ich kann eine Briefmarke besorgen.« Sie schüttelt den Kopf und eine Falte erscheint zwischen ihren Brauen. »Post unbemerkt zu versenden, ist eine andere Geschichte. Ich muss darüber nachdenken.«

Sie wirft einen Blick auf Frau Mauersegler, die still in die Landschaft schaut. »Sie werden bald schlüpfen.«

Ich folge ihrem Blick und nicke wieder, wünsche mir, ich könnte auf der anderen Seite des Fensters sitzen und wegfliegen, wann immer ich Lust dazu habe.

Peter

Im Traum greift Hilda meine Hand und führt mich auf eine Blumenwiese. Ihre Augen glänzen und sie lächelt, ihre Lippen sind so einladend, dass ich mich über sie beuge, um sie zu küssen. Ich wache mit einem unglaublichen Ständer auf. Ich habe keine Ahnung, was sie wollte oder wo wir waren, aber das Gefühl der Erregung und Wärme hallt nach. Meine Hand wandert unter die Decke und, nachdem ich mich vergewissert habe, dass alle schlafen, vergesse ich alles andere.

Trotzdem bin ich verwirrt — ich habe seit Wochen nicht an Hilda gedacht. Zumindest nicht absichtlich. Bei unserem letzten Treffen hat sie sich so komisch verhalten und ich bin wütend und ungeduldig mit ihr gewesen. Kaum zu glauben, nun ist sie in Bayern. Sicherlich genießt sie alles viel mehr als ich.

Und wenn es so wäre? Solltest du dich nicht für sie freuen? Stimmt, ich bin ein Arschloch. Sie hat es schwer genug mit ihrem älteren Bruder Paul im Krieg und ihrem Vater, der sie schon vor dem Krieg verlassen hat. Hilda war damals erst neun und wir Nachbarn waren alle schockiert.

Auf einmal will ich mit ihr schwatzen, ihr Mut zusprechen. Ich will ihr sagen, dass ihr Vater eines Tages in die Küche spaziert kommt und um Vergebung bittet und dass auch Paul zurückkehren wird. Aber ich bin nicht zu Hause und es ist wahrscheinlich, dass Hilda ihren Vater nie wiedersieht.

Vor Frust schnürt sich mein Hals zu. Ich kann nicht mal bei ihr sein und sie trösten, weil ich hier in diesem gottverlassenen Kaff sitze. Wer weiß, wie lange wir hierbleiben müssen. Kein Mensch spricht mehr von einem schnellen Ende des Krieges. Es heißt nur durchhalten, aushalten.

Mamas traurige Augen am Bahnhof erscheinen vor mir. Ich erinnere mich an meine Erleichterung, als der Zug endlich anfuhr. Jetzt schäme ich mich für meine Grausamkeit. Morgen werde ich ihr etwas Schönes, etwas Beruhigendes schreiben. Es gibt keinen

Grund, ihr über uns die Wahrheit mitzuteilen. Ein neuer Gedanke drängt sich mir auf. Geht es ihr gut? Oder wurde sie vielleicht ausgebombt, ist sie verletzt? Sind sie und Walter am Ende sogar tot? Aber davon hätte ich sicherlich erfahren. Oder nicht?

Es ist früher Morgen, als ich endlich einschlafe.

Am nächsten Nachmittag kommt Karl-Heinz in das Arbeitszimmer gelaufen, in dem wir zusätzliche Bettrahmen aus ehemaligen Schreibtischen und Stühlen bauen. »Wir ziehen um. Hab's gerade von Palme erfahren, es ist offiziell.« Seine Augen blitzen, ich lese Erleichterung in seinen Zügen.

»Wann?«, ist alles, was ich hervorbringe.

»Bald. Ende der Woche«, sagt Karl-Heinz.

Wir haben die Arbeit eingestellt und umzingeln ihn.

»Was passiert mit Zeibler?«, fragt Christian.

Karl-Heinz zuckt die Schultern. »Ich habe aufgeschnappt, er soll eingezogen werden. So oder so kommt er nicht mit.«

»Gott sei Dank.« Udo Lempski reckt seine gefalteten Hände gen Himmel. Dieser Tage ist er längst nicht mehr so laut und nervig wie früher. Ich habe erst kürzlich herausgefunden, dass er sehr gläubig ist und viel betet, allerdings nur, solange Zeibler nicht in der Nähe ist. Udos Familie ist katholisch und er war früher Messdiener.

»Wohin gehen wir?«, frage ich, als der Lärm abklingt.

Udo grinst, Christian auch. Tatsächlich grinsen wir alle.

Karl-Heinz sinkt auf einen Stuhl. Er ist wieder blass. »Palme sagt, wir werden es während des Abendessens besprechen. Er will uns alle da haben, damit er erklären kann, was passiert.«

Klar, dass wir den Rest des Nachmittags nichts mehr geschafft kriegen. Aber das ist schließlich egal, wenn wir sowieso umziehen. Heimlich wünschen wir uns, nach Hause zu fahren, auch wenn es keiner laut ausspricht.

»Hauptsache, wir haben nichts mehr mit Zeibler zu tun«, sagt Christian. Er sitzt neben Karl-Heinz, ein wenig nah, was mich an die Begebenheit im Waschraum erinnert. Ich frage mich, ob andere Christians Blicke zu Karl-Heinz bemerken.

Im Gymnasium haben wir über Mädchen geredet. Ich meine, mich daran zu erinnern, wie Karl-Heinz über Hilda sprach. Aber vielleicht bin ich der Unwissende. Vielleicht mag auch Karl-Heinz

Jungs lieber. Da war dieser Blick …

Ausnahmsweise erscheinen wir alle mehrere Minuten zu früh zum Essen. Es gibt Rätselsuppe. So nennen wir die Suppe, die jeden Mittwochabend serviert wird. Es kommt rein, was auch immer noch übrig ist, und das kocht eine Weile vor sich hin.

Heute riecht es recht gut. Zerrupfte Weißkohlblätter, Kartoffeln, Zwiebeln und irgendein sehniges Fleisch schwimmen in der Brühe. Seit Frau Landau hier ist, gibt es auch Gewürze und Kräuter, manchmal sogar Kuchen.

»Ihr habt sicher alle von unserem Umzug gehört«, sagt Palme, sobald wir unsere Plätze einnehmen. Seine Augen haben einen lebhaften Glanz angenommen, energiegeladen läuft er vor uns auf und ab. »Früh am Freitag fahren wir mit dem Zug nach Danzig. In ein großes Lager, hat man mir gesagt, also sollten wir gut dazupassen.«

»Warum können wir nicht nach Hause?«, fragt einer der Jungs.

»Unsere Familien eine Weile besuchen«, ergänzt Karl-Heinz.

»Ich verstehe euch, aber es geht im Moment nicht. Es gibt kaum Züge, manche Bahnlinien sind zerstört und — «

»Ihr seid Männer, keine Jammerlappen.« Zeiblers Stimme schneidet wie Glasscherben. »Ihr bereitet euch auf den Krieg vor und kriecht nicht auf die Schöße eurer Mütter. Ihr hättet daheim sowieso keinen Unterricht.«

Palmes Mund öffnet und schließt sich, während er offensichtlich nach passenden Worten sucht. »Herr Zeibler hat recht, in Solingen sind die Schulen geschlossen. Und da wir ein neues Schuljahr beginnen, solltet ihr alle euren Unterricht fortsetzen.«

Wir murmeln durcheinander, bis Palme die Hand hebt. »Lasst alles so, wie es ist. Wahrscheinlich kommt bald eine neue KLV-Gruppe.«

Mir tun sie jetzt schon leid, vor allem, falls Zeibler hierbleiben sollte. Ich frage mich, ob alle deutschen Kinder von zu Hause ausziehen, wie der Krieg vorangeht. Aber die Chance, ein Radio zu organisieren, ist verstrichen. Ich muss Mutter schreiben und ihr meine neue Adresse mitteilen.

KAPITAL ELF

Hilda

Der Herbst ist ins Kloster eingezogen. Ich wüsste es selbst ohne meine Besuche auf dem Speicher — Mutter Mauersegler hat ihre Kinder in die Freiheit mitgenommen —, wo ich Blicke auf die bunten Blätter unter uns erhasche. Die Luft im Innern kühlt sich weiter ab, mit zusätzlicher Feuchtigkeit als Bonus.

Heute wurde Karin, eine der bösen Zwillinge, beiseitegenommen. Die meisten von uns haben Briefe erhalten und ich bin erleichtert, dass es Mama gut geht. Sie hat mir eine Notiz von meinem Bruder Paul geschickt, was mich besonders glücklich macht. Außerdem hat sie erwähnt, dass Peter in ein neues Lager in Danzig gezogen ist, und seine Adresse beigelegt.

Endlich kann ich ihm schreiben. Aber ich weiß nicht, was. Unsere Briefe werden nach wie vor kontrolliert und ich weigere mich, zu lügen. Außerdem ... Warum schreibt er nicht? Die Erinnerung an unser letztes Treffen kehrt zurück, sein Enthusiasmus für das Lager, die Tatsache, dass er es kaum abwarten konnte, wegzukommen ... weg von mir.

Tränen wollen sich ihren Weg nach draußen bahnen. Zum Glück habe ich Putzdienst im Flur und der düstere Korridor ist ein gutes Versteck. Ich werde abwarten, dass er mir schreibt, egal, wie lange es dauert.

Als ich Karin das nächste Mal sehe, sind ihre Augen rot

geschwollen. *Geschieht ihr recht*, denke ich zunächst, *immerhin geht sie immer darin auf, andere leiden zu sehen*. Aber dann flüstert mir Biene zu, dass Karins Vater im Krieg gefallen ist, und plötzlich fühle ich nur noch Grauen.

»Es tut mir sehr leid«, sage ich ihr, während wir uns fürs Bett umziehen.

Sie murmelt irgendwas und klettert ins Bett. Sie vollzieht nicht einmal ihr nächtliches Ritual mit Ilse, irgendeine Umarmung mit Luftküssen.

Ilse zieht ein Gesicht und nachdem das Licht ausgegangen ist, liegen wir alle im Dunkel und lauschen Karins unterdrücktem Schluchzen. Meine Glieder sind steif wie Eis, während ich über die schreckliche Endgültigkeit des Todes nachdenke. Wie eine schwarze Hülle über dem Gesicht nimmt mir der Gedanke den Atem. Die schreckliche Ungewissheit ist für Karin zur Gewissheit geworden. Sie weiß, dass sie ihren Vater niemals wiedersehen wird. *Du auch nicht.* Ich presse meine Hand gegen den Bauch, fühle das Auf und Ab des Atems. Unwillkürlich seufze ich. Jetzt werden sie denken, dass auch ich weine, wo ich doch in Wirklichkeit … ja, was eigentlich … stinksauer bin?

Zwischen meinen Eltern gab es jede Menge Streit. Ich dachte, das sei normal, obwohl ich jedes Mal am liebsten wegschrumpfen wollte. Sicherlich musste es zum Teil meine Schuld sein, wenn die beiden sich an die Kehle gingen.

Ich frage mich, ob es einfacher ist, mir Papa tot, von einer Bombe zerfleddert, vorzustellen. Die Endgültigkeit *seines* Weggangs, mit einem Koffer in der Hand, kam mir wie der Tod vor — auch wenn ich jahrelang von seiner Rückkehr träumte. Anfangs habe ich ständig auf die Haustür gelauscht.

Es ist wohl wesentlich besser, diese Hoffnung zu schüren, als die Gewissheit des Todes zu erhalten — wie Karin bei ihrem Vater. Obwohl Papa so wie Millionen Männer leicht tot sein könnte.

Stille Tränen laufen über meine Wangen und tropfen aufs Kissen. Ich sehne mich nach Mama und ihrer Umarmung. Heute Nacht ist unser Zimmer ein Friedhof, unsere Betten sind wie Särge und unsere Seelen bereit, fortzufliegen.

Am nächsten Morgen ist Karins Gesicht rot und fleckig und ihr Bett nass. Sie flüstert mit Ilse, bevor sie davonrennt, um neue

Laken zu suchen. Mein Blick wandert zu Tilly, die schweigend ihre feuchten Tücher zusammenknüllt. Karin und Tilly sind nicht die Einzigen mit nächtlichen Problemen. Mindestens fünf andere Mädels nässen in ihre Betten.

Biene legt einen Arm um meine Schulter und für einen Moment stehen wir so zusammen, wortlos, einfach zwei Freundinnen, die sich gegenseitig stützen. Bienes Vater ist kürzlich eingezogen worden und ich weiß, dass sie sich um ihn sorgt, weil sie ihre Nägel kaut wie Kaninchen Möhren. Sie hatte immer wunderschöne Hände, aber jetzt sieht sie irgendwie verletzt aus, als würde ein Teil von ihr fehlen.

Wie können Menschen anderen so viel Leid zufügen? Mir kommt es vor, als würden wir uns nur noch ängstigen, unsere Sorgen uns schlaflose Nächte und uns zum Schweigen bringen. Der Oberin gefällt es so bestimmt, weil unser Geschwätz zu verhaltenem Geflüster geschrumpft ist.

Während des Frühstücks ist es in der Halle so leise wie noch nie. Fräulein Heinrich sitzt neben Karin, einen Arm hat sie um die Schulter des Mädchens gelegt. Vielleicht darf Karin jetzt nach Hause. Ist das die Bedingung, die wir erfüllen müssen — dass einer unserer Lieben stirbt? Ein Gurgeln entweicht meinem Hals, eine Art krankes Gekicher. Es ist mir peinlich, aber ich kann nichts dagegen tun, nicht mal, als alle mich anstarren.

Bienes hübsche Augenbrauen ziehen sich zusammen. »Was ist denn mit dir los?«

»Kann nicht aufhören«, pruste ich.

Biene schüttelt den Kopf, doch dann grinst sie. Nicht das entspannte Grinsen, das ich von ihr kenne, sondern ein nachdenkliches. »Ich hab eine Idee wegen des Briefes. Lass uns Fräulein Heinrich fragen, ob wir einen Ausflug ins Dorf machen können. Um uns auf andere Gedanken zu bringen.« Ohne auf meine Antwort zu warten, springt sie auf und nähert sich unserer Lehrerin.

Mir gegenüber knabbert Tilly an ihrem Brot. Ihr Haar ist wirr und sie hat bläuliche Schatten unter den Augen. Sie sieht noch dünner aus. »Was macht Biene?«

»Fragt Fräulein Heinrich, ob wir einen Ausflug machen können.«

»Ich würde weglaufen, wenn ich könnte«, flüstert Tilly. »Ich hab einfach zu viel Angst.«

Ich ergreife ihr zerbrechliches Handgelenk. »Ich auch. Wir wollen alle nach Hause, aber es ist zu gefährlich.«

Biene lässt sich auf die Bank sinken, ein zufriedenes Lächeln liegt auf ihrem Gesicht. »Ich glaube, Fräulein Heinrich wird zustimmen. Sie hat gesagt, dass sie mit der Oberin sprechen will.«

»Was hat *die* damit zu tun?«, fragt Tilly. Ihre Augen versprühen Feuer und ich wundere mich über das kleine Bündel Empörung. Ein Hoch auf Tilly!

»Die Oberin muss wahrscheinlich allem zustimmen, was das Kloster angeht«, sage ich trocken.

Aber eine Stunde später wandern wir alle zum ersten Mal seit unserer Ankunft durch das Tor des Klosters. Sobald die Mauern hinter uns liegen, schwatzen wir drauflos. Es ist wie ein Singen. Unser Brief liegt sicher in Bienes Tasche. Die Briefmarke ist rot, darauf steht »Grossdeutsches Reich«. Heute Morgen nach dem Frühstück lag sie auf meinem Kissen.

Schwester Roses Wege sind unergründlich.

Wir überqueren eine Wiese, laufen an Hecken und Obstbäumen vorüber. Einige von uns eilen davon, um Birnen zu pflücken. Saft tropft von unseren Gesichtern und verklebt unsere Hände. In der Nähe des Dorfes halten wir erneut, um Pflaumen zu ernten, lila Flecken vereinen sich mit Birnensaft.

Es ist uns egal.

Die Luft ist mild für Oktober und geschwängert mit Pinienaroma. Die Sonne schickt ihre Strahlen zu uns, leuchtende Lichtfinger, die unsere Schritte erhellen. Ich hebe mein Gesicht in den Wind und schließe die Augen, höre das Rascheln der ersten Blätter unter meinen Füßen. Für einen Moment bin ich daheim, wandere sorglos im Wald. Jede Sekunde wird Peter etwas Lustiges sagen oder mich zu einem Wettlauf herausfordern.

Das Geschnatter meiner Kameradinnen bringt mich in die Realität zurück. Vor uns geht Karin Hand in Hand mit Fräulein Heinrich. Es ist mir neu, dass Karin unsere Lehrerin mag. Aber der Tod ändert alles. Tod bietet keine Entschuldigung, keinen Ausweg.

Als wir zurückkehren, parken fünf Militärfahrzeuge und ein schwarzer Mercedes im Hof des Klosters. Schweigen lastet auf dem Gebäude und in den Korridoren, unsere Schritte hallen laut und schrill.

Die Oberin wartet mit steinerner Miene an der Tür zur Halle. Hinter ihr stehen zwei Männer in SS-Uniformen und ein halbes Dutzend Soldaten. Keiner spricht, also gehen wir zu unseren Plätzen. Die Sättigung durch die Birnen und Pflaumen hält schon längst nicht mehr an. Mein Magen knurrt vernehmlich und fordernd, aber auf dem Tisch steht kein Essen, da stehen nur leere weiße Teller, die die Leere in meinem Magen widerspiegeln.

Ich beobachte, wie die Oberin Fräulein Heinrich beiseitenimmt. Die junge Frau nickt und wird den SS-Männern, die sie misstrauisch anstarren, vorgestellt.

Endlich erklimmt die Oberin das Podium.

»Kinder, Oberst Reidorf hat sich zu uns gesellt, um unser Kloster zu inspizieren. Leider gab es ein Missverständnis und ihr habt unsere sicheren Mauern heute Nachmittag verlassen. Das wird nicht wieder vorkommen. Wir müssen gewährleisten, dass ihr jederzeit beschützt seid.« Das Kinn der Oberin verschwindet im weißen Kragen über ihrer Brust. »Das Erkunden der Umgebung ist nicht angebracht.« Sie blickt zu den Männern in Uniform. »SS-Standartenführer Oberst Reidorf und SS-Scharführer Linker werden eure Zimmer besichtigen. Es werden ... Anpassungen notwendig sein.«

Welche Anpassungen?, will ich fragen. Die Wände scheinen sich auf mich zuzubewegen, der Raum wird enger. Keine Ausflüge mehr, keine Freiheit und keine Normalität, nicht mal für ein paar Stunden.

»Da ist noch etwas.« Die Stimme der Oberin schneidet durch das anschwellende Gemurmel. »Ich weiß, ihr wolltet bald nach Hause. Das wird nicht möglich sein ... noch nicht. Ich fürchte«, die Miene der Oberin verrenkt sich zu einem künstlichen Lächeln, »ihr werdet noch ein wenig länger unsere Gäste sein.«

Als das Küchenteam die Terrinen mit Linsensuppe bringt — eine wässrige Version meines Rezepts mit nur wenigen Schnipseln Schinken —, raucht mir der Kopf. Tilly blinzelt nervös, als ob sie jeden Moment in Tränen ausbräche, und Biene ist blass wie unsere Teller. Karin verbirgt ihr Gesicht in Ilses Armen, während ich einfach sprachlos bin. *Was soll das bedeuten, »... wird nicht möglich sein«? Was bedeutet »ein wenig länger«?*

Ich will unsere Lehrerin danach fragen, aber in dem Moment

setzen sich der Oberst und Linker neben Fräulein Heinrich. Alles an Linker ist quadratisch und hart. Seine Nase krümmt sich wie ein Fischhaken und seine Schultern biegen in scharfen Winkeln zu Armen ab. Sein Kiefer ist ebenfalls kantig, der Mund gerade und schmal. Ich bedaure Fräulein Heinrich, denn der Mann beugt sich über sie, als wollte er sie zerquetschen.

In mir ist alles erstarrt, wie gelähmt. Es ist, als wäre der Raum ohne Luft, als sänke ein erdrückender Schleier auf uns herab, der unseren Atem und unsere Hoffnung auslöscht.

Hoffnung. Bis zu diesem Moment habe ich es geschafft, mir einzureden, dass es nur eine Frage der Zeit sei, bis wir abfahren: noch einen Tag, eine Woche — auf jeden Fall hatte ich die Gewissheit eines Endes. Diese neue Wahrheit verleitet dazu, herumzustampfen, laut zu schreien, und der Oberin Teller an den Kopf zu werfen. Wir waren die ganze Zeit über gehorsam, haben mitgespielt, sind leise durch die Flure gehuscht, haben schweigend zu Abend gegessen.

Meine Fäuste ballen sich unter dem Tisch, die Wut packt mich. »Mistkerle«, fauche ich.

»Ich will Weihnachten zu Hause sein.« Biene verschränkt die Arme vor sich. »Sie haben uns versprochen, es würde nicht länger als sechs Monate dauern.«

»Ich werde Fräulein Heinrich fragen.« Tillys Stimme ist leise, aber bestimmt. Es überrascht mich, wie ruhig sie bleibt, während in mir ein voll entwickelter Sturm tobt.

Die Suppe ist kalt, also schaufle ich alles in Rekordtempo in mich hinein. In den Schüsseln ist nicht mal ein Rest für einen Nachschlag über und es gibt auch kein Brot. Entweder hatten sie keine Zeit, zu backen, oder die Oberin will uns bestrafen. Also gut.

Irgendwann steht Fräulein Heinrich auf und geht hinaus. Gleichzeitig schreit der Oberst »Heil Hitler«, wirft seinen Arm in die Luft, knallt die Hacken zusammen und marschiert davon. Linker, der zweite SS-Mann, der fast so jung wie Peter aussieht, bleibt zurück.

Anstatt einer der abendlichen Bibelgeschichten zu lauschen, wird uns befohlen, in unsere Zimmer zurückzukehren. Während wir die halbdunklen Korridore entlangeilen, erscheint Fräulein Heinrich wie ein Geist vor mir. Biene wirft mir einen neugierigen Blick zu, geht aber weiter.

Ich folge meiner Lehrerin in einen der Alkoven. Rote Flecken brennen auf ihren Wangen. »Hast du es mitgebracht?«

»Was?« Meine Gedanken rotieren um unsere verschobene Heimreise.

»Das Buch, das ich dir geliehen habe.«

»Ich will wissen, wann wir …«

Fräulein Heinrich kneift in mein Handgelenk. »Keine Zeit. Darüber sprechen wir später.« Ihre Fingernägel schneiden in meine Haut. »Hast du das Buch dabei?«

Ich nicke benommen. Bücher dürfen nicht verschickt werden, also habe ich Fabian von zu Hause mitgebracht. »Wollen Sie es zurückhaben? Ich hab's gelesen. Zweimal.«

»Nein.« Fräulein Heinrichs Stimme klingt wie ein Wehklagen. »Versteck es! Beeil dich.«

Ich starre sie an, erinnere mich an den Morgen, an dem sie es mir übergab … vor gefühlt tausend Jahren. Während sich Panik in mir festkrallt, sprinte ich den Gang hinunter. *Vergiss die »Rennen verboten«-Regel.*

Mein Herz hämmert, als ich unser Zimmer erreiche. Die Tür ist geschlossen. *Was ist, wenn die Männer …?* Ich reiße die Tür auf.

Fünf Augenpaare starren mich an, alle zugleich neugierig und ängstlich.

»Was ist los?«, fragt Biene.

Ich schüttele den Kopf, fühle die Blicke der anderen auf mir. Keine Zeit. Ich muss das Buch loswerden, aber wohin damit? Ich ziehe die Schublade auf, in der ich es zwischen meiner Unterwäsche aufbewahre. Zwischen den Seiten ruht Peters Fasanenfeder wie eine Liebkosung.

Wir alle schauen uns gegenseitig an und Karin tätschelt Tilly sogar den Rücken. Sie sind nicht länger Feinde, obwohl Ilse mit dieser neuen Entwicklung Probleme zu haben scheint. Ihr Gesichtsausdruck ist sauer, als hätte sie auf eine Zitrone gebissen.

Vom Flur her sind gedämpfte Stimmen zu hören. Schritte hallen.

Keine Zeit.

Mein Blick wandert durchs Zimmer, die Hochbetten, die Kommode mit der Waschschüssel. Unsere fadenscheinigen Hausmäntel hängen an Holzhaken, Jesus beobachtet uns von seinem Kreuz aus — er kann mir auch nicht helfen. Das Fenster!

Aber im Hof stehen Autos, daneben warten Männer … beobachten. Es gibt keinen sicheren Ort.

Karin fragt irgendwas, ihre Worte prallen ungehört von meinen Ohren ab. Panik breitet sich in mir aus, erfüllt mich ganz und gar. Im Korridor hallen harte Schritte. Sie sind hier. Was passiert, wenn sie mich erwischen? Es darf nicht sein.

Beim Klopfen an der Tür erwacht mein Hirn zum Leben. Zu spät. Es gibt nur eine Lösung. In dem Moment, den es dauert, bis die Tür aufgeht, während meine Kameradinnen mit offenen Mündern zuschauen, stopfe ich Fabian in meine Unterhose. Dann erstarre ich, damit er nicht aus seinem neuen Versteck rutscht. Zum Glück ist mein Kleid weit, auch wenn es inzwischen zu kurz ist.

Linker tritt ein. Trotz seiner kantigen Formen ist er klein, seine Uniform, mit den zackigen SS-Runen auf dem Kragen, sitzt perfekt. Er blickt sich großspurig im Zimmer um, bevor er uns befiehlt, uns in einer Reihe aufzustellen.

»Arme nach vorn, Handflächen nach unten.« Ich schiebe mich vorsichtig seitwärts und reihe mich ein. Das Buch unter meinem Kleid schneidet in meine Hüfte. Wenn wir uns bewegen sollen, wird es auf den Boden fallen. Ein Keuchen entringt sich meiner Brust, als ich mir vorstelle, wie der SS-Mann mich aussondert. Biene stupst mich vorsichtig am Arm. Sie ist auf meiner Seite.

Die anderen beiden Soldaten öffnen unsere Kommode und wühlen sich durch die Kleidung. Dann widmen sie sich unseren Betten, widerliche Hände schlüpfen unter unsere Kissen, Briefe rutschen heraus — von jedem von uns, wir alle verwahrten sie als ein Stückchen Heimat in der Nähe unserer Herzen.

In dem Moment sehe ich es: Peters Feder liegt mir zu Füßen. Sie muss herausgefallen sein, als ich das Buch versteckte. Meine Finger zucken, meine Handflächen sind feucht. Ich kann weder denken, noch mich bewegen.

Die Männer trampeln über die Umschläge und Postkarten, heben unsere Matratzen hoch und stellen sich, nachdem sie nichts Verdächtiges finden konnten, neben Linker. Der SS-Mann beginnt, an uns vorbeizustelzen. Sein Blick wandert, rauf und runter, als wollte er unsere Kleider ausziehen und nach Flöhen suchen. Meine Knie drohen, weich zu werden. Gleich werde ich umfallen, das Bewusstsein verlieren. Noch einen Schritt und er steht vor mir.

»Name?«

»Hilda … Hagedorn.«

»Unterscharführer«, zischt Linker. »Warum bist du so nervös?«

»Ich … bin nicht nervös.«

»Unterscharführer!« Die Augen des Mannes haben das kalte Blau eines norwegischen Fjords und scheinen mich an Ort und Stelle einzufrieren.

Das Buch kratzt. Jeden Moment wird er es hören.

Abrupt bückt er sich und hebt die Feder auf.

»Komisch«, murmelt er und zwirbelt dabei die Feder im Kreis. »Wem gehört die?«

Keiner von uns spricht, meine Kehle ist so eng, dass ich keine Ahnung habe, wie ich weiteratmen kann.

»Na, wem?« Die Feder schwebt vor meiner Nase.

Biene hustet laut. »Entschuldigung, Unterscharführer«, schreit sie. »Das ist meine.«

Der kalte Blick wandert zu meiner Freundin, gefolgt vom Klackern seiner kniehohen Lederstiefel. Ich lasse vorsichtig einen Seufzer heraus. Nicht zu laut. Linker ist vor Biene stehengeblieben. Ja, ihre Nägel sind abgenagt und schmutzig, aber das ist nur wegen ihres Vaters.

Linker richtet die Feder wie die Klinge eines Messers auf ihre Brust. »Warum antwortest du dann nicht?« Sein Mund verzieht sich zu einem Lächeln. »Es ist ja nur eine Feder.« Er hält ihr die Feder hin und Biene nimmt sie sich schnell.

»Was ist das?« Der Mann beugt sich so tief hinunter, dass es aussieht, als wollte er Bienes Handrücken küssen.

»Meine Finger«, sagt Biene trocken. Sie ist so stark.

»Auch noch unhöflich, mein Fräulein?« Linker lehnt sich vor, seine Nase befindet sich höchstens zehn Zentimeter von Bienes Stirn entfernt. »Name?«

»Bie… Sabine Fuchs.«

»Alter?«

»Sechzehn.«

Es stimmt, Biene hatte letzten Monat Geburtstag.

Der Mann zieht sein Notizbuch heraus und kritzelt etwas hinein. »Wir sprechen uns noch«, sagt er, bevor er den Soldaten zunickt.

Die Männer gehen zur Wand, wo sie einen Hocker ausklappen. Während der eine das Jesuskreuz an sich nimmt, überreicht ihm der andere einen Bilderrahmen. Ich stelle mir vor, wie sich Jesus' Augen vor Schock weiten, zweifellos hat er Jahrzehnte oder Jahrhunderte hier gehangen.

Das Buch verbrennt meine Haut. Ich darf mir nichts anmerken lassen.

Als die Männer hinausgehen — Jesus unter Linkers Achsel gequetscht —, falle ich aufs Bett. Wortlos gibt Biene mir die Feder. Schweiß perlt auf ihren Schläfen, aber ihr Lächeln ist warm.

Von seinem hohen Posten aus beobachtet uns grübelnd der Führer.

Peter

Das Lager in der Nähe von Danzig ist riesig, fast zweitausend Jugendliche drängen sich in Dutzenden Baracken entlang einer Schotterstraße. Ich komme mir vor wie beim Militär, unsere Tage sind auf die Minute genau organisiert: waschen und putzen, Flaggenappell, singen und marschieren.

Das einzig Positive sind die zahlreichen Sportveranstaltungen an den Nachmittagen. Wir laufen und springen und werfen Bälle. Wir spielen Fußball, machen Schnitzeljagden und gehen auf Ausflüge.

Hier gibt es viele Bettnässer. Das kann nicht normal sein, nicht unter fünfzehn- und sechzehnjährigen Jungs. Zuerst mussten sie alle in einem Raum schlafen. Inzwischen sind es zu viele. Der Lagerführer sondert sie aus und zwingt sie, Extrarunden zu laufen. Sie werden angeschrien und von den älteren Jungen verprügelt. Oft schlafen sie auf nackten Strohsäcken.

Mir ist zwar noch kein Unfall passiert, aber ich schlafe trotzdem schlecht.

Als ich spät abends von der Latrine zurückkomme, höre ich vom Schlafsaal neben uns ein Murmeln. Es ist mindestens ein Uhr und wir sollten alle schlafen, aber ich leide an Durchfall. Wie bei uns pennen nebenan dreißig Jungs in zehn Dreierbetten. Als ich um die Ecke spähe, erahne ich im schwachen Schein einer Kerze vier oder fünf Jungen. Sie drängeln sich um ein Bett.

»Verdammtes Baby, warum gehst du nicht nach Hause? Weinst nach der Mama. Ich geb dir was zu heulen.« Der Junge, den ich als den Zimmerführer erkenne, lässt seine Faust in die Form auf dem Bett niedersausen. Ein dumpfer Schrei ertönt.

Ein zweiter Junge schließt sich an, dann noch einer. Jedes Mal jammert der Empfänger der Schläge.

»Hör auf, so ein Weichling zu sein. Der Führer erwartet Mut, kein Gewinsel«, zischt der erste Junge und beginnt eine neue Runde.

»Zeit zur Abhärtung.«

Ich stehe da, im dunklen Flur, und frage mich, wer als Nächstes dran ist. Ich habe manchmal heimlich geheult. Viele von uns machen das. Ich zucke zusammen, als eine neue Runde beginnt. Wollen die den totschlagen?

Meine Gedanken wandern zwei Jahre zurück in die Gasse hinter unserem Haus, wo ich zusah, wie zwei Jungen meinen kleinen Bruder Walter verprügelten. Er weinte, hielt die Arme vors Gesicht, während Fäuste auf ihn niederprasselten. Damals unternahm ich nichts, sah nur zu, kranke Genugtuung im Herzen. Walter nervte mich, war neugierig, ein ständiger Dorn in meiner Seite. Er hatte mein Tagebuch gefunden, Hilda und mir zugehört, wenn er nicht eingeladen war. Und wenn ich mich darüber beschwerte, stellte Mutter sich an seine Seite.

Ich weiß noch, wie ich grimmig lachte, als ich in Richtung Schule davonging. Walter hatte endlich seine Strafe bekommen. Geschah ihm recht. Aber nach hundert Metern kehrte ich um und fand die Gasse leer vor. Kein Walter, keine Rüpel, nur Walters grün-rot kariertes Taschentuch mit seinen Initialen WB, getränkt mit Blut und Rotz. Ich hob es auf und überlegte, nach Hause zu gehen, um nach Walter zu sehen. Zu dem Zeitpunkt klopfte mir das Herz bis zum Hals und ich verspürte ein komisches Kribbeln im Gesicht, als würde es brennen.

Die Szene wiederholt sich. In meinen Gedanken reiße ich die Flegel von meinem Bruder und vertreibe sie.

Damals ging ich nicht nach Hause, um nach Walter zu sehen. Stattdessen lief ich zur Schule und tat, als wäre nichts gewesen.

Im Schlafsaal heult der Junge laut auf.

»Wir müssen aufhören«, sagt einer der Angreifer.

»Er muss was zur Erinnerung haben«, raunt der Anführer mit einem hässlichen Kichern. »Die anderen sollen es sehen. Als Denkzettel. Ich bin diese Waschlappen leid.«

Noch immer stehe ich im Flur, wie festgenagelt. In Zeitlupe löse ich mich aus meiner Erstarrung, drehe ich mich zur Wand und mache das Licht im Korridor an.

Augenblicklich hallen im Zimmer eilige Schritte und Stimmen.

»Es kommt jemand!«

»Schnell, geht ins Bett.«

»Still jetzt.«

Ich halte einen Moment inne, höre die unterdrückten Schluchzer der armen Seele. Dann schleiche ich in mein eigenes Zimmer, wo ich bis zur Dämmerung wachliege und sich die Attacke auf meinen Bruder in meinem Kopf unendlich wiederholt.

Buch zwei: August 1944 — April 1945

KAPITEL ZWÖLF

Hilda

Die SS-Männer blieben nicht lang, aber lang genug, um einen permanenten Schatten aufs Kloster zu werfen. Nachdem Biene sich für mich eingesetzt hatte, wurde sie für den darauffolgenden Nachmittag einbestellt.

Als sie wiederkommt, erinnert sie mich an Tilly am ersten Tag, nachdem sie ins Bett genässt hat.

»Was ist passiert?«, frage ich. Biene deckt den Tisch mit den gewohnten weißen Tellern. Sie schüttelt den Kopf und weicht meinem Blick aus. Die Teller klappern auf die Tische. Ich lege eine Hand auf ihren Arm, aber sie reißt sich los und macht wortlos weiter.

Ich folge ihr. »Was kann ich tun?«, flüstere ich von hinten.

Biene ignoriert mich und knallt weiter Teller auf den Tisch.

»Haben sie dir wehgetan?«

Biene dreht sich abrupt um. Teller scheppern. »Sie sind weg, richtig? Ich will nicht darüber sprechen.«

Ich zucke zusammen, geschockt von Bienes Tränen — sie weint äußerst selten —, aber noch mehr von ihrem gequälten Tonfall. Ich will sie umarmen, weiß aber, dass sie es nicht zulassen würde. Nicht jetzt.

Also nicke ich und sage leise: »Danke.«

Biene wendet sich wieder ihren Tellern zu, als wäre ich Luft, und ich stehe da, mit nutzlos an der Seite baumelnden Armen. Nutzlos wie ich. Irgendetwas Schreckliches muss passiert sein.

Ich bin ebenso hilflos, wie an dem Tag, als Papa fortging. Ich sehe mich wieder neben Mama stehen, die ihre Nase in ein Taschentuch vergraben hat. Ich tätschele ihren Arm, spreche mit ihr, doch sie reagiert nicht, sieht mich nicht an. Selbst mit neun Jahren verstand ich bereits, dass manche Schmerzen zu groß für Worte sind. Mamas ist einer davon. Vielleicht Bienes ebenso.

Am Abend umarmt Biene mich von hinten und flüstert: »Es tut mir leid.«

Wir drücken uns eine Weile und das ist das letzte Mal, dass wir über die SS-Männer sprechen. Biene bewahrt den Anschein, als wäre nichts gewesen. Aber hinter ihrer Fassade bröckelt es, denn wenn sie sich unbeobachtet glaubt, fallen ihre Schultern nach vorn, als wollte sie in sich zusammensinken. Sie schaut aus, als trüge sie einen hundert Kilo schweren Sack Kartoffeln, die Art, die Papa nach Hause schleppte, als ich klein war.

Weihnachten vergeht mit viel Singen und anständigen Mahlzeiten. Aber die Freude fehlt, alle haben Heimweh, keine von uns ist in der Lage, ihre Traurigkeit abzulegen. Fräulein Heinrich verbringt viel Zeit damit, uns zu umarmen, aber selbst sie ist dünn geworden und beim Drücken fühle ich nichts als Knochen. Trotzdem ist ihre Wärme willkommen, vor allem, da sie ihren strengen Blick verloren hat.

Wir alle begrüßen den Frühling, dann den Sommer, fiebern unseren Diensten im Garten und dem Flecken blauen Himmels entgegen. Ich wusste nicht, dass Zeit so langsam vergehen kann. Es kommt mir vor, als wären wir schon seit fünf Jahren hier, nicht erst seit einem. Mama Mauersegler ist schon lange weg und dieses Jahr gab es kein neues Nest. Schwester Rose und ich treffen uns regelmäßig auf dem Speicher, um nach ihr Ausschau zu halten … oder einfach in die Ferne schauen zu können.

»Warum ist sie wohl nicht zurückgekommen?«, frage ich.

»Wahrscheinlich ging ihr der Nazi-Gestank auf den Geist.« Schwester Roses Stimme klingt wie die scharfen Ränder eines vereisten Teichs, so ungewohnt, dass ich mich zu ihr umdrehe. Die Benediktinerschwestern beten immer noch sechsmal täglich, putzen, kochen und bearbeiten den Garten, doch alle wirken bedrückt. Die Oberin lässt Fräulein Heinrich in Frieden. Es scheint, als ob die Frauen sich gegen die SS-Männer zusammenschlössen, die hier einbrachen, um uns zu quälen.

Ich bin so erstaunt über den Ton der Nonne, dass ich sprachlos dastehe.

Ihre normalerweise so friedlichen Augen blitzen. »Wie konnte ich nur annehmen, dass sie uns hier in Ruhe lassen.«

»Was meinen Sie?«

Sie richtet ihre Aufmerksamkeit auf mich. »Mein Mann ist … war bei den Kommunisten. Sie haben ihn mitgenommen. Schon vor Jahren.« Die Stimme der Nonne schrumpft zum Flüstern. »Danach habe ich ihn nur einmal gesehen.«

»Ist er …?«

»Tot?« Unsere Blicke treffen sich. »Ja. Sie haben behauptet, er sei aus dem Arbeitslager geflohen.«

Ich vergesse meine gewöhnliche Zurückhaltung für den schwarzen Habit und streichele Schwester Roses Arm. »Es tut mir so leid.«

Der Mund der Nonne ist grimmig verzogen. »Ich kam hierher, um zu vergessen. Kannte Eddie seit der Schule. Er studierte Medizin, wollte Arzt werden, Gutes für andere tun. Er …«

Peters Gesicht erscheint vor mir. Er hält mir lächelnd die Hand hin, um mir auf einen Ast zu helfen. Auf einer Wiese vor uns grasen Rehe. Ich massiere mein Kinn, um die Spannung zu vertreiben — verachte mich für meine Gedanken an Peter, wo doch Schwester Rose diejenige ist, die leidet.

Das bittere Lachen der Nonne bringt mich zurück ins Hier und Jetzt. »Ich war nicht mal besonders gläubig, ging kaum in die Kirche. Nun sieh mich an.«

Ich denke an die Oberin, die strikten Regeln und feucht-kalten Räume. »Vielleicht können Sie hier irgendwann wieder weg.«

Schwester Rose nickt. »Vielleicht eines Tages, wenn sie fort sind.«

»Der Führer?« Ich kann mir Deutschland mit einer anderen Regierung kaum vorstellen.

»Er und der ganze restliche Dreck.«

»Er könnte wenigstens den Krieg beenden«, sage ich.

»Das Monster wird nie fertig. Eher wird er alle Deutschen umbringen, das Land zerstören.«

Schon wieder bin ich sprachlos. Nicht, weil Schwester Rose den Führer Monster nennt, sondern weil sie glaubt, dass wir alle sterben werden. Unbehagen erfasst mich. Hat sie vielleicht recht? Paul ist noch immer im Krieg. Karins Vater ist tot. Viele andere Männer sind gestorben, und wir wissen von Elternbriefen, dass viele Städte bombardiert werden.

»Ich wollte dich nicht beunruhigen.« Schwester Roses Miene ist wieder ruhig. Sie drückt das hölzerne Kreuz zwischen ihren gefalteten Händen. »Ich werde für euch und eure Familien beten.«

»Ich habe etwas, das Ihnen gefallen könnte.« Ich ziehe *Fabian* unter meinem Rock hervor. Ich habe mir angewöhnt, ihn bei mir herumzutragen — im Falle des Falles.

»Ein Buch?« Schwester Roses Stimme klingt so verwundert, ich frage mich, wann sie zum letzten Mal etwas anderes als eine Bibel gesehen hat.

»Ein *verbotenes*.«

»Wo hast du es her?«

Ich schweige, reiche der Nonne das Buch. »Versprechen Sie mir, es gut zu verstecken.«

Schwester Roses Augen leuchten, während sie mit der Hand über den Buchrücken streicht.

In dieser Nacht schlafe ich erst in der Frühe ein, Schwester Roses hasserfüllte Worte über den Führer und das Verlieren des Krieges laufen wie eine dieser neumodischen Schallplatten durch meinen Kopf. Was ist, wenn sie richtig liegt und Deutschland verloren ist? Was wird mit uns passieren? Mit Mama und Paul … Peter?

Nachdem ich mich morgens zum Frühstück geschleppt habe, wird es im Flur laut. Die Oberin spricht, nein, schreit eine Schwester an. Worum es geht, kann ich nicht verstehen. Im nächsten Moment erscheint eine Nonne und flüstert Fräulein Heinrich etwas zu.

Die beiden verschwinden, ja, rennen fast, während wir unsere Hälse verrenken. Aber die Disziplin des Klosters hat schon lange unsere Knochen durchdrungen. Wie Schafe bleiben wir sitzen, essen unseren Brei und kratzen mechanisch unsere Schüsseln leer.

Ich beobachte Biene, die mich in früheren Zeiten in die Seite gestupst hätte, um mich dazu anzustiften, etwas herauszufinden. Diese Biene sitzt leblos da, wie alle anderen auch. Draußen im

Korridor erheben sich erneut Stimmen. Doch unter ihnen ist eine uns fremde Frauenstimme, die weich und gleichzeitig energisch klingt.

Aus den Augenwinkeln sehe ich, wie Tilly sich aufrichtet und im gleichen Moment rennt eine Frau in Hut und Mantel herein. Tilly springt von der Bank und schreit etwas Unverständliches, bevor sie sich in die Arme der Frau stürzt. Sie umarmen sich und da fällt mir die Ähnlichkeit zwischen ihnen auf. Tillys Mutter ist hier, um Tilly mitzunehmen. Das gewaltige Grinsen auf meinem Gesicht deckt sich mit Bienes.

Unser Brief muss angekommen sein.

Peter

Ich bin kurz vorm Einnicken. Herr Lustig, unser Lehrer, liest aus einer eselsohrigen Kopie von Edwin Dwingers *Die letzten Reiter*, irgendeiner Kriegsgeschichte mit viel Blut und Gemetzel, die wie ein Feldbericht klingt. Die sonore Stimme des Mannes murmelt monoton vor sich hin — so ganz anders als Palmes, der immer sein Bestes gab, wenn er vorlas.

Lustig ist mindestens fünfundsiebzig, klein und ziemlich glatzköpfig, mit braunen und schwarzen Altersflecken auf seinem Schädel. Einer davon sieht wie Italien aus, eine stiefelförmige Erhebung mit dem Absatz auf der Stirn. Deshalb nennen wir ihn Kartenschädel oder einfach Stiefel, denn anders als sein Name ist an dem Mann absolut nichts Lustiges.

Hinter mir spielen einige Jungs Skat, andere lesen alte Briefe oder tagträumen. Seitdem Palme fort musste, ist die Schule ein kompletter Witz. Ich weiß nicht, warum sie sich die Mühe machen, lernen tun wir sowieso nichts. Jeden Morgen sitzen wir zusammengequetscht in einem Zimmer, das ehemals für zusätzliche Gäste im Restaurant gedacht war. Wir wohnen nämlich in einem ehemaligen Gasthof. Zurzeit sind eigentlich Sommerferien, aber sie wissen nicht, was sie mit uns tun sollen, also haben wir weiter jeden Morgen Unterricht.

Vor langer Zeit hatte ich mein Heim in der Annahme verlassen, ich ginge auf superlangen Urlaub. Welch ein Witz! Jetzt träume ich nur noch davon, nach Hause zu fahren und mit Mutter und Walter zu leben.

Nicht ein Tag vergeht, ohne dass ich an sie denke. Walter

verbringt einige Monate bei einer Gastfamilie in der Oberpfalz. Sie mögen ihn sehr und laut Mutter wird Walter verwöhnt.

Und Hilda? Warum schreibt sie nicht? *Warum schreibst* du *nicht?*

Neben mir überfliegt Karl-Heinz den Brief seiner Mutter, der gestern eintraf. Sie ist ausgebombt, Karl-Heinz' Elternhaus, eine Villa mit einem schönen Garten, ist ein Haufen Asche. Zum Glück war seine Mutter unterwegs, als es passierte, und sie konnte bei ihrer Schwester einziehen. Offenbar ist alles, was ihnen gehörte, zerstört, einschließlich Karl-Heinz' Miniaturautosammlung. Seit gestern spricht er kaum noch.

Nachdem Palme letzten Winter verschwand, ist alles schlechter. Wir hatten uns einigermaßen an das riesige neue Lager gewöhnt, obwohl sie die Verweigerung der Briefzustellung als Strafe benutzten. Eingetroffene Briefe und unsere Briefe an unsere Familien wurden einbehalten, wenn die Lagerverwaltung meinte, wir hätten etwas ausgefressen oder wären verspätet zum Essen erschienen. Einige Jungs schlichen sich nachts raus, um ihre Post heimlich im Nachbarort aufzugeben.

Dann gab es Versorgungsprobleme und sie verboten uns, die geschmierten Stullen zu öffnen. Natürlich taten wir es trotzdem und entdeckten zwischen den Lagen Käse kriechende Maden. Die Dinge verschlechterten sich weiter und die Lagerführung entschied, unsere Gruppen neu zu verteilen. Diejenigen, die zuletzt dazu gestoßen waren, mussten zuerst wieder fort. Christian und zwei andere Kameraden wurden von ihren Müttern abgeholt. Ich weiß nicht, ob Christians Abreise etwas mit dem schrecklichen Essen zu tun hatte oder ob er sich wegen seiner Nähe zu Karl-Heinz Sorgen machte. So oder so könnte ich schwören, das Karl-Heinz noch trauriger ist.

Unser Landgasthof ist winzig. Sechs Mann teilen sich ein Zimmer für zwei, aber wir haben ein Waschbecken in jedem Raum, eine enorme Verbesserung im Vergleich zu den heruntergekommenen Waschräumen im großen Lager.

Das Essen ist super. Unser Gastgeber Herr Sommer, der ein Bein in Frankreich gelassen hat und auf einem Holzstumpf herumhumpelt, kocht wie ein erstklassiger Küchenchef. Er bereitet leckere Eintöpfe, Nudeln mit cremiger Soße und Verschiedenes aus seinem Garten zu. An den Wochenenden gibt es sogar Nachtisch.

Doch nicht alles hat sich verbessert. Jedenfalls weiß ich nicht mehr, was ich glauben soll. Der Führer hat gesagt, wir wären alle ein Teil eines neuen Großdeutschlands. Doch es gibt ständig Gerüchte über Kämpfe, tote Soldaten und zerbombte Städte — Dinge, die wir nicht wissen sollen.

Doch einige von uns hören Feindradio.

Im letzten Lager lernte ich Bernd kennen, einen Jungen aus Frankfurt, der ein Radio dabeihatte. Wir hörten jede Nacht dem deutschen Programm zu und sorgten dafür, dass unsere Kameraden das erfuhren, was wir wussten. Bald verstanden sie alle, was los war. Zumindest das, was wir hören sollten, denn der Radiosender wurde ja kontrolliert.

Dann, eines Abends, als Bernd und ich im Vorratsraum saßen und Radio hörten, meinte er: »Ich will rausfinden, was die über uns sagen … andere Länder.«

Zuerst starrte ich Bernd an, denn was er da sagte, war ein schweres Verbrechen, das mit dem Tod bestraft wurde. Aber ich war genauso neugierig und es so leid, im Lager zu leben. Also stand ich wortlos auf, öffnete die Tür und lauschte. Alles still — der Flur war verlassen. Ich nickte und nach einigem Drehen und Knistern erklang eine englische Stimme.

»Die Rote Armee hat die deutsche Front im Osten erfolgreich zurückgeschlagen. Trotzdem weigert sich Adolf Hitler, die Reste seiner Truppen zurückzuziehen. Der Führer hat seinem Ehrgeiz eine halbe Million Männer geopfert.«

Dann passierte etwas Unglaubliches. Der Ansager erwähnte Thomas Mann, den deutschen Schriftsteller, der in Amerika lebt.

Ein Klopfen ertönte im Lautsprecher, als würde jemand Einlass begehren und hereinkommen.

»Deutsche Hörer!«, sagte Thomas Mann. »Die Nazis sind die Verführer des Volkes. Jeder weiß, dass Hitler den Krieg verloren hat. Deutschland kann den Krieg gegen die Welt nicht gewinnen.«

Die Gestapo wurde erwähnt, wie sie die Menschheit und ihre Rechte mit Füßen tritt.

Bernd und ich sahen uns an. Keiner von uns wusste, was er sagen sollte. Allein den Berichten zuzuhören, war Wahnsinn. Wir waren auch wahnsinnig. Wenn uns einer erwischte, würden wir sterben. Was machten wir hier denn nur? Was machte Hitler? Sprach er deshalb immer vom Opfern? Sollten wir uns alle opfern? Wann würde er aufhören?

Laut Thomas Mann hatte Deutschland schreckliche Verbrechen begangen. Er sagte, die Nazis hätten den totalen Krieg zur Normalität erklärt, zum deutschen Privileg.

Ich konnte nicht alles hören, weil mir der Kopf schwirrte, mich diese Worte so erschütterten.

»Wir dürfen das keinem sagen«, flüsterte Bernd in die Stille. Ich starrte weiter auf das kleine Gerät, das meine bereits ungewisse Welt ins Wanken gebracht hatte.

Es dauerte einige Tage, bis er und ich uns wieder im Schrank einfanden. Es war wie eine Droge, die wir fürchteten und ersehnten. Den ganzen Tag über dachte ich an die Worte aus dem knisternden Äther.

Die Berichte klangen ähnlich, Deutschland wurde von den Alliierten im Westen angegriffen, die Rote Armee stand im Osten. Die britische RAF kümmerte sich um Deutschlands Städte und Zivilisten. Die Stunde hatte geschlagen. Wir würden den Krieg verlieren, haushoch verlieren. Thomas Mann hatte recht.

Und doch sprachen die deutschen Nachrichten nie über Niederlagen oder das Aufgeben, die Lagerführer erwähnten weder Bomben noch Krieg. Sie zwangen uns, zu trainieren und zu salutieren, die Fahne zu hissen und herabzulassen … Heil Hitler.

Derweil hallen Thomas Manns Worte durch meinen Kopf: »Gräuel und Blasphemie der Menschheit, wo immer man hinschaut … zur Hölle mit ihnen und ihren Anhängern.«

Seid stark, seid mutig. Trainiert eure Jugend und verteidigt auf alle Kosten.

Mein Kopf droht zu explodieren und doch darf ich darüber kein Wort verlieren. Nicht ein Wort, nicht mal zu Karl-Heinz. Bernd und ich müssen dieses Geheimnis bewahren – oder wir gehen ins Gefängnis oder an den Galgen.

Das Lager zu verlassen, hieß Bernd und sein Radio zu verlieren. Auf der einen Seite war ich froh darüber. Auf der anderen hasste ich es, abgeschnitten zu sein von Informationen, die man glauben konnte — auch wenn sie von Zerstörung und Ende sprachen.

Von Mutter habe ich seit drei Monaten nichts gehört. Die Post ist oft unterbrochen und ich hoffe, es liegt nur an zerstörten Schienen und bombardierten Poststationen. Sicher würde man mir mitteilen, wenn Mutter etwas passiert wäre. Hilda hat auch nicht geschrieben. Ich frage mich immer wieder, warum ich kein Foto von ihr mitgenommen habe. Ich weiß kaum noch, wie sie aussieht.

»Was meinst du dazu, Peter?« Stiefels Augen, riesig hinter der runden Hornbrille, scheinen sich in meine Stirn zu bohren.

»Tut mir leid, ich …«

»Kannst du für uns zusammenfassen, was ich gerade vorgelesen habe? Was hältst du davon?«

Aus den Augenwinkeln sehe ich überraschte Gesichter. Karl-Heinz sieht von seinem Brief auf, seine Wangen leuchten glutrot. Ich weiß, dass auch er nicht zugehört hat. Normalerweise lässt Stiefel uns in Frieden.

Warum muss er jetzt auf mir herumhacken?

KAPITEL DREIZEHN

Hilda

Heute Morgen nach dem Frühstück erscheint die Oberin. Das ist außergewöhnlich, weil sie, seitdem die SS-Männer alle Kreuze und religiösen Hinweise entfernten und stattdessen Hakenkreuzfahnen und Hitlerportraits in jedem Raum aufhängten, nur noch selten zu sehen ist. Ist mir gerade recht. Obwohl ich Jesus' Aufsicht über uns vermisse, werde ich nie vergessen, was die Oberin Tilly angetan hat.

Sie marschiert zum Podium und hebt beide Hände. Der Lärm verpufft und wir starren die Frau in Schwarz an. Ich frage mich, ob sie eine Feier ankündigt, weil wir heute sechzehn Monate hier sind. Ha!

»Ich habe gerade erfahren, dass ihr morgen nach Hause fahrt. Packt eure Sachen und putzt gründlich eure Zimmer. Morgen früh wird euch ein Sonderzug in Waldkirchen abholen.

Den Rest ihrer Worte verstehe ich nicht, denn sie gehen im Schreien und Rufen unter.

Biene umarmt mich. »Wir fahren heim!«, grölt sie und nimmt mich zu einem wilden Tanz um den Tisch mit. Tränen laufen Karins Wangen herunter, selbst Fräulein Heinrich weint.

Heim. Ich fahre zu Mama. Sofort überkommt mich erneut die Sorge wegen ihrer langen Briefpause — mein Inneres fühlt sich so an, als würden mit Stacheldraht umwickelte Fingernägel darüberkratzen. Während der letzten Monate ist kaum ein Brief angekommen. Aber dann kehren die Aufregung und die Vorfreude zurück und ich streichle über Bienes Wange. Wir grinsen uns an.

»Wie mag wohl der Krieg laufen?«, frage ich laut. Ich weiß es tatsächlich nicht. Wir hören nichts, haben weder eine Zeitung zu lesen noch ein Radio.

Einmal habe ich im letzten Monat Fräulein Heinrich zu dem Dorf begleitet, wo wir ein paar Extras einkauften. Ich erzählte meiner Lehrerin von der neuen Besitzerin ihres Buches.

Fräulein Heinrich nahm meine Hände in ihre. »Oh, Hilda, es tut mir so leid. Ich hätte es dir niemals geben dürfen. Ich hätte mir nie verziehen, wenn dir etwas zugestoßen wäre.«

»Schwester Rose weiß nicht, wem das Buch gehört. Ich verstehe nicht, warum es verboten ist — warum sie überhaupt Bücher verbieten.«

Fräulein Heinrich sah über ihre Schulter, als wollte sie sichergehen, dass niemand lauschte, was lachhaft war, denn wir standen inmitten eines Feldes. »Die Hauptperson, Dr. Fabian, glaubt, Menschen sollten aus einer moralischen Sichtweise handeln.«

»Sie sollen tun, was richtig ist«, sagte ich. »Und sie sollten frei entscheiden können.«

»Genau.« Meine Lehrerin legte den Arm um meine Schultern. Ihre Nähe war ungewohnt, selbst nach den gelegentlichen Umarmungen. »Unsere Regierung«, hier wurde Fräulein Heinrichs Stimme so leise, dass ich mich an sie lehnen musste, um sie verstehen zu können, »glaubt nicht an solche Dinge. Sie will kontrollieren, was wir denken und tun.«

»Manch einem gefällt das.«

»Viele Menschen haben es lieber, alles vorgeschrieben zu bekommen. Es ist einfacher, als selbst zu bestimmen müssen, ob etwas richtig ... oder moralisch ist.«

Ich nickte. Den Rest des Weges legten wir schweigend zurück. Fräulein Heinrich blieb nah an meiner Seite und auf dem schmalen Weg berührten sich unsere Schultern manchmal. Es war beruhigend, doch ich vermisste dadurch Mama noch mehr.

Im Dorfladen packte uns eine verschrumpelte Frau drei Bündel grüne Zwiebeln in ein Stück Zeitungspapier der *Deutschen Allgemeinen Zeitung*. Sie war vom Juli 1944. Als wir auf dem Weg zurück eine Pause einlegten, las ich jedes Wort. Jemand hatte versucht, den Führer zu ermorden. Weshalb wusste ich davon nichts? Hitler war entkommen und forderte seitdem bedingungslose Treue. Ich hatte keine Ahnung, was das bedeutete oder warum ihn jemand hatte ermorden wollen.

»Wussten Sie von dem Attentat?«, fragte ich Fräulein Heinrich, als wir uns dem Kloster näherten.

Meine Lehrerin nickte, ihre roten Locken sprangen um ihre Schultern. »Die Oberin hat es mir gesagt.« Fräulein Heinrich ergriff meinen Arm. »Behalte es für dich, hörst du? Ich will nicht, dass sich die Mädchen aufregen.«

Am letzten Abend klettere ich auf den Speicher. Schwester Rose wartet bereits und schließt mich in ihre Arme. Mein Respekt vor dem Habit ist längst verschwunden und ich drücke mich an die Schwester.

»Ich werde dich vermissen, Hilda.« Die Stimme der Nonne ist gedämpft.

»Ich werde *Sie* vermissen.« Ich lehne mich zurück und betrachte das schöne Gesicht. »Ich hoffe, Sie finden einen Platz, an dem Sie glücklich sein können.«

Sie tätschelt meine Wange. »Wenn der Krieg endet …«

Als wir uns trennen, wirbeln Schwester Roses Worte durch meinen Kopf. Aber dann erinnere ich mich an unsere Heimreise und hüpfe die Treppe hinunter.

Bestimmt ist es sicher, sonst würden wir nicht nach Hause fahren.

Am Morgen eilen wir durch unser letztes Frühstück im Kloster und ich kann es gar nicht fassen, niemals wieder Milchsuppe essen oder die Oberin sehen zu müssen. Der Raum vibriert mit unserem fröhlichen, doch leisen Geschnatter.

Eine Bewegung im Hof lässt mich aufschauen — braune Militärwagen fahren im Schneckentempo durch das Tor. Als ich zum Fenster will, fordert uns Fräulein Heinrich auf, unser Gepäck zu holen. Warum fahren wir mit der Wehrmacht? Ich dachte, wir würden den Zug nehmen.

Als wir zum Ausgang kommen, steht das mittelalterliche Tor des Klosters noch offen. Weitere Lastwagen rollen hindurch in den Innenhof, der bereits mit Wagen vollgestopft ist — mittelgroße bräunliche Transportfahrzeuge mit roten Kreuzen auf weißem Hintergrund.

Während wir an ihnen vorbeilaufen, werden Männer auf Bahren herausgetragen — ihre Glieder, Körper und Gesichter sind bandagiert. Manche liegen still, manche stöhnen. Ein Sanitäter, der einen Stahlhelm mit einem roten Kreuz trägt, und zwei Schwestern tragen einen Mann auf einer Bahre an uns vorbei. Ein weißes Tuch bedeckt die Stelle, wo normalerweise die Beine sind. Der Mann ist wach und bleich, sein Blick ist nach oben gerichtet, als wäre er schon auf dem Weg in den Himmel. Andere Verletzte liegen im Staub, die Decken unter ihnen sind braun-rot gefleckt. Die Uniformen der Soldaten — oder was davon übrig ist — sind so schmutzig wie ihre Haut.

Ein schrecklicher Gestank erfüllt den Klosterhof, so penetrant, dass ich am liebsten den Atem anhalten und meine Nase verstecken will. Hier und da verweilen Nonnen, andere geben Anweisungen. Schwester Rose beugt sich über einen Soldaten mit einem Kopfverband, ihre schönen Augen blicken besorgt drein, doch sie lächelt den leidenden Soldaten an. Jetzt wissen wir, warum wir so plötzlich abreisen müssen.

Schweigend wandern wir zum Bahnhof. Unsere frohen Gedanken an zu Hause wurden von den Eindrücken im Klosterhof verscheucht. Diese Männer sind unsere Väter, Onkel und Brüder. Einer hätte Paul sein können. Ich zittere und werfe einen Blick zu Biene neben mir. Sie starrt ins Leere, ihr Ausdruck ist ebenso betroffen wie meiner.

Oh, warum konnten wir nicht früher abreisen?

Die Zugfahrt dauert ewig. Wir passieren zerstörte Gebäude und aufgerissene Straßen. In den letzten sechzehn Monaten muss viel passiert sein. Unser Zug hält an einem Bahnsteig und wir warten. Letztes Jahr standen hier Frauen mit Tee und Broten. Diesmal ist der Bahnhof verlassen. Trotzdem dürfen wir nicht aussteigen.

Meine Gedanken wandern zu Peter. Manchmal, des Nachts, fahre ich mit der Feder über meine Wangen, male mir seine Berührung aus. Er mochte die Aktivitäten der Hitlerjugend, die Spiele, die Kampfübungen und die Kameradschaft. Gefällt es ihm immer noch? Denkt er manchmal an mich, so, wie ich an ihn denke? Ich stelle ihn mir am Strand vor und merke, wie ich grinse.

»Was ist so lustig?«, fragt Biene. Sie hat kaum ein Wort gesagt, seit wir losgefahren sind.

Meine Wangen glühen und ich schüttele den Kopf. »Nichts. Ich freue mich so auf Mama.«

Bienes Blick ruht auf mir, ihre Augen sind feucht. »Glaubst du, dass es ihnen gut geht?«

»Sicher«, lüge ich. »Warum nicht?«

Biene dreht den Kopf weg und schaut zu Karin, die aus dem Fenster starrt. Sie scheint weit weg zu sein, in ihrer eigenen Welt.

Nachdem wir wieder eine Weile gefahren sind, stoppt der Zug abrupt, Räder kreischen und wir taumeln von den Bänken. Der ehemals schläfrige Eisenbahnwagen verwandelt sich in Geschrei, dann aufgeregtes Geschwätz.

Fräulein Heinrich eilt an uns vorbei nach vorn.

Da höre ich es. Ein dumpfes Rat-tat-tat … Bums. Der Waggon vibriert, als hätte er sich von den darunterliegenden Schienen losgerissen. Biene und Ilse sind bereits am Fenster. Jenseits der Weiden liegt ein Wald, darüber ist der Himmel mit grauen Punkten gesprenkelt: Flugzeuge.

Mein Hirn versucht, mich zu warnen, aber ich kann nur die dunklen Flecken anstarren. Sie sind nicht mehr klein wie Nadelstiche, sondern geformt wie Fliegen mit winzigen Flügeln und plumpen Nasen. In dem Moment dringt Fräulein Heinrichs schrille Stimme in mein Bewusstsein.

»Aus dem Zug, sofort. Lasst eure Sachen zurück. Beeilt euch.« Ihre Stimme klingt verzerrt, und mehr als ihre Worte ist es diese Fremdartigkeit, die mich aus meiner Benommenheit reißt.

Wir schieben und drücken uns gegenseitig vorwärts, versuchen, durch die enge Tür zu strömen. Jede Sekunde zieht sich zu Minuten, dehnende Momente der Qual. Ursel ist vor mir, Biene vor ihr. Jemand tritt mir in die Hacken. Dann bin ich durch die Tür, halb blind im Tageslicht. Ich sehe die Flugzeuge nicht länger — ich höre sie. Maschinen tosen und Schüsse regnen.

Mädchen rennen vor mir, neben mir, weg vom Zug und den Fliegern, durch die Felder in den Schutz des Waldes. Aber oh, wie langsam wir sind. Ursel stürzt vor mir. Ich helfe ihr auf und nehme ihre Hand. Wir hasten weiter. Rat-tat-tat explodieren die Maschinengewehrfeuer um uns herum. Erdklumpen spritzen vom Boden in akkuraten Reihen.

Seht ihr es denn nicht? Wir sind Kinder, Mädchen, nicht älter als fünfzehn, will ich schreien. Aber kein Ton verlässt meinen Mund. Wäre ich in der Lage gewesen, zu schreien, hätte ich meine eigene Stimme im Getöse nicht hören können.

Die Flieger sind über uns, dann vor uns. Wir hasten weiter, schneller. Ursel hinkt neben mir, ihr Gesicht ist weiß wie Schnee, ihre Beine zu kurz, um die unebene Erde zu überwinden. Biene sehe ich nicht. Kann jetzt nicht an sie denken, muss laufen … noch schneller. Der Wald ist jetzt nah, nicht mehr als fünfzig Meter entfernt.

Vor uns drehen die Bomber, bereiten einen zweiten Angriff vor.

Schneller.

Das Motorengeräusch wächst, bis meine Ohren zu platzen drohen. Der Schatten des Waldes schirmt uns, als die ersten Maschinen über uns hinwegfliegen. Hinter mir erhebt sich ein Schrei, der mir das Blut in den Adern gerinnen lässt. Aber ich kann nicht anhalten, nicht jetzt. Ich ziehe Ursel mit zwischen die Baumstämme. Eichen und Buchen spreizen ihre Äste wie Flügel über uns.

Es muss reichen.

Wir drehen uns nach rechts, laufen einen schmalen Pfad hinunter. Andere Mädel kommen dazu. Einige neue sind dabei, die den Zug unterwegs bestiegen haben, auf dem Weg in ihre Heimat wie wir. Ursel ist neben mir, hängt an meiner Hand. Ich bin froh, dass Tilly nach Hause konnte. Irgendwo da draußen explodiert etwas. Der Boden wackelt und grelles Licht dringt durch die Bäume. Sie haben die Lokomotive getroffen.

»Wo ist Biene?«, fragt Ursel. Endlich lässt sie meine Hand los. Wir drehen uns im Kreis, aber ich sehe Bienes schwarze Mähne nicht. Die anderen Mädels, vielleicht acht oder zehn, flüstern und weinen.

Ich drehe mich auf dem Absatz um und gehe den Weg zurück, den wir gekommen sind. Der Schrei von vorhin hallt durch meinen Kopf — von jemandem, der nicht schnell genug war. Auf einmal bestehen meine Beine aus Gummi. Ich will auf den Boden sinken, meine Knie sind zu weich, um mich aufrechtzuhalten. Aber ich darf es nicht … muss suchen … muss sichergehen. Ursel ist wieder neben mir, aber ich verstehe kein Wort von dem, was sie sagt. Ich steuere auf die Felder zu.

Es ist still hier draußen, so still, dass ich das knisternde Feuer hören kann. In der Ferne steht der brennende Zug. Ich denke an das Geschenk für Mama, ein Paar gehäkelte Topflappen in Rosa und Weiß. Ich habe vier Wochen daran gearbeitet, weil Garn und ich uns nicht miteinander vertragen. Nimmt man dann noch eine Häkelnadel dazu, kann nichts Gutes dabei herauskommen. *Wen interessiert schon, ob ein paar Topflappen verbrennen? So albern, so dumm.*

Meine Blicke schweifen über das bräunliche Feld, das kürzlich abgeerntet wurde — Weizen oder irgendein anderes Korn. Nun trägt es nur noch kurze, harte Stoppeln, jetzt braun und tot.

In dem Moment sehe ich es: Ein Körper liegt vierzig Meter vom Zug entfernt. Er liegt unbeweglich und irgendwie verdreht. Ich gehe darauf zu. Muss es tun. In meiner Erinnerung fehlen die letzten Meter, ich weiß nur noch, wie ich mich hinknie und Fräulein Heinrichs Hand halte. Die Haut ist weiß und makellos mit sauberen Fingernägeln. Ich weiß, dass meine Lehrerin tot ist, ohne dass ich ihr Gesicht sehen muss.

Ursel fällt neben mir auf die Knie und schluchzt. Ich starre nur, kann nicht weinen, fühle mich leer, als hätte ich keine Tränen mehr in mir. Ich bin so trocken wie die Stoppeln um mich herum.

Ein rötlicher Flecken blüht auf Fräulein Heinrichs Mitte. Er breitet sich weiter aus, ist scheinbar lebendig.

So viel Blut, so rot … knallbunt wie der Lippenstift, den unsere Lehrerin so sehr liebte.

»Was sollen wir tun?«, schreit Ursel.

Ich lasse meinen Blick über die Reste der Eisenbahn fliegen, schwarze Wolken wabern, wo einst die Lokomotive stand. Die Kohlelager brennen, der Lokführer ist sicherlich tot. Wir haben keinen Proviant, keine Erwachsenen bei uns. Ich habe keine Ahnung, wo wir sind.

Da kommt mir Biene in den Sinn. Sie ist nicht hier und meine Gedanken kreisen um die Geschehnisse. Sie war vor mir. Oder habe ich mir das eingebildet? Ich bin verwirrt, schüttele den Kopf. Dann beginnt mein Körper, zu zittern, und ich lehne mich nach vorn, bis meine Stirn die braune geklumpte Erde trifft.

Ein Jammern entringt sich mir — steigt höher als die knisternden Flammen.

Hände reiben meinen Rücken, tätscheln mir den Kopf. Ein

Paar Füße werden sichtbar. Ich kenne diese Schuhe, die Kniestrümpfe.

Mit einem Schrei springe ich auf und werfe mich in Bienes Arme. Sie hält mich, während ich schluchze.

»Ich dachte …«, hickse ich, »konnte dich nicht finden.«

»Ich bin den Weg in die andere Richtung gelaufen«, sagt sie leise.

Wir sehen einander an. Ihre Augen sind ebenfalls nass. Inzwischen umgeben uns alle Mitfahrer. Fast sechzig Mädels haben ihre Lehrerin verloren. Einige von uns weinen, andere sind vor Schock wie erstarrt.

»Wo ist Karin?«, fragt Ilse hinter mir. »Ich kann Karin nicht finden.«

Wir sehen uns gegenseitig an, als ob einer von uns Karin in der Tasche versteckt hielte.

»Wo hast du sie zuletzt gesehen?«, fragt Biene.

»In der Nähe des Zugs.« Ilses Augen weiten sich und eine Hand krampft sich vor ihrem Mund. »Sie wollte zurück, um die Uhr ihres Vaters zu holen. Ihre Mutter hatte sie ihr nach seinem Tod geschickt.«

Unsere Blicke wandern zum Zug, dem brüllenden Feuer.

Ilse tut einen zögernden Schritt, dann noch einen. »Karin!«

Das einzige Geräusch sind die zischenden Flammen im Himmel und die unterdrückten Schluchzer der Mädchen.

Irgendwo da drin liegt Karin. Wir hatten den Zug in der Gewissheit bestiegen, in Sicherheit zu sein. Dabei ist nichts sicher.

Ich schlucke den neuen Klumpen im Hals hinunter. Karin war keine Freundin, aber sie verdiente es nicht, zu sterben.

»Wir müssen ein Dorf finden«, sage ich laut. »Um Hilfe bitten.«

»Aber wir können Fräulein Heinrich nicht hier liegen lassen«, weint ein Mädchen.

»Sie ist zu schwer zum Tragen«, sagt Biene. Ihre Oberlippe zittert, aber sie sieht entschlossen aus.

»Wir erzählen es jemandem, sobald wir einen Erwachsenen finden«, sage ich.

»Bestimmt werden sie den Zug vermissen und uns abholen«, meint ein anderes Mädel. Ihre rechte Schulter ist blutig, ein Stück Stoff fehlt. Sie hat Glück gehabt, das Geschoss hat sie nur gestreift.

»Wir sollten bleiben und warten«, meldet sich eine weitere Stimme.

»Ich gehe«, sage ich. »Wer weiß, wann sie uns vermissen.«

»Wir kennen den Weg nicht.« Ilses Gesicht ist vor lauter Tränen ganz nass.

»Ich schlage vor, wir folgen den Schienen«, erwidere ich. »Es ist nur eine Frage der Zeit, bis wir in eine Stadt kommen.«

»Und wenn es Tage dauert?«, fragt jemand.

»Du kannst hierbleiben«, sage ich. »Deutschland ist nicht wie Kanada oder Amerika. Es muss in der Nähe Menschen geben.«

Biene legt einen Arm um meine Schulter. »Ich gehe mit Hilda.«

»Ich auch«, sagt Ursel.

Erst, als wir davonziehen, erinnere ich mich an die Feder, die im Feuer geschmolzen ist. Es ist nichts von Wert, nur ein Kinkerlitzchen, und doch bricht mein Herz ein wenig mehr, als ob ein Teil von Peter mich verlassen hätte.

Peter

Stiefels fette Augengläser sind auf mich gerichtet und ausnahmsweise fällt mir nichts ein. Die gesamte Klasse schweigt.

»Ich … hab nicht zugehört«, sage ich endlich.

Stiefels Lippen pressen sich zusammen. Sie sind sowieso schon winzig, jetzt verschwinden sie ganz. »Keiner von euch findet meinen Unterricht wichtig.« Er klingt beleidigt. »Ich werde Beschwerde einlegen …«

Die Tür fliegt auf und Herr Sommer, der Wirt, steht mit rotem Gesicht im Türrahmen. »Herr Lustig, ich muss mit Ihnen sprechen«, platzt er heraus.

Stiefel wirft uns einen warnenden Blick zu und marschiert zur Tür.

Sommer rudert mit den Armen, spricht schnell, jedoch so leise, dass ich nur Bruchstücke von dem, was er sagt, aufschnappe: »… überwältigend … brauchen Hilfe … kein Platz.«

Wir sehen einander fragend an, aber leider kann niemand von uns den Rest der Unterhaltung verstehen.

Abrupt dreht sich Sommer um und stampft auf seinem Holzbein davon. Erstaunlicherweise klappt Stiefel sein Buch zu. »Es ist etwas geschehen, ich brauche eure Hilfe. Es ist ein Notfall.«

»Ist etwas mit unseren Müttern passiert?«, ruft Dieter.

»Haben sie Solingen bombardiert?«, fragt Karl-Heinz.

Stiefels Wangen färben sich dunkelrot. »Nein, nein, Unsinn.« Er öffnet den Mund und schließt ihn, was mich an einen Fisch erinnert. »Am besten kommt ihr alle mit.«

Als wir nach draußen stürmen, falle ich fast hintenüber. Vor uns unter der alten Linde hocken mindestens zwanzig Leute. Die Hälfte davon sind Kinder, manche nicht älter als eins oder zwei. Eine Frau trägt ein Baby, das in eine schmutzige Decke eingewickelt ist, auf dem Arm. Da sind alte Männer in den Siebzigern oder älter, sechs oder sieben Frauen mit Kopftüchern und abgelaufenen Schuhen. Sie alle haben etwas gemeinsam: Sie wirken ausgehungert und ängstlich, haben erschöpfte Augen und hohle Wangen.

Sommer stellt sich vor uns hin. »Wir werden diesen Flüchtlingen helfen. Sie für ein oder zwei Nächte aufnehmen. Wie, weiß ich noch nicht.« Sommer kratzt sich am Schädel und schaut die zerzauste Gruppe an. »Wohin mit ihnen?«, murmelt er.

Wir warten, die Flüchtlinge warten. Endlich richtet sich Sommer an uns. Entschlossenheit liegt in seinen Zügen.

»Ihr sechs geht zur Scheune und packt Strohsäcke. Bringt sie in das Seitenzimmer, wo ihr Unterricht habt. Wir müssen die Hälfte da unterbringen. Zwei von euch gehen dahin und räumen alles aus. Bringt die Stühle zum Speicher. Fragt meine Nichte nach zusätzlichen Decken und Kissen.« Er deutet auf uns. »Ihr vier kommt mit mir zur Küche. Wir müssen denen was geben, sonst fallen sie noch um.«

In dem Moment begreife ich, dass Herr Sommer ein guter Mensch ist. Vor langer Zeit hatte er sich ein Leben mit einem kleinen Restaurant und ein paar Urlaubern im Sommer erträumt. Dann bekam er uns alle aufgedrückt und jetzt noch zwei Dutzend Flüchtlinge. Aber er sagt nicht Nein. Er versucht, zu helfen.

Ich folge unserem Gastgeber, Karl-Heinz und zwei anderen Jungs in die Küche, wo die Nichte von Herrn Sommer, Trine, die nur wenig älter ist als wir, Kartoffeln schält.

»Trine, zeig den Jungens, wo die Gläser und Karaffen sind.« Herrn Sommers Stirn glänzt. »Jungs, gebt den Leuten Wasser zu trinken. Ich sehe mal, ob ich etwas Milch für die Kleinen bekomme.«

Wenig später sind wir draußen, Karl-Heinz gießt Wasser in Becher und ich händige sie aus. Die Flüchtlinge sind ein trauriger Haufen. Ich habe geglaubt, wir hätten es schlimm getroffen, als wir vor hundert Jahren in der leerstehenden Schule landeten. Aber die Kleider dieser Leute sind wenig mehr als Lumpen. Sie haben kaum Gepäck — ein paar Pappkoffer, einige Taschen.

»Woher kommen Sie?«, frage ich.

»Aus der Nähe von Königsberg.« Die Stimme der Frau ist tief und resigniert. Sie drückt einen kleinen Jungen, der nicht älter als fünf sein kann, an sich. Der Kleine beobachtet mich und obwohl er offensichtlich müde ist, entdecke ich einen Glimmer Neugier in seinen braunen Augen. »Wir fliehen vor der Roten Armee.«

»Wie lange sind Sie schon unterwegs?«

»Sechs oder sieben Wochen.« Sie hält zuerst dem Jungen den Becher an die Lippen, anschließend trinkt sie gierig. Ihre Hand streichelt abwesend den Kopf des Jungen. »Wir sind langsam … mussten uns verstecken und Umwege laufen. Seitdem sie die Deutschen besiegt haben, kommen die Russen schneller voran — nach Westen.«

Zwei Dinge fallen mir auf: Die Russen haben die Wehrmacht geschlagen und sie marschieren westwärts … in unsere Richtung. Während wir Zeit im Lager verschwenden, verlieren die Deutschen den Krieg. Thomas Mann hatte recht. Ich würde gern noch mehr Fragen stellen, aber wir müssen die anderen versorgen.

»Ich komme wieder.« Ich grinse den Kleinen an, bevor ich Karl-Heinz folge. Herr Sommer hat Brote gemacht, die wir als Nächstes austeilen.

Danach schlurfen die alten Männer in die Scheune, um ihre Strohbetten zu beziehen. Unser Klassenzimmer ist vorläufig anderweitig belegt. Ist sowieso besser, denn Stiefel ist ein Idiot. Ich unterhalte mich lieber mit den Flüchtlingen über ihre Erfahrungen und die Nachrichten, die sie mitbringen.

»Sie können bald reingehen. Sie machen gerade die Betten«, sage ich zu der Frau. Sie lehnt gegen eine alte Steinmauer, während ihr Junge mit ein paar Stöckchen und zwei Kastanien spielt. Er rollt sie herum und versucht dann, Löcher hineinzustechen.

Ich beuge mich zu dem Jungen hinab. »Ich kann dir helfen.«

Wortlos überreicht er mir eine der Kastanien. Ich nehme einen der spitzen Steine entlang der Mauer und breche die zähe

Haut auf. Der Junge lächelt und steckt ein Stöckchen hinein.

»Machst du eine Puppe?«, frage ich.

Der Junge sieht mich kurz an, bevor er an seiner Figur weiterarbeitet.

»Er spricht nicht«, sagt die Frau.

»Oh«, ist alles, was ich herausbringe. Ich sinke neben sie auf den Boden und schaue dem Jungen zu.

»Ich heiße Maria.« Die Frau reicht mir eine erstaunlich saubere Hand.

»Peter.« Mein Blick kehrt zu dem Jungen zurück. »Ist Ihr Sohn krank?«

»Er steht unter Schock, glaube ich. Ich bin nicht seine Mutter.« Marias Augen glänzen. »Sie war acht Monate schwanger und die Anstrengung, die Angst … waren zu viel.« Maria reibt sich mit dem Ärmel über die Augen und schüttelt den Kopf. »Seitdem ist er stumm. Ich bin seine Tante.«

»Es tut mir leid«, sage ich. Ich fühle mich unzulänglich und dumm. Was kann man in Anbetracht dieses Elends und dieser Traurigkeit sagen? Nichts passt. »Können Sie mir von den Kämpfen erzählen? Was haben die Russen getan? Was passiert mit der Wehrmacht?«

»Ich weiß nur, dass es eine riesige Schlacht gab, die Ende Juni begann und bis August anhielt. Die Rote Armee drängte die deutsche Front zurück und hat Belarus zurückerobert. Sie ziehen in Polen ein.« Sie seufzt. »Auf beiden Seiten sind viele Männer gestorben.«

»Wo wollen Sie hin?«

Maria lächelt schwach. »Berlin. Ich habe einen Vetter zweiten Grades dort und hoffe, dass er mich … uns aufnehmen kann.«

Ich stelle mir vor, wie Maria und der stumme Junge auf einem Chintz-Sofa in einem Wohnzimmer in Berlin sitzen.

»Ihre Unterkunft ist bereit.« Herrn Sommers Nichte steht im Eingang des Gasthofs und wedelt mit beiden Armen. »Wascht euch am Brunnen hinter dem Haus. Ich mache einen Stundenplan für die Frauen und Männer.

Flüsternd bewegt sich der armselige Haufen zum Haus. Unser Unterricht wird wohl bis auf Weiteres ausfallen.

KAPITEL VIERZEHN

Hilda

Meine Füße schmerzen. Mama hat keine neuen Schuhe geschickt und die, die ich trage, sind zu klein und für weite Strecken ungeeignet. Meine großen Zehen stoßen an die Innenseiten. Wir sind vor Stunden mit den meisten Mädels losgezogen.

Selbst Ilse ist mitgekommen. Keiner spricht, der Weg entlang der Schienen ist eintönig und menschenleer. Manchmal machen wir Umwege, weil die Bahnstrecke über Brücken und durch den Wald führt. Mein Hals ist trocken und kratzig. Manchmal fließen die Tränen von allein. Das Bild von Fräulein Heinrich, wie sie so still auf dem Feld liegt, bringt mich innerlich zum Schreien. Aber die Vorstellung, dass Karin lebendig im Zug verbrannte, ist noch schlimmer.

Hunger gesellt sich zu meinem Elend. Wir haben keinen Bissen — die sorgsam vorbereiteten Brote sind zerstört, die Thermoskannen geschmolzen.

Wir kommen an einem alten Bauernhof vorbei, aber als wir aufgeregt anklopfen, geht die Tür von allein auf. Das Innere wurde geplündert — Glasscherben und Teile von alten Möbeln bedecken den Boden. Es gibt nichts zu essen, doch wir entdecken im Vorgarten einen Brunnen. Wir wechseln uns mit Pumpen und Trinken ab, helfen einem der Mädchen, ihr blutiges Bein zu waschen. Zum Glück ist es nur ein Kratzer.

Nach einiger Diskussion entschließen wir uns, die Nacht hier zu verbringen. Keine von uns hat eine Uhr, doch ich schätze, es ist später Nachmittag. Keine von uns will nach dem Einbruch der Dunkelheit weitergehen.

»Ich schaue mich draußen um«, verkündet Biene.

»Komme mit.«

Während die anderen die Böden säubern und nach brauchbaren Schlafplätzen suchen, folge ich Biene in den Garten. Das Dach der Scheune ist teilweise eingefallen, doch die Tür funktioniert noch und wir spähen hinein. Einige vergessene Strohballen und etwas Heu liegen aufgestapelt an einer Wand.

»Ich schlaf da drauf«, sage ich. »Wenn wir das Stroh auseinandernehmen, wird es weicher und wärmer als der nackte Boden im Haus.«

Hinter dem Schober liegen verlassene Felder. Als wir am Haus vorbeigehen, finden wir einen ehemaligen Gemüsegarten und einige Bäume entlang des Weges. Überall wächst Unkraut, dazwischen langes vergilbtes Gras … und dann finde ich *Gold*.

Möhren.

Wunderbare Möhren. Zwar sind ihre Spitzen bräunlich, aber die Wurzeln sind fett und orange. Ich rufe nach Biene, die einen Baum mit lila Früchten untersucht.

Biene hat Pflaumen entdeckt. Ich renne zum Haus, um den anderen Bescheid zu geben, und dann ernten wir gemeinsam. Es gibt so viele Pflaumen, dass wir tagelang davon essen könnten. Wir sammeln sie in unseren Kleiderschößen, in einem alten Korb mit zerbrochenen Griffen, in einem zerbeulten Blecheimer. Wir füllen alles und setzen uns in der Dämmerung zum Essen nieder.

Innerhalb kurzer Zeit verursachen die Pflaumen Verdauungsprobleme. Die ganze Nacht hindurch besuchen einige von uns das Plumpsklo. Es ist schrecklich, weil wir kein Papier haben, stattdessen Heu und Stroh nehmen, das an allem klebt. Ich habe keinen Durchfall, aber mein Darm gurgelt und krampft.

Am Morgen brechen wir beim ersten Licht auf. Buchfinken zwitschern sorglos in den Büschen. Ein Eichelhäher warnt. Ich denke an Frau Mauersegler und ihre Babys und daran, wie viel Vergnügen ich daran hatte, sie zu beobachten. Ich denke an Schwester Rose, die sich im Kloster vor der Welt versteckte.

Alle halbe Stunde müssen wir anhalten, damit einige der

Mädels in die Büsche gehen können. Gegen Mittag erklimmen wir erneut einen Hügel. Er ist steil und der Weg steinig. Wir schnaufen wie alte Frauen, unsere Energie ist auf dem Tiefpunkt. Meine Oberschenkel erinnern mich an zerkochte Nudeln.

Biene, die vor uns geht, ruft etwas und rudert mit den Armen. Dann sehe ich es auch. Unter uns liegt ein schmales Tal. Und am Boden des Tals kauert ein Dorf mit einem Kirchturm in der Mitte. Lauthals schreiend stolpern wir den Weg entlang, über Wurzeln und Steine, durch Büsche und Gestrüpp.

»Ihr wartet besser hier«, sagt Biene zu den anderen. »Hilda, Ursel und ich bitten um Hilfe. Wenn wir alle gleichzeitig auftauchen, bekommen sie nur Angst.«

Es gibt nur etwas Gemurmel, aber es beklagt sich keine. Sie sind wohl alle froh, sich ausruhen zu können.

Beim ersten Haus, bei dem wir es versuchen, mustert uns eine alte Frau mit einem geblümten Schal um den Kopf neugierig, bevor sie uns die Tür vor der Nase zuknallt. Wie müssen wir nur aussehen? Doch es ist mir egal. Wir rennen weiter auf der Suche nach einem Menschen, der uns zuhört. Neben der Kirche finden wir das Rathaus, doch seine Türen sind verschlossen. Die Kirchenuhr zeigt acht Uhr fünfunddreißig.

Ich marschiere zum nächstbesten Haus und klopfe, mit Biene und Ursel an meiner Seite.

Peter

Der kleine Junge — er heißt Alexander — folgt mir den ganzen Nachmittag. Er spricht zwar nicht, aber ihm entgeht nichts. Ich habe ihn gebeten, mir beim Kehren der Böden zu helfen. Mit so vielen Leuten darin hat sich der Gasthof innerhalb weniger Minuten in einen Schweinestall verwandelt. Ich habe ihm versprochen, anschließend Spiele für die Kinder zu organisieren.

Im Haus ist jeder verfügbare Platz belegt, selbst tagsüber. Einige der Älteren sind so erschöpft, dass sie nur herumliegen oder an Wände gelehnt dasitzen.

Irgendwie begrüße ich diese neue Aufgabe. Zumindest ist sie besser als Stiefels einschläfernde Unterrichtsstunden.

Während des Abendessens ergreift Maria meine Hand. »Danke für deine Fürsorge. Er braucht etwas Normalität, einfach jemanden, der nicht auf der Flucht ist.«

Ich grinse Alexander zu. Obwohl er viel jünger ist, erinnert er mich an Walter, meinen kleinen Bruder. Ich habe vergessen, wie seine Stimme klingt. Er ist zehn und hat seinen letzten Geburtstag in der Kinderlandverschickung mit Fremden gefeiert. Ist das das neue Deutschland? Familien, die in alle vier Winde zerstreut sind, zerrissen, nicht länger Familien, nichts als Nomaden?

»Wir ziehen morgen Früh weiter«, sagt Maria.

Ich wische meine Gedanken beiseite. »So bald? Ich dachte …«

Sie schüttelt den Kopf. »Wir wollen sicher in Berlin ankommen. Je eher wir aufbrechen, desto schneller werden wir dort sein.«

Wie muss es wohl sein, die Heimat zu verlassen und niemals zurückzukehren? Die ganze Zeit über denke ich an nichts anderes, als dahin zu gehen, wo meine Familie lebt … wo *ich* mein ganzes Leben verbracht habe … fast mein ganzes Leben. Der Gedanke allein tröstet mich. Und hier sind Maria und die Männer und Kinder, die alles hinter sich gelassen haben.

Alexander hört nicht zu. Er schiebt seinen Kastanienmann über den Tisch. Ich habe ihm Arme aus geflochtenem Stroh und flauschige Moosschuhe verpasst. Ich bin mir sicher, dass Maria mir nicht alles erzählt, dass sie Angst hat, länger zu bleiben.

Der Gedanke nagt die ganze Nacht an mir. Die Rote Armee ist offensichtlich viel stärker, als die Deutschen angenommen haben. Wer weiß, wie weit sie vordringen, wenn sie die Wehrmacht besiegt haben. Warum sollten sie jetzt stoppen? Warum nicht den ganzen Weg bis nach Berlin gehen?

Es ist nach Mitternacht, als ich einschlafe, und das erste Krähen reißt mich aus bleiernem Schlaf. Herr Sommer hält eine kleine Schar Hühner, die von einem bösartigen Hahn beschützt werden. Er ist ein mageres Ding mit grünen irisierenden Schwanzfedern und einem verschrumpelten Kamm, der auf eine Seite hängt. Er ist schnell wie ein Wiesel, folgt einer strikten Morgenroutine und beginnt um fünf Uhr mit Krähen.

Maria und die Flüchtlinge kommen mir in den Sinn, also schlüpfe ich aus dem Bett und ziehe mich an. Die Männer haben sich bereits vor dem Gasthof versammelt und unterhalten sich.

»… noch vier Wochen … wenn die Kinder durchhalten … wenn wir durchhalten.«

»Wenigstens sind die Russen noch nicht hier.«

»Eine Frage der Zeit …«

Ich drehe mich weg, um nicht mehr zuhören zu müssen, als Maria nach draußen tritt. Ihre Augen leuchten auf, als sie mich sieht, und Alexander kommt herübergelaufen und klammert sich an mein Bein. Er hat immer noch den Kastanienmann, der über Nacht einen moosigen Fuß verloren hat, bei sich.

Maria ergreift meine Hände. »Ich danke dir für deine Hilfe.« Sie hat ihr dunkles Haar in ein Tuch gebunden und trägt ein kleines Bündel, das sie über die Schultern geschlungen hat. »Wir brechen nach dem Frühstück auf. Falls Herr Sommer uns noch mal versorgt.«

»Da bin ich mir sicher«, sage ich. »Er würde es auch länger tun … wenn Sie blieben.«

Maria drückt meine Finger. »Was ich gestern sagen wollte …« Ihr Blick findet meinen. »Ihr solltet abhauen. Solingen ist weit weg. Du solltest bei deiner Mutter sein. Dieses … ganze Ding ist eine Katastrophe.«

»Der Krieg?«

Sie nickt. »Hitler verliert. Da bin ich mir sicher.« Sie legt eine Hand auf ihr Herz. »Die Zeichen sind da.« Sie schiebt ein Stück Papier in meine Hände. »Hier ist die Adresse in Berlin. Besucht uns, wenn ihr in die Nähe kommt.«

»Ich schreibe.« Ich meine es ernst. Mein Blick verschwimmt und ich bin mir nicht sicher, ob es die sonderbare Traurigkeit der Frau ist, der stumme Junge, der seine Mutter verloren hat, oder die zerlumpten Flüchtlinge, die meine eigene Unruhe erneuern. »Ich gehe besser und helfe mit dem Essen, damit Sie loskönnen«, sage ich endlich.

Mein Hals ist trocken und ich will Maria umarmen, die fast eine große Schwester sein könnte. *Sei kein Baby*, drangsaliert mich die Stimme in meinem Kopf. *Was sollen die anderen denken?* Also reiße ich mich los und eile in die Küche. Trine, Herrn Sommers Nichte, packt Brote mit Erdbeermarmelade. Kalte Steckrüben, Äpfel und ein paar Flaschen Milch stehen bereit.

Karl-Heinz ist auf und zusammen tragen wir alles nach draußen. Er sieht aus, als hätte er selbst nicht gut geschlafen. Er sorgt sich um seine Mutter. Ich muss dringend mit ihm über Marias Worte sprechen.

Unser Abschied ist kurz, aber herzlich. Wir winken und rufen:

»Seid vorsichtig, gute Reise … alles Gute.«

Auf dem Weg zur Scheune — wir sollen nach den Männern alles aufräumen — kratzt sich Karl-Heinz am Kopf.

»Vielleicht solltest du deine Haare waschen«, kommentiere ich.

Karl-Heinz zieht ein Gesicht. Früher hätte er einen trockenen Witz gemacht, aber seit seiner Krankheit ist er ein anderer geworden.

»Die Frau, Maria, sagt, wir sollten nach Hause gehen«, platze ich heraus, sobald wir in der Scheune sind. »Sie sagt, die Russen kämen.«

»Ich würde auch gern nach Hause fahren«, sagt Karl-Heinz. »Ich bin es leid, so zu leben.«

»Dann sollten wir mit Stiefel sprechen. Ihm sagen, dass wir abhauen wollen.«

»Er ist ohne Rückgrat.«

»Und?«, rufe ich. »Er kann uns nicht vorschreiben, was wir tun sollen.«

»Wie sollen wir denn nach Hause kommen, wenn er uns keine Fahrscheine besorgt?«

Ich zucke die Schultern. »Wir können wenigstens fragen.«

Das tun wir, sobald Stiefel aufkreuzt. Er ist schlechter Laune, seine Augen hinter den dicken Brillengläsern sind missmutig zusammengepresst. Er brüllt zwei Jungs, die Ameisenrennen im Staub organisieren, an: »Macht euch an die Arbeit, Faulpelze. Das Klassenzimmer muss fertig gemacht werden.« Er schnaubt und dreht sich im Kreis, offensichtlich auf der Suche nach anderen Opfern.

Karl-Heinz und ich nähern uns vorsichtig. »Herr Lustig, können wir Sie was fragen?«

Stiefel blickt finster drein. »Was ist los? Macht schon.«

»Wir möchten wissen, wann wir nach Hause können«, sagt Karl-Heinz.

»Die Flüchtlinge sagen, die Rote Armee kommt hierhin«, füge ich hinzu.

Stiefel reckt sich, was jedoch nur wenig Effekt erzeugt, denn er reicht uns höchstens bis zum Schlüsselbein. Auch er hat seit seiner Ankunft abgenommen, seine Weste hängt lose über dem

Bauch.

»Quatsch! Warum sollten die Russen so weit vordringen? Sie haben keinerlei Grund.«

Thomas Manns Worte hallen in meinen Ohren. *Nur das Reich und jeden darin vernichten.*

»Aber sie *könnten* diesen Weg einschlagen«, versucht es Karl-Heinz. »Wie sollen wir das wissen, wenn es keine Zeitung und kaum Briefe gibt?«

»Ihr habt die Radiosendungen gehört«, sagt Stiefel. »Alles läuft nach Plan. Bald werden wir ein wunderschönes, vereintes Großdeutschland haben und ihr dürft zu euren Familien reisen.«

»Aber könnten wir nicht wenigstens frag…«

»Kein Aber.« Stiefel gestikuliert mit seinem stummeligen Arm in Richtung Gasthof. »Es ist völlig ungefährlich. Vielleicht werdet ihr bald eingezogen, um dem Führer zu dienen.«

Ich bin völlig perplex. »Was meinen Sie?«, frage ich.

Stiefel mustert uns von Kopf bis Fuß. »Ich glaube, ihr werdet Soldaten. Jetzt aber schnell, es ist Zeit, dass euer Unterricht weitergeht. Rein mit euch.«

Karl-Heinz wirft mir einen Blick zu. Seine Kiefermuskeln sind vor Wut so zusammengepresst, dass sein Mund farblos zu sein scheint. Flaum wächst auf seinem Kinn und er sieht irgendwie älter aus.

Ich schüttele den Kopf. Wir müssen später weiterreden.

KAPITEL FÜNFZEHN

Hilda

Ein Mann mit Hosenträgern und Bartstoppeln öffnet die Tür. Alles an ihm ist grau, selbst seine Haut. Er starrt mich misstrauisch an, also platze ich gleich heraus: »Entschuldigung, unser Sonderzug wurde bombardiert. Wir versuchen, nach Hause zu kommen. Einige Mädels warten … unsere Lehrerin starb und wir wissen nicht, was wir tun sollen …«

»Wer ist an der Tür?«, ertönt eine Frauenstimme aus dem Hintergrund.

»Mädchen«, sagt der Mann. Er blinzelt und sieht mürrisch aus, die Falten um seinen Mund ziehen sich bis zum Kinn.

In dem Moment drängelt sich eine Frau an ihm vorbei. Sie muss so alt sein wie Mama, trägt eine blaue Schürze und in der Hand ein Putztuch. Ihrem Blick scheint nichts zu entgehen, während sie uns eingehend mustert – die staubbedeckten, zerkratzten Schuhe, die Flecken auf unseren Kleidern und sicherlich auch auf unseren Gesichtern sowie unsere verdreckten Hände.

»Was ist passiert?«, fragt sie.

Ich wiederhole meine Rede, hoffe, dass die Dinge nun leichter auszusprechen sind, weil ich nahe daran bin, umzufallen oder einfach loszuheulen, wenn ich Fräulein Heinrich mit den stillen Augen beschreiben soll.

Zu meiner Überraschung, piepst Ursel los. Ihre ehemals burschikose Art hat sie längst abgelegt. »Wir haben uns verlaufen und wollen zu unseren Familien nach Hause. Unsere Lehrerin ist von den Bombern erwischt worden. Da sind noch mehr von uns. Wir brauchen Hilfe.«

»Wer's glaubt, wird selig«, äfft der alte Mann.

»Unsinn, Vater, schau sie an.«

»Es stimmt«, sagt Biene. »Wir haben nur ein paar Möhren und Pflaumen gegessen. Einigen von uns geht es nicht gut.«

Die Frau geht ein paar Schritte zurück und winkt uns hinein. Im hinteren Teil des Hauses ist eine große Küche mit einem Holztisch. Alles ist sehr sauber, wie bei Mama.

Die Frau zeigt auf die Bank. »Setzt euch und erzählt mir alles.« Sie eilt geschäftig zum Schrank und stellt Becher, Brot und Marmelade vor uns hin. »Trinkt. Das ist Buttermilch. Sie dürfte einfacher zu verdauen sein als Pflaumen.«

Als die Frau das Marmeladentöpfchen öffnet, steigt mir Brombeerduft in die Nase. Sie bestreicht drei Scheiben dick mit Marmelade und legt sie auf Teller. »Esst, esst.«

Sie nickt, wobei ein winziges Grübchen auf ihrer rechten Wange erscheint. Ich will sie umarmen, aber das Aroma ist zu köstlich. Ich denke an meine Kameradinnen am Dorfrand — ich muss den Leuten von ihnen erzählen. Aber oh, die Spucke läuft mir fast aus dem Mund. Also greife ich zu, versuche, nicht zu schlingen oder zu laut zu kauen. Offensichtlich geht es Biene und Ursel ähnlich, ihre glasigen Augen starren wie hypnotisiert aufs Essen.

Die Frau sieht uns zu, während der alte Mann mit verschränkten Armen am Türrahmen lehnt.

»Du bist zu weichherzig, Annie«, grummelt er. »Wenn du jeden Bettler, der anklopft, versorgst, haben wir nichts mehr übrig, um diesen irrsinnigen Krieg zu überstehen.«

»Unsinn«, sagt die Frau, die Annie heißt und uns anlächelt. Sie beugt sich vor. »Jetzt erzählt mir alles. Dann machen wir Pläne.«

Während wir eine weitere Scheibe Brot mit Marmelade verschlingen, wechseln wir uns beim Erzählen ab. Annie nickt an einigen Stellen, an anderen schüttelt sie den Kopf und seufzt.

»Am Dorfrand warten etwa dreißig Mädels, zwanzig sind beim Zug geblieben«, sage ich. »Wir haben gesagt, sie sollen dortbleiben, bis wir Hilfe geholt haben. Und da ist noch Fräulein Heinrich ...«

Im Hintergrund räuspert sich Annies Vater. Als ich über meine Schulter gucke, sind seine Arme nicht länger gekreuzt, er hört aufmerksam zu.

»Ich gehe zum Bürgermeister«, sagt er. »Wir müssen viel organisieren.«

»Sein Herz ist viel weicher, als er zugibt«, meint Annie, nachdem er fort ist. »Er hat seinen Sohn, meinen Bruder, im Krieg verloren. Er ist deshalb oft wütend.«

Ich nicke und denke an Paul. Die Intensität des Schmerzes nimmt mir den Atem, denn mir wird klar, dass ich ihn vielleicht niemals wiedersehen werde. Und was ist mit Mama? Ich stehe abrupt auf und frage nach dem Weg zur Toilette.

Dort angekommen, wasche ich mir Gesicht und Hände und starre in den Spiegel. Die Augen, die mir entgegenblicken, sind größer als in meiner Erinnerung, meine Wangenknochen schärfer. Hatten sie nicht damit geworben, wir würden von dem tollen Essen in der KLV zunehmen? Ich weiß nur, dass ich gewachsen bin und keine weitere Minute warten will.

Ich platze mit den Worten »Wir müssen nach Hause« in die Küche.

Annie hat den Tisch abgeräumt und tätschelt mir den Rücken. »Ich weiß. Mein Vater ist ...«

Die Tür fliegt auf und Annies Vater tritt mit zwei Männern ein. Einer ist der Bürgermeister, der andere sein Sohn, der mit Stock daherhinkt.

Wir wiederholen unsere Geschichte. Nachdem der Bürgermeister eine Karte hervorgeholt hat, versuchen wir, unsere Wanderung entlang der Schienenstrecke nachzuvollziehen. Die Karte zeigt Dörfer und Straßen und ist nicht allzu detailliert.

»Wir haben einen alten Bus, mit dem wir eure Kameradinnen abholen können«, erklärt der Sohn des Bürgermeisters. »Ich schicke meine Frau los, um die Mädels am Dorfrand einzusammeln.« Beim Aufstehen streckt er sein kaputtes Bein und verzieht vor Schmerz sein Gesicht. »Ich muss noch jemanden finden, der fahren kann, und etwas Benzin.« Er humpelt davon, offensichtlich froh darüber, etwas zu tun zu haben.

»Die andere Frage ist, wie ihr nach Hause kommt«, sagt der Bürgermeister. Er ist mindestens siebzig und trägt einen langen Bart. Bis auf die grauen Streifen im Haar könnte er der

Weihnachtsmann sein.

Annies Vater ist nicht länger missmutig. Er sitzt mit uns am Tisch, murmelt vor sich hin und macht Notizen auf einem Papierschnipsel.

»Solingen, sagt ihr?«

Biene, Ursel und ich nicken gleichzeitig.

»Wie weit entfernt sind wir?«, frage ich.

»Ungefähr zweihundertfünfzig Kilometer«, sagt der Bürgermeister. »Zu weit, um zu laufen.«

»Wie viele seid ihr noch mal?«, fragt Annie.

»Ich schätze, fünfundfünfzig«, sagt Ursel. Sie ist klein, aber ihre Stimme trägt und ich bin stolz auf sie. Seit wir auf dem Nachhauseweg sind, ist sie ein anderer Mensch.

»Ihr braucht einen erwachsenen Begleiter, ein neuer Zug muss her.« Der Bürgermeister kratzt sich am Bart. Die Spitze seines linken Zeigefingers fehlt, ich starre die ganze Zeit darauf.

»Ich will nicht mit dem Zug fahren«, sagt Biene.

»Du wirst keine andere Wahl haben.« Annie stellt neue Becher auf den Tisch, während sich die Luft mit dem Aroma von Chicoréekaffee füllt.

Mein Mund flutet erneut, obwohl ich gerade erst gegessen habe.

»Es wird eine Weile dauern«, sagt der Bürgermeister. »Ich muss für die Mädchen Zimmer organisieren.« Er hält inne. »Annie, bist du bereit, die drei Mädels aufzunehmen?«

Annie sieht zuerst uns an, dann ihren Vater. Ihr ernster Gesichtsausdruck verwandelt sich in ein Lächeln. »Wir haben genug Platz. Sicher helfen sie mir bei der Arbeit.«

Wir drei nicken eifrig. Ich werde für diese liebe Frau tun, was auch immer ich kann. Ein Kichern entschlüpft mir, zunächst leise, aber dann wächst es und wird lauter und lauter, bis ich nach Luft schnappe. Die anderen starren mich an, als wäre ich aus der Irrenanstalt entlaufen — nur Annie grinst. Ich fühle mich ein wenig verrückt.

Der Bürgermeister steht murmelnd auf. »Ich muss das Dorf alarmieren. Zum Glück haben wir genug Bauernhöfe, um diese Mädchen zu versorgen.«

Peter

Tatsächlich hat der Unterricht wieder begonnen. Die Spielkarten sind verschwunden und jeder sitzt aufmerksam da. Irgendwie hat Stiefel seine Autorität gefunden und keine Angst, sie anzuwenden. Es scheint ihm Spaß zu machen, Strafen zu verhängen. Zeibler war schlimmer, aber Dieter musste gestern Abend hungrig ins Bett, weil er Baldur von Schirachs Gedicht über die Hitlerjugend nicht aufsagen konnte. Obwohl ich wieder schlecht geschlafen habe, hallen die Worte durch meinen Kopf …

> *Fest schreiten sie und anders als die andern.*
> *Hier geht Gewalt!*
> *Von solcher Art liegt viel im fernen Flandern.*
> *Ein Wille wuchs und wurde stolz Gestalt.*

> *Und ihre Herzen, ihre Hände weisen*
> *das Hohe auf.*
> *Nein, keine Macht, nicht Feuer und nicht Eisen*
> *hält dieses Leben ein in seinem Lauf!*

Von Schirach ist der Kerl, der die KLV leitet. Es ist sein Programm. Vor Jahren stand in der Zeitung ein Artikel über ihn, ein dazugehöriges Bild zeigte ihn mit einem Haufen Kinder. Wie er wohl jetzt darüber denkt, uns in alle Richtungen verstreut zu haben?

Heute Morgen kann ich mich nicht konzentrieren, weil meine Haut juckt, als würden tausend Federn mich kitzeln. Ich habe mich schon zigmal *da unten* gekratzt und frage mich, ob ich Läuse habe. Es ist peinlich, auf dem Stuhl hin- und herzurutschen, aber der Juckreiz macht mich wahnsinnig.

Karl-Heinz kratzt sich ständig am Bauch. Er muss sie auch haben.

Am Mittag möchte ich aus der Haut fahren. Ich muss es jemandem erzählen, aber ich geniere mich und laufe schon beim Gedanken daran rot an. Sie werden denken, ich würde mich nicht waschen. Tu ich aber, doch jetzt möchte ich mir am liebsten die Hose vom Leib reißen und kratzen, kratzen, immer weiter kratzen.

»Muss dich was fragen«, sage ich, als Karl-Heinz vom Klo kommt.

Er nickt und folgt mir hinter die Scheune. »Mich juckt es schrecklich, weißt du, da unten.« Ich zeige auf meinen Schritt. »Glaubst du, ich habe Läuse?«

Karl-Heinz knetet sich den Bauch, dann dieselbe Stelle wie ich. »Mich juckt es am Bauch *und* da unten. Ist alles rot und heiß.«

»Leben Läuse nicht in Haaren?«

»Vielleicht leben sie ja auch in …«, Karl-Heinz starrt auf meine Hose, »*dem* Haar.«

Meine Wangen glühen erneut. Im letzten Jahr ist da unten ein ziemlicher Dschungel gewachsen. »Vielleicht.« Ich schaue Karl-Heinz an, der sich wieder kratzt. »Du hast aber doch keine Haare am Bauch.«

»Nee, eigentlich nicht.«

»Kann ich mal sehen?«

Diesmal wird Karl-Heinz rot. Vielleicht ist er verlegen, weil er Jungs mag?

»Komm schon, dein Bauch ist doch nichts Geheimes. Wir gehen schließlich zusammen schwimmen.«

Karl-Heinz nickt und zieht sein Hemd, das bessere Tage gesehen hat, hoch. Der Kragen ist durchgescheuert und im Ellbogen ist ein Riss. Er hat nicht übertrieben. Vom Brustbein bis zur Taille leuchtet die Haut in wütendem Rot. Da sind blutige Stellen, wo er zu sehr gekratzt hat.

Ich frage mich, ob meine Eier auch so aussehen. »Ich sehe keine Läuse, nur dünne braune Linien auf der Haut.«

Karl-Heinz stopft sein Hemd in die Hose. »Wir müssen jemanden fragen. Ich kann mich nicht konzentrieren.«

Die einzige Person, die in Frage kommt, ist Herr Sommer. Wir finden ihn im Garten. Er bereitet die Beete auf den Winter vor und balanciert beim Unkrautziehen unbeholfen auf einem Bein.

»Herr Sommer«, rufe ich. Mein Mund ist trocken wie ein Sack Heu. »Wir müssen Sie was fragen.«

Unser Gastgeber streckt sich und massiert sich den unteren Rücken. »Ich werde zu alt für diese Arbeit«, lacht er gequält. Als wir keine Miene verziehen, wird er sofort wieder ernst. »Ihr habt also eine private Angelegenheit zu besprechen?«

Wie recht er hat. »Sehen Sie«, beginne ich und schaue überall hin, außer in Herrn Sommers Gesicht, »ich … wir haben ein Problem.«

»Ein Jucken, um genau zu sein«, meldet sich Karl-Heinz. Er zeigt auf meinen Schritt und seinen Bauch.

»Es ist schrecklich«, füge ich hinzu.

Sommer schaut uns an. »Ihr zeigt es mir besser.«

»Eh«, sage ich, »vielleicht kann Karl-Heinz …« Ich lasse meine Hosen nicht mitten im Garten fallen.

Mit einem Seufzer zieht sich Karl-Heinz erneut das Hemd hoch. Im Sonnenlicht ist die Röte viel schlimmer.

Herr Sommer versucht, ruhig zu erscheinen, zieht aber hörbar die Luft ein und räuspert sich. »Wir müssen den Arzt holen. Das ist die Krätze. Hab ich im Ersten Weltkrieg gesehen. Damals hatten viele Soldaten sie, verfluchte Viecher.«

»Was sollen wir tun?«, frage ich. »Ich meine, wir waschen …«

»Ich wette, die Flüchtlinge haben sie mitgebracht«, sagt Herr Sommer nachdenklich. »Ich werde meine Nichte zum Doktor schicken.« Er seufzt wieder. »Wenn ich recht habe, werden wir den gesamten Gasthof säubern müssen, alles waschen. Wahrscheinlich seid ihr nicht die Einzigen. Nur etwas mutiger vielleicht.« Da ist wieder das leise Lachen. Er klopft mir auf die Schulter. »Schön, dass ihr es gesagt habt. Warten macht die Dinge nur schlimmer … viel schlimmer.«

Am Abend sind alle Bewohner der Herberge auf den Beinen. Alle werden den Doktor sehen. In der Zwischenzeit muss jedes Bettlaken, Kissen, Handtuch und Kleidungsstück gewaschen werden, weil die winzigen Spinnentiere alles befallen. Der Arzt, ein alter Mann in den Siebzigern, erklärt, sie graben sich unter die Haut und legen Eier. Allein der Gedanke, dass dieses Viehzeug meine Genitalien als Schlafplatz benutzt, dreht mir den Magen um. Der Arzt meint, sie könnten sich vermehren. Karl-Heinz sorgt sich darum, dass sie seine Eier infizieren könnten, und schrubbt sich wie verrückt. Ausnahmsweise ist es uns egal, uns nackt zu zeigen. Der Gedanke, die Krätze könnte sich verbreiten, ist wesentlich beängstigender.

KAPITEL SECHZEHN

Hilda

Vier Wochen sind seit unserer Ankunft vergangen, vier der glücklichsten Wochen, die ich seit meiner Abreise von Mama erlebt habe. Annie lässt uns hart arbeiten, aber es stört uns nicht. Wir teilen uns das Kochen und Saubermachen auf. Wir frühstücken gemeinsam, eine wunderbare Menge von Brot, selbstgemachtem Quark, Marmelade, Käse und sonntags einem Ei dazu.

Der alte Mann ist nicht länger unfreundlich. Er fragt uns ständig nach unserem Aufenthalt im Kloster und schüttelt den Kopf, wenn wir ihm von der Oberin erzählen.

Manchmal bemerke ich, wie ein Schatten über Annies Gesicht huscht. Als ob ihr gesamtes Wesen in einen Nebel eintauchte, etwas Fürchterliches und Dunkles. Meistens schüttelt sie es schnell ab und ich traue mich nicht, sie danach zu fragen.

Der Herbst ist wunderschön, aber die Nachrichten, die uns erreichen, werden immer bedrohlicher. Jeden Abend hören wir Radio — Annie und ihr Vater besitzen einen Volksempfänger, der auf der Anrichte steht. Ich weiß, ich sollte nach Hause, sollte vom Bürgermeister eine schnelle Abfahrt fordern, aber ich kann mich nicht dazu überwinden. Auf der einen Seite will ich heim. Muss heim. Muss Mama sehen und mich vergewissern, dass es ihr gut geht. Auf der anderen Seite fürchte ich die Reise. Und was ist, wenn …?

Der Bürgermeister arbeitet mit der Hitlerjugend und dem regionalen KLV-Büro, um einen neuen Transport zu organisieren. Aber es scheint schwierig zu sein, weil sie vor allem aus dem Osten die Kinder zurückbringen wollen. Die Russen haben Rumänien, die Tschechoslowakei und Polen zurückerobert. Jetzt steuern sie westwärts, nach Deutschland. Kaum ein Zug ist fahrbereit, also zögert der Bürgermeister, allzu fordernd aufzutreten. Zumindest hat er das gesagt. Aber ich glaube, dass er es insgeheim mag, sich um uns Mädchen zu kümmern, auch wenn es schwierig sein muss, uns alle zu versorgen.

Am schlimmsten ist, dass ich nichts von Mama höre. Sobald wir bei Annie eingezogen waren, schrieb ich einen Brief und schickte ihn mit Annies Hilfe ab. Seitdem habe ich nichts gehört, weiß also nicht einmal, ob der Brief angekommen ist, und wenn ja, ob Mama aus irgendeinem Grund nicht schreiben kann. Tagsüber bin ich mit der Arbeit und dem geschäftigen Treiben abgelenkt, aber nachts liege ich wach und grübele, sorge mich. Diese Ungewissheit ist schrecklich. Erst gestern Abend meinte Annies Vater, die Briten seien kürzlich in der Nacht gekommen und hätten Darmstadt bombardiert. Mehr als zehntausend Zivilisten seien gestorben und die Stadt habe tagelang gebrannt.

Annies Vater hört heimlich Feindsender, sicher die BBC. Keiner von uns spricht darüber, wie es kommt, dass er über die neuesten Entwicklungen Bescheid weiß, obwohl keine Zeitung erhältlich ist.

»Ich habe vom Bürgermeister gehört.« Annie trägt einen Korb Kartoffeln in die Küche. Ihr anfängliches Lächeln verschwindet, während sie uns betrachtet. Biene, Ursel und ich schälen und schneiden Äpfel für Kompott. Es ist erstaunlich, was ich inzwischen mit einem Messer anstellen kann. »Er hat eine Reisemöglichkeit gefunden. Wir müssen euch nach Frankfurt schaffen. Von dort geht ein Sonderzug bis nach Solingen. Der Bürgermeister leiht sich dazu drei Busse aus den Nachbardörfern.«

»Wirklich?« Biene legt vorsichtig das Messer hin. »Ich dachte, wir müssten noch nicht weg.«

Annie stapelt Kartoffeln in der Tischmitte und schaut uns einzeln an.

»Es tut mir leid, Mädchen, ich habe euch bestimmt gern hier gehabt. Aber wir können nicht länger das Dorf belasten. Nahrung wird knapper und wir müssen an den Winter denken.«

»Wir sind Ihnen wirklich dankbar«, ruft Ursel. Sie ist nicht länger das burschikose Mädchen mit der sturen Einstellung.

Ich bin mir nicht sicher, ob ich reden kann, wenn ich daran denke, einen weiteren Zug zu betreten. Endlich sammele ich genug Mut, meine Stimme klingt komisch in meinen Ohren. »Wann geht es los?«

»Übermorgen.« Annie sinkt neben mir auf die Bank und beginnt, Kartoffeln zu schälen. »Biene und Ursel, räumt ihr bitte den Tisch ab? Denkt ihr auch an den Kompost? Hilda wird mir helfen, den Rest der Kartoffeln zu schälen. Es gibt grüne Bohnen und Specksoße.« Sie wirft mir einen Blick zu, den ich nicht lesen kann. »Wenn wir Zeit haben, backen wir einen Apfelkuchen, richtig, Hilda?«

Ich nicke benommen.

Als die anderen verschwunden sind, legt Annie das Messer hin und beugt sich zu mir herüber. »Ich weiß, dass du nicht fort willst.«

»Es ist nur …«

»Wir müssen uns den Dingen stellen«, sagt sie. »Egal, wie schlecht die Nachrichten sein mögen, alles ist besser als Ungewissheit. Ungewissheit nagt an uns, höhlt uns aus.«

»Ich habe Angst, was ich vorfinden werde«, quieke ich. Auf einmal fließen Tränen. »Was ist …«

Annie tätschelt meine Hand. »Ich weiß. Aber ist es nicht besser, die Wahrheit zu kennen? Ist Raten nicht schlimmer?«

Ich nicke. »Es … Ich fühle mich sicher hier.«

»Nichts als Illusion«, sagt Annie. Jetzt hat sie Tränen in den Augen. »Es ist alles eine Illusion. Wir sind weder hier noch irgendwo anders sicher. Nicht, solange der Krieg andauert.«

»Vielleicht siegt der Führer bald.«

»Unsinn«, knurrt Annie. Ihre Augen blitzen. »Dieser gewissenlose, verrückte Kerl verheizt Deutsche in seiner kranken Kriegsmaschinerie. Er wird nicht aufhören, bis wir alle verloren sind.« Sie ergreift mein Handgelenk und rüttelt daran. »Wach auf, Hilda, du lebst in einem Traum.«

»Warum sagst du das?«

»Weil es stimmt.« Tränen tropfen von Annies Kinn, aber die Wut in ihrer Stimme wühlt mich bis ins Innerste auf. »Mein Verlobter wird seit mehr als zwei Jahren vermisst.« Sie wischt sich ärgerlich über das Gesicht. »Er ist tot, ich weiß es, auch wenn sie mir nichts schicken.«

»Mein Vater ist auch fort.« Es ist raus, bevor ich mich stoppen kann. Seit Jahren habe ich nicht mehr über Papa gesprochen.

»Oh, nein«, ruft Annie.

»Es liegt nicht am Krieg … Er hat uns verlassen, als ich neun Jahre alt war.« Meine Stimme schwindet zu einem Flüstern. »Ich weiß nicht mal, ob er … lebt.«

Warum spreche ich davon? Er kann genauso gut tot sein. Die alte Hilflosigkeit zeigt ihre hässliche Fratze, denn ich erinnere mich an den Moment, als ich meinen Vater beim Kofferpacken überraschte. Ich will jetzt dorthin zurück und ihn fragen, warum er fortgeht. Warum er keinen Ausweg sieht, die Dinge mit uns zu regeln.

Annie drückt mich an sich. »Es tut mir so leid, ich wollte nicht ….«

Ich sauge die Wärme der Frau auf, die mir zu einer zweiten Mutter geworden ist — auf manche Weise besser, weil sie auch meine Freundin ist. Also sitzen wir zusammen, zwei Frauen, deren Schicksale bis zur Unkenntlichkeit verändert wurden.

Endlich tätschelt mir Annie den Rücken. »Der Krieg ist verloren, meine Liebe. Es ist nur eine Frage der Zeit, ganz egal, was Goebbels und Göring behaupten.«

Ich lehne mich zurück und sehe Annie zu, die sich am Ofen zu schaffen macht. Wie kann eine Frau so viel wissen, während wir Mädels blind herumlaufen? Sie haben uns im Dunkel gelassen, weggeschlossen in irgendeinem Kloster, derweil das Land zu Fetzten zerbombt wird.

Auf einmal will ich fort. Jetzt sofort. Ich muss wissen, was mit Mama ist, sehen, ob sie Nachrichten von Paul … und von Peter hat.

Um unseren letzten Tag hier zu feiern, schlachtet Annie eine ihrer geliebten Gänse. Zuvor hatte ich noch nie gesehen, wie man ein Tier tötet, aber Annie nahm einfach die Axt, ergriff den Vogel und trennte den Kopf ab. Die Küche verwandelt sich in ein stinkendes Federchaos und wir wechseln uns beim Federnrupfen ab. Aber oh, welch ein Duft folgt darauf, der all das lohnenswert macht. Die Luft ist mit dem Aroma gebratenen Fleisches erfüllt und wir essen, bis uns der Saft am Kinn herunterläuft.

Peter

Karl-Heinz und ich haben uns weggeschlichen. Nach der Krätzebescherung — zum Glück haben die Viecher den Gasthof und uns verlassen — haben wir nachmittags nicht viel zu tun. Wir sitzen auf einem Felsen neben einem Bach, den wir in der letzten Woche entdeckt haben, nicht groß genug für Fische, aber hübsch und friedlich. Sonnenlicht betupft den mit farbenfrohen Blättern bedeckten Waldboden, aber die Luft hat etwas Scharfes, eine Warnung, dass der Winter kommt — der zweite Winter weit weg von daheim.

Als ob er meine Gedanken lesen könnte, fragt Karl-Heinz: »Glaubst du, dass wir jemals nach Hause kommen?«

Ich schließe die Augen gegen die Helligkeit. »Hoffentlich. Die können uns doch nicht ewig hier festhalten.«

»Und wenn der Führer den Krieg verliert? Was passiert dann mit uns?«

Was passiert mit unseren Familien, die in den Bombengebieten feststecken? Was ist mit Mutter und Walter?

Karl-Heinz fährt fort: »Du hast die Flüchtlinge gehört. Wir sind viel näher an Russland als Solingen.« Er knallt seinen Stock auf den Stein, Rindenstücke fliegen wie harmloses Schrapnell. »Ich glaube, diese russischen Soldaten sind grausam. Einer der Männer sagte, sie würden Mädchen und Frauen vergewaltigen.«

»Wir könnten abhauen«, sage ich. Es klingt vernünftig, ist nur eine Frage der Planung und Ausrüstung. Gleichzeitig frage ich mich, ob Maria eine dieser Frauen war.

»Zu Fuß nach Hause?«

»Vielleicht erwischen wir einen Zug. Oder wir fahren auf Lastern mit.«

»Wir hätten mit den Flüchtlingen verschwinden sollen.« Karl-Heinz schleudert seinen Stock in den Bach, wo er mit einem sanften Plopp landet.

»Zu langsam. Du hast sie gehört. Sie gehen nach Berlin, nicht dahin, wo wir hinwollen.«

»Wir kriegen riesigen Ärger.«

Stille macht sich breit — ein ungezwungenes Schweigen, wie es nur zwei alte Freunde genießen können.

»Wie geht's Christian?«, frage ich nach einer Weile.

»Weiß nicht. Bekomme keine Post von ihm.«

Bilde ich es mir ein oder schwingt Schmerz in Karl-Heinz' Stimme mit?

»Standet ihr euch nicht nahe?«

»Er ist mein Freund.«

»Wie ich?«

»Wie du.«

»Ich dachte, ihr zwei hättet was anderes laufen.« Es ist raus, bevor ich mich bremsen kann.

Karl-Heinz rutscht auf dem Stein herum, als könnte er nicht länger sitzen. »Was laufen?«

»Ich dachte, du weißt schon …« Auf einmal brennen meine Ohren und ich wünschte, ich könnte meine unvorsichtigen Worte zurücknehmen. »Du hattest nie eine Freundin und ich dachte, du …«

»*Du* hattest nie eine Freundin. Es sei denn, da war was mit Hilda und du hast es mir verschwiegen.«

»Was soll denn da gewesen sein?«

Karl-Heinz macht Knutschgeräusche. »Ihr zwei schienet euch ziemlich nahezustehen.«

Meine Wangen gehen in Flammen auf, während ich Hildas ernste Augen vor mir sehe. Komischerweise sehe ich sie in diesem Moment deutlich vor mir, die Art, wie sie mir die Meinung sagt, mit verschränkten Armen und blitzenden Augen, ihre schlanke Figur, die Hüften, die sich gerade zu runden begannen, die kleinen Brüste.

Am besten gefallen mir ihre Lippen. Sie sind in einem sanften Rosa, leicht gerundet, und wenn sie lächelt, hebt sich ihr linker Mundwinkel ein wenig — irgendwie niedlich und ironisch zugleich.

»Eine alte Freundin«, lüge ich.

»Ich glaube, sie mag dich.«

»Vor zwei Jahren vielleicht.« Meine Gedanken wandern zu unserem letzten Treffen, bei dem ich ihr von meiner Abreise erzählte. Wie begeistert ich gewesen war, wegzukommen. Welch ein Idiot ich gewesen war. Letzten Monat habe ich meinen siebzehnten Geburtstag gefeiert. Sie ist inzwischen sechzehn, wo auch immer sie ist.

»Ich wette, sie liebt dich noch immer.«

Wie du Christian liebst, will ich sagen, aber die Worte verbleiben in meiner Kehle. Es gibt Dinge, die unausgesprochen bleiben sollten. Es ist gefährlich. Zeibler nannte Männer, die andere Männer lieben, degeneriert. Er sagte, sie würden abgeschafft ... in Arbeitslager gesteckt oder vielleicht erschossen.

Karl-Heinz sammelt seinen Stock ein und wetzt ihn an einem Stein. »Glaubst du, es gibt für jeden nur eine Person?«

»Einen Seelengefährten?«

»Ja.«

»Schwer zu sagen. Vielleicht.«

»Was ist, wenn diese Person stirbt?« Karl-Heinz' Stimme ist leise. »Musst du dich dann für jemand anderen entscheiden, kannst niemals glücklich sein?«

»Mit so vielen Menschen auf der Erde müsste es doch für jeden mehr als einen geben.«

»Und wenn nicht?«

Hildas Gesicht kehrt zurück. Könnte sie diejenige sein? Ich habe noch nie jemand anderen wie sie getroffen. Wir konnten über alles reden — stundenlang. Es war leicht und spaßig. Ich grinse.

Karl-Heinz steht abrupt auf. »Findest du das witzig?«

»Nicht das, ich dachte nur ...«

»An Hilda?«

Unsere Blicke treffen sich, mein Gesichtsausdruck trägt die Antwort offen zur Schau.

Karl-Heinz nickt wortlos und hält mir den Arm hin. »Wir gehen besser zurück, bevor es dunkel wird. Stiefel schlägt sonst Alarm.«

Wie soll es erst gehen, wenn wir Hunderte Kilometer marschieren müssen und es uns schon unangenehm ist, nach Einbruch der Dunkelheit draußen zu sein?

Und doch ist der Gedanke an zu Hause wie ein Magnet, eine Art Gummischnur, die an meinem Herzen zerrt.

KAPITEL SIEBZEHN

Hilda

Der Zug hält am Hauptbahnhof Solingen. Ein sonderbares Gefühl überkommt mich, zugleich weinerlich und glücklich.

Wir waren den ganzen Tag unterwegs, aber letztendlich ging alles schnell. Ich habe sogar noch Brot von Annie übrig.

Nach kurzem Abschied läuft Biene die Straße hinunter, ich wende mich Richtung Bülowplatz. Meine Schritte beschleunigen sich, dann zögern sie, als könnte sich mein Körper nicht entscheiden, ob er sich beeilen oder das Unausweichliche hinausschieben will. Annies Stimme klingt nach. *Ungewissheit ist schlimmer als Kenntnis.*

Ich umkreise den Platz in Richtung Schlicken. Mein Blick fällt auf die Herbstblätter, gleitet vorbei. Mit pochendem Herzen und feuchten Handflächen fliege ich über die Straße. Alles steht noch, alle Häuser, die ich so gut kenne. Wann sind sie geschrumpft? Die Straßen auch. Ich spüre Erleichterung, scheine zu schweben. Vergessen sind meine Müdigkeit, mein Verdruss, selbst meine Traurigkeit.

Ich renne die letzten Schritte zu meinem Haus und klingele. Die Dämmerung breitet sich aus, wie immer brennen keine Straßenlaternen. Seit Jahren verstecken wir uns hinter schwarzen Gardinen.

Die Tür geht auf und da steht Mama. Kleiner und etwas welk.

Ihr Blick gleitet suchend über die Dunkelheit.

»Mama«, ist alles, was ich hervorbringen kann.

»Hilda? Oh, mein Gott, du bist da«, quiekt Mama.

Wir fallen uns in die Arme, stehen unbeweglich da. Ich hatte Mamas Duft vergessen, eine Mischung aus Lavendel, den sie auf der Fensterbank zieht, und etwas Süßlichem, das ich nicht definieren kann. In dem Moment ist alles wieder da und ihre Umarmung, warm und vertraut, lockert die ungeweinten Tränen, die ich unterdrückt habe.

Ich bin daheim.

Nach einer Weile lösen wir uns voneinander, um uns anzuschauen.

Mama berührt meine Wange. »Du bist so groß. Ich habe mich gesorgt … oh, komm rein.«

Sie nimmt mich an der Hand, so, wie sie es früher tat, als ich ein kleines Mädchen war. All meine Ungeduld und Frustration wegen ihr sind verschwunden.

Die Küche ist karger als in meiner Erinnerung. Nach Annies chaotischer Sammlung Geschirr, Vorratsbehältern, Blumen und Schüsseln erscheint sie spartanisch. Eine einsame weiße Porzellanschüssel und ein Löffel stehen im Abtropfgestell. Es gibt weder Essensgeruch noch Kochtöpfe.

Mama führt mich zum Tisch und massiert meine Schultern. »Du siehst müde aus.«

Ich versuche ein Lächeln. Wenn hier einer müde aussieht, ist es Mama. Die Falten um Schläfen und Mund haben sich eingegraben, graue Strähnen mischen sich ins ehemals blonde Haar. Sie scheint zehn Jahre gealtert zu sein, seit ich fortging.

»Hast du Hunger?«, fragt sie. »Du musst hungrig und durstig sein.« Ohne auf Antwort zu warten, rennt sie zum Schrank und wühlt in ihren Vorräten.

»Ist gut, Mama, ich habe im Zug gegessen.«

Ich stehe auf und fülle ein Glas mit Wasser. »Ich kann's mir selbst holen.« Auf einmal fühle ich mich alt, älter als meine Mutter, die so klein wirkt, fast zerbrechlich.

»Komm, wir setzen uns.« Ich zeige auf die Couch, wo eine Strickarbeit vergessen liegt.

»Ja, natürlich, erzähle mir, was passiert ist.«

Während ich ihr meine Geschichte … unsere Geschichte –

Tillys und Bienes, Karins und Fräulein Heinrichs Geschichte – erzähle, beobachte ich meine Mutter. Ihre Augen werden groß und ihre Lippen formen ein O. Ab und zu fährt sie mit der Hand zum Mund oder schüttelt den Kopf.

»Aber was ist mit dir?«, frage ich nach einer Weile. »Was …« Ich will nach Paul und Peter fragen, aber die Worte kommen nicht.

Sie tätschelt meine Hand. »Du hast offensichtlich meine Briefe nicht bekommen. Einfach schrecklich, was mit unserer Post los ist. Wir haben immer Sachen verschickt und jetzt …«

»Mama, sag schon.«

Meine Mutter schaut mich an, ein wenig desorientiert, und ich frage mich, ob sie krank ist.

»Natürlich. Dein Bruder … Paul ist im Feldlazarett.«

Die alte Furcht ist zurück und ich bin froh, dass ich sitze. »Was ist passiert? Ist es schlimm? Sag schon!«

»Ich weiß es nicht bestimmt. Im Brief der Wehrmacht stand, er sei in Frankreich. Ich hoffe nur …« Tränen rollen Mamas Wangen hinunter. »Ich freue mich so, dass du in Sicherheit bist. Ich hätte es nicht ausgehalten …«

Die Ungewissheit, da ist sie wieder.

»Was ist mit Peter?«

Unsere Blicke treffen sich und mir ist augenblicklich klar, dass es keine Neuigkeiten von ihm gibt. Mama schüttelt nur den Kopf.

Ich setze mich zu ihr und lege einen Arm um ihre Schultern. So sitzen wir ein Weilchen. Irgendwo in der Ecke tickt die Wanduhr. Ich hatte das Geräusch vergessen, aber es ist Teil meines Heims, Teil meines Lebens. Über uns debattieren gedämpfte Stimmen.

Irgendwann steht Mama auf. »Ich gehe ins Bett.« An der Tür dreht sie sich um. »Dein Bett ist gemacht. Ich bin so froh.« Sie verschwindet in ihrem Zimmer und schließt die Tür.

Ich bleibe auf der Couch sitzen, kann mich nicht bewegen. Meine Handflächen streichen über den grünen Samt, der an manchen Stellen flauschig, an anderen blank gescheuert ist. Ich hatte angenommen, nach Hause zu kommen und Mama in Sicherheit zu wissen, wäre mein einziger Wunsch gewesen. Jetzt wird mir klar, dass ich wieder da bin, wo ich vor eineinhalb Jahren angefangen habe — wartend. Der Moment des Glücks ist verflogen wie eine Sternschnuppe. Eine Not ersetzt die andere.

Weit von daheim war ich von vielen Dingen abgelenkt, vor allem von Paul und Peter.

Endlich stehe ich auf, wasche mich und klettere ins Bett. Mein Oberbett ist weich und vertraut, aber es dauert lange, bis ich einschlafen kann.

Peter

Weitere Flüchtlinge sind gekommen und gegangen. Stiefel unterrichtet weiter, aber keinen von uns schert es. Er schimpft und zetert, doch seine Beleidigungen prallen an uns ab. Dies ist keine Schule, eher ein schlechter Witz. Wir lernen nichts, warten nur ab.

Worauf?, ist die Frage. Dass der Führer den Krieg gewinnt, das Land zur Normalität zurückkehrt? Wie kann es das? Wir haben kein Radio mehr, aber einer der letzten Flüchtlinge, die hier waren, flüsterte von verstärkten Bombenattacken der Alliierten auf deutsche Städte. Trotzdem wollte der Mann nach Dresden, um dort nach seiner Schwester zu sehen.

Und was ist mit unserer Einberufung, Stiefels unheilvollen Worten, dass wir Soldaten werden sollen? Karl-Heinz und ich haben darüber gesprochen, keiner von uns ist an der Front oder daran, andere zu erschießen, interessiert.

Unsere Ernährung verschlechtert sich weiter. Wenn wir keine Kartoffeln hätten, würden wir hungern. Wir haben den Bauern im Umkreis bei ihren Ernten geholfen, das letzte Heu eingefahren, die Felder für den Winter vorbereitet, Kohl gepflanzt, und ja, welche Überraschung, Kartoffeln geerntet. Ich bin noch dünner geworden, allerdings auch größer. Meine Hosen haben Hochwasser, Schultern und Brust sind breiter, sodass ich wie viele in meiner Klasse andere Hemden und Pullover finden musste. Wir sehen alle knochig wie Karikaturen von uns selbst aus. Zum Glück hatte Herr Sommer ein paar Kleidungsstücke übrig, die Bauern haben ebenfalls welche gespendet. Wir haben unsere alten Hitlerjugend-Uniformen zu Lappen umgewandelt. Neues kann man im Dorf nicht kaufen. Die Läden sind bis auf die hiesig geernteten Feldfrüchte leer.

Ansonsten lässt uns Stiefel an den Nachmittagen freien Lauf. Wir schwärmen durch die Gegend, eine Mischung aus Feldern, Waldstücken und vereinzelten Flüssen, hübsch und irgendwie rau. Die Luft trägt das Salz der Ostsee, die nicht mehr als zwanzig Kilometer nördlich von hier liegt.

»Wir könnten Pilze suchen«, sagt Dieter. Seine gebogene Nase erscheint schärfer und länger in seinem knochigen Gesicht.

»Weißt du, wie die Essbaren aussehen?«, fragt Karl-Heinz.

Dieter zuckt die Schultern. »Wie schwierig kann es schon sein?«

»Ich kenne einige, die man essen kann«, sage ich. »Ich hole Körbe.« Froh, etwas zu tun zu haben, gehe ich in die Küche, versuche, mich an die Details der Pilze zu erinnern – Kappen, Lamellen, Ringe und Farbkombinationen.

Kurz darauf wandern wir einen staubigen Weg durch brachliegende Felder entlang. Manche davon sind inzwischen verlassen, weil niemand sie mehr bearbeitet. Eine wässrige Sonne, die nicht wärmt, hängt am Himmel. In der eintönigen Flachheit der Landschaft weht ein scharfer Wind, braune Gräser rascheln. Es sind die ersten Anzeichen des Winters und mir wird klar, dass ich unvorbereitet bin. Mein Mantel vom letzten Jahr ist viel zu kurz und meine Schuhe, die einzigen, die passen, haben dünne Sohlen. Der rechte Absatz ist lose und mir graut vor dem, was kommt: ein zweiter Winter weit weg von daheim und abgeschnitten von Nachrichten. Das Gefühl der Isolation spiegelt die trostlose Landschaft und ich habe mit einem Mal stinkend schlechte Laune.

Karl-Heinz und Dieter merken nichts davon. Sie sprechen über Autos, ein gemeinsames Interesse. Mir sind blöde Autos völlig egal. Ich will nur meine Familie.

Vor uns verliert sich der Weg in einem Wald aus Eichen, Buchen und Nadelbäumen. Trotz der düsteren Atmosphäre freue ich mich auf die Bäume, damit der nervige Wind endlich aufhört.

»Das sieht mir nach einer guten Stelle aus«, sagt Karl-Heinz.

Wir schwärmen aus, über uns schwingen und flüstern die Zweige.

»Sagt Bescheid, wenn ihr welche seht!«, schreit Dieter, bevor er zwischen den Bäumen verschwindet.

Ich schlage mich nach rechts, wo riesige Buchen stehen. Ihre Stämme sind so dick, dass es drei Menschen bräuchte, um sie zu umschlingen. Und dort, mittendrin, leuchtet der Boden orange: Pilze mit weiten Hüten und nach oben breiter werdenden Stielen — Pfifferlinge.

»Hab welche!«, rufe ich. Innerhalb weniger Minuten ist mein Korb halbvoll. Einige Pilze sind groß wie Untertassen und fleischig. Ich eile, wie ein Bluthund mit gesenkter Nase, zwischen den Bäumen umher.

Vor dem Krieg nahm mich Vater zum Pilzesammeln mit. Damals hatte ich kein Interesse daran. Ich passte kaum auf, wenn er mir Sachen erklärte, denn ich wollte lieber bei meinen Freunden sein. Beim Gedanken daran zieht sich mein Inneres schmerzhaft zusammen, ich ziehe scharf die Luft ein. Welch ein Dummkopf ich war in der Annahme, ich könnte später Zeit mit meinem Vater verbringen. Er ist schon so lange weg, dass ich mich nicht einmal an seine Stimme oder sein Gesicht erinnern kann. Nur in meinen Träumen ist er so wie immer, voller Lebensfreude und deutlich, aber wenn ich erwache, verschwindet er wie im dichten Nebel.

Ich entdecke weitere Pfifferlinge und bald ist mein Korb voll. Tatsächlich so voll, dass die oberen Pilze wegrollen. Ich bücke mich ständig, um sie wieder aufzuheben.

Als ich mich endlich umsehe, weiß ich nicht, wo ich hergekommen bin. Es gibt keinen Weg, nur Moos, Bucheckern, Wurzeln und zerbrochene Zweige.

»Hallo«, rufe ich. »Karl-Heinz?«

Nichts als raschelnde Blätter und murmelnde Baumspitzen sind zu hören. Die Luft ist schwer mit dem Aroma von Erde und Harz. Es ist wunderschön, und doch fühle ich die ersten Ranken des Grauens.

»Dieter? Karl-Heinz?«, schreie ich aus vollem Hals. »Wo seid ihr?«

Nichts. Ich schlucke, weil mein Hals trocken ist. Ich hab Durst, nein, mit einem Mal ist meine Kehle staubtrocken. Das letzte Wasser habe ich heute Morgen getrunken.

Ich suche den Waldboden nach meinen Fußspuren ab. Aber das Moos federt und der Boden ist mit Blättern und Ästen übersät. Ich beschließe, im Kreis zu gehen, zunächst um einen Baum herum, dann weiter und weiter rotierend. Trotzdem entdecke ich nichts, außer einer Stelle, an der ich schon Pilze gesammelt habe. Von diesem Ort aus gehe ich wieder in weiter werdenden Kreisen herum.

Nichts.

Kein Lebenszeichen von Karl-Heinz und Dieter, nur endlose Baumstämme, Wurzeln und Moos. Wie groß ist dieser verdammte Wald? Wie lange gehe ich schon im Kreis?

Ab und zu rufe ich, aber jedes Mal verhallt meine Stimme, als würde sie von etwas verschluckt.

Gedanklich gehe ich die Möglichkeiten durch: die Nacht hier verbringen, nach Wasser und etwas Essbarem suchen, Feuer machen. Nein, kein Feuer — ich habe weder Streichhölzer noch Feuerzeug. Ich sehe mich tagelang wandern, dann kriechen, und am Ende stillliegend mit eingefallenen Wangen und rissigen Lippen.

In meiner Panik gehe ich schneller. Es ist schwierig, der Korb ist breit und vollbeladen. Meine Gedanken rasen. Wie viel Uhr ist es? Was soll ich tun, wenn es dunkel wird? Was werden Karl-Heinz und Dieter machen? Haben sie sich ebenfalls verlaufen oder werden sie Hilfe holen? Ich stolpere über eine Wurzel und knalle auf den Boden, der Korb rollt davon, Pilze liegen überall. Dreck frisst sich in meine Handflächen und Knie. Ich springe auf, sammle die Pilze zum zweiten Mal auf und haste weiter.

Als ich mich umdrehe, sehe ich in der Ferne eine Bewegung. Nicht mehr als ein Schatten, wahrscheinlich eingebildet.

»Karl-Heinz?«

Nichts. Ich halluziniere. Die Panik breitet sich auf meine Knochen aus, macht sie weich und schwach. *Komm schon, reiß dich zusammen.* Ich zwinge mich, langsamer zu gehen und meine Schritte zu kontrollieren. Kein Grund, mir den Fuß zu verstauchen.

Da! Der Schatten bewegt sich zwischen den Stämmen. Der Wald wird dunkler, Nadelbäume so groß wie Häuser reihen sich dicht aneinander. Ich werde verrückt. Aber dann sehe ich wieder eine Bewegung, zwischen den Bäumen, sich versteckend — und doch langsam.

»Karl-Heinz?«, schreie ich erneut. Der Schatten bleibt stumm, schlüpft nur nach rechts.

»Hallo, können Sie mir helfen?«, brülle ich lauter. »Ich habe mich verlaufen. Bitte.«

Als keine Antwort kommt, gehe ich noch langsamer, klettere über morsche Baumstämme, die wie überdimensionale Zahnstocher herumliegen. Zuletzt sinke ich auf einen Stein. Trotz der kühlen Luft schwitze ich. Mit der sich senkenden Dämmerung ist es unter den Tannen fast dunkel.

Ich schlucke und fahre mit der Zunge durch meinen Mund. Alles ist trocken, mein Hals rau. Ich brauche Wasser. Sofort.

Die Panik von eben kehrt mit voller Wucht zurück. Ich habe mich wirklich verlaufen und muss die Nacht hier verbringen. Ich habe weder Wasser noch Nahrung. Meine Freunde wissen nicht, wo ich bin …

»Hast du was zu essen?«

Die Stimme erscheint körperlos, fast traumhaft. *Schau nach rechts*, schreit mein Hirn. Ich springe vom Stein auf und drehe den Kopf hierhin und dorthin. Keine fünf Meter entfernt steht ein Mann, sein Gesicht ist schwärzlich, die Farbe seiner Augen wirkt in der Dämmerung ausgewaschen.

»Ich habe nichts«, krächze ich, den Angriff des Mannes erwartend. »Ich habe nur Pilze.« Ich hebe den Korb höher.

Der Blick des Mannes ist gierig, während er den Korb und mich überfliegt.

Er nickt, seine Schultern sacken nach vorn. Selbst in der herabsinkenden Dunkelheit bemerke ich, wie dünn er in der Uniform ist.

Moment mal. Mir wird klar, dass der Mann deutscher Soldat und auf Fahnenflucht ist. Er hat die Klappen und Abzeichen von der Jacke gerissen, aber die Farben und der Stil sind unmissverständlich.

»Sie verstecken sich«, stelle ich laut fest.

Der Mann nickt und dreht sich weg. »Entschuldige die Störung.«

Meine Gedanken pendeln zwischen sofortiger Flucht und Neugier. »Warten Sie.«

Der Soldat wendet sich mir langsam wieder zu. Seine Uniform ist dreckverschmiert und hängt lose an ihm herunter. Selbst von hier sehe ich, dass er hungert, Wangen und Kinn stehen knochig hervor.

»Kennen Sie den Weg zur Straße? Ich habe meine Freunde verloren …«

Der Mann nickt vorsichtig, zögernd. »Du darfst keinem etwas sagen, wenn ich dir helfe.«

»Versprochen.«

Er winkt mit seiner Linken. »Hier lang. Ich zeig's dir.«

Ich folge in seinen Fußstapfen und seinem Gestank. Ich könnte die Augen schließen und ihm mit der Nase folgen.

»Wo ist Ihre Waffe?«, frage ich.

»Gegen Essen getauscht.«

»Wo kommen Sie her?«

»Kurland. Die Russen haben uns eingeschlossen. Es war nur noch eine Frage der Zeit, bin gerade noch entkommen.

»Der Führer …«

Der Mann dreht sich abrupt um. »Der Krieg ist verloren, Junge. Wir sind alle verloren.« Niederlage schwingt in seiner Stimme mit, vielleicht Beschämung. Er senkt den Blick. »Wir hatten kaum genug zu essen, fast keine Munition.«

»Aber uns hat man gesagt, der Krieg sei bald gewonnen«, sage ich.

Im Innern weiß ich, dass der Mann die Wahrheit sagt. Es passt zu allem, was ich gehört habe, zu den wachsenden Bombenangriffen auf Deutschland, zur Unterbrechung der Post — zu Thomas Manns seelenzermalmenden Worten im Radioprogramm der BBC.

Der Mann spuckt aus. »Es ist bald vorbei. Wenn wir alle tot sind.«

»Wohin gehen Sie?«

»Bremen.«

Ich zucke zusammen. Herr Sommer hat einmal erwähnt, dass Bremen im August bombardiert wurde.

»Was?« Der Soldat hat meine Reaktion bemerkt, sein Ausdruck ist der eines Tieres, das seine Beute belauert.

»N… nichts.«

Im Handumdrehen steht der Mann vor mir und packt mein Handgelenk. So nah ist sein Gestank unerträglich. Ich bemerke eine Bandage an seiner linken Hand, die ehemals weiße Gaze ist nun grässlich schwarz.

»Du lügst.«

Ich sehe dem Mann in die Augen. Sie sind braun-grün wie das Moos unter unseren Füßen — wie meine eigenen. Angst spiegelt sich darin, aber auch Entschlossenheit.

»Tu… tut mir leid«, stottere ich. »Sie tun mir weh.«

Der Griff des Mannes lockert sich.

»Ich habe gehört, dass Bremen im August bombardiert wurde.«

»Wann?«

Ich zerbreche mir den Kopf über das Datum. »Um den 18.

oder 19. August herum, glaube ich.«

Der Mann lässt mich los und schrumpft vor meinen Augen zusammen.

»Es sollte mich nicht überraschen.« Tränen glitzern in seinen Augen. »Tut mir leid, ich wollte dir nicht wehtun. Es ist nur … Dieser verdammte Krieg macht uns alle zu Biestern.«

Ich nicke. Wenigstens haben sie Solingen noch nicht bombardiert. Sofort schäme ich mich. Der Mann hat vielleicht seine Familie verloren. Er hat für uns gekämpft, wahrscheinlich jahrelang.

»Es wird dunkel«, sagt er. »Wir beeilen uns besser.«

Wir folgen dem Weg wesentlich länger als erwartet. Bis auf den Halbmond über uns ist es dunkel. Im Hinterkopf stelle ich mir vor, wie der Mann mich in eine Falle lockt.

»Da ist der Pfad«, sagt er unvermittelt. »Denk dran, was ich gesagt habe. Kein Wort.«

»Tut mir leid wegen … Bremen.«

Der Mann winkt ab, nur das Weiß in seinen Augen ist zwischen den Bäumen sichtbar. Dann ist er fort.

Ich gehe den Pfad entlang. »Karl-Heinz? Dieter?«

»Mensch, wo warst du bloß? Wir haben schon gedacht, du hättest dich in Luft aufgelöst.«

Ich will vor Glück jauchzen, als ich Karl-Heinz' Stimme vernehme. Zwei Schatten lösen sich aus der Dunkelheit. »Wir warten seit Ewigkeiten«, sagt Dieter. Ich höre das Schmollen in seiner Stimme. »Wir verhungern, werden das Abendessen verpassen.«

»Dank *dir* werden wir Ärger kriegen«, schimpft Karl-Heinz.

»Danke fürs Warten«, bringe ich hervor. »Habt ihr Pilze gefunden?«

»Massen«, sagen beide gleichzeitig.

Der Weg zum Gasthof scheint von Minute zu Minute länger zu werden.

»Wo warst du nur?«, fragt Karl-Heinz nach einer Weile.

Das Gesicht des verdreckten Soldaten erscheint vor meinem inneren Auge.

»Hab mich verlaufen.«

Insgeheim frage ich mich, was der Mann tun wird. So, wie er aussah, muss er seit Monaten in der Wildnis leben. Lange hält er das nicht mehr durch. Es ist schwer vorzustellen, was er erlebt hat. Wenn ihn einer findet, wird er erschossen.

»Nächstes Mal — wenn es ein nächstes Mal gibt — bleiben wir zusammen«, sagt Dieter.

Erleichterung erfasst mich, als die Lichter des Gasthofs in der Ferne aufleuchten.

KAPITEL ACHTZEHN

Hilda

Ich verbringe die meiste Zeit mit der Suche nach Essbarem. Es soll jetzt auch für mich Bezugsscheine geben, aber die Verwaltung arbeitet im Schneckentempo und bisher leben wir von Mamas Rationen. Sie reichen nicht, nicht mal annähernd, und nachdem ich ein Jahr fort war, sind die wachsenden Kürzungen offensichtlich.

Mama erhält fünf Pfund Brot, ein halbes Pfund Fleisch und 218 Gramm Fett pro Monat. Wie hat die Regierung bestimmt, dass es 218 Gramm und nicht 221 Gramm sein sollen? Wenn ich nicht ständig so hungrig wäre, würde ich darüber lachen. Aber es ist alles andere als lustig, auch, weil wir einen weiteren Winter ohne Kohlen oder Briketts vor uns haben.

Die Sorge um Brennmaterial treibt mich in den Wald. Der Weg dauert weniger als zehn Minuten, früher bin ich oft hier gewesen, doch ich erkenne das Land kaum wieder. Alle dünneren Bäume sind fort. Unter dem Rest ist der Boden sauber, als hätte man ihn mit einem riesigen Besen gereinigt. Es gibt weder Äste noch Rinde, keine Tannenzapfen, Eicheln oder Bucheckern. Alles, was ess- oder brennbar ist, wurde abtransportiert. Ich wandere weiter, doch es sieht überall genauso aus. Nach drei Stunden des Herumstreifens kehre ich mit einem Arm voll Zweige — höchstens brauchbar zum Feuermachen — zurück. Ich werde wesentlich weiter gehen müssen und vor allem brauche ich Werkzeuge … und

Glück.

Am Nachmittag entschließe ich mich, den Bahnhof zu erkunden. Gerüchten zufolge sollen Kohlentransporte durchkommen, riesige Waggons gefüllt mit Kohlen und Briketts. Da sollte doch was zu holen sein.

Nach zwei weiteren vergeblichen Ausflügen spreche ich mit zwei Jugendlichen, die dieselbe Idee zu haben scheinen. Sie meinen, es sei Glücksache und dass man Geduld haben müsse. Außerdem sei es gefährlich. Das Problem ist, dass ich nicht geduldig bin und Gefahr mich nicht länger kümmert. Wir haben nichts und müssen uns auf den Winter vorbereiten.

Am nächsten Abend sehe ich die Jungen erneut, außerdem mehrere Frauen und einen alten Mann. Woher wussten sie, dass es sich heute lohnt, hier aufzukreuzen? Ein Kohlenzug rollt langsam an uns vorbei. In der Dämmerung scheint er alles Licht aufzusaugen, er wirkt wie ein schwarzes Loch mit unmöglich hohen Waggons. Die zwei Jungs klettern rauf, sobald der Zug aus dem Bahnhof ist. Ich gehe die unebene Böschung entlang, versuche, mir nicht den Fuß umzuknicken, während ich die rostigen Wände und vertikalen Eisenträger betrachte. Die einzige Möglichkeit, nach oben zu klettern, ist vorn oder hinten über eine Art Leiter. Aber das heißt, ich muss zwischen die rollenden Wagen mit ihren Eisenrädern, die mich in Stücke schneiden wollen.

Im faden Licht füllen die Jugendlichen ihre Taschen. Einige der Frauen sind auf einen anderen Waggon geklettert, alle sind geschäftig und konzentrieren sich auf ihre Aufgabe.

Irgendwo erklingt eine Trillerpfeife. Die Jungs rufen mir von oben etwas zu, aber ich schüttele den Kopf. Das Kreischen der Räder dröhnt in meinen Ohren, reißt an meinen Nerven. Ich kann's einfach nicht.

Einer der Jungen klettert ein Stück hinunter und winkt mir zu. »Schnell, gib mir deine Tasche.«

Ich eile hin und gebe sie ihm. »Danke.«

Aber der Junge ist schon wieder verschwunden. Hinter mir trillert erneut die Pfeife. Der Zugführer oder Schaffner hat uns bemerkt.

Ich gehe weiter an den Wagen entlang, schneller und schneller, weil der Zug nun an Fahrt aufnimmt. In der herabsinkenden Dunkelheit ist es fast unmöglich, den Boden zu sehen. Über mir gestikulieren die Jungs. Dann knallt meine Tasche neben mir auf. Kohlenstaub steigt mir in die Nase.

Sekunden später sind die Jugendlichen an meiner Seite, während mehr Pfeifen trillern. Schreie ertönen — sie haben jemanden erwischt.

»Komm schnell«, ruft einer der Jungs.

Sie verschwinden in den Büschen und ich tue mein Bestes, ihnen zu folgen.

Sie warten auf einem verlassenen Grundstück am Werwolf. »Du musst schneller werden«, kommentiert einer der beiden. In der verdunkelten Stadt kann ich ihn kaum erkennen. Ich weiß nur, dass er groß und dünn wie ein Zaunpfahl ist.

»Danke«, sage ich, noch immer außer Atem. »Ist das erste Mal.«

»Wir hauen ab«, sagt der andere Junge. »Bis demnächst.«

Zu Hause verstaue ich die Kohlen in der Küche. Es ist zu riskant, sie in den Keller zu bringen. Jeder Nachbar könnte das Vorhängeschloss aufbrechen.

Und so beginnt meine wöchentliche Tour zum Bahnhof. Beim dritten Mal habe ich genug Mut, nach oben zu klettern. Diesmal sind es Briketts, groß und sperrig, und meine Tasche füllt sich schnell. Das letzte Mal, dass es Briketts zu kaufen gab, ist zwei Jahre her. Wer kann sagen, wo diese Waggons hinfahren?

Tagsüber streune ich durch die Wälder hinter der Eichenstraße und sammele Holz — eine langsame, frustrierende Arbeit. Aber Ende Oktober stapeln sich in unserer Küche Scheite und Kohlen.

Natürlich haben wir keine Schule. Ich habe Biene ein paar Mal getroffen, aber sie ist wie ich damit beschäftigt, Verschiedenes für ihre Familie zu organisieren. Ihr sechsjähriger Bruder Theo ist irgendwie behindert und braucht ständig Aufsicht, sodass Bienes Mutter immer daheimbleiben muss.

Das andere Problem ist die fehlende Nahrung. Inzwischen bekomme ich meine Bezugsscheine, aber ich vermisse Obst und Gemüse, Marmelade und Käse. Unser Wohnhaus hat keinen Garten und diejenigen, die einen Garten haben, bewachen ihn rund um die Uhr. Jeder ist misstrauisch.

Der ständige Hunger und der Drang, zu überleben, lassen alle zu Egoisten werden. Keinen kümmern die Kommune oder die

Nachbarn, vielleicht nicht mal die eigene Familie. Echter Hunger zwingt dazu, an sich selbst zu denken und zwar nur an sich selbst. Die Gedanken kreisen enger und enger um eine einzige Sache: die nächste Mahlzeit.

Man kann es keinem verdenken. Jeder steht sich selbst am nächsten. Ich habe keine Illusionen mehr in Bezug auf ein Großdeutschland. Wir sind ein verlorenes Volk, das für Hitlers Ambitionen zahlen muss. Braunschweig und Bonn sind abgebrannt. Die meisten Männer kämpfen irgendwo an der Front. Es sind so viele. Keiner weiß, wo sie alle sind. Und es sind nicht nur Männer, sondern auch Jungen. Hitler hat sie zum Volkssturm eingezogen. Diese *Männer* sind erst siebzehn, kaum älter als Peter.

Peter. Es vergeht kein Tag, ohne dass ich an ihn denke — immer noch. Ich habe Frau Breuer besucht, die wie Mama gealtert ist, vielleicht sogar noch stärker. Peter und sein kleiner Bruder Walter sind beide in der KLV und Frau Breuers Mann ist irgendwo im Nordosten.

Ja, nur wir Frauen und Mädchen sind übrig. Wir müssen uns verteidigen, irgendwie versuchen, die auseinandergefallenen Teile unserer Familien zusammenhalten. Viele Frauen arbeiten in Fabriken, weil es nicht genügend Männer gibt, alles in Gang zu halten.

Wenn ich ehrlich bin, will ich mich nur hinlegen und schlafen. Und vergessen. Aber das geht nicht, denn jeden Morgen, wenn ich aufwache, erinnert mich mein Magen daran, dass ich noch lebe und kämpfen muss, um weiterzumachen.

Gestern kam ich an einem Kartoffelfeld vorbei. Natürlich war es gut geschützt, ein Mann patrouillierte mit einem Gewehr. Ich werde Biene bitten, mit mir hinzugehen.

Ich habe ein paar Scheite Feuerholz gegen einige Möhren und drei Zwiebeln eingetauscht. Ich bin mir nicht sicher, ob es klug war, weil das Holzsammeln mehr Energie erfordert, als mir eine Handvoll Möhren zurückgeben. Schwierig zu sagen, was funktioniert. Jeder Tag kommt mir vor, als müsste ich ohne Ausrüstung einen Berg erklimmen, in ständiger Gefahr, im freien Fall von einer Klippe zu stürzen.

Als es an der Tür klingelt, bin ich gerade dabei, einen Plan zu machen, wie wir den Kartoffelbauern am besten ablenken können. Ja, bei mir haben sich inzwischen Brüste gebildet, doch sie sind winzig im Vergleich zu Bienes. Aber ihre Mutter ist vollbusig und Biene hat sie bestimmt von ihr geerbt.

Biene muss früh dran sein, denn sie guckt selten auf die Uhr. Das ist eines der Dinge, die ich an ihr mag, denn ich schaue ständig nach, analysiere jeden Furz. Biene zieht mich deswegen manchmal auf.

Ich reiße die Tür auf mit den Worten: »*Du* musst deinen Busen zeigen.«

»Was?«

Ein Mann ragt vor mir auf und in meinem Schreck mache ich einen Schritt zurück. »Tut mir leid, ich dachte …«

Der Mann kichert, ein tiefes und irgendwie frohes Geräusch. Ich kann mir nicht helfen und muss selbst grinsen. In dem Moment erkenne ich die Figur in der Tür.

»Paul!« Ich fliege in seine Arme, was ich vor eineinhalb Jahren nie getan hätte.

»Aua, vorsichtig, kleines Mädchen.« Pauls Stimme ist so tief geworden, dass ich sie nicht erkannt hätte, wäre da nicht seine typische Ausdrucksweise. »Willst du mich nicht hereinlassen?«

»Das ist dein Heim, du brauchst keine Einladung«, scherze ich. Ich habe unsere Plänkeleien immer geliebt und wir finden problemlos in das gewohnte Muster zurück.

Ich trete beiseite und lasse ihn vorbei. Er riecht nach Schweiß und Staub und … was? Ich bin mir nicht sicher, ich weiß nur, dass ich den Geruch nicht mag — etwas Fremdes und Krankes. Erst jetzt bemerke ich den Stock und das Hinken.

Er lässt sich vorsichtig auf einen Stuhl sinken, seinen Platz am Küchentisch. Ein schmales Lächeln umspielt seine Lippen. »Es ist gut, zu Hause zu sein.«

Ich eile an seine Seite und umfasse sein Gesicht. Er ist blass, ausgewaschen wie Annies Vater, und da ist etwas Totes in seinen Augen. Ich habe seine Augen immer geliebt, ein Blau oder Grau, abhängig von Licht und Wetter. Furchen laufen entlang seiner Lippen, bittere Falten, die ich nicht kenne.

»Bekommt ein Mann ein Glas Wasser?«, fragt er schließlich.

Ich schlucke meinen Schock hinunter und eile zur Spüle.

»Ich bin so froh, dass du da bist.« Ich reiche ihm das Glas, nehme mir selbst eins, vergesse aber zu trinken. Stattdessen beobachte ich meinen Bruder, der gierig schluckt und seinen Mund mit einem schmuddeligen Ärmel abwischt. Die Haut seiner Hände ist grauschwarz vor Dreck. Er erinnert mich an unseren Vater, seine Stirn ist ähnlich scharf geformt, die kleinen Ohren sind zu fein für einen Männerkopf. Da sind weiße Strähnen an seinen Schläfen, wie bei einem alten Mann.

Er sieht mich an und nickt. »Ich wusste nicht, ob ich dich noch mal sehe. Mama schrieb, du warst im Süden.«

»In einem Kloster in der Nähe von Nürnberg.«

»Du siehst dünn aus.« Er verlagert sein Gewicht und ich erkenne Schmerz in seinen Zügen.

»Was ist passiert? Du bist verletzt. Wir haben uns solche Sorgen gemacht. Und als Mama mir sagte, du seist im Feldlazarett, dachte ich …«

»Ich wäre gestorben?« Paul nickt. »Wäre ich beinah, aber ich wollte doch auf jeden Fall meine widerspenstige Schwester wiedersehen.« Er grinst, doch als er sich bewegt, ist da mehr Schmerz. »Aber ich bin noch nicht in Ordnung, mein Bein ist ziemlich kaputt. Habe ein Stück Granate erwischt.« Er seufzt.

»Soll ich dir ein Bad einlassen?« Es ist reiner Luxus, so viel Gas und Wasser zu verbrauchen, aber das ist mir egal.

»Ein richtiges Bad? Sehr gern.«

Schon rasen meine Gedanken zum Abendessen, wie wir alle satt bekommen. Ich muss Bezugsscheine für Paul organisieren. Es ist fast Wochenende und morgen …

Pauls Stimme erreicht mich durch den Nebel. »… kommt Mama nach Hause?«

»Oh, bald. Sie wird sich so freuen.« Ich fülle Pauls Glas erneut. »Beweg dich nicht von der Stelle. Bin gleich wieder da.«

Er lacht und streckt sein Bein aus. Ein rotbrauner Fleck verfärbt sein linkes — das kaputte.

»Darf es nass werden?«, frage ich, als ich zurück bin. Das Wasser läuft. Ich habe etwas von der Luftseife genommen, um Schaum zu machen, und ein flauschiges Handtuch dazugelegt.

»Ich lasse es raushängen«, sagt er.

»Dann gehst du besser, bevor das Wasser eiskalt ist.«

»Jawohl, meine Dame.« Er humpelt davon und schließt die Tür.

Ich atme tief durch, stelle mir vor, wie er sich mit dem verletzten Bein aus der Hose schält.

Mach schon, arbeite, schimpfe ich mit mir. Ich öffne den Schrank und suche nach Ideen für eine tolle Mahlzeit. Vor mir liegen eine kleine Packung Nudeln, zwei Zwiebeln, drei Möhren, Brot, fast die gesamte Fettration für November, zwei Dosen undefinierbares Fleisch und Maismehl. Ich entscheide mich, Suppe mit Maisbrot zu kochen. Meine Gedanken wandern zur letzten Zeitungsanzeige, die verkündete, dass unsere monatliche Ration von 250 Gramm Seife und Waschmittel bis zum 11. Dezember reichen muss. Es hieß nur, die bisherige Menge könne »nicht mehr fortgesetzt« werden. Nie wird erklärt, warum, oder dass alles wieder normal wird. Inzwischen weiß jeder Idiot, dass die Mengen immer nur schrumpfen, nie wachsen. Wie sollen wir Pauls Kleidung sauberbekommen?

»Endlich haben wir Wochenende.« Mama rauscht herein, wie sie es immer tut. Sie hat bereits ihren Mantel ausgezogen, Hut und Schal aufgehängt, und drückt mich. Seit meiner Rückkehr umarmen wir uns immer, wenn sie nach Hause kommt. »Was sollen wir kochen? Wolltest du nicht mit Biene fortgehen?«

Biene! Ich habe sie und unseren Ausflug völlig vergessen. »Mama, es gibt etwas …«

»Was riecht hier so komisch?« Mamas Nase bewegt sich wie die eines Hasen. Sie wäre ein perfekter Jagdhund. Ich schwöre, dass sie jeden und alles am Geruch erkennen kann.

»Mama, hör zu.« Ich ergreife ihre fliegenden Hände. »Paul ist zurück. Er ist hier … in Sicherheit.« Jetzt, da ich es laut sage, fließen die Tränen. All die Warterei und Sorge sind endlich vorbei.

Zunächst scheint Mama nicht zu begreifen, aber als sie meine Tränen sieht, schlägt sie sich eine Hand vor den Mund, ihre Augen sind groß und leuchtend.

»Paul«, flüstert sie.

»Er nimmt ein Bad«, krächze ich.

»Er ist daheim, er ist hier bei uns.« Noch schwingt Verwunderung in ihrer Stimme mit, doch dann strahlt sie vor Freude und sagt inbrünstig: »Oh, Hilda, er ist da.«

Sie lacht und ich lache und dann weinen wir.

Als Paul aus dem Bad kommt, stehen wir Seite an Seite am Herd und schneiden Gemüse in die Suppe.

»Mama.« Pauls Stimme ist jetzt weich und sehr müde. Ich höre die Tränen darin.

Mama läuft zu ihm und vergräbt sich an seiner Brust. Er trägt seinen alten blau-weiß gestreiften Schlafanzug, der zehn Zentimeter zu kurz ist. Ich mache mir innerlich eine Notiz, ihm neue Kleidung zu organisieren.

Dann drehe ich mich weg, um ihnen Platz zu machen, während mein Herz vor Freude platzen möchte.

Peter

Herr Sommer bereitet Soßen und Eintöpfe mit Pfifferlingen und ist voller Lob. Endlich habe ich etwas Nützliches getan und hätte ich mich nicht verlaufen, wäre der Ausflug sogar schön gewesen, eine willkommene Abwechslung zur Langeweile im Lager — auch wenn Stiefel sauer war und uns am nächsten Tag Stubenarrest aufbrummte und uns zwischendurch zum Küchendienst verdonnerte.

Die Arbeit stört mich nicht, Herr Sommer ist nett. Er zeigte uns, wie man die Pilze säubert und trocknet — Karl-Heinz und Dieter hatten außerdem Maronen und einen weißen Pilz gefunden, der giftig war.

Die Jungs sprechen darüber, wie froh sie über die Abwechslung im Speiseplan sind. Da kommt mir eine Idee.

»Du willst wieder hin?«, fragt Karl-Heinz ungläubig. »Letztes Mal warst du stundenlang fort.«

»Aber die Pilze sind zu gut. Bestimmt sind die kleinen inzwischen groß. Wenn wir zusammenbleiben und aufpassen, kann nichts passieren.«

»Dieter will nicht mehr mit.«

Ich grinse. »Dann eben nur du und ich. Ich wette, Herr Sommer freut sich.«

»Aber kein Wort an Stiefel.«

»Auf keinen Fall.«

Und so kommt es, dass wir zwei Tage später wieder in den Wald gehen. Was ich gegenüber Karl-Heinz nicht erwähnt habe, ist, dass ich hoffe, den Soldaten wiederzutreffen. Ich habe auch nichts von dem Henkelmann erwähnt, der mit Kartoffeln und Pilzsoße von gestern Abend gefüllt ist. Ich habe sie abgezweigt, weil wir ausnahmsweise was übrig hatten.

Diesmal tragen wir beide Thermosflaschen mit Wasser. Die

ganze Zeit über erwäge ich, Karl-Heinz von dem Mann im Wald zu erzählen. Am Ende sage ich nichts. Versprochen ist versprochen.

Sobald wir unter den Bäumen ankommen, gehe ich links vom Weg ab. Diesmal folgt Karl-Heinz. »Glaub bloß nicht, dass ich dich aus den Augen lasse.«

Ich beobachte die Schatten zwischen den Stämmen, doch der Mann ist nirgendwo zu sehen. Karl-Heinz ruft mir etwas zu, Freude schwingt in seiner Stimme mit. Er hat eine Stelle mit Pfifferlingen gefunden. Ich gehe langsam weiter, behalte den Weg und Karl-Heinz im Auge.

Gleichzeitig achte ich auf Bewegungen im Wald. Alles bleibt still. Ich trete fast auf eine mit Pilzen übersäte Stelle, bücke mich und ernte. Die Jungs können sich freuen, heute Abend wird geschlemmt.

Ich stelle mir gerade vor, wie Herr Sommer uns anlächelt, wenn wir ihm die Pilze überreichen, als Karl-Heinz wieder etwas ruft. Es ist mehr ein Gurgeln.

»Was ist los?«, schreie ich. »Wo bist du?«

»Hier drüben.«

Ich kenne Karl-Heinz seit dem ersten Schuljahr, kenne ihn gut, also ist mir sofort klar, dass etwas nicht stimmt. Ich klammere den Korb an mich und renne los. Karl-Heinz stützt sich gegen den Stamm einer uralten Eiche, der Korb liegt zu seinen Füßen.

»Was ist passiert?«

Da sehe ich es ebenfalls. Oder genauer *ihn*. Der Soldat von vor zwei Tagen sitzt mit dem Rücken gegen einen gefallenen Baum gelehnt. Er hängt etwas schief, nach rechts gebeugt, die bandagierte linke Hand hält er im Schoss. Seine Augen sind geschlossen und sein Atem geht laut und rasselnd. Im hellen Licht sieht er noch schrecklicher aus als vorgestern.

»Ist ein Soldat«, flüstert Karl-Heinz. »Weiß nicht, ob er uns hört.«

»Wir sollten ihn wecken.«

»Nein!« Angst schwingt in Karl-Heinz' Stimme mit.

»Ich habe ihn letztes Mal getroffen«, sage ich, meinen Blick auf die stille Gestalt gerichtet. »Er hat mir zurück zum Pfad geholfen.«

»Du hast ihn *getroffen*?«

»Habe versprochen, nichts zu sagen.« Ich nähere mich dem

Mann. Ein schrecklicher Gestank steigt aus dem Verband empor.

»Was machst du? Nicht so nah.«

Ich sehe Karl-Heinz an. »Er braucht unsere Hilfe.«

»Aber ... er ist fahnenflüchtig.«

»Auf dem Weg nach Bremen, *nach Hause*.«

»Wir müssen jemandem Bescheid geben.«

»Quatsch.«

»Du bist verrückt.«

Wieder sehe ich meinen Freund an. »Stell dir vor, es wäre dein Vater. Würdest du nicht wollen, dass ihm jemand hilft?«

Karl-Heinz' Augen wandern von mir zu dem Mann und zurück. Wie fast alle Männer ist auch sein Vater im Krieg. »Du hast recht«, sagt er leise.

»Hilf mir. Sehen wir mal, ob wir ihn wecken können. Ich hab Essen dabei.«

Wir postieren uns links und rechts von dem Mann und klopfen ihm vorsichtig auf Wangen und Schultern.

»Hallo, wachen Sie auf.«

Der Mann murmelt etwas, seine Augenlider flattern, doch er wacht nicht auf. Offensichtlich ist er viel kränker, als ich dachte.

»Wir haben Essen und Trinken«, brülle ich. »Wachen Sie bitte auf. Wir wollen Ihnen helfen.«

Endlich fliegen die Augen des Mannes auf. Er stöhnt und murmelt etwas Unverständliches, sein Blick wirkt irre. Ich beuge mich zu ihm.

»Ich bin's, Peter, der Junge, dem Sie geholfen haben.«

Der Rücken des Soldaten zittert, dann fokussiert sich sein Blick. »Du bist es«, flüstert er.

»Sind Sie hungrig?«

»Durstig.«

Ohne Zögern hole ich die Thermoskanne heraus, die ich von Herrn Sommer geliehen habe, und halte sie an seine Lippen. »Langsam.«

Der Mann schluckt und hustet, wischt dann seinen Mund mit dem Handrücken ab. »Danke dir.«

Ich ziehe den Henkelmann hervor und öffne den Deckel. Das Aroma von Pilzen und Kartoffeln steigt uns in die Nase, die Augen des Mannes folgen meinen Bewegungen. Spucke erscheint auf seinen Lippen und er schluckt mehrmals. Ich gebe ihm einen

Löffel.

»Essen Sie langsam, sonst kommt es zurück.« Ich habe irgendwo gelesen, dass der Magen schrumpft, wenn man zu lange Hunger leidet, und die Leute Krämpfe kriegen, wenn sie dann zu schnell essen.

Ich halte den Behälter, während der Mann in sich hineinschaufelt. Etwas Licht ist in seinen Blick gekrochen, ein wenig Leben. Er hört nicht auf, bis die Schale leer ist, nicht mal dann, denn er kratzt und kratzt, bis kein Tropfen zurückbleibt.

»Wer ist dein Freund?«, fragt er.

»Karl-Heinz. Sie können ihm vertrauen.«

Der Soldat nickt, seine Augenlider sind schon wieder schwer. »Ich bin so müde, ich will schlafen.«

»Was macht Ihr Arm?« Ich zeige auf den verdreckten Verband.

Der Mann stöhnt. »Ist wohl brandig. Werde ihn verlieren … wenn ich nicht vorher sterbe.«

Vor meinem inneren Auge sehe ich den Mann allein hier im Wald verenden. »Vielleicht können wir Ihnen helfen.«

»Das geht nicht, Peter«, sagt Karl-Heinz. »Ist zu gefährlich.«

»Dein Freund hat recht«, sagt der Soldat. »Ich fürchte, ich werde Bremen nicht wiedersehen.«

»Sie dürfen jetzt nicht aufgeben«, rufe ich. »Sie schaffen das.«

Die Augen des Mannes öffnen sich und er sieht mich an. »Ich kann's nicht, mein Sohn.«

»Unsinn!«, schreie ich noch lauter.

Wut erfüllt mich, steigt in meinen Hals und schnürt mir die Luft ab. Vor langer Zeit hatte ich mich geweigert, zu helfen. Mein kleiner Bruder Walter hätte ernsthaft zu Schaden kommen können, als er von den Schurken verprügelt wurde. Walters Narbe ist eine dauerhafte Erinnerung an mein Versagen.

Ich werde nicht noch mal scheitern.

Der Mann legt seine gute Hand auf meinen Unterarm. »Danke für das Essen. Es war eine wunderbare letzte Mahlzeit.« Ein winziges Lächeln spielt um seine Lippen, schwer auszumachen zwischen Bartstoppeln und Dreck.

»Ich lasse es nicht zu«, sage ich stur. »Karl-Heinz, hilf mir, ihn aufzurichten.«

»Du hast ihn gehört«, sagt Karl-Heinz. Aber ich weiß, dass er unsicher ist — unsicher, wie er einen Mann einfach sterben lassen können soll.

Ich ignoriere ihn und schiebe dem Soldaten meine Hand unter die Achsel. Ich habe keine Ahnung, was wir tun sollen, aber wenn er hier sitzen bleibt, *wird* er sterben. Was bedeutet, dass wir ihn mitnehmen müssen. Meine Finger verlieren den Halt, als ich mir vorstelle, wie Stiefel uns erwischt. Stiefel folgt jedem Befehl. Selbst jetzt. Er wird so schnell ihn seine alten Knochen tragen zur Behörde laufen und den Soldaten anzeigen. Dann ….

Karl-Heinz hockt sich vor den Mann, der wieder zu schlafen scheint. »Verraten Sie uns Ihren Namen?«

»Arthur«, flüstert er. »Keine Nachnamen. Jetzt lasst mich ruhen.«

Karl-Heinz richtet sich auf und führt mich einige Schritte fort. Es dämmert, der Boden verschwimmt in Schatten. »Bist du dir sicher?«

»Wie können wir ihn hierlassen? Ich bezweifle, dass er noch eine Nacht übersteht.«

»Wir können ihn nicht mit zum Gasthof nehmen. Stiefel bringt uns um.«

»Herr Sommer wird helfen.«

Karl-Heinz' Stimme senkt sich zu einem Flüstern. »Wie sollen wir ihn dahin schaffen? Es ist weit. Wir kriegen so oder so Ärger.«

»Lass es uns wenigstens versuchen und sehen, ob er laufen kann.«

»Du bist stur wie ein Esel.«

Ich denke an Ingo, den eigensinnigen Esel der alten Frau Weber, den ich einst wie ein Cowboy geritten habe. Grinsend schlage ich Karl-Heinz auf die Schulter. »Also alles klar.«

Wir kehren zu Arthur zurück, der sich nicht rührt.

»Wir nehmen Sie mit zu uns«, sage ich. »Dann holen wir Hilfe.«

Arthurs Augen öffnen sich langsam. »Sie werden die Behörden verständigen. Die SS. Ich werde erschossen.«

»Wir verstecken Sie.« Es ist heraus, bevor ich Zeit zum Nachdenken habe. Wir haben eine Scheune, die Stiefel nie betritt.

Ein winzig kleiner Funke zeigt sich in Arthurs Ausdruck.

Die Hoffnung ist zurück.

KAPITEL NEUNZEHN

Hilda

Als ich am nächsten Tag mit Biene losziehe, schleppt sich Paul zur Stadt, um Bezugsscheine zu beantragen. So, wie er sich auf den Stock stützt, erinnert er mich an einen Greis. Mein Herz ist gleichzeitig voll Freude und Trauer. Er ist kaum zwanzig und Invalide. Bisher weigert er sich, uns sein Bein zu zeigen. Ich bin mir nicht sicher, ob ich es sehen will — vielleicht würde ich einfach in Ohnmacht fallen.

Er besteht darauf, dass er Glück hatte, und nach den vielen Todesanzeigen mit den quadratischen Kreuzen in der Zeitung zu urteilen, hat er recht. Aber ich sorge mich um seine Zukunft. Er wollte Polizist werden. Das geht auf keinen Fall mehr, sie würden ihn lachend aus dem Gebäude schmeißen.

»Sein Bein könnte heilen«, meint Biene, als ich ihr alles erzähle. »Die Menschen überwinden viele Krankheiten und Verletzungen.«

»Du hast ihn nicht laufen sehen«, sage ich. »Erinnert mich an ein krankes Tier.«

»Ist er ja auch.« Biene legt den Arm um meine Schulter. Wir sind auf dem Weg zum Kartoffelfeld und sie trägt ein Kleid, das zu eng ist und ihre Kurven zeigt. »Hier ist er auch verletzt.« Sie legt eine Hand auf ihr Herz.

Ich erinnere mich daran, wie sie aussah, als sie von dem SS-

Mann im Kloster zurückkehrte. Damals trug sie denselben verwundeten Ausdruck. Sicherlich gibt es auch Dinge in Pauls Herz, die seine Augen trüben. »Ich wünsche mir, er würde darüber sprechen ...«

»Sch«, flüstert Biene. »Wir trennen uns besser.« Sie bückt sich und schmiert etwas Erde auf ihre nackten Schienbeine und Wangen. Sie wedelt mit dem Arm, bedeutet mir, mich nach rechts zu begeben, an einer Reihe von Haselnusssträuchern entlang. Dahinter liegt der Acker. Ich schleiche davon, behalte Biene aber im Blick.

Auf der anderen Seite des Feldes entdecke ich den Mann mit der Flinte. Er sitzt auf einem Baumstumpf, einen Strohhalm zwischen den Lippen. Er scheint sich zu langweilen.

Plötzlich hebt er den Kopf und da kommt Biene, hinkend und weinend.

»Hilfe, ich brauche Hilfe.«

Der Mann springt auf und eilt auf Biene zu. Erst jetzt bemerke ich, dass er nicht viel älter als wir sein kann. »Was ist passiert?«

»Weiß nicht.« Bienes Stimme höre ich kristallklar. »Mich hat jemand angegriffen. Ich habe ihn mit einem Ast abgewehrt, mir dabei den Fuß umgeknickt und jetzt ...« Sie inszeniert einen Weinkrampf, der Marlene Dietrich stolz machen würde.

»Wo tut's weh?« Der Mann beugt sich tief hinunter, um Bienes Bein zu begutachten. Sie steht mit Blick zum Feld, sodass der Mann mir seinen Rücken zugewandt hat.

Ich quetsche mich durch die Büsche und grabe drauflos. Die Erde ist locker und riecht angenehm, die Kartoffeln sind fett und rund. Ich wühle wie eine Irre, stopfe die Knollen in meinen Sack, hoffe, die Stelle am Rand wird nicht so leicht entdeckt. Ich stecke die Pflanzen wieder in die Erde, damit nicht so offensichtlich ist, was ich darunter getrieben habe. Mein Beutel füllt sich schnell, während ich Biene zuhöre.

»Ich bin so froh, dich zu treffen«, sagt sie gerade. »Du bist mein Retter.«

»Du solltest dein Bein säubern«, sagt er. »Aber ich darf das Feld nicht verlassen, muss aufpassen. Hier kommen Tag und Nacht Diebe und stehlen.«

»Wie schrecklich«, ruft Biene mit entrüsteter Stimme. »Jetzt wird alles gut. Vielleicht kannst du meinen Knöchel massieren. Ich muss nach Hause, sonst macht sich meine Mutter Sorgen.«

Aus den Augenwinkeln sehe ich, wie Biene sich auf den Boden fallen lässt und ihr Bein hebt. Tatsächlich kniet sich der junge Mann hin und legt Bienes Bein vorsichtig auf seinen Schoß. Ich grinse und packe den zweiten Sack.

»Wie stark deine Hände sind«, sagt Biene. »Der Schmerz ist fast weg.«

»Ich muss wieder an die Arbeit«, sagt der Junge. »Wenn der Bauer sieht ...«

»Nur noch einen Moment. Ich muss eine Weile laufen.«

»Woher kommst du?« Ist da eine Prise Misstrauen in seiner Stimme? Der zweite Beutel ist fast voll — nur noch ein paar Minuten.

»Widdert«, lügt Biene.

»Aber ... warum bist du allein so weit durch den Wald gelaufen?«

»Ich musste weg.« Bienes Stimme ist schwer vor Trauer. »Mein Bruder ist als Krüppel aus dem Krieg gekommen. Ich kann ihn kaum anschauen und bin so traurig ... Ich ... Ich ...«

»Das tut mir leid«, sagt der Junge voller Mitgefühl.

»Ich hab mich verlaufen, als der Mann aus dem Nichts auftauchte.«

Lass es sein, Biene. Er wird misstrauisch, wenn du behauptest, du hättest einen erwachsenen Mann vertrieben.

In dem Moment fragt der Junge: »Du hast ganz allein einen Mann abgewehrt?«

»Er war nicht total erwachsen, eher jung ... sechzehn oder so.«

»Wie ich?«

Der Sack ist voll und ich schlüpfe zwischen die Büsche und außer Sichtweite.

»Du bist so nett, deine Augen ... sind lieb.« Bienes Stimme ist weich. »Ich glaube, jetzt kann ich wieder laufen. Mutter wird sich aufregen, wenn ich nicht bald nach Hause komme und ihr mit meinem Bruder helfe.« Sie zieht abrupt ihr Bein weg, richtet sich auf und hinkt entlang des Feldes davon. »Danke noch mal«, ruft sie über ihre Schulter.

Der Junge starrt ihr hinterher, gegenwärtig sprachlos.

Während ich die Beutel über die Schultern schwinge, kehrt der Junge zu seinem Baumstamm zurück, das Gewehr wieder im Anschlag.

»Bin ich froh, dass du ihn abgelenkt hast und ich es nicht machen musste«, sage ich, als Biene mich wenige Minuten später einholt.

Sie lacht, wird aber sofort wieder ernst. »Fand ich nicht gut, den Jungen anzulügen. Er wird wegen mir bestraft. Er war irgendwie aufgeregt, hat unter mein Kleid gelinst, seine Wangen haben regelrecht geglüht. Ich glaube, er hatte einen Ständer — konnte es fühlen.«

»Mir tut er auch leid, aber was sollen wir denn tun? Wir müssen essen.«

Biene nimmt ihren Sack. »Ich hoffe, seine Mutter wird ihm verzeihen.«

Wir verabschieden uns mit einer schnellen Umarmung voneinander, beide gleichzeitig froh und voller Schuldgefühle.

Mein Magen knurrt ärgerlich, als ich nach Mittag zurückkehre. Paul liegt auf dem Sofa, sein gutes Bein auf dem Boden, das andere auf einem Kissen auf der Armlehne.

Ich schlürfe etwas übriggebliebene Suppe mit Maisbrot, als die Sirenen losgehen. Es ist ein Lärm, den ich verachte, ein schrilles Auf-und-ab-Geheule, das bis in die Knochen vibriert.

Paul geht es schlechter. Sein Gesicht verzerrt sich, als er versucht, sich aufzusetzen. Panik spiegelt sich in seinen Augen, etwas, das ich bei ihm noch nie gesehen habe. In den frühen Kriegsjahren, als Paul noch zu Hause wohnte und die Sirenen schrien, war er ziemlich gelassen, fast leichtfertig. Er ließ sich Zeit dabei, in den Keller, unseren Luftschutzraum, zu gehen.

Der heutige Paul ist jemand völlig anderes. Er versucht hektisch, aufzustehen, und fällt beinahe hin. Ich eile mit dem Stock zu ihm und gemeinsam hasten wir zur Treppe. Mama erscheint, sich ihre Hände trocknend, aus dem Badezimmer.

In dem Moment gesellt sich ein weiteres Geräusch zu den Sirenen: Flugzeugmotoren dröhnen, Dutzende oder Hunderte. Doch es kommt noch schlimmer, denn zusätzlich erklingt das knochenerweichende Getöse und Pfeifen fallender Bomben, eine Art durchbohrendes Heulen, das nur eins bedeutet: Tod und

Zerstörung, Feuer und brennende Gebäude. Ich bin wieder auf dem Feld und renne vor dem Maschinengewehrfeuer davon, aber meine Beine sind jetzt schwer und träge. Sie wollen sich nicht bewegen.

»Hilda!« Mamas Stimme bringt mich in die Gegenwart zurück. »Hilf mir mit Paul.«

Paul lehnt sich mit geschlossenen Augen gegen den Türrahmen, Mama zerrt an seinem Ellbogen. Die Heulgeräusche sind so nah und laut, dass sie in meinen Ohren dröhnen und mein Hirn schmelzen. Dann folgt das Unausweichliche: Bomben explodieren. Der Boden vibriert, Glas berstet. Eine Detonation, dann noch eine … Alles um uns herum splittert und zerbricht.

Ich sehe, wie Mamas Mund sich bewegt, höre aber nichts. Paul scheint vor uns in sich zusammenzusacken und ich eile vorwärts und nehme seine Hand, ziehe, nein, reiße an seinem Arm. Er öffnet die Augen und vorsichtig, langsam, drängen wir ihn durch die Haustür in den Flur. Der Boden bebt, die Wände stöhnen. Die Kellertreppe ist am Ende des Ganges. Es könnten genauso gut hundert Meter sein. Die Welt besteht aus einer einzigen Explosion, die Erschütterungen fließen zusammen. Putz bricht aus den Wänden, schießt in unsere Gesichter. Hinter uns stürzt die Haustür ein. *Bring ihn runter*, wiederholt eine Stimme in meinem Kopf, *bring ihn in Sicherheit.*

Wir erreichen die Stufen und ich helfe Paul zum Handlauf. Ich befehle ihm, sich daran festzuhalten, obwohl ich weiß, dass er mich nicht hören kann. Die Treppe unter uns erzittert. Wie in Zeitlupe bewegt sich Paul in die Düsternis. Hier unten brennen keine Lichter, und ich befürchte, Paul könnte fallen und sich etwas brechen. Seine Hand verkrampft sich ums Geländer, sein Mund zusammengepresst, während er schrittweise in die Dunkelheit eintaucht.

Über uns wird es still. Doch Sekunden später ertönt das Pfeifen erneut. Sie sind noch nicht fertig, wollen uns alle zerstören. Sobald wir unten ankommen, beginnt eine neue Welle. Wenn sie das Haus treffen, überleben wir sowieso nicht. Diese schweren Bomben schneiden durch die Dächer wie heiße Messer durch Butter. Sie fallen bis in die Keller. Anschließend werfen die Flieger Brandbomben mit Phosphat. Sie entzünden alles und brennen so heiß, dass sie den Sauerstoff aus der Luft saugen — die Menschen verbrennen nicht, sie ersticken.

Der Kellerraum ist mit Nachbarn gefüllt. Im Licht einer einzelnen Kerze schauen sie kaum auf, in ihren Blicken liegt reiner Terror. Wir quetschen uns dazwischen. Mein Arm liegt um Pauls Schulter, Mamas auf der anderen Seite. Die Luft stinkt nach Schweiß — nach ranzigem, angsterfüllten Schweiß. Ich stütze mein Gesicht in meine Hand, mein Kopf ist zu schwer, um aufrecht zu bleiben.

Wie lange warten wir? Ist es eine Minute, sind es fünf Minuten oder gar dreißig? Ich weiß es nicht. Ich weiß nur, dass ich innen vor Angst ganz weich bin, aber dass ich mich noch mehr als um mich selbst um meinen Bruder sorge, der sich wie ein verletztes Rehkitz unter Wölfen verhält. Mein mutiger und selbstbewusster Bruder, der mich früher aufzog, wenn ich Angst hatte, in den Keller zu gehen, sitzt neben mir, als wäre er bereits tot. Seine Augen sind weit aufgerissen, darin liegt ein irrer Blick. Sein Verstand ist offensichtlich woanders.

Ist das der Granatenschock?

Ich komme zu mir, als die Nachbarn murmeln und aufstehen. Ich kann sie wieder hören, meine Ohren haben sich offensichtlich erholt. Draußen ist es still, es herrscht eine so vollständige, gänzliche Ruhe, dass es mir vorkommt, als hätte ich Watte in den Ohren.

»Ach, wie schön, dass Paul daheim ist«, sagt Frau Simon. Sie wohnt über uns, allein. Sie lächelt Paul an, der sie ignoriert. Er starrt immer noch vor sich hin.

»Paul?« Mama klopft ihm sacht auf die Schulter. »Frau Simon freut sich, dich zu sehen.«

Endlich kommt er zu sich, sein Blick wandert zu der alten Frau und er nickt. »Guten Tag.«

Frau Simon wirkt überrascht, sagt aber nichts und folgt den anderen Nachbarn nach oben. Mama und ich nehmen Paul zwischen uns. Holzsplitter bedecken den Boden und ich versuche, mich darauf vorzubereiten, was uns in unserer Wohnung erwartet.

Die Türen des Küchenschranks stehen offen, sein Inhalt hat sich über das Linoleum ergossen. Alle Fenstergläser sind fort, die Rahmen zerschreddert. Ich sehe voller Erstaunen auf unser Sofa, das jetzt an der Wand zur Küche lehnt. Tatsächlich befinden sich alle Möbel woanders als noch vor einer halben Stunde.

»Setz dich doch«, sage ich zu Paul, aber dann bemerke ich die Glasscherben und Holzsplitter auf den Sitzen.

Nachdem ich einen Stuhl davon befreit und Paul daraufbugsiert habe, nehmen Mama und ich uns die Wohnung vor. Tische, Betten, Stühle und Böden müssen geputzt werden. Zerbrochenes Porzellan liegt neben Mamas gusseisernem Kochtopf. Schubladen haben die Bestecke von sich geschleudert und überall verstreut. Der Wasserhahn bleibt trocken, Strom ist auch keiner da.

Ich hole Paul eine Decke und ziehe meinen Mantel an, weil der eisige Novemberwind durch die kaputten Fenster hereindringt. Der ehemals blaue Himmel versteckt sich hinter grauen Wolken. Nicht irgendwelche Wolken, sondern Qualm. Um uns herum brennt es, der Rauch sticht in meiner Nase.

»Wir brauchen Material, um die Fenster zu verschließen«, sage ich. »Ich glaube kaum, dass jemand Glasscheiben zu verkaufen hat.

»Nur für ein Vermögen.« Mama reiht ihre Gewürzdosen auf und pickt Holzsplitter aus dem kostbaren Zucker. Sie trägt ihren zähen Gesichtsausdruck, den sie immer dann zeigt, wenn sie zur Arbeit geht. Ich bin ihr dankbar, denn wenn sie jetzt weinen würde, würde ich ausrasten. Und im Moment haben wir dafür keine Zeit.

Als wir mit Aufräumen fertig sind, ist es in der Wohnung ebenso kalt wie draußen. Paul ist in sein Oberbett gewickelt zu Bett gegangen. War ich erst heute Morgen mit Biene auf dem Kartoffelacker? Biene!

»Ich werde Biene besuchen«, sage ich leise, ziehe meine Wollmütze auf und verschwinde.

Der Abend ist früh hereingebrochen, schwarze Wolken türmen sich über der Stadt. Ich haste die Straßen entlang, versuche Dachpfannen, Scherben, Mörtel und Holzresten auszuweichen. Natürlich ist es unmöglich. Zu meiner Linken klafft ein Loch, wo ehemals ein Haus stand. Der Krater ist mehrere Meter tief und mit schwelenden Brocken gefüllt. Viele Dächer sind abgedeckt und ich sehe nicht ein intaktes Fenster.

Ich atme auf, als ich Bienes Haus sehe. Die Fenstergläser fehlen wie bei uns, die Gardinen schaukeln im Wind, doch die Mauern stehen noch. Biene drückt mich an sich. Wir sagen nichts — es ist nicht nötig. Alles liegt in der Umarmung: die Angst, Verletzbarkeit, das sonderbare Erstaunen über unser Überleben.

»Ich brauche Material für die Fenster«, sage ich.

Biene nickt und zieht mich ins Haus. Im Keller sortiert Bienes Mutter einen Haufen Holz- und Linoleumreste, Planken und Dachpappe. Wie es aussieht, hat Bienes Vater seit dem Bau des Hauses alles aufgehoben. Bienes kleiner Bruder Theo sitzt auf dem Boden und spielt mit einem zerzausten Teddybär. Er sieht nicht auf, scheint uns überhaupt nicht wahrzunehmen.

»Hilda braucht Material«, sagt Biene.

Bienes Mutter nickt geistesabwesend. »Wie viele Fenster?«

Im Geist zähle ich sie durch. Wohnzimmer, Bad und drei Schlafzimmer. »Fünf.«

»Also gut, das müsste gehen. Nimm dir, was du brauchst.«

Bienes Mutter zeigt auf eine Werkbank. »Biene, hilf Hilda mit den Werkzeugen. Du kannst die Nägel und den Hammer auf die Schubkarre laden, die wir im Schuppen haben. Dann kommst du gleich zurück und hilfst mir.« Sie nickt mir zu, ihr Ausdruck ist ernst. »Danke für die Kartoffeln.«

Ich nicke ebenfalls. Irgendwie sind unsere Lächeln mit den Bomben verschwunden.

Samstagabend und Sonntagmorgen reparieren Mama und ich Fenster, verdecken sie mit einer Mischung aus Linoleum und Dachpappe, alles von Latten zusammengehalten. Unsere Arbeiten sind hässlich wie Frankensteins Monster, halten aber den Wind ab. Das einzige Problem ist, dass die Zimmer dunkel sind wie die Nacht. Der Strom fehlt weiterhin und wir haben kaum Kerzen.

Der Ofen verschluckt unglaubliche Mengen Holz, damit die Küche einigermaßen warm bleibt. Das gesamte Gebäude ist eisig kalt, die Wände und undichten Fenster saugen sofort jegliches bisschen Wärme heraus. Wie sollen wir so durch den Winter kommen? Ich muss mich dazu zwingen, nur an heute zu denken.

Gegen Mittag kommt Paul in die Küche gehinkt. Er ist noch immer im Schlafanzug und wirkt, als wäre er in Gedanken weit weg.

Mama und ich sehen uns an. *Was soll mit Paul geschehen?*, fragen wir einander wortlos.

»Du musst Hunger haben«, sagt Mama, als Paul schweigend an ihr vorbeischlurft.

Mamas besorgte Miene vertieft sich, also eile ich an Pauls

Seite. »He, Schlafmütze, möchtest du was essen?«

Endlich richten sich seine Augen auf mich. »Ich bin nicht hungrig.«

»Nur etwas Brot. Du musst wieder zu Kräften kommen.«

Anstatt zu antworten, sinkt Paul aufs Sofa. Ich mache mich am Brotkasten zu schaffen. Der Duft von Maisbrot kriecht in meine Nase. Ich möchte schon wieder essen, aber wir haben nicht genug. Ich muss bis heute Abend warten.

»Wir holen besser Wasser«, sagt Mama hinter mir. »Wer weiß, wie lange es dauert, bis die Wasserleitungen repariert sind. Dann haben wir wenigstens genug zu trinken und zu kochen.«

»Ich geh schon.«

Froh, aus dem Haus zu kommen, eile ich zum Brunnen, den wir alle *Pütt* nennen. Auf dem zehnminütigen Marsch schnappe ich nach Luft, als drückte mir jemand die Kehle zu. Trotzdem ist es besser als drinnen bei meinem kranken Bruder. Noch immer hängen schwarze Wolken über der Stadt — es muss überall brennen.

An der Quelle warte ich in der Schlange, um meine Eimer zu füllen. Auf dem Rückweg werden meine Arme immer länger. Ich mache eine Pause, setze die Eimer ab, schüttele meine Arme aus und gehe weiter. Jetzt bin ich froh, nach Hause zu kommen, auch wenn es dort halbdunkel ist und Paul … Wenigstens ist er hier, bei uns.

Anders als Peter.

Hör auf!

»Stell sie in die Küche. Wir werden das Spülwasser weiterbenutzen«, sagt Mama. »Ich muss mich etwas hinlegen.« Sie deutet mit dem Kopf auf Pauls regungslose Gestalt auf dem Sofa, was heißt, dass ich auf ihn achtgeben soll.

Der Raum ist in Stille gehüllt, während ich meinem Bruder gegenübersitze. Er sieht trotz der harten Linien um seinen Mund friedlich aus. Die Augen bewegen sich hinter den geschlossenen Lidern. Ich hoffe, dass er etwas Schönes träumt, etwas Glückliches.

Da höre ich es.

Nein, das darf nicht sein. Nicht schon wieder!

Motorengeräusche werden lauter, ein Schwarm böser Hornissen dringt heran, bereit, zu zerstören.

Pauls Augen fliegen in dem Moment auf, als die erste Bombe

einschlägt. Das Haus vibriert. Wenigstens können sie keine Fenster mehr zerbrechen, denke ich grimmig.

Der Lärm wächst ins Unermessliche, Luftminen regnen zu Tausenden … am Sonntagnachmittag. Mama erscheint neben uns und wie gestern kann ich nicht hören, was sie sagt. Sie zieht an Pauls Arm, versucht, ihn zum Stehen zu bringen. Aber Paul rollt sich zusammen, schlingt seine Arme um den Kopf und beginnt, hin- und herzuschaukeln.

»Paul!«, schreie ich und lasse mich vor dem Sofa auf den Boden fallen. »Wir müssen in den Keller.«

Er hört mich nicht, kann mich nicht hören. Ich schüttele den Kopf in Mamas Richtung und sie sinkt neben mir auf die Knie. Resigniert, bereit für alles, was von oben kommen mag. Auch ich gehe nicht. Wie könnte ich meinen Bruder hier lassen, wenn er so sehr leidet?

Mein Kopf dröhnt, doch ich lebe noch, mein Herz klopft weiter. Der Boden unter uns schlittert und wackelt. Tapetenstücke rieseln von der Decke wie weißer Regen. Ich ziehe den Stuhl näher zu Paul und lege meine Hand auf seine Schulter. Er vibriert wie das Haus. Wenn die Bomben hier fallen sollen, gehen wir alle zusammen. Ich ignoriere das Getöse und konzentriere mich auf Paul, sende ihm meine Stärke. Es funktioniert nicht.

Aus der Tiefe des Sofas dringt ein Jammern. Während der Lärm draußen vergeht, höre ich die gequälten Laute meines Bruders.

Wir sind noch hier.

Ich verspüre keine Freude, keine Erleichterung — nehme nur die Tatsache zur Kenntnis.

»Paul«, flüstere ich. Ich massiere seine Schulter. »Sie sind fort. Du bist in Ordnung.«

Welch ein Quatsch! Womit Paul fertigwerden muss, ist viel schlimmer als Bomben, die aufs Haus geworfen werden. Sein Gemüt ist von diesem ganzen Krieg, von dem, was er erlebt hat, krank geworden.

Pauls Schreie schwinden, aber er wiegt sich weiter hin und zurück.

Irgendwann stehe ich auf, weil ich es nicht mehr aushalte. Mama folgt mir in die Küche. »Was sollen wir nur mit ihm machen?«, frage ich. Mein Hals ist mit ungeweinten Tränen verstopft.

Mama nimmt mich in die Arme. »Weiß nicht. Ich wünschte, wir fänden einen Doktor.«

Genauso gut könnten wir den Papst suchen, denn die wenigen übrig gebliebenen Ärzte sind mit den Sterbenden beschäftigt. Sie haben keine Zeit für meinen Bruder, dessen Kopf mit Granatenschock krank ist.

Peter

Arthur versteckt sich in der Scheune unseres Gasthofs. Ich weiß nicht, wie wir es zurückgeschafft haben, nur, dass es die halbe Nacht gedauert hat.

Wir betten ihn ins Heu, decken ihn zu und schleichen ins Haus, um nach Herrn Sommer zu suchen.

»Wo wart ihr?« ruft er, nachdem wir an seiner Tür geklopft haben. »Herr Lustig ist stinksauer. Wir haben euch den ganzen Abend lang gesucht.«

»Wir müssen Ihnen was zeigen«, sage ich. »Es geht um Leben und Tod.«

Und so trifft Herr Sommer Artur.

»Er kann nicht bleiben«, flüstert Herr Sommer. »Ist zu gefährlich.«

»Er kann nicht weg«, sagt Karl-Heinz. »Er braucht unsere Hilfe oder er stirbt.«

»Was ist mit ihm?«

Ich zeige auf Arthur, der in sich zusammengesunken an einem Strohballen lehnt, mit seiner bandagierten Hand im Schoss. »Ist brandig.« Selbst da, wo ich stehe, rieche ich das verwesende Fleisch.

Herr Sommer seufzt wie ein Ballon, der auf einmal die Luft verliert. »Oh nein.« Dann beginnt er, hin- und herzuschreiten. Karl-Heinz und ich stehen da und gucken zu. »Ist schon gut, dass meine Frau das nicht mehr erlebt. Sie würde einen Herzinfarkt bekommen.«

Herr Sommer hat uns vor einiger Zeit erzählt, wie er seine Frau vor drei Jahren verloren hat. Details nannte er keine, er wirkte so verkniffen, wir wollten keine Fragen stellen.

»Sie würde wollen, dass ich ihm helfe«, sagt er schließlich.

Ein leises Stöhnen ertönt vom Boden, während Arthur

langsam zur Seite kippt. Offensichtlich ist das der letzte Anstoß für Herrn Sommer.

Abrupt dreht er sich zu Karl-Heinz um. »Hol den Doktor, sei leise.«

Karl-Heinz sprintet davon. Herr Sommer und ich bereiten ein solides Bett aus Stroh und Heu, schlagen es in Tücher ein, legen mehr Decken und ein Kissen darauf. Er schickt mich los, um frisches Wasser und Essen zu holen.

Das Aroma in der Küche erinnert mich daran, dass ich kein Abendessen bekommen habe, und so stopfe ich mir ein paar Löffel voll Bratkartoffeln in den Mund, während ich Arthurs Proviant zusammenstelle. Ich hole Handtücher, Waschlappen und etwas Seife — viel ist nicht mehr übrig — und kehre zur Scheune zurück. Außer der Öllampe bei Arthurs neuem Bett ist es stockfinster. Wir haben es so aufgebaut, dass man von der Tür aus nur Strohballen und die Abtrennungen sieht, wo Herr Sommer früher ein paar Kühe hielt.

Herr Sommer nimmt den Eimer und beginnt, Arthur zu waschen. Es ist eine langsame, detaillierte Arbeit, weil Arthur so verdreckt ist, dass seine Haut beinahe schwarz ist. Außerdem ist er schwach und zittert vor Kälte.

»Du gehst besser rein und holst eine neue Garnitur Kleidung«, instruiert Herr Sommer mich. »Du weißt ja, wo mein Zimmer ist. Öffne einfach den Schrank und suche was aus.«

Als ich zurückkehre, ist Arthur bis zur Hüfte nackt. Seine Rippen stechen hervor und sein Brustbein ist eingesunken. Der Verband sieht bizarr aus, die Haut über dem Ellbogen ist rot und geschwollen.

»Wir lassen den Verband so, bis der Doktor kommt.« Herr Sommer ergreift meinen Arm. »Geh in die Küche und mache Feuer im Ofen. Wir müssen die Sachen verbrennen.«

Als ich den Herd anfache, kommt Karl-Heinz mit Arthurs alten Klamotten herein. Sofort verwandelt sich die Küche in eine Kloake und wir stopfen die Sachen hastig in die Flammen.

»Herr Sommer meint, wir sollen Arthurs Schuhe vergraben. Ich soll ihm ein Paar Stiefel aus dem Lagerraum holen.«

»Da wir gerade von Stiefel sprechen ...«, Mein Blick fällt auf den schwelenden Ofen. Etwas Rauch ist ausgetreten, aber die Glut nimmt zu. »Bin gespannt, was er sich für uns einfallen lässt.«

»Er ist sicher wütend.«

»Vielleicht sollten wir ihm sagen —«

»Was solltet ihr mir sagen?« Stiefel, in einen fadenscheinigen Bademantel eingewickelt, kommt in die Küche geschlurft. Die paar Strähnen grauer Haare stehen in alle Richtungen. Wer weiß, wie lange er schon lauscht. »Raus damit. Was habt ihr diesmal angestellt?« Er schnüffelt. »Welchen Gestank braut ihr hier zusammen? Herr Sommer wird ärgerlich sein.«

Panik steigt in mir auf. Was ist, wenn Stiefel Herrn Sommer sucht und Arthur findet?

»Wir haben gar nichts angestellt«, sagt Karl-Heinz. »Ich schäme mich … Ist mir sehr peinlich.« Er zieht ein langes trauriges Gesicht, an dem sich jeder Schauspieler ein Beispiel nehmen könnte. »Wir haben uns wieder verlaufen.«

»Die Pilze waren wunderbar«, füge ich hinzu und zeige auf die vergessenen Körbe auf dem Tisch. »Also haben wir immer weitergesucht und dann …«

Karl-Heinz bringt einen Meisterseufzer hervor. »Der Wald ist riesig. Ich habe schon befürchtet, wir müssten die Nacht da verbringen.«

Stiefel wirft einen Blick auf seine Uhr. »Ist auf jeden Fall spät, ihr solltet längst im Bett liegen.« Er blinzelt erneut, wirkt nach wie vor misstrauisch. »Wann seid ihr heimgekommen?«

»Vor Kurzem«, eile ich mich.

»Und was genau macht ihr *hier*?«

Ich sehe Karl-Heinz an, zermartere mir den Kopf darüber, was ich sagen soll. Warum machen wir mitten in der Nacht ein stinkiges Feuer — noch dazu in Herrn Sommers Küche? Karl-Heinz sieht ähnlich bestürzt aus.

»Karl-Heinz hat sich beschissen«, rufe ich aus heiterem Himmel. »Wir wollten es niemandem sagen, also haben wir seine Unterhose verbrannt.«

»Eh, ja.« Karl-Heinz lässt den Kopf hängen, heuchelt Verlegenheit. In Wirklichkeit wird er jeden Moment vor Lachen explodieren.

Stiefel schaut zwischen uns hin und her, seine Miene ist ernst, abwägend. »Herr Sommer wird es nicht gefallen, wenn ihr seine Küche verschmutzt«, sagt er endlich. »Ich schlage vor, ihr räumt auf und geht ins Bett.«

In dem Moment tritt Herr Sommer in die Küche. Er sieht nervös aus, seine Wangen glühen und seine Augen glitzern.

Ihr kommt …« Er bemerkt Stiefel und zuckt leicht zusammen, dann blinzelt er, als könnte er nicht glauben, wer da vor ihm steht.

»Ah ja, Herr Sommer, es tut mir leid wegen der Jungs. Sie haben versprochen, hier sauberzumachen. Ich verstehe, es gab einen kleinen Unfall.« Stiefel streckt sich wie gewohnt, wenn er vor uns steht und seine Autorität beweisen will.

»Was —«

»Ich habe Herrn Lustig erzählt, dass ich im Wald Durchfall hatte und meine Unterhose verbrennen wollte.«

Als ob er diesen Punkt unterstreichen wollte, stößt der Ofen den letzten stinkenden Dunst aus.

»Also dann … lüften wir besser.« Herr Sommer dreht sich zum Fenster. Wie Karl-Heinz hat er es offensichtlich eilig, sein Gesicht zu verbergen.

»Gute Idee«, sagt Stiefel. »Ich werde mir bis morgen eine passende Strafe überlegen.«

»Natürlich«, sagt Herr Sommer. Er hat sich wieder im Griff und kommt zum Tisch. »Wenn Sie möchten, werde ich mich um die beiden kümmern. Sie können die Pilze bearbeiten und den Boden kehren, damit für morgen Früh alles bereit ist.

»Exzellente Idee!« Stiefel knallt die Hacken zusammen, als wollte er salutieren, allerdings trägt er alte Filzlatschen, die so komisch aussehen, dass ich mir den Mund zuhalten muss, um mein Lachen zu ersticken und es mit einem Hustenanfall zu kaschieren. »Dann werde ich mich zurückziehen.« Er dreht sich zu uns um. »Jungs, ihr habt ihn gehört. Tut, was euch befohlen wird.«

»Jawohl«, rufen Karl-Heinz und ich gleichzeitig.

Sobald sich die Tür schließt, sehen wir uns an. Dann explodieren wir vor Lachen. Selbst Herr Sommer kichert, wie ich es bei ihm noch nie gesehen habe. Doch dann wird er wieder ernst.

»Also gut«, sagt er. »Doktor Specht braucht uns. Arthur wird seinen Arm verlieren – oder er stirbt.«

Das Ausmaß der Situation trifft mich wie ein Eimer Eiswasser. Obwohl ich kaum etwas gegessen habe, würgt es mich. Ich will nicht zusehen. Nicht dabei.

Aber es war meine Idee, Arthur hierherzubringen. Und ohne

uns wird er garantiert sterben — wenn es nicht sowieso schon zu spät sein sollte.

Ich beiße die Zähne so hart zusammen, bis meine Kiefer schmerzen, schlucke die Bitterkeit auf meiner Zunge. »Ich bin so weit.«

KAPITEL ZWANZIG

Hilda

Montagmorgen, während Mama sich für die Arbeit fertigmacht, haste ich zur Quelle. Aber als ich mit den überschwappenden Eimern zurückkehre — Paul ist noch im Bett —, sitzt Mama in Hut und Mantel am Küchentisch.

»Was ist passiert?«, frage ich.

Mama sitzt nur da und starrt vor sich hin. Als sie endlich aufblickt, schüttelt sie den Kopf. »Alles ist fort. Die Innenstadt brennt. Ich kam nicht mal bis in die Nähe des Rathauses ... wenn es überhaupt noch steht. Die Straßen sind verschwunden.« Sie hält inne und fährt dann mit zitternder Stimme fort: »Hunderte sind tot, vielleicht Tausende. Überall liegen Leichen in weiße Tücher gewickelt ... liegen einfach da im Freien.« Sie lässt den Kopf auf ihre Arme sinken.

Ich massiere ihren Rücken und versuche dabei, mir die Zerstörung meiner Stadt vorzustellen.

Endlich richtet Mama sich auf und zieht den Mantel aus. »Dann werde ich mal sehen, was ich hier tun kann.« Sie verlässt den Raum.

Als sie zurückkommt, trägt sie ihre alten Putzkleider und hat ein Tuch um die Haare gewickelt. »Ich habe eine Idee.« Sie setzt sich mir gegenüber. »Wir kennen doch diesen Tierarzt von früher. Vielleicht kann er ja Paul helfen, wenigstens vorbeikommen und ihn sich ansehen … wenn es ihn noch gibt.«

»Ist er nicht im Krieg?«

Mama kichert. Es klingt bitter. »Doktor Deichmann ist mindestens fünfundsiebzig. Obwohl sie nicht davor zurückzuschrecken scheinen, Greise in den Krieg zu schicken.«

Am Nachmittag wird Paul vom alten Tierarzt untersucht. Und so finde ich heraus, wie Pauls Bein aussieht.

Ich wollte nicht dabei sein, aber der alte Mann ruft mich zu Pauls Zimmer. »Dein Bruder braucht Hilfe«, sagt er, sobald ich eintrete. »Ich möchte einen Blick auf die Verletzung werfen.«

Paul sitzt auf dem Bett und scheint nicht hinzuhören, also klopfe ich ihm leicht auf die Schulter. »Der Doktor möchte dein Bein sehen.«

»Oh, in Ordnung.« Paul versucht, aufzustehen, fällt aber wieder aufs Bett.

»Ich helfe dir.«

Zusammen mit dem Tierarzt unterstütze ich Paul dabei, sich aus den Hosenbeinen zu pellen. Sein gutes Bein ist stockdünn. Das andere ist geschwollen und scheint durch den Fleischwolf gedreht worden zu sein. In der Oberschenkelmuskulatur sind Löcher, die Haut ist rot und runzlig, das Knie eine Art Klumpen aus Sehnen und Knochen, der Unterschenkel fehlt zur Hälfte. Es sieht aus, als hätte der Chirurg nach der Hälfte der Operation aufgegeben und einen Teil von Pauls Bein auf dem OP-Tisch vergessen.

Ich wende meinen Kopf zur Wand, um meine Tränen zu verbergen, während der Doktor das zerstörte Bein mit dem Vergrößerungsglas untersucht. Er murmelt etwas, was ich nicht verstehe.

Dann winkt er mir und wir ziehen Paul wieder seine Hose an. Mein Bruder sitzt da wie ein kleiner Junge, seine Augen sind glasig. Ab und zu sieht er den alten Mann an.

»Wie wäre es, wenn wir uns eine Weile unterhalten, nur wir zwei? Wäre das in Ordnung?« Der Tierarzt lässt sich auf den einzigen Stuhl fallen.

Paul nickt, also tappe ich auf Zehenspitzen hinaus. Im Eimer kühle ich mir das brennende Gesicht. Tränen und Wasser vermischen sich.

»Was ist passiert?«, fragt Mama, als sie von unserer Nachbarin, Frau Simon, zurückkehrt.

Ich schlucke mehrmals, doch der Kloß bleibt. »Der Doktor wollte mit Paul alleine sprechen.«

Mama nickt, doch ich sehe die Sorge in ihrem Ausdruck. Während sie wie besessen den Küchenboden wischt, beschäftige ich mich mit den Holz- und Kohlenvorräten, versuche, zu schätzen, wann sie aufgebraucht sein werden — vielleicht in drei, maximal vier Wochen, wenn wir sparsam damit umgehen und es nicht zu kalt wird. Vielleicht kommt Biene mit mir Feuerholz sammeln. Oder wir könnten es bei den Kohlenzügen probieren, auch wenn die rollenden Waggons meine Venen zu Eis werden lassen. Jungs mögen Biene, vielleicht helfen die Jungs, die ich an den Zügen getroffen habe, noch mal.

Der alte Tierarzt bleibt lange Zeit in Pauls Zimmer, so lange, dass ich mich frage, ob die beiden eingeschlafen sind. Aber dann öffnet sich die Tür und der Tierarzt winkt Mama, die inzwischen die gesamte Wohnung poliert hat, und mich zu sich.

»Paul ist ein netter junger Mann«, beginnt er lächelnd. Aber dann wird er ernst. »Er hat akuten Granatenschock. Hat einige seiner Freunde verloren, sie sterben sehen, die Gräben — der Lärm der Bomben bringt alles zurück. Am besten wäre ein Sanatorium, wo es friedlich ist.« Er seufzt. »Es wird nicht einfach sein. Sie könnten bei der Wehrmacht anfragen.« Seine Hände fliegen, alte Männerhände voller blauer Venen. »Er braucht Arznei zum Schlafen, am besten ein Antidepressivum.« Sein Blick trifft Mamas. »Ich habe keinen Zugriff auf die richtigen Mittel. Allerdings habe ich Baldrian.«

Mamas Finger landen auf der Hand des alten Mannes. »Ich kenne es, ein Kraut zur Beruhigung.«

»Genau, es hilft beim Schlafen und reduziert Stress.« Der Tierarzt kichert, obwohl der bittere Unterton bleibt. »Es schmeckt schrecklich, aber es hilft auch meinen Tierpatienten.«

»Aber wo kann ich jetzt Baldrian finden? Zu dieser Jahreszeit und ...«

»Ich habe Vorräte«, sagt der Arzt. »Wenn Sie Hilda mit zu mir schicken, gebe ich ihr etwas. Sehen Sie zu, dass Paul es jeden Tag nimmt.« Er schaut zur Decke hoch und schüttelt den Kopf. »Wer weiß, wie oft sie noch bombardieren.«

Mama und ich nicken. Ich tue alles, um Paul zu helfen.

Am selben Nachmittag brauen wir den ersten Baldriantee. Er

stinkt genau so schlimm, wie der Doktor beschrieben hat, aber das scheint Paul nicht zu stören und er schläft auf dem Sofa ein.

Sobald Paul eingenickt ist, gehe ich los. Ich brauche frische Luft, damit ich klar denken kann. In dem Moment erinnere ich mich an meine Aufgabe, für Heizmittel zu sorgen, und ich mache mich auf den Weg zu Biene.

»Kommst du mit zum Bahnhof? Vielleicht kommt ein Kohlenzug durch«, frage ich, sobald Biene die Tür öffnet.

Sie sieht müde und irritiert aus. »Mutter besucht meine Tante und ich muss auf Theo aufpassen.« Ein Jammern erklingt aus der Küche. »Er isst gerade. Wenn ich ihm nicht helfe, kann ich das Kartoffelpüree von den Wänden kratzen.«

»Dann komm morgen vorbei«, sage ich, aber Biene hat die Tür schon geschlossen.

Was ist nur mit ihr los?

Dasselbe, was mit uns allen los ist. Wir sind müde und hungrig und haben Angst.

Mittwochmorgen kommt Mama in die Küche und schwenkt aufgeregt die Zeitung, das Solinger Tageblatt. »Ich kann kaum glauben, dass sie so schnell wieder drucken«, ruft sie. »Die Stadt brennt immer noch, sie müssen irgendwo eine sichere Stelle haben, um die Zeitungen produzieren zu können.«

Wir setzen uns nebeneinander, um gemeinsam die Nachrichten zu lesen. Die ersten Seiten — dieser Tage besteht die gesamte Zeitung nur aus vier Blättern — berichten immer über den Krieg: welche Fortschritte die deutsche Wehrmacht gegen alle Widrigkeiten macht, wie mutig unsere Soldaten kämpfen und wie böse alle anderen Länder sind. Ein wenig Platz ist für städtische Nachrichten reserviert, also beugen wir uns über die Seiten, um über die größte Zerstörung in der Geschichte unserer Stadt zu lesen. Ich überfliege die Berichte und kleinen Schlagzeilen. Eine Spalte runter, dann die nächste. Ich bin schnell, weil mein Kopf nun mal so funktioniert, aber da steht nichts von den Feuern. Ich bin längst fertig, als Mama sich aufrichtet und mich ansieht.

»Nichts ist erwähnt«, sagt sie. »Kein Wort.« Ihr Zeigefinger folgt einer Zeile. »Oh, aber sie wollen sichergehen, dass wir unsere Fenster abdecken, geben uns die genauen Uhrzeiten an. Und drohen mit Strafgeldern und damit, uns die Zeitung zu entziehen.« Sie zieht geräuschvoll die Luft ein. »Als ob die Bomber uns nicht längst gefunden hätten. Sie fliegen nicht mal mehr nachts, sondern am helllichten Tag.«

Meine Heimatstadt brennt seit vier Tagen und in Laken gehüllte Leichen säumen die Wege — wahrscheinlich sind Tausende tot. Und unsere Lokalzeitung hält dies nicht für berichtenswert?

»Ich verstehe das nicht«, sage ich.

»Oh, ich schon.« Mamas Augen blitzen vor Wut. »Verstehst du denn nicht? Es ist ihnen verboten, darüber zu schreiben. Alles läuft wunderbar für Deutschland.« Mamas Stimme ist voller Sarkasmus. »Wir gewinnen … immer.«

Ich starre meine Mutter an, während ich versuche, diese neue Wahrheit zu begreifen.

Peter

Die Nacht, in der Doktor Specht Arthurs Arm abnahm, wird mich auf ewige Zeiten verfolgen. Auf dem Weg zur Scheune rede ich mir ein, wie stark ich bin. Karl-Heinz ist an meiner Seite und zusammen stehen wir das schon durch, sage ich mir.

Die Scheune stinkt so schlimm, dass ich unwillkürlich mein Gesicht im Ellbogen vergrabe. Doktor Specht winkt uns zu sich. Seine Stirn schimmert trotz der kühlen Luft feucht, die Brille balanciert am Ende seiner Nase.

»Ihr müsst ihn festhalten«, sagt er ohne Einleitung. »Ihr Jungs nehmt seine Beine. Herr Sommer, Sie stützen sich auf seinen Oberkörper. Er darf sich nicht bewegen.«

Was ich so gefürchtet habe, liegt jetzt offen vor mir, eine schwärzliche, geschwollene Hand, die wie Kohle aussieht. Am Handgelenk wechselt die Farbe ins graugelbe. Aber Doktor Specht will offensichtlich nichts riskieren. Er hat eine Aderpresse um Arthurs Achselhöhle angelegt und peilt eine Stelle über dem Ellbogen an.

Arthurs Augen sind weit aufgerissen und blicken irre umher, wie bei einem Tier, das in der Falle sitzt. Er wirft seinen Kopf hin und her.

»Jetzt beißen Sie gut zu.« Doktor Specht schiebt ein Stück Holz zwischen Arthurs Zähne. »Herr Sommer, am besten knien Sie sich auf seine Schultern und halten seinen Kopf zwischen den Schenkeln.«

Herr Sommer verlagert sein Gewicht. Erst jetzt bemerke ich, dass Arthur flach auf dem Rücken liegt, nur die Stelle, wo der Arm ruht, hat eine Lage Stroh. Doktor Specht überfliegt seine Werkzeuge ein letztes Mal. Er schluckt mehrmals, während die Feuchte auf seiner Stirn zu Tropfen schwillt und an den Schläfen hinunterläuft.

Karl-Heinz und ich sehen uns an, keiner von uns will hinschauen. Doch unser beider Blick wendet sich zur Stelle der Operation, als hätte jemand unsere Köpfe gezwungen.

Das ändert sich, als Doktor Specht mit der Arbeit beginnt. Als das Sägeblatt in Arthurs Arm beißt, brüllt Arthur auf. Gäbe es nicht das Holz in seinem Mund, das seinen Schrei in ein Gurgeln verwandelt, wäre jetzt die gesamte Nachbarschaft wach. Zur gleichen Zeit beginnt Karl-Heinz, zu wanken, und kippt neben mir zur Seite.

»Geh raus«, rufe ich in sein Ohr.

Er scheint weit weg zu sein, sein Blick ist starr in die Ferne gerichtet wie bei einem Schlafwandler. Ich schiebe ihn seitwärts, weg von dem sich entfaltenden Gemetzel. Es ist erstaunlich wenig Blut, aber das Geräusch der Säge auf dem Knochen durchsticht mein Hirn wie ein heißer Schürhaken. In dem Moment fällt Arthur zum Glück in Ohnmacht und Karl-Heinz wankt zur Tür.

Doktor Specht sägt zügig zu Ende und müht sich mit der offenen Wunde, über die er einen Teil der Haut zieht, die er anschließend zusammennäht. Er macht kleine Stiche, als wäre es nicht mehr als ein Stofffetzen. Herrn Sommers Gesicht glänzt blass im Laternenlicht, aber er sieht gefasst aus.

Da Arthur nicht länger festgehalten werden muss, streckt sich Herr Sommer und wickelt den abgetrennten Arm in einen Jutesack. »Ich nehme das mit, wenn Sie nichts dagegen haben«, sagt Doktor Specht.

Wortlos stopft Herr Sommer das befleckte Stroh in einen weiteren Sack. Ich befeuchte einen sauberen Lappen und wische damit über Arthurs Stirn. Im Schein der Öllampe sind seine Lider übersät mit feinen roten Äderchen.

Seufzend steht Doktor Specht auf und poliert seine Augengläser. »Ich brauche Sulfonamide. Es könnte einen Tag dauern. Ich hoffe, es ist noch nicht zu spät. Die Infektion war stark.« Er wäscht sich die Hände in einem Eimer mit sauberem

Wasser. »Hast du gut gemacht, mein Sohn. Das war schwierig. Vielleicht hast du ihm das Leben gerettet, aber es ist noch zu früh, das mit Sicherheit sagen zu können.«

Kaum hat der Doktor dies ausgesprochen, füllen sich meine Augen mit Tränen und mich erfasst ein schreckliches Zittern.

Herr Sommer nimmt mich in die Arme. »Ist gut, Peter. Das Schlimmste liegt hinter uns.«

Als ich da so gegen diesen Mann lehne, den ich nur als den Gastgeber unserer Unterkunft kenne, stelle ich fest, dass dies die erste Umarmung ist, die ich seit dem Verlassen von Mutter bekommen habe. Ich heule weiter, was das Ganze noch schlimmer macht.

Doktor Specht tätschelt mir den Rücken. »Ich gebe dir was zum Einschlafen. Und deinem Freund. Ihr braucht es heute.«

Irgendwo im Hintergrund lungert Karl-Heinz, zu ängstlich oder zu peinlich berührt, um sich zu nähern.

»Ist vorbei«, ruft Herr Sommer ihm zu.

So kommt es, dass Karl-Heinz und ich am nächsten Morgen bis elf Uhr schlafen.

Stiefel verliert kein Wort über letzte Nacht. Tatsächlich behandelt er uns ab diesem Tag als Gleichberechtigte, schimpft nicht und ärgert uns nicht länger. Ich würde meinen rechten Arm geben, ach nein, das war Arthur, aber trotzdem, ich würde viel darum geben, zu wissen, was Herr Sommer ihm erzählt hat.

KAPITEL EINUNDZWANZIG

Hilda

Der Baldrian hilft etwas. Paul schläft besser und ist entspannter. Zum Glück hat es bisher keine weiteren Bombardierungen gegeben, allerdings begann es sofort nach dem letzten Angriff auf Solingen zu regnen und jetzt, fünf Wochen später, regnet es noch immer.

Mama hat versucht, zu ihrer Arbeit zurückzukehren, aber die Straßen waren für lange Zeit unpassierbar. Letzte Woche schaffte sie es bis zum Rathaus, doch das Gebäude hat einen Teil des Daches eingebüßt und alle Fensterscheiben sind zerbrochen. Es gibt immer noch weder Strom noch Wasser. Der Bürgermeister hat alle wieder nach Hause geschickt, bis eine akzeptable Alternative bereitsteht.

Ich bin fast jeden Tag unterwegs, suche Brennstoff oder Nahrung, irgendetwas Brauch- oder Tauschbares, doch der Regen weicht mein Hirn ebenso wie meine Kleider auf. Meine Füße sind ständig nass, weil die Schuhe, mein einziges Paar, nie trocknen. Der Wald ist völlig leergefegt und es gibt keinen einzigen Zweig. Ganz Solingen ist auf den Beinen, jeder möchte seine Wohnung beheizen oder ein lausiges Mahl zubereiten.

Das einzig Sinnvolle wäre, einen Baum zu fällen, aber das ist eine Riesenarbeit, vor allem ohne vernünftige Axt. Zweimal habe ich bei einem Bauernhof gebettelt. Ein Mal gab mir die Frau einen

Happen Brot, das andere Mal zwei Steckrüben, aber das bisschen reicht nicht für mich, ganz zu schweigen für Mama und Paul. Und beide Frauen betonten, ich solle nicht wiederkommen. Der Winter sei bald da und sie könnten nicht alle Leute durchfüttern.

Also bleibt nur, zu stehlen, was ein ganz anderes Risiko birgt. Das erste Problem besteht darin, einen geeigneten Ort zu finden, an dem sich etwas Lohnendes zum Stehlen befindet. Jeder größere Hof ist gut geschützt. Am Bahnhof stehen jetzt Wachmänner, um die nur noch selten vorbeikommenden Kohlenzüge zu bewachen.

Ich hatte gehofft, Biene würde mitkommen. Sie bei mir zu wissen, verbessert meine Stimmung. Leider kommt sie kaum noch vorbei und jedes Mal, wenn ich dort bin, muss sie auf Theo aufpassen oder hat irgendeine andere Entschuldigung.

Daher entscheide ich mich, eine junge Eiche zu fällen, die ich nicht weit von zu Hause entdeckt habe. Ihr Stamm ist vielleicht zehn Zentimeter dick, also sollte es nicht allzu lange dauern.

»Ich kann nicht weg.« Biene trägt einen schwarzen Faltenrock, den ich nicht kenne. Ich nehme an, sie hat ihn von ihrer Mutter. Sie wirkt müde und vermeidet meinen Blick.

»Gehst du aus?«, frage ich.

Sie schüttelt den Kopf und ich weiß sofort, dass sie lügt. Sie lügt mich nie an. Niemals. Nicht mich. Es nieselt immer stärker, doch sie lädt mich nicht ins Haus ein. So, wie sie aussieht, muss es dort ziemlich warm sein.

»Ich hab jetzt keine Zeit«, sagt Biene. »Ich komme morgen vorbei.«

Ich nicke und drehe mich auf dem Absatz um. Was ist nur mit ihr los?

Als ich am folgenden Tag vom Wald zurückkehre, frage ich meine Mutter, ob Biene vorbeigekommen ist. Ist sie nicht. Auch am darauffolgenden Tag kommt sie nicht. Am dritten Tag gehe ich wieder zu ihr. »Biene ist nicht da«, sagt ihre Mutter.

»Wird sie nicht bald heimkommen? Es wird dunkel.«

»Weiß nicht.« Bienes Mutter benimmt sich so sonderbar wie Biene.

»Können Sie ihr sagen, dass ich sie sehen muss?«

Auf einmal drücken Tränen. Biene ist meine beste Freundin. Ohne sie und ihren rebellischen Kopf hätte ich es nie durch die

KLV geschafft. Jetzt vermeidet sie mich und geht heimlich aus? Ich verstehe es nicht.

Aber am nächsten Tag ist Biene da. Sie umarmt mich an der Haustür und brabbelt wie eine Marktfrau, die uns vor gefühlt hundert Jahren Gemüse verkaufte.

»Was sollen wir nur tun?«, fragt sie. »Es ist fast Weihnachten. Ich habe keine Geschenke für Theo und Mutter, muss irgendwas finden.«

Sie wirft einen Blick auf Paul, der auf dem Sofa sitzt und liest. Sein krankes Bein thront auf der Armlehne und er beachtet uns kaum.

»Geht es ihm besser?«, fragt sie. »Tut mir leid, ich war beschäftigt. Ich sorge mich so um Vater. Er ist immer noch in dem Gefangenenlager und jetzt, da bald Weihnachten ist, hat er nichts …«

Ich muss blinzeln. Dabei weiß ich gar nicht so recht, was ich fühle. Bin ich erleichtert, dass ich mich nicht um meinen Vater sorgen muss, weil er uns schon 1938 verlassen hat? Ich weiß nicht mal, ob ich ihn mir tot oder lebendig wünsche. Oder soll ich neidisch sein, weil Biene wenigstens einen Vater hat?

Oh, es hat einmal eine Zeit gegeben, da wünschte ich meinem Vater das Schlimmste. Vielleicht ein oder zwei Jahre, nachdem er fortgegangen war, und als klar wurde, dass er nie wieder zurückkehren würde, hoffte ich, er würde überfahren oder fiele in ein Loch. An seine Stimme erinnere ich mich nicht, auch nicht daran, wie sein Gesicht aussah. Es sei denn, ich besuche das Bild neben Mamas Bett. Sie spricht hin und wieder mit ihm, ich höre sie flüstern — die dumme Frau.

Wenn ich ehrlich bin, glaube ich, dass er tot ist. Aber da ist immer noch diese winzige Stimme der Hoffnung, die darauf besteht, dass ich es wüsste. Es ist eine klitzekleine Stimme, nicht mehr als ein Hauch, als ob sie sich selbst nicht mehr sicher ist.

Ich kehre in die Gegenwart zurück und bemerke Bienes neugierigen Blick. »Bist *du* in Ordnung?«

Ich nicke, aber das Lächeln, das ich versuche, gelingt nicht, also räuspere ich mich und sage: »Paul geht es jeden Tag ein wenig besser.« Ich schaue an die Decke. »Solange es ruhig bleibt.«

So, wie Biene meine Schulter zwickt, weiß sie, was ich meine. Es ist gut, meine Freundin hier zu haben. Trotzdem werde ich das

Gefühl nicht los, dass etwas mit ihr nicht stimmt.

»Was sollen wir anstellen?«, fragt sie wie die Hunderte Male, die wir loszogen, als wir noch zur Schule gingen.

»Wie wär's, wenn wir einen Bauernhof auskundschaften? Oder wir könnten nachsehen, ob der Lebensmittelladen was Neues zu verkaufen hat.« Nach dem Angriff sind die meisten Bezugsscheine so wertlos wie das Papier, auf dem sie gedruckt sind.

Da Biene keine bessere Idee hat, entscheiden wir uns dazu, zunächst den Laden aufzusuchen. Um sich vor dem Regen zu schützen, hat Biene sich ein Tuch um ihre dunklen Haare geschlungen, die immer noch glänzen, obwohl wir seit Langem kein vernünftiges Haarwaschmittel haben. Ich trage einen von Mamas Schals, aber der Regen hat ihn bald durchnässt und unsere Füße machen bei jedem Schritt Sauggeräusche.

Vor dem Geschäft steht eine Schlange Wartender, ein gutes Zeichen. Es bedeutet, dass irgendetwas angekommen ist, also stellen wir uns an. Es geht so langsam voran wie Sirup, Kälte und Nässe kriechen unter die Haut und ich kann vor lauter Zittern kaum stehen. Trotzdem wollen wir nicht aufgeben. Die Menschen kommen mit kleinen verpackten Paketen hinaus, auf ihren Gesichtern zeichnet sich eine Mischung aus Erleichterung und Genugtuung ab. In unserer Welt sind wir alle Egoisten, jeder von uns bereit, für unseren Anteil zu kämpfen. Schließlich hören wir, es handele sich bei den Waren um Fett und Fleisch.

Plötzlich schlägt Biene die Hand vor den Mund. Sie zeigt geradewegs auf einen jungen Mann, als der sich umdreht. Sie duckt sich schnell, doch der Mann kommt so schnell auf uns zu wie ein Windsturm. Es ist Bienes Eroberung vom Kartoffelacker. Innerhalb von Sekunden ist er bei uns und baut sich vor Biene auf.

»Ich habe mir doch gleich gedacht, dass ich dich kenne … du kleine Diebin«, zischt er. Seine Augen sprühen Feuer. Sie sind grün und hübsch wie ein Tannenwald. Er ist attraktiv, groß, mit kantigem Kinn und gerader Nase.

»Tut mir leid«, sagt Biene. Sie klingt schuldbewusst. »Ich … Wir waren so hungrig … und …«

»Mein Bruder brauchte Essen«, mische ich mich ein. Biene soll den Angriff nicht allein hinnehmen müssen, auch wenn er mich nie gesehen hat.

Sein Blick geht zu mir. »Du warst also beteiligt«, sagt er. Seine

Wangen glühen vor Wut, aber seine Stimme ist ruhiger.

»Es tut mir auch leid«, entgegne ich.

»Ich hatte riesigen Ärger«, sagt er. »Der Bauer hat mich fast erschlagen.« Sein Blick kehrt zu Biene zurück, darin liegt noch etwas anderes, etwas wie Neugierde … oder Interesse. »Das waren nicht unsere Kartoffeln. Ich habe nur dort gearbeitet, aber danach hat mich der Bauer rausgeschmissen und meine Mutter hat ihre Kartoffeln nie bekommen.«

Bienes Hand landet auf dem Ärmel des Jungen. »Es tut mir aufrichtig leid. Das war falsch. Wir haben noch nie gestohlen, aber es ist halt so schwierig …«

»Vielleicht kannst du es wiedergutmachen«, meint der junge Mann.

»Was meinst du?«, fragt Biene.

»Wir könnten mit unseren Namen beginnen. Ich heiße Kurt.«

»Biene.«

»Hilda.«

Wir schütteln einander die Hände und ein winziges Lächeln umspielt Kurts Lippen. Aus nächster Nähe ist er noch attraktiver und ich weiß, dass Biene ebenso denkt. Sie grinst ihn an und in dem Moment komme ich mir so überflüssig vor wie Eiscreme im Winter.

»Wir könnten uns irgendwann treffen«, meint Kurt.

Biene sieht ihn an — er ist bestimmt zwanzig Zentimeter größer als sie — und sagt ohne die geringste Bedenkzeit: »Ich habe morgen Nachmittag Zeit.« Sie gibt ihm ihre Adresse und sie schütteln sich wieder die Hand.

Die Warteschlange ist bis zur Eingangstür vorgedrungen, obwohl wir davon nichts gemerkt haben. Ich bin sprachlos.

»Ich bringe die Sachen besser nach Hause«, sagt Kurt kurze Zeit später. Im Arm trägt er eins der Pakete. »Mutter wird sich freuen.« Das Grinsen auf seinem Gesicht vertieft sich. »Ich erzähle ihr besser nicht, wen ich getroffen habe.«

Biene lacht. Es ist das erste richtige Lachen seit Monaten. Es klingt sonderbar in der kalten Nässe des Dezemberzwielichts, irgendwie außerirdisch. Als Kurt davongeht, folgt ihm Biene mit ihrem Blick.

»Warum war er wohl nicht in der KLV?«, murmelt sie vor sich hin.

»Vielleicht ist er zu alt, oder er kam früher zurück als wir.« Ich will mehr sagen, will sie fragen, wie sie einem Fremden ihre Adresse geben und mit ihm ausgehen kann.

Neid kriecht in mein Herz, als ich mir Biene und Kurt zusammen vorstelle. Peters Gesicht erscheint vor mir. Sonderbar, dass er immer noch nicht heimgekommen ist. Die Leute sagen, im Osten sei es nicht länger sicher. Wie sollte es das auch sein, wenn wir sogar auf dem Weg nach Hause angegriffen wurden … mitten in Deutschland? Und selbst hier, zu Hause.

Während sich die Sorge um Peter in meinem Bauch ausbreitet, schwöre ich mir, bei Frau Breuer nach ihm zu fragen. Ausnahmsweise bin ich über Bienes Schweigen froh, auch wenn ihre Augen vor Aufregung funkeln und ich Fragen habe.

Am Ende erzähle ich ihr nichts von meinen Gedanken. Ich weiß, was ich für Peter empfinde, aber ich will auf keinen Fall darüber sprechen.

Peter

Arthur hat drei Tage lang geschlafen. Wir haben die Strohballen noch besser aufgestapelt, damit es unmöglich ist, ihn zu sehen, egal, wo man in der Scheune steht. Zum Glück sind meine Kameraden mit dem Sammeln von Essbarem und dem Bestreben, weiterhin in Stiefels Gunst zu stehen, beschäftigt.

Ab und zu schleichen sich die Eingeweihten in die Scheune, normalerweise unter irgendeinem Vorbehalt. Am vierten Tag, als Karl-Heinz und ich über die Strohwände klettern, ist Arthur wach. Doktor Specht kommt zweimal pro Tag, um ihm Sulfonamide zu verabreichen, eine Art Antibiotikum, das die Infektion zerstören soll.

»Schön, euch zu sehen, Jungs«, sagt Arthur. Seine Stimme ist leise, aber etwas Kraft schwingt darin mit. Ein Hauch von Rosa hat die Todesblässe abgelöst. Er ist sauber, dank Herrn Sommer, der sich wie eine Mutterhenne kümmert, ihm Suppe und Maisbrot bringt. »Ist gut, dass ich Rechtshänder bin«, scherzt Arthur mit einem leichten Lächeln auf den Lippen.

Ich versuche, den Stumpf zu ignorieren, aber die weiße Gaze zieht meinen Blick an.

»Tut mir leid, dass Sie Ihren Arm verloren haben«, sagt Karl-Heinz. Manchmal ist es gut einen Freund zu haben, der die passenden Worte ausspricht.

»Wie geht's Ihnen?«, frage ich.

»Nicht schlecht.« Arthur nickt Herrn Sommer zu, der im Schatten steht und zuschaut. »Dank Siegmund hier und Doktor Specht bin ich auf dem Weg der Heilung.«

Siegmund? Herr Sommer und Arthur sind Freunde geworden.

»Er braucht noch ein paar Wochen«, sagt Herr Sommer.

Die Scheunentür wird aufgerissen, wir erstarren.

»Herr Sommer, sind Sie hier?«, ruft Dieter von außerhalb der Strohwand.

Wir sehen uns an und ich frage mich, ob ich etwas sagen soll. Aber Herr Sommer schüttelt den Kopf und legt einen Zeigefinger an die Lippen.

»Ist nicht hier«, sagt Dieter zu jemandem. »Schau im Garten nach oder im Hühnerstall. Schnell. Irgendwo muss er ja sein.« Dringlichkeit schwingt in Dieters Stimme mit. Irgendwas ist passiert.

Sobald sich das Scheunentor geschlossen hat, klettern wir über die Strohwände. Irgendwo draußen erheben sich Stimmen, müde und wütende Stimmen. Wir schleichen uns zur Tür und Herr Sommer lugt hinaus. Er winkt uns durch, schließt hinter uns das neue Vorhängeschloss und lässt den Schlüssel in seine Tasche gleiten.

Vor dem Gasthof haben sich Fremde versammelt: neue Flüchtlinge mit verdreckten Gesichtern und zerrissenen Kleidern sind eingetroffen, einige ältere Männer, die meisten Frauen und Kinder.

Herr Sommer hebt beide Hände zur Begrüßung. »Wie kann ich helfen?«

»Wir brauchen Essen und einen Platz für die Nacht.« Ein Mann um die Fünfzig spricht, sein polnischer Akzent ist stark ausgeprägt. Er ist der jüngste der Männer und hat die verbeulte Nase und die dicken Lippen eines ehemaligen Boxers.

»Wo kommt ihr her?«, fragt Herr Sommer. Er klingt nun eine Spur weniger freundlich.

»Brest. Rote Armee kommt. Wir zusammen weg.« Der Mann reibt sich den zottigen Bart und ich erinnere mich an die schreckliche Krätze. Es hatte Wochen gedauert, bis wir wieder gesund waren. Karl-Heinz hat immer noch Alpträume, dass seine

Eier abfallen.

»Ich kann euch etwas zu essen geben. Dieser Tage haben wir selbst nicht mehr viel übrig und ich muss dreißig Jungs durchfüttern.«

»Wir schlafen in Scheune.«

»Tut mir leid, aber das geht nicht«, eilt sich Herr Sommer zu sagen — zu schnell, denn auf einmal spiegelt sich Misstrauen in den Zügen des Polen. Seine Brauen senken sich und beschatten seine Augen. Mir wird klar, dass er sich nicht davor scheut, aggressiv zu werden.

»Die letzten Flüchtlinge kamen auch von Osten. Sie hatten Diphtherie und schliefen in der Scheune«, verkündet Karl-Heinz lauthals. »Einige sind gestorben. Wir trauen uns nicht, da reinzugehen.«

Ein Murmeln erhebt sich unter den Flüchtlingen.

»Richtig«, sagt Herr Sommer. »Ist zu gefährlich. Wie ich sagte, ich kann euch Proviant geben und ihr könnt gern hier draußen schlafen. An der Pumpe da drüben gibt es frisches Wasser.«

Der Mann nickt langsam, als überlegte er, ob er uns glauben soll. Dann dreht er sich abrupt um und sagt etwas auf Polnisch. Kurz darauf ziehen alle unter die alte Linde im Vorgarten.

»Ihr solltet auch verschwinden«, sagt der Mann, als wir gekochte Kartoffeln und Decken verteilen. »Russen kommen. Deutsche Armee kaputt.« Er fährt sich mit der Hand waagerecht über den Hals, bevor er in eine Kartoffel beißt. »Ivan wird töten.«

Ich nicke stumm, versuche, mir nicht anmerken zu lassen, wie mich die Worte des Mannes ängstigen. Dieter und Karl-Heinz haben mitgehört. Ich nehme mir vor, Herrn Sommer und Stiefel zu befragen, sobald die Leute fort sind.

Unser Abendessen ist von den Ankömmlingen überschattet. Die Gruppe hat sich draußen schlafen gelegt, nachdem sie sich mit Herrn Sommers Holzscheiten ein Feuer gemacht hatten. Ich kriege die Worte des Mannes nicht aus dem Kopf.

»Vielleicht hat er recht«, flüstere ich Karl-Heinz zu, der die letzten Tropfen seiner Bohnensuppe aus der Schüssel kratzt.

Es gibt kein Fleisch mehr, aber Porree, Zwiebeln und Kartoffeln verleihen der Suppe Geschmack. Ich sehne mich nach einem weiteren Ausflug in den Wald, aber wir trauen uns nicht, Herrn Sommer mit Arthur alleinzulassen. Jeden Tag könnte es frieren und dann sind die Pilze bis nächstes Jahr fort. Auf keinen Fall sind wir dann noch hier. Oder?

»Wer hat recht?« Karl-Heinz wischt sich mit dem Handrücken über den Mund und pickt ein paar Krumen Brot vom Tisch.

»Der Flüchtling da draußen. Vielleicht *sollten* wir abhauen. Die letzte Gruppe hat dasselbe gesagt. Sie waren in der Nähe der Front, haben die Artillerie gehört.« Ich beginne zu flüstern. »Erinnerst du dich an das Radio … an Thomas Mann? Genau das hat er gesagt, und das ist lange her.«

»Ich will so gern heim.« Karl-Heinz' Stimme klingt träumerisch. »Mutter sehen, mich vergewissern, dass es ihr gut geht.«

Ich sehe meine eigene Mutter in ihrem schwarzen Mantel am Bahnsteig, ihre traurigen Augen hinter den Waggonfenstern. Meine Wangen glühen vor Scham, wenn ich an meinen Zorn denke. Wie konnte mir meine eigene Mutter peinlich sein? Ich war ein Schwein, ein dummer Junge, der von nichts eine Ahnung hatte. Oh, wie möchte ich sie jetzt umarmen, ihr sagen, wie leid es mir tut und wie sehr ich sie vermisse.

Vielleicht ist sie tot. Zerfleddert von Bomben, unter Trümmern begraben. Nein, ich kann nicht … darf nicht daran denken. Sie muss am Leben sein. In diesem Moment ist mein Drang, abzuhauen, so stark, dass ich am liebsten aufspringen und davonlaufen will.

Meine Gedanken wandern zu Hilda, meiner alten Freundin. Wie sie mich ansah, als ich ihr von meinen Plänen fürs Lager erzählte. Wie verletzlich und zart sie wirkte. Selbst wenn sie eine mutige Miene aufsetzte, brauchte sie meine Hilfe, meinen Schutz. Und was tat ich? Lief davon, voller Glück und so schnell, wie ich nur konnte.

Wofür?

Um mich in dem einen oder anderen Lager zu verstecken und Fahnen zu hissen, mich mit meinen Kameraden zu streiten, weit weg von allem, was ich liebe und was mir am Herzen liegt?

Wenn ich schon nicht weg kann, werde ich ihr zumindest schreiben. Vielleicht kann Arthur den Brief mitnehmen und verschicken. Ich habe die Lügen satt.

Am nächsten Morgen sind die Männer, Frauen und Kinder mitsamt den Decken und einigen Töpfen, in denen Herr Sommer ihnen Essen servierte, fort.

»Zum Glück sind wir sie los«, meint Herr Sommer, während er frisch geformte Brotlaibe auf Backbleche legt. »Dieser Kerl mit der gebrochenen Nase wollte Ärger machen.«

»Er meinte, wir sollten ebenfalls abhauen. Dass die Russen kommen«, sage ich, während ich Möhren für eine Suppe in Scheiben schneide.

»Schon möglich.« Herr Sommer schiebt die Bleche in den alten Ziegelofen, der bereits eine angenehme Wärme abgibt.

»Stiefel … ich meine, Herr Lustig glaubt, es sei ungefährlich, hierzubleiben.«

Herr Sommer schmunzelt, wird aber sofort wieder ernst. »Arthur sagt, die Wehrmacht in Kurland sei von Russen umzingelt. Es sei nur eine Frage der Zeit, bis die Deutschen aufgeben müssten.«

»Ich überlege, nach Hause zu gehen.«

Unsere Blicke treffen sich.

»Ich bezweifle, dass es vernünftige Züge oder Busse gibt«, erwidert er. »Ist eine riskante, weite Reise und du müsstest wahrscheinlich zu Fuß gehen.«

Ich zucke die Schultern. »Besser, als von Russen erschossen zu werden.«

Herr Sommer kommt näher und in einem seltenen Anflug von Wärme und Herzlichkeit nimmt er mich bei den Schultern. »Ich wünschte, ich wüsste, was du tun solltest. Der Winter steht vor der Tür, also ist es gefährlich. Ich habe Arthur gebeten, zu warten, aber er ist entschlossen, in einigen Tagen aufzubrechen.« Herr Sommer drückt meine Arme. »Versprich mir, einen Freund oder zwei mitzunehmen und dich gut vorzubereiten.«

Ich nicke. »Warum kommen Sie nicht mit uns? Wir könnten zusammen fortgehen.« Ich spreche schneller. »Sie sagten selbst, eine Gruppe sei besser.«

Herr Sommer lässt mich los und beginnt, den Tisch abzuwischen. »Dies ist mein Heim, der Ort, den meine Frau und ich gemeinsam aufgebaut haben.« Er dreht sich zu mir um, seine Augen sind feucht. »Ich kann nicht fort.«

Da ist das Wort wieder: Heim. Es ist ein kurzes Wort, aber es beinhaltet unser gesamtes Dasein. Wie wir uns definieren, woher wir kommen und wen wir lieben. Ich will argumentieren und Herrn

Sommer sagen, er soll an seine Sicherheit denken, aber ich tue es nicht, weil ich ihn verstehe.

KAPITEL ZWEIUNDZWANZIG

Hilda

Am Nachmittag des folgenden Tages steht Biene vor unserer Tür. Sie ist rot im Gesicht und außer Atem, als wäre sie den ganzen Weg gerannt.

»Du musst mir helfen«, schreit sie.

Ich nehme ihre flatternden Hände in meine, sie sind eiskalt. Ich massiere sie und ziehe Biene zum Küchenherd.

»Was ist passiert?«

Aber Biene antwortet nicht, sie weint. Biene weint nie. Nicht mal, als die Oberin Tilly gequält hat oder wir alle halb umkamen vor Heimweh. Auch nicht, als der widerliche SS-Mann sie zu sich rief.

Aber die Biene, die nun vor mir steht, ist das heulende Elend. Ich lege einen Arm um ihre Schulter und ziehe sie an mich. Zum Glück ist Paul auf einem kurzen Spaziergang mit Mama und wir sind allein.

»Ich kann nicht ... Ich ...« Sie legt eine Hand an meine Wange, die sofort kalt ist. »Du musst heute Abend mit Kurt ausgehen.«

»Was? Warum?«

Biene schüttelt so energisch den Kopf, dass mir ihre Haare ins Gesicht fliegen. »Kann ich dir nicht sagen, ist zu ...«

»Seit wann haben wir Geheimnisse voreinander?«

Biene weicht meinem Blick aus. Also war mein Instinkt richtig. Irgendwas geht mit meiner besten Freundin vor — etwas, das ich nicht weiß … nicht wissen soll. In mir wallt mit plötzlicher Heftigkeit Schmerz auf, der sich in Wut verwandelt.

»Versprich mir, ihn vor unserem Haus abzuholen«, sagt sie. »Um Punkt sechs.«

»Was soll ich ihm denn erzählen?«, flüstere ich. Meine Kehle ist wie zugeschnürt.

Biene zuckt die Schultern. »Egal. Dass ich krank bin. Oder dass ich auf meinen Bruder aufpassen muss.« Endlich sieht sie mich an. »Sorge dafür, dass er weiß, dass ich ihn wirklich sehen *wollte*.«

»Warum gehst du dann nicht selbst? Was könnte sonst so wichtig sein? Sicherlich ist deine Mutter zu Hause, um auf Theo aufzupassen.«

»Das ist es nicht.«

»Was ist es dann?«

Biene dreht sich auf dem Absatz um und geht zur Tür. »Versprich es mir, ja?« Angst und Verzweiflung verzerren ihre Stimme … und noch etwas: Schuld.

Kurt wirkt überrascht und verärgert, mich vor Bienes Tür warten zu sehen.

»Biene hatte einen Notfall«, sage ich, bevor er loslegen kann. »Es tut ihr schrecklich leid, dich heute Abend zu verpassen.«

»Oh.« Für einen Augenblick steht Kurt unentschlossen da.

»Ist in Ordnung, wenn du abhauen willst.«

»Nein, nein.« Er setzt ein dünnes Lächeln auf. »Ich bin nur erstaunt.« Er sieht mich an, die Unentschlossenheit steht ihm ins Gesicht geschrieben. »Sollen wir spazieren gehen?«

»Warum nicht?«

Wir laufen eine Weile, unser beider Versuch, eine Unterhaltung in Gang zu bringen, ist ungeschickt. Warum ist Biene nicht hier, um die Situation zu retten? Sie war immer so gesprächig — obwohl sie seit dem Kloster, mit dem Krieg im sechsten Jahr, ein völlig anderer Mensch zu sein scheint.

»… warst du?«

»Was?« Ich habe nicht zugehört.

»Ich habe gefragt, ob du mit der KLV fort warst.«

»Biene und ich waren in Bayern, in einem Kloster mit der gemeinsten Oberin, die man sich nur vorstellen kann.« Fräulein Heinrichs blasses Gesicht erscheint vor meinem inneren Auge, ich erinnere mich an ihre Versuche, mit der herzlosen Ziege zurechtzukommen … an ihre starrenden Augen auf dem Acker. »Warst *du* weg?«, frage ich schnell.

»Mutter wollte es nicht erlauben. Ich helfe zu Hause aus. Sie war immer Hausfrau und … hat schlimmes Asthma.« Als ich nichts erwidere, fährt er fort: »Die kleinste Anstrengung bringt sie außer Atem.« Wir steuern auf einen kleinen Park am Bismarckplatz zu. Es ist stockfinster, die Luft eisig und feucht. »Jetzt gibt es nicht mal mehr ihre Medizin, also hat sie Angst, nach draußen zu gehen. Die Kälte macht es schlimmer.«

Ich höre die Sorge in Kurts Stimme, erkenne sie von mir selbst wieder, es ist dieselbe, wenn ich von Paul spreche. »Ich bin den Krieg so leid. Alles wird nur immer schlimmer.« Ich erschrecke ein wenig über mich selbst. Noch vor Kurzem waren solche Äußerungen gefährlich. Tatsächlich sind sie es auch heute noch, wenn sie den Falschen zu Ohren gelangen.

»Es kann nicht mehr lange dauern.«

»Woher weißt du das?«

»Ich weiß es nicht bestimmt, aber wie sollte es?« Ich spüre seinen Atem an meinem Ohr, als er sich zu mir beugt und flüstert: »Ich habe einen fahnenflüchtigen Soldaten im Wald getroffen. Er sagt, die Wehrmacht sei am Ende. Er sagt, der Führer sei verrückt.«

»Das glaube ich gern.«

In der Dunkelheit tastet er nach meiner Hand. »Sagst du mir jetzt die Wahrheit über Biene? Ist sie … Hat sie jemand anderen?«

»Unsinn«, sage ich, wobei ich mir wünsche, ihn ansehen zu können. »Ehrlich gesagt, weiß ich nicht, was los ist. Sie hat's mir nicht gesagt, obwohl ich ihre beste Freundin bin. Wir hatten nie Geheimnisse voreinander, aber im Moment … Ich glaube, sie schämt sich für irgendetwas.« Ich drücke Kurts eisige Finger. »Ich glaube, sie mag dich sehr.«

Kurt erwidert den Druck. »Ich werde auf sie warten, egal, wie lang.«

In seiner Stimme liegt eine solche Überzeugung, dass ich plötzlich eifersüchtig bin. Wie kommt es, dass Kurt Biene nur einmal anguckt und sich verliebt? Peter hat nie etwas getan, woran ich hätte erkennen können, dass wir mehr als normale Freunde sind. Genau wie Papa hat er mich verlassen … nur allzu gern.

»Ich werde sie morgen treffen und versuchen, mehr herauszufinden«, sage ich.

Kurt gibt mir seine Adresse im Unnersberg. Da die Post nicht funktioniert, verspreche ich, ihm einen Zettel vorbeizubringen.

Als ich am nächsten Tag versuche, Biene zu sprechen, öffnet niemand die Tür. Ich weiß nicht, ob jemand da ist, die Fenster sind schwarz verhangen und leblos.

Morgen ist Heiligabend. Ich habe Biene eine Mütze aus der Wolle eines alten, verfilzten Pullovers gestrickt. Sie ist ungleichmäßig, weil meine Strickerei so schrecklich ist wie meine Häkelversuche, vor allem in unserer halbdunklen Wohnung. Unser Vermieter hat weder Glasscheiben noch neue Fenster. Keiner hat so etwas, also bleiben alle Öffnungen mit Dachpappe und Linoleum vernagelt, um wenigstens einen Großteil der kalten Winterluft draußen zu halten.

Anstelle von Geschenkpapier habe ich ein paar getrocknete Gräser um die Mütze gewickelt. Ich beschließe, ein wenig zu warten. Wenigstens regnet es im Moment nicht und so setze ich mich auf einen Steinpfosten, der am Rand der Straße steht. Das Licht schwindet bereits, obwohl es kaum später als drei Uhr sein kann.

Ich habe mich gerade dazu entschlossen, nach Hause zu gehen, als ich Biene auf ihr Haus zueilen sehe. Sie lässt den Kopf hängen, in den Armen trägt sie einen prall gefüllten Jutesack.

Ich will auf sie zustürzen, halte aber inne. Irgendetwas hält mich zurück. Stattdessen schleiche ich mich auf die Rückseite des Hauses. Aus irgendeinem Grund hat Bienes Haus zwei intakte Fensterscheiben in der Küche.

Wie erwartet, geht drinnen das Licht an, und ich krieche näher. Ich muss mich beeilen, bevor sie die Verdunklungsrollos herabziehen.

Schäm dich, beschwert sich mein Hirn. *Seit wann spionierst du deiner besten Freundin nach?*

Seitdem sie mich anlügt.

Meine Schritte verlangsamen sich, als ich das Fenster erreiche.

Biene steht mitten in der Küche, immer noch in ihrem

Mantel, während ihre Mutter den Sack auspackt. Ich erkenne Fleisch- und Fettkonserven, Kartoffeln und Zwiebeln. Trotz der wunderbaren Sachen — wo sind sie nur her? — spiegeln sich Wut und Trauer in ihrem Gesicht. Sie sagt etwas, wirft die Hände hoch, aber ihre Stimme ist zu leise, um etwas zu verstehen.

Ich entscheide mich für eine Frontalattacke und klopfe ans Fenster. Biene und ihre Mutter zucken zusammen. Bienes Blick huscht zum Fenster und sie erkennt mich.

Ich winke und gestikuliere in Richtung Haustür. Die Tür öffnet sich Sekunden, nachdem ich dort angekommen bin.

»Ich wollte dir mein Weihnachtsgeschenk geben.« Ich stopfe die Mütze in Bienes Hände. »Du hast wohl zu tun.«

Biene lässt den Kopf hängen, als wäre er zu schwer zum Tragen. »Ich … Es tut mir leid.« Sie zögert und blickt über ihre Schulter. Wahrscheinlich, um zu überlegen, ob sie mich hereinlassen soll. Dann zuckt sie die Schultern. »Komm rein, aber nur kurz. Mein Bruder ist krank.«

Sofort wechselt meine innere Wut zu Besorgnis. »Was hat er denn?«

»Wissen wir nicht. Mutter bekommt sein Fieber nicht runter.«

»Dieser verdammte kalte Regen.«

Wir betreten die Küche und ich staune, wie warm es darin ist. So warm, dass mir im Mantel augenblicklich zu heiß wird.

»Wir heizen mehr, damit Theo nicht frieren muss.«

»Womit?«, sprudelt es aus mir hervor. Bienes Mutter sucht nicht nach Kohlen oder holzt Bäume ab. Biene auch nicht.

Beide ignorieren meine Frage. Verwirrt beobachte ich meine Freundin, die auf ihre Füße starrt. »Was verheimlichst du mir?« Der Zorn ist wieder da und sorgt dafür, dass sich meine Stimme überschlägt, mein Hals ist so zugeschnürt, dass ich die Worte kaum herausbekomme.

»Nichts … Ich kann nicht.« Biene schüttelt den Kopf und streicht abwesend mit der Hand über die Lebensmittel. Dann greift sie zu, reicht mir zwei Dosen Fleisch und einen Laib dunkles Brot. »Hier. Habe dir nichts gemacht. Tut mir leid.«

Mein Kopf sagt mir, ich solle die Geschenke verweigern, aber mein Körper denkt anders darüber. Gierig schnappe ich das Essen aus Bienes Händen und stecke es unter meinen Mantel. Dann drehe ich mich zur Tür, weil ich die Tränen kaum mehr unterdrücken kann und nicht will, dass sie sieht, wie verletzt ich bin.

»Hilda, warte.«

Aber ich warte nicht, sondern gehe schneller. Reiße die Tür auf, werfe sie hinter mir zu und renne los. Warum habe ich Kurt erzählt, dass Biene ihn mag?

Ich kenne diese Person, die ich jahrelang für meine beste Freundin hielt, gar nicht.

Peter

Heute Morgen ist Arthur verschwunden. Herr Sommer hatte versucht, ihn zu überreden, bis zum neuen Jahr zu bleiben, aber Arthur war unerbittlich. Es ist mindestens zehn Grad unter null und ein brutaler Wind saust über die offenen Felder.

»Seid vorsichtig«, hatte Arthur gesagt, bevor er ging. Wir hatten uns in der Scheune versammelt, nur Karl-Heinz, Herr Sommer und ich, allesamt traurig und besorgt. Arthurs Stumpf ist gut verheilt und unter dem verknoteten Ärmel von Herrn Sommers altem Mantel versteckt.

Arthur wendet sich an jeden von uns. »Ich schulde euch mein Leben. Werde es nie vergessen.«

»Vergiss nicht, das ist eine Kriegsverletzung«, verkündet Herr Sommer strahlend. Aber er hat Tränen in den Augen, als die beiden Männer sich umarmen.

Arthur zog sich die Verletzung zu, nachdem er bereits desertiert hatte, aber das wird niemand erfahren. Nicht, solange sein Kommandeur, einer von Tausenden, die in Kurland feststecken, nicht auftaucht — was unwahrscheinlich wäre.

»Bringt euch in Sicherheit, Jungs. Geht nach Hause.« Im Vergleich zu dem Wrack, das wir hier hereingeschleppt haben, sieht er wie ein neuer Mann aus. Er wendet sich an Herrn Sommer. »Wie ich gesagt habe, Siegmund, du bist jederzeit bei mir willkommen. Ich werde dir schreiben, sobald ich ankomme.«

Herr Sommer schluckt und räuspert sich. »Nächstes Jahr besuche ich dich.«

Die Männer nicken sich ein letztes Mal zu, dann marschiert Arthur nach draußen … und ist fort. In seinem Sack trägt er den Brief an Hilda, eine ungeschminkte Zusammenfassung unserer Situation. Am Ende steht: »Ich vermisse dich schrecklich.« Die Zeit der Entschlusslosigkeit und Lügen ist vorbei.

Im Schein der Laterne sehen wir drei uns an, mit feuchten Augen, aber leichten Herzen. Wir haben einem Menschen das Leben gerettet, ihm Hoffnung gegeben. Und indem wir sie Arthur gaben, erhielten wir sie zurück. Ein Gurgeln bricht aus mir heraus und ich fange an, zu lachen. Karl-Heinz sieht mich an, fällt ein, dann Herr Sommer. In der eisigen Luft des frühen Heiligabends stehen wir zusammen und lachen uns krumm, wenn auch nur für einen Moment.

Ich weiß jetzt, dass ich auch gehen werde. Alles ist besser, als zu warten und sich eine Menge Fragen zu stellen, auf die es hier keine Antwort gibt.

Während wir uns auf ein zweites Weihnachtsfest weit von daheim entfernt vorbereiten, ist mein Herz nicht bei der Sache. Um mich herum dekorieren die Kameraden den Speiseraum mit frischen Tannenzweigen und -zapfen. Herr Sommer hat tief in seine Vorräte gegriffen und mehrere rote Kerzen spendiert. Es gibt Strohsterne und Girlanden aus Kastanien und Eicheln.

Auch Karl-Heinz bleibt wortkarg und ich bemerke Dieters neugierige Blicke.

»Ist was passiert?«, fragt er, als wir uns nachmittags versammeln. Herr Sommer hat es irgendwie geschafft, Plätzchen zu backen, die sich jetzt auf riesigen Tellern stapeln.

»Ich vermisse meine Familie«, sage ich.

»Ich auch«, meint Dieter leise. »Ich bin es stinkleid, so zu leben.«

Genau!

Wir singen Weihnachtslieder und überreichen einander kleine Geschenke, zumeist Dinge, die wir gesammelt oder gebastelt haben, geschnitzte Tiere oder ein Holzmesser, eine Kerze in einem Tannenzapfen, aus Wachsresten, die über Monate gesammelt wurden, eine Schleuder, deren Schlinge aus einem alten Fahrradschlauch gefertigt wurde. Karl-Heinz überreicht mir eine kleine Dose, die er aus einem Stück Eichenwurzel geschnitzt hat. Er hat sich viel Mühe gegeben, die Innenseiten ausgehöhlt und sogar einen Deckel gearbeitet.

Ich greife hinter die Bank, wo ich Karl-Heinz' Geschenk versteckt habe, einen Bogen und drei Pfeile. Der Bogen ist aus

Haselnussholz gemacht, den Strang – ein Stück Kordel – habe ich auf einem Feld gefunden. Die Pfeile sind ziemlich kurz, aber mit Federn geschmückt und reichlich scharf. Ich hätte die Spitzen gern mit Metall verstärkt, aber ich hatte weder Werkzeug noch Material.

Karl-Heinz nimmt sein Geschenk grinsend entgegen. »Hast du ja schön heimlich hinbekommen.«

Ich nicke, doch es fällt mir schwer, sein Grinsen zu erwidern. Trotz der feierlichen Stunde ist mir düster zumute. »Ich muss mit dir sprechen.« Die Luft ist mit dem Aroma von gebratenem Fleisch erfüllt — Herr Sommer hat einen Wagen Stroh gegen ein kleines Wildschwein eingetauscht, das ein Nachbar im Wald geschossen hatte — und mit dem von Röstkartoffeln. Karl-Heinz streicht über die Initialen K und B, die ich an der Spitze des Bogens eingraviert habe. Ich beuge mich noch näher zu ihm. »Ich will nach Hause«, flüstere ich.

Karl-Heinz hält inne und sieht mich an. »Jetzt?«

»Bald.«

»Also gut, wir reden nach dem Essen.«

Erst jetzt wird mir klar, dass ich Karl-Heinz mitnehmen will, weil ich, wenn ich ehrlich bin, allein Angst habe.

Nachdem der Speiseraum aufgeräumt ist und die Kameraden sich mit irgendwelchen Spielen beschäftigen, bleiben Karl-Heinz und ich allein in der Küche.

»Hast du das Thermometer gesehen? Es ist mindestens minus zwanzig Grad … tiefster Winter«, raunt Karl-Heinz mir zu. »Keiner von uns hat vernünftige Klamotten. Wir sollten wenigstens bis zum Frühling warten.« Er lehnt sich gegen den Ofen, um sich den Hintern zu wärmen. Dieser Tage lässt Herr Sommer nachts das Feuer ausgehen, um Holz zu sparen. Morgens prangen an den Fenstern die tollsten Eisblumen.

»Und wenn das zu spät ist?«

Karl-Heinz reißt die Augen auf. »Du meinst, dass die Russen dann schon hier sein werden?«

»Vielleicht, vielleicht auch nicht. Aber willst du es riskieren? Aus deren Sicht sind wir ein paar Dutzend deutsche Jungs, die sich vor dem Krieg verstecken.«

In der Küche wird es still. Irgendwo über uns erklingen Fußtritte. Gedämpfte Stimmen filtern durch die Wände. Sie sind lauter und tiefer als früher.

»Wir könnten stattdessen erfrieren.« Karl-Heinz kratzt an einem losen Stück Fingernagel und beißt es dann ab.

»Herr Sommer wird uns bei der Vorbereitung helfen.«

»Was ist mit den anderen?«

Ich zucke die Schultern. Ehrlich gesagt, will ich keine riesige Gruppe, denn sie zieht Aufmerksamkeit auf sich. Mit nur wenigen Leuten ist es einfacher, zu betteln oder zu stehlen, und man braucht weniger Lebensmittel zum Überleben. »Die meisten werden nicht gehen, wenn es nicht befohlen wird. Und Stiefel besteht darauf, dass wir in Sicherheit sind.«

»Stimmt.«

Aber ich merke, dass Karl-Heinz nicht überzeugt ist. Nicht so, wie ich es gern hätte. Wenn ich ehrlich bin, kann ich ihm keinen Vorwurf machen. Unsere Schuhe sind zu klein und für hohen Schnee ungeeignet. Nach wenigen Minuten im Freien verwandeln sich unsere Nasen in rote Zinken. Unsere Nasenlöcher kleben zusammen, sodass wir Stofffetzen um unsere Köpfe schlingen, um unsere Gesichter vor Frost zu schützen. Meine Zehen schmerzen, als hätte ich bereits Frostbeulen.

Trotzdem muss ich es versuchen. »Machst du dir keine Sorgen um deine Familie? Willst du nicht wissen, ob es ihnen gut geht?«

»Natürlich!« Aus Karl-Heinz' Mund klingt es wie ein Hilfeschrei und ich bereue augenblicklich meine Fragen.

Karl-Heinz' Haus wurde vor langer Zeit bombardiert. Er weiß nicht mal genau, ob seine Mutter noch bei ihrer Schwester wohnt. Wenn sie —«

»Also gut, ich komme mit.«

»Wirklich?« Ich schlage meinem Freund auf den Rücken. »Du wirst sehen, wir werden es schaffen.«

»Weißt du, wie weit es ist?«

»Herr Sommer hat mir eine Karte von Deutschland geliehen. Ich schätze, es dürften ungefähr eintausend Kilometer sein.«

Karl-Heinz' Brauen schwingen nach oben. »Das wird ewig dauern.«

Ich zwinge mich, zu lächeln. »Höchstens sechs Wochen.«

»Wenn nichts Überraschendes passiert.«

»Richtig.«

Wieder wird es still. Eine Frage wabert wie ein drohender Geist über unseren Köpfen: Wann sollen wir los? Aber weder Karl-

Heinz noch ich sagen etwas. Als plötzlich Dieter mit einer zerbrochenen Tasse in der Hand hereinkommt, sind wir beide erleichtert.

»Verdammt, das wollte ich ni...« Er stoppt und sieht uns an. »Was macht ihr zwei denn hier? Wir spielen ...«

»Schon unterwegs«, sage ich schnell.

KAPITEL DREIUNDZWANZIG

Hilda

Am Heiligabend Morgen gehe ich in den Wald und fälle am Rande einer Lichtung eine meterhohe Tanne. Ihre Nadeln sind weich und sattgrün, doch selbst das harzige Aroma verbessert meine Stimmung nicht. Zu Hause schmücken Paul und ich sie mit Strohsternen und dem restlichen Lametta aus Vorkriegszeiten. Die paar Kerzen, die wir noch haben, müssen für Notfälle aufgespart werden.

Mama hat aus Mais und etwas Zuckerrübensirup, den sie von Frau Breuer erhalten hat, einen Kuchen gezaubert. Zusammen kochen wir aus dem Fleisch und den Kartoffeln, die Biene uns geschenkt hat, ein Festmahl.

Während wir unser Essen genießen, sieht Paul fast aus, als hätte er seine innere Ruhe wiedergefunden. Aber ich weiß, dass er erst am Nachmittag wieder Baldriantee getrunken hat. Wir halten uns an den Händen und singen *Stille Nacht*, bevor wir unsere Geschenke öffnen.

Mama hat Paul Wollsocken gestrickt. Sie sind etwas zu groß und reichen fast bis zu seinen Knien, aber er besteht darauf, sie sofort auszuprobieren. Ich erhalte einen Schal aus derselben blaugrauen Wolle und Paul überreicht mir einen geschnitzten Hasen. Er ist naturgetreu und mir kommen die Tränen, während ich ihn an mein Herz drücke. Ich habe keine Ahnung, wann er daran gearbeitet hat.

»Danke«, flüstere ich und umarme Paul vorsichtig. Wir haben festgestellt, dass er oft zusammenzuckt, wenn wir ihn anfassen, also versuchen wir, uns in seiner Nähe langsam zu bewegen.

Paul tätschelt meinen Rücken. »Frohe Weihnachten, Schwesterchen.«

Ich schenke Mama zwei Topflappen aus alten Stofffetzen, die ich im Keller gefunden habe. Sie sind hässlich, die Ränder bucklig, aber Mama scheint sie zu lieben und hängt sie neben den Herd. Für Paul habe ich einen Zwerg aus Tannenzapfen gebastelt. Er trägt einen winzigen Filzhut und dazu passende Latschen.

»Er ist dein Schutzengel«, sage ich leise.

Paul klopft der winzigen Figur sanft auf den Hut und grinst mich an. »Dann soll er schnell mit der Arbeit beginnen.« Ein wenig vom alten Paul, dem Zankapfel, ist zurück, und mir kommen schon wieder die Tränen. Ich werde eine richtige Heulsuse.

»Was ist mit Biene?«, fragt Mama. »Ich sehe sie kaum noch.«

Ich ziehe scharf die Luft ein und versuche, ein normales Gesicht zu machen. »Ihr Bruder Theo hat Fieber.« *Als ob das irgendwas erklärt.*

»War er beim Arzt?«, fragt Mama.

»Es gibt keine, Mutter«, sagt Paul. »Zumindest nicht für unsereins.«

Ich schüttele den Kopf, überlege, was ich sagen soll, aber die Tränen verstopfen meine Kehle und wollen hinaus.

»Oh, Hilda, nimm es nicht so schwer.« Mama missversteht mich und tätschelt meine Hand. »Er wird bestimmt wieder gesund.«

Ich nicke und spüre Pauls prüfenden Blick auf mir. Er mag Granatenschock haben, aber er ist kein Dummkopf.

»Vielleicht könnt ihr zwei etwas spielen«, schlägt Mama vor. »Ich gehe kurz zu Frau Breuer.« Sie packt etwas von dem Braten ein und meint beim Hinausgehen: »Goebbels spricht um neun Uhr, falls ihr zuhören wollt.«

Mamas Bemerkung über die blöde Rede ignorierend, rufe ich ihr hinterher: »Frage Frau Breuer nach Peter.«

»Peter, he?« Paul grinst — das erste richtige Lächeln seit seiner Rückkehr.

»Was ist so witzig?«

Das Grinsen wird breiter. »Du liebst ihn noch immer.« Es ist keine Frage, und auf einmal ist es mir egal.

Ich setze mich gerade hin und blicke meinen Bruder an. »Ich glaube, es war schon immer so.«

Paul nickt. »Dann hast du Glück.«

»Was hat Glück damit zu tun?« Ich eile zum Herd, um Spülwasser heiß zu machen. »In den letzten eineinhalb Jahren habe ich kein Wort von ihm gehört.« Unruhe windet sich durch mein Inneres, wie ein ekelerregender Wurm. »Er hat mir nicht mal geschrieben.«

»Aber du hast jemanden, der dir wichtig ist«, sagt Paul. »Es geht ihm bestimmt gut. Er weiß sich zu helfen.«

Warum kann er mir nicht schreiben?

»Hör mit der Hausarbeit auf und spiel mit mir.« Er steht vorsichtig auf, streckt sein verletztes Bein und hinkt zum Regal, wo wir das Schachspiel aufbewahren. »Mal sehen, ob du mich immer noch schlägst.«

»Ha.« Ich setze mich zu meinem Bruder an den Tisch und bald vergessen wir alles außer den Figuren vor uns.

Ich gewinne zweimal, die Stille zwischen uns ist entspannt, regelrecht behaglich.

»Immer noch die schlaue Schwester«, sagt Paul danach. Er sieht mich neugierig an. »Was ist wirklich mit Biene los?«

Ich seufze, vergesse für den Augenblick das Sortieren der Figuren. »Weiß nicht — sie ist total komisch. Will nicht mit mir reden oder mich sehen.«

»Sie hat dir Proviant geschenkt?«

»Ja, sie hatte jede Menge Dosen und es war richtig warm in ihrer Küche.«

Ich schwöre, dass ich dort richtigen Kaffee gerochen habe, obwohl wir seit Jahren nicht mal vernünftigen Kaffeeersatz haben. In der Zeitung hieß es gerade, die neue Ersatzration werde schrumpfen, sei aber besser. Angeblich reiche ein halber Teelöffel aus, um drei viertel Liter Kaffee zu kochen. Mama kochte die Mischung fünf Minuten, verzog das Gesicht beim Probieren und schüttete das Gebräu kurz darauf in den Spülstein.

Paul massiert sein Kinn. »Ich habe eine Idee, aber ...« Er schüttelt den Kopf.

»Was?«

»Nein, besser nicht.«

»Sag's mir!«

Er sieht mich nachdenklich an und mir wird klar, dass dies unser erstes richtiges Gespräch ist, seit er vor acht Wochen eintraf.

»Ich könnte mich irren«, antwortet er, »aber vielleicht hat Biene einen Mentor. Ich meine jemanden, der sie unterstützt.«

»Warum würde sie mir nichts davon erzählen?«

»Schwer zu sagen«, sagt Paul.

Ich sehe, dass er schwindelt. Er weiß es oder hat zumindest eine Vermutung. »Du bist so ein schlechter Lügner.«

In dem Moment kommt Mama rein.

»Was ist los?«, fragt sie.

»Nichts«, sagt Paul, »ein Missverständnis.«

»Hilda?«

»Stimmt.« Ich werfe ihm einen Blick zu, der das Gegenteil zeigt. Ich werde ihn morgen wieder fragen. Und übermorgen.

Aber das ist nicht nötig, denn am nächsten Tag finde ich es selbst heraus.

Biene erscheint gegen Mittag, ihre Augen schwimmen in Tränen.

»Du musst mir helfen«, sagt sie an der Tür. Sie trägt meine gestrickte Mütze und neue braune Lederschuhe, die ich nicht kenne. »Theo geht es schlechter und wir wissen nicht, was wir tun sollen.« Sie wirft sich in meine Arme, so, wie sie es früher tat, das kecke Mädel, meine Freundin. »Ihr habt doch diesen Doktor, der sich um Paul kümmert.«

»Der Tierarzt?«

»Vielleicht kann er Theo untersuchen.«

»Wir können ihn auf jeden Fall fragen«, sage ich und schnappe mir meinen Mantel.

Ich mag Doktor Deichmann. Er kommt einmal pro Woche, hauptsächlich, um mit Paul zu reden, und meinem Bruder geht es danach immer merklich besser.

Auf dem Weg nach draußen lege ich einen Arm um Bienes Schulter. »Ich werde dich zu ihm bringen, aber du musst mir sagen, was mit dir los ist.«

Biene wischt sich über die Augen und schluchzt auf. »Was meinst du?«

»Verkauf mich nicht für dumm. Du bist schon ewig meine

Freundin und du benimmst dich total komisch.«

Zu meiner Überraschung bricht Biene wieder in Tränen aus. Wir gehen weiter, weil der Wind bis auf die Knochen durchdringt, doch nach einer Weile bricht sie das Schweigen.

»Ich … Mutter kennt diesen Mann, einen Kohlenhändler. Nicht lange, nachdem wir aus Bayern zurückgekommen waren, nahm sie mich mit zu ihm. Da fing alles an.«

»Was fing an?«

Biene keucht, als hätte sie einen Monat lang nicht geatmet. »Die Besuche. Er bittet mich, vorbeizukommen … Und im Gegenzug bekommen wir Kohlen … und Essen.«

»Wovon sprichst du? Was für Besuche?« Dunkle, abstoßende Szenen drängen sich mir auf, aber ich halte immer noch an etwas fest … an was eigentlich genau? Am Guten im Menschen? Am Glauben an Gerechtigkeit?

»Ich … Seine Frau ist gestorben und er will … Ich muss mich ausziehen.«

»Du stellst dich nackt vor einen Mann?« Meine Stimme hallt durch die Straßen. Zum Glück lässt sich keiner blicken. Immerhin ist Weihnachten und wir *feiern*.

»Ja, wie bei dem SS-Mann.«

Ich starre meine Freundin an. »Dieser Linker … im Kloster?«

Sie nickt. Ihr Blick ist noch immer auf mich gerichtet, sie beobachtet meine Reaktion.

»Er hat dich gezwungen, dich auszuziehen?« So fing das also an. Jetzt glaubt sie wahrscheinlich, sie könne sich wegwerfen, weil sie für die wahre Liebe nicht mehr gut genug ist. Mein Herz macht einen Sprung. Oh, die Schande, die sie gefühlt haben muss!

»Er war wenigstens jung …«, spottet Biene, doch ihre Stimme bleibt merkwürdig tonlos, ohne jedes Fünkchen Leben.

Mein Mund öffnet und schließt sich, während ich diese neu entdeckte Wahrheit zu verdauen versuche. Im Geiste sehe ich Biene vor mir, wie sie davongeht, um bei dem SS-Mann vorzusprechen, ihr Kinn erhoben, trotz der Tatsache, dass sie schreckliche Angst gehabt haben muss. Tränen drohen mir in die Augen zu schießen, also huste ich hastig. »Wie alt ist der Kohlenhändler?«

»Fünfzig oder so.«

»Fünfzig? Bist du verrückt?« Ein neuer Gedanke nimmt

Gestalt an. Ihre eigene Mutter hat ihr das angetan? Hat ihre einzige Tochter geschickt, um diesen alten Mann zu …

»Am Anfang hat er nur geguckt, aber jetzt will er andere Sachen.« Bienes Stimme ist so dünn und leicht, sie scheint in der eisigen Luft fortzufliegen. »Er widert mich an.«

»Oh, Biene.« Abrupt bleibe ich stehen und ziehe sie in meine Arme. »Es tut mir so leid.«

Biene schluchzt gegen meine Schulter, als wollte sie nie wieder damit aufhören. »Mutter sagt, es sei die einzige Möglichkeit, zu überleben. Theo braucht Hilfe und sie muss bei ihm sein, Vater ist in Russland …«

»Aber du bist doch keine Hure«, sage ich leise. »Du bist ein lieber Mensch, gut und nett, und meine Freundin. Sag deiner Mutter, dass du es nicht länger tun wirst.«

Biene richtet sich auf und wischt mit dem Ärmel über ihr gerötetes Gesicht. »Wie sollen wir heizen? Genug zu essen bekommen?«

»Wir finden einen Weg. Irgendwie. Es hat bisher geklappt und wir werden weiter überleben.«

»Woher willst du das wissen? Was ist, wenn der Krieg noch zwei Jahre andauert? Vater kommt vielleicht nie nach Hause und es gibt sowieso kaum noch Rationen in den Läden.«

»Ich weiß, aber es muss bald zu Ende sein. Dieser Krieg muss aufhören.« Ich bin wieder laut geworden, meine Stimme hallt, sie erzeugt ein anklagendes Echo auf der Straße.

Wir haben Pfaffenberg und das Haus des Arztes erreicht. Während ich Bienes Hand ergreife, suche ich nach einem Ausweg … aus diesem Krieg und diesem Leben — für Biene … und für mich. Aber ich stehe hier so fest verwurzelt, wie die Eiche im Vorgarten von Doktor Deichmann.

»Jetzt helfen wir erst mal deinem Bruder. Dann finden wir eine Lösung für dein Problem.«

Biene nickt, in ihren Augen spiegeln sich Erleichterung und Zweifel gleichermaßen.

An diesem Abend liege ich noch lange wach. Auf der anderen Seite der Wand schnarcht Paul — mit dem Baldrian ist sein Schlaf besonders tief. Ich bekomme die Szene mit Biene nicht aus dem Kopf. Die, in der sie ihre Kleider auszieht und mit einem alten

Mann schläft.

Sie hat erzählt, wie sie seine schlaffe Haut und der haarige Körper abstoßen. Ihr ist die Nacht davor und danach oft übel. Allein der Gedanke, dass sie damit ihrer Familie hilft, lässt sie weitermachen. Ich frage mich, warum ihre Mutter nicht mit dem Mann schläft. Sie ist in seinem Alter und es war ihre Idee. Stattdessen verkauft sie ihre Tochter für Kohlen und Proviant. Die Wut brodelt in mir, will sich einen Weg nach draußen freikämpfen, wie ein eingesperrtes Tier. Ich will Bienes Mutter verprügeln, sie bei der Polizei anzeigen. Aber wen interessiert so etwas heutzutage schon?

Ich will auch den Idioten in Berlin eine kleben. Wir haben die Radioübertragung von Propagandaminister Goebbels nicht angehört, aber heute Morgen stand in der Zeitung ein langer Artikel darüber. Ich habe nur die Schlagzeile gelesen: »Deutschland zu großer Zukunft berufen.«

Welche Zukunft? Eine, in der junge Frauen sich für Kohlen verkaufen und junge Männer in Stücken oder gar nicht heimkommen? Soll ich dafür dankbar sein, ein sechstes Weihnachtsfest im Krieg zu verbringen? Oder eine Ration von 125 Gramm Kunsthonig zu erhalten, weil ich unter achtzehn bin?

Es ist fast Morgen, als ich endlich einschlafe, und ich habe noch immer keine Idee, wie ich meiner besten Freundin helfen kann.

Peter

Am Tag vor Neujahr beginnt es, zu schneien. Zuerst sind es schwebende, wirbelnde Flocken, dann winzige eiszapfenartige Gebilde, die die Haut wie Nadeln stechen. Der Himmel ist grau mit fetten Wolken, der Wind erbittert. Er heult und drückt gegen die Fensterscheiben, rüttelt mit Gewalt an ihnen. Er kriecht durch die Ritzen, verwandelt unsere Füße in Eisklumpen. Schon eine einzige Minute im Freien schmerzt. Der Gasthof ist nicht mehr richtig warm dieser Tage, unsere Schlafzimmer bleiben unbeheizt, aber im Speiseraum ist es erträglich, solange wir unsere Mäntel tragen.

Jedes Mal, wenn ich Karl-Heinz anschaue, erinnert er mich an unsere Pläne, die mir jetzt aberwitzig vorkommen. Wir würden nicht eine Nacht ohne Unterkunft überleben. Das andere Problem ist Dieter. Er ist seit Beginn bei uns und will unbedingt heim. Aber andere mit einzubeziehen, erhöht das Risiko. Dieter könnte es jemand anderem erzählen. Wenn derjenige es seinerseits weitergäbe, wüsste bald jeder Bescheid. In Nullkommanichts wären wir zehn oder fünfzehn Leute, ganz zu schweigen davon, dass Stiefel mit noch höherer Wahrscheinlichkeit Wind davon bekommen würde.

Auf einem Stück Zeitung habe ich eine grobe Landkarte gezeichnet, die ich zwischen zwei Brettern in der Scheune aufbewahre. Papier gibt's nicht mehr, also benutzen wir Maishülsen und Stroh im Abort. Keiner von uns ist erpicht darauf, sich zu waschen, nicht mal drinnen, wo unser Atem in weißen Wolken schwebt. Ich habe ein Gespräch von Herrn Sommer mit Stiefel über Hygiene belauscht, in dem er davon redete, er mache sich Sorgen, dass hier bald Läuse und Wanzen einziehen könnten.

An einem anderen Tag habe ich beobachtet, wie Karl-Heinz eine Mütze in seinen Spind steckte. Keine Ahnung, wo er sie her hat, aber es ist ein gutes Zeichen, dass er sich vorbereitet. Herr Sommer hat uns alte Stoffbeutel geschenkt, in denen wir unsere Habseligkeiten transportieren können. Außerdem hat er mir ein Feuerzeug und eine Schachtel Streichhölzer gegeben. Er sagte, wir dürften die Wolldecken von unseren Betten mitnehmen.

Den ganzen Januar über blasen Wind und Schnee um den Gasthof. Die Landschaft erscheint weiß und grau und gefroren. Unsere Laune hat den Tiefpunkt erreicht, die meisten Jungs haben die Nase voll von Stiefels dominantem Gehabe und seinen Versuchen, uns ans Lernen zu bekommen.

Meistens weigern wir uns. Es ist einfach sinnlos. Wir tauschen eine Handvoll Bücher hin und her, schnitzen irgendetwas aus Holz und streiten. Im Handumdrehen werden aus den Streitereien Handgreiflichkeiten. Dazu schrumpfen unsere Portionen stetig. Die meiste Zeit verbringen wir mit Handlangerarbeiten — Holz schneiden, putzen, in der Küche helfen, Geschirr spülen, Wäsche waschen, Betten und Kleider lüften.

Herr Sommer sieht erschöpft aus, sein Holzbein schrammt über die Bohlen, als wäre es zu schwer, um es anzuheben. Ab und zu verliert er die Geduld und brüllt uns an, was er früher niemals getan hat.

»Ich werde verrückt«, sage ich, als Karl-Heinz im Flur an mir vorbeigeht. Wir alle sprechen kaum noch. Am schlimmsten ist, dass

Hilda nicht schreibt. Bestimmt hat sie inzwischen meinen Brief erhalten.

»Hast du mal nach draußen geguckt?«, zischt Karl-Heinz. »Wir wären innerhalb von drei Tagen tot.«

»Wir können nicht ewig warten. Müssen nur jeden Tag einen Schlafplatz finden — Scheunen und Garagen und Schuppen oder so.«

»Ja, klar. Die Leute werden uns bestimmt einladen, in ihren Federbetten zu schlafen.«

»Nein, aber ...«

»Aber was?«

»Wir müssen bald los. Ist in Ordnung, wenn du nicht willst. Ich geh auch allein«, bluffe ich, hoffe insgeheim, dass Karl-Heinz nachgibt. Aber er sagt nichts, zuckt nur die Schultern und marschiert davon.

Der schlimmste Fall tritt ein. Ich werde allein fortgehen, mich wahrscheinlich verlaufen und auf dem Weg sterben.

Von da an schaut mich Karl-Heinz nicht mal mehr an. Er dreht einfach den Kopf weg oder sieht durch mich hindurch, als wäre ich Luft.

»Was soll ich tun?« Herr Sommer und ich sind allein in der Küche. Wie üblich bereitet er das Essen vor, seine Hände sind damit beschäftigt, die weichen äußeren Schichten alter Zwiebeln zu entfernen — ein weiterer Suppentag im Gasthof.

Mit gerunzelter Stirn schaut Herr Sommer durchs Fenster in die Winterlandschaft. »Was soll ich sagen, Peter? Das könnte noch ein oder zwei Monate so weitergehen, oder es könnte morgen vorbei sein.« Er sieht mich mit nachdenklicher Miene an. »Die Sache ist die, wenn du jetzt rausgehst, wirst du wahrscheinlich erfrieren. Von hier bis zu den nächsten Städten gibt es über weite Strecken nichts — nur Felder und Wälder und verlassenes Land. Du würdest dich verlaufen.«

»Aber das Warten treibt mich in den Wahnsinn.«

»Ich weiß.« Er zögert. »Was ist mit deinem Freund Karl-Heinz?«

Mein Schweigen sagt alles. Plötzlich wollen sich Tränen mit aller Macht den Weg nach draußen bahnen.

Herr Sommer schüttelt den Kopf. »Du allein da draußen ... Das erscheint mir nicht richtig.«

Stimmt. Aber wenn ich jetzt den Mund aufmache, heule ich los. Also drehe ich mich abrupt um und stapfe hinaus. Weil ich keinen sehen will, gehe ich in die Scheune. Hinter der alten Strohwand halte ich meine Tasche versteckt. Ich gehe alles noch einmal durch, um meine Nerven zu beruhigen. Ich tue etwas, bereite mich irgendwie vor.

Ich springe fast aus der Haut, als sich ein Schatten über mir erhebt.

»Tut mir leid, wollte dich nicht erschrecken.« Karl-Heinz lässt sich neben mir aufs Stroh fallen. Er wirft seinen Beutel neben mich, ein schlaues Grinsen auf dem Gesicht. »Ich hab mein Messer, etwas Seife und ein Handtuch. Ich nehme an, dass Sommer uns die Decken überlässt.«

Ich nicke, der Klumpen in meinem Hals ist so groß wie ein Fußball. Ich huste und sage: »Ich dachte, du wolltest nicht mit.«

»Ich kann doch meinen besten Freund nicht allein gehen lassen. Er bringt sich bloß um.«

»Wir sind ein gutes Team.«

»Genau.«

Und so kommt es, dass Karl-Heinz und ich am letzten Februartag 1945 den Gasthof verlassen, in dem wir mehr als ein Jahr gewohnt haben. Herr Sommer hat tief in seine Vorratskisten gegriffen, jetzt sind unsere Beutel schwer mit Kartoffeln, Brot, etwas Salz, einem ganzen Gugelhupf und einem Dutzend Äpfeln vom Herbst.

Die Luft ist ein wenig milder heute Morgen, die Temperatur nicht weit unter null und der Wind hat nachgelassen. Wir planen, der Hauptstraße nach Koscierzyna zu folgen und von dort Richtung Südwesten zu gehen. Es wird schwierig sein, die Richtung zu halten, aber ich hoffe, dass die Sonne uns dabei helfen wird.

KAPITEL VIERUNDZWANZIG

Hilda

Ende Februar bin ich noch kein Stück schlauer. Der Winter war brutal — mit Massen von Schnee und Eis und langen Warteschlangen vor den Läden. Ich zähle jeden Tag, hoffe auf wärmere Temperaturen. Biene sieht den Mann immer noch, erhält Kohlen und Nahrung. Manchmal gibt sie mir heimlich etwas und ich fühle mich schuldig dabei, es anzunehmen. Trotzdem tue ich es, auch wenn Biene Schatten unter den Augen hat und oft weint, wenn wir allein sind.

Ich kümmere mich um Paul, der in der Silvesternacht einen Rückfall hatte, als die britischen Bomber zurückkehrten. Er rollte sich unter dem Tisch zusammen und verdeckte die Ohren mit den Fäusten. Weder Mama noch ich konnten ihn überreden, in den Keller zu gehen, also blieben wir bei ihm, lagen auf dem Boden unter dem Tisch, streichelten ihm den Rücken und unterhielten uns, während die Bomben kreischten und über der Stadt explodierten.

Biene ist heimlich mit Kurt ausgegangen, aber sie können nirgendwo allein sein. Draußen ist es eiskalt und ihre Mutter soll nichts erfahren. Kurts Freundschaft scheint das einzig Glückliche in ihrem Leben zu sein.

»Sie ist immer so traurig«, erwähnte Kurt letzthin, als wir uns zufällig im Laden trafen. »Ich wüsste zu gern, wie ich sie aufheitern kann.«

»Dich zu sehen, tut ihr gut.« Ich zwinge mich dazu, zuversichtlich zu erscheinen, und setze ein Lächeln auf.

»Aber sie hat nie Zeit, nicht mal abends.«

»Sie muss sich um ihren Bruder kümmern«, lüge ich.

Kurt nickt, aber er wirkt abwesend.

»Ich habe heute Kurt getroffen«, erzähle ich Biene, als sie nachmittags vorbeikommt. Sie trägt wieder das Kleid, also weiß ich, wohin sie geht. »Er sorgt sich um dich … ebenso wie ich.«

»Mir geht's gut«, sagt Biene. »Wenigstens essen wir.«

Dafür musst du teuer bezahlen. Laut sage ich: »Man sollte meinen, dieser Kerl hätte bald keine Kohlen mehr.«

Bienes Lachen klingt bitter. »Er hat riesige Mengen in einem alten Keller versteckt, damit sein Lager leer erscheint. Die SS kam vor einiger Zeit vorbei und konfiszierte seine offiziellen Reserven.«

Eine Idee formt sich in meinem Kopf. »Ist der alte Keller in der Nähe?«

»Auf seinem Grundstück, unter einem halb verfallenen Lagerhaus. Wir benutzen eine Falltür an der Seite, wenn er meinen Sack füllt.«

»Wie praktisch.«

Biene zuckt die Schultern. »Ich muss los.«

Nachdem Biene davongeeilt ist, laufe ich im Kreis um den Küchentisch, versuche, nicht daran zu denken, was sie gerade tut. Welches Recht habe ich, mich in das Leben meiner Freundin und ihrer Familie zu mischen? Aber wie könnte ich dabei zusehen, wie sie von einem Mann und den widerlichen Dingen, die er mit ihr macht, und der Schuld, die sie verspürt, aufgefressen wird?

Irgendwann setze ich mich hin und schreibe einen Zettel. Nach Einbruch der Dunkelheit – ich tue so, als besuchte ich Frau Breuer – laufe ich zur SS-Dienststelle. Schwaches Licht sickert durch die heruntergelassenen Läden, also schleiche ich mich zum Eingang und stecke das Papier zwischen Tür und Rahmen. Mein Herz pocht so laut in meinen Schläfen, dass ich nichts anderes hören kann. Ich will nicht erwischt, nicht von diesen Männern gesehen werden, die den Ruf haben, Zivilisten aufs Geratewohl zu töten oder in Arbeitslager zu schicken.

Auf dem Nachhauseweg kriechen Zweifel wie eine Giftwolke

durch meine Gedanken. Was habe ich getan? Was ist, wenn die SS Biene mit erwischt? Auf meinem Zettel stehen der Name des Mannes, seine Adresse und dass er Kohlen vor der Regierung versteckt. Ich habe die Falltür beschrieben.

Die halbe Nacht liege ich wach, stelle mir vor, wie glücklich Biene ist, wenn sie herausfindet, dass der Kohlenhändler fort, ihre Bürde verschwunden ist. Endlich kann sie sich auf Kurt konzentrieren und den alten Sack mit seinen dreckigen Fingern vergessen. Ich erwäge, sie vorzuwarnen, nicht hinzugehen, für den Fall, dass die SS dort herumlungert.

Am Morgen bin ich davon überzeugt, einen Fehler begangen zu haben. Was nehme ich mir heraus, jemanden anzuzeigen? Ich habe immer Leute gehasst, die andere ausspionieren oder Geheimnisse ausplaudern. Ich bin um keinen Deut besser. Und Biene? Ich habe ihr den Lebensunterhalt genommen, das bisschen Komfort, das sie und ihre Mutter hatten. Und Theo.

Trotz der eisigen Temperaturen in unserer Wohnung ist mir heiß, der Wollpullover kratzt am Hals. Ich verschwinde gleich nach dem Frühstück und wandere wie beiläufig an der SS-Dienststelle vorbei. Mein Zettel ist fort.

Den Rest des Morgens verbringe ich mit dem Fällen einer jungen Kiefer im Wald. Im Tausch gegen eine Säge gebe ich Frau Breuer etwas Holz. Eiche und Buche brennen am längsten, aber sie sind unglaublich hart und ich brauche Stunden, die Stücke passend für den Ofen zu zerkleinern.

Alle paar Minuten wandern meine Gedanken zu Biene und dem Kohlenhändler. Weiß sie Bescheid? Hat er sie verraten? Könnte es sein, dass die SS Biene wegen Profitmacherei verhaftet hat? Sobald mein Handwagen voll ist, hetze ich heim. Aber so weit komme ich nicht, weil ich Kurt treffe.

Selbst aus der Ferne ist deutlich zu erkennen, dass etwas nicht stimmt. Er ist rot im Gesicht, seine Bewegungen wirken abgehackt. Mein Herz sinkt und ich habe kaum genug Kraft, den Wagen weiterzuziehen. Biene muss verhaftet worden sein.

»Ich bin eingezogen worden«, ruft er und rennt auf mich zu. »Ich muss morgen fort, aber ich kann nicht weg, ohne Biene gesehen zu haben.«

Vor Erleichterung kriege ich kaum Luft — es geht nicht um Biene. *Du kaltherziges Biest. Kurt muss in den Krieg ziehen.*

»Was ist passiert?«, bringe ich hervor.

»Hatte eine zweite Musterung. Wir müssen nach Marburg und mit dem Volkssturm helfen — die Russen und Amerikaner aufhalten.«

Ich starre Kurt an. Er ist so dürr, nur ein Junge.

»Aber du hast keine Erfahrung und bist viel zu jung!«, bricht es aus mir hervor.

»Sechzehn im Dezember. Sie sagen, die HJ wird uns trainieren. Und wir bekommen Waffen und Uniformen.«

Meine Gedanken wandern zu Peter, den ich seit fast zwei Jahren nicht gesehen habe. Hoffnung ist eine sonderbare Emotion. Sie schleicht sich immer wieder in die Gedanken und ins Herz hinein, erscheint, wenn man sie am wenigsten erwartet. Was bin ich doch blöd!

»Kannst du mir mit Biene helfen?«

Ich nicke benommen. »Zieh den Wagen für mich, ich gehe sofort hin.«

Kurt folgt mir zu Bienes Haus. »Ich habe Mutter noch nichts gesagt. Weiß nicht, wie sie ohne mich auskommen soll.«

»Kannst du dich nicht verstecken?«

Kurt wirft die Hände hoch. »Wo denn? In deinem Keller? Keiner dürfte mich sehen oder sie würden mich wegen Fahnenflucht erschießen.« Er stockt.

Ich lege meine Arme um ihn, drücke ihn an mich. »Lass uns mit Biene sprechen. Vielleicht hat sie eine Idee.«

Aber die Klingel hallt vergebens und ich frage mich zum hundertsten Mal, warum Bienes Mutter nicht aufmacht.

»Lass uns eine Weile warten«, sagt Kurt. Seine Augen tragen diesen hoffnungsvollen Schimmer, der mir sagt, dass er verliebt ist.

»Hast du irgendwo Familie, die dich aufnehmen und verstecken könnte?«, frage ich.

Kurt ist groß, aber so knochig, dass ich ihn mir nicht in Uniform vorstellen kann ... oder wie er auf Russen schießt. Tatsächlich ist selbst in seinem Gesicht deutlich zu lesen, wie gutmütig Kurt ist.

»Mutter hat eine Schwester in Köln. Sie musste umziehen, nachdem ihre Wohnung ausgebombt wurde. Ich weiß nicht mal, wo sie jetzt ist.«

»Was ist mit Freunden?«

Kurt schüttelt den Kopf und mir fällt nichts mehr ein. Wir warten seit mindestens fünfzehn Minuten. Wenn sie Biene verhaftet haben, werde ich mir das nie verzeihen.

»… noch dauert?«

»Was?« Ich versuche, mich auf Kurt zu konzentrieren.

»Du bist so abgelenkt. Ist was passiert?«

Ich schüttele den Kopf, weil ich im Moment keinen Ton rauskriege.

»Was glaubst du, wie lange der Krieg noch dauern wird?«

Wie oft habe ich mich das schon gefragt? Jeder weiß, dass Deutschland verlieren wird. Schwester Roses Worte wandern durch meinen Kopf. »Ich bezweifle, dass Hitler jemals aufgeben wird.«

Es stimmt. Noch Ende Januar hat der Führer in seiner Rede davon gesprochen. Wir quetschten uns ums Radio, um ihn zu hören. Er sprach von Opfer und Verzicht, von unserem Willen, zu kämpfen und Großdeutschland zu verteidigen. Dass wir stark sind … mächtig.

Ha! Ich fühle mich nicht mächtig. Ich fühle mich nur schwach und müde. Und alles, was ich je geliebt und geschätzt habe, ist entweder verschwunden oder schlechter geworden.

Ich fange Kurts fragenden Blick auf, als ich in der Ferne eine Bewegung bemerke. Biene kommt auf uns zu, aber sie geht so langsam wie eine alte Frau. Sie schaut nicht auf, sieht uns nicht.

Kurt folgt meinem Blick und rennt auf Biene zu. Ich folge langsamer. Ich sehe nur, wie Biene den Kopf schüttelt und weitergeht, als wäre Kurt gar nicht da.

»Was ist passiert?« Kurts Stimme ist laut und verzweifelt.

Biene kommt direkt auf mich zu. Aber erst, als sie mich schon fast erreicht hat, bemerkt sie mich.

»Ist alles in Ordnung?«, frage ich.

Sie schüttelt wieder den Kopf, sagt aber nichts.

»Warst du bei …?«

Sie nickt. Ihr Mund öffnet sich, aber dann scheint sie sich daran zu erinnern, dass Kurt da ist. Also sagt sie nichts und geht weiter.

»Biene, warte!«, ruft Kurt.

»Kurt muss fort«, sage ich hinter ihrem Rücken. Da bleibt sie endlich stehen und sieht uns an. »Er geht zum Volkssturm … nach Marburg.«

»Wann?«, fragt sie. Ihre Stimme ist leise, nicht mehr als ein Hauch.

»Morgen früh.« Tränen schimmern in Kurts Augen. Er nimmt Bienes Hand und hält sie an seine Brust. »Ich weiß nicht, wann ich zurückkomme.«

Ob du zurückkommst. Sei still, schimpfe ich innerlich mit mir selbst. Ich will nicht an die Millionen Männer denken, die da draußen kämpfen und sterben, an die anderen in den Gefangenenlagern oder an die Invaliden, die zurückkehren — wie mein Bruder.

Biene schaut Kurt an, als sähe sie ihn zum ersten Mal. Sie liebkost seine rechte Wange mit größter Zärtlichkeit. »Ich werde dich schrecklich vermissen.«

»Wo warst du?«, flüstert er.

»Nirgendwo …«

»Vielleicht solltet ihr einen Spaziergang machen.« Ich bin definitiv das fünfte Rad am Wagen.

»Aber irgendetwas stimmt doch nicht«, sagt Kurt. »Du bist immer so unglücklich und eben hast du uns kaum wahrgenommen.«

Biene lächelt, aber es ist nur aufgesetzt. »Ich sollte ein paar Zuteilungen von einem Freund abholen.« Sie hält kurz inne, öffnet erneut den Mund, schließt ihn jedoch wieder.

»Wie wär's mit dem Spaziergang?«, frage ich viel zu fröhlich in die Stille. »Oder vielleicht wollt ihr mit zu mir kommen. Uns besuchen. Ich meine, ihr könntet …«

Biene schüttelt den Kopf. Es ist ein abruptes Schütteln, als wollte sie mich stoppen. »Ich gehe jetzt ins Haus.« Sie ergreift Kurts Hand. »Ich wünsche dir alles Gute.«

Was? Nein!

Überraschung und Schmerz spiegeln sich in Kurts Zügen, zunächst in seinen Augen, wandern dann zum Mund und hinunter zu den Schultern. Er sinkt buchstäblich in sich zusammen.

»Biene, warte!«, rufe ich. »Sag, was passiert ist.« *Als ob ich es nicht wüsste.*

In dem Moment geht eine schreckliche Veränderung in Biene vor. Sie grinst höhnisch. »Du wusstest es bestimmt. Ich frage mich, woher.« Sie sieht Kurt mit demselben Spott an. »War er dabei? Habt ihr ihn zusammen angezeigt?« Sie wartet erst gar keine

Antwort ab, sondern fährt fort: »Was kann ich nur tun? Wie soll ich es Mutter sagen? Was sollen wir essen?«

»Ich helfe dir!«, schreie ich. »Wir finden einen Weg …«

»Wovon sprecht ihr?«, fragt Kurt.

»Du weißt es also nicht?« Biene schleudert ihre Faust gegen Kurts Brust. »Ich glaube es dir nicht.«

»Bitte, Biene …« Kurts Stimme schwankt, sie ist voller Schmerz und … Flehen.

»Bitte, Biene«, äfft meine beste Freundin ihn nach. Wer ist diese Person, die jetzt auf dem Absatz kehrtmacht und auf mich zukommt?

»Du warst es! Du hast ihn angezeigt.« Sie packt mich am Mantelkragen und schüttelt mich. »Ich habe mich gefragt, wer davon wusste, und dann wurde es mir klar.« Biene fuchtelt mit ihrem Zeigefinger vor meiner Nase, als wollte sie mich damit erstechen. »Du hast mich gefragt, wo er die Kohlen versteckt hielt. Und ich dumme Kuh, dumme vertrauende Kuh, habe es meiner besten Freundin erzählt.«

»Was ist passiert?«, krächze ich, weil meine Kehle wie ausgetrocknet ist.

»Du weißt ganz genau, was passiert ist.« Bienes Stimme ist hoch und schrill. »Sie haben ihn mitgenommen, die Kohle abtransportiert. Alles.« Ihre Finger gleiten von meinem Mantel ab. »Was soll ich nur tun?«

»Ohne diesen Mistkerl leben«, sage ich.

»Von welchem Mann sprecht ihr? Welche Kohle?« Kurt sieht zwischen uns hin und her.

»Der uns Sachen gegeben hat«, antwortet Biene ihm.

Ich kaue an der Innenseite meiner Wange. Ich sage Kurt nicht, was sie hatte tun müssen, um die *Sachen* zu verdienen.

»Warum würde er das tun?«, fragt Kurt in dem Moment. Und dann begreift er. »Du hast mit ihm für Kohle geschlafen?«

Bienes Blick kehrt zu Kurt zurück, ihre Augen wirken riesig und glänzen. »Na und? Wir brauchten Hilfe. Ich kann nicht ständig stehlen wie du, ich habe einen kranken Bruder. Was soll ich denn tun?«

»Hilda hat einen kranken Bruder und tut so was nicht.« Kurts Ton ist fast ruhig, während er das Mädchen, das er liebt, beobachtet.

»Hilda würde es auch tun, wenn sie die Möglichkeit dazu hätte.«

Würde ich? Diese Frage habe ich mir bisher nicht gestellt. Ich sehe Biene, meine Freundin, an, wie sie dasteht, so gebrochen und zu Stücken zermalmt von der Schuld und der Notwendigkeit, ihrer Familie zu helfen. Was passiert nur mit uns? Was hat der Führer uns angetan?

Kurt dreht sich zu mir um. »Würdest du es tun?«

Ich schüttele den Kopf, die Frage trifft mich unvorbereitet. Bienes Blick brennt sich in meine Stirn. Ich fühle ihn, wie ein Licht, das meine Gedanken erhellen will. »Ich weiß es nicht«, sage ich endlich.

Kurts Mund ist zusammengepresst vor Schmerz — und vor Wut.

»Kommt ihr bitte mit zu mir, damit wir reden können?«, frage ich.

In Zeitlupe schüttelt Kurt den Kopf. »Das ist nicht nötig. Ich habe alles gehört, was es zu wissen gibt. Ich gehe jetzt.«

Erst, als er davonmarschiert, erwacht Biene aus … ja, aus was genau? Einer Art Verrücktheit? Sie scheint endlich zu begreifen, dass Kurt geht und vielleicht nie wiederkehrt.

»Kurt?«

Er winkt nur ab und läuft schneller.

»Warte!«, schreit Biene.

Aber Kurt wartet nicht. Er rennt nun und ist bald außer Sicht.

Biene steht nur da, ihre Arme hängen schlapp herunter. »Jetzt habe ich ihn auch verloren.«

»Er kommt zurück«, sage ich. Plötzlich wird mir bewusst, wie sehr ich friere. Ich spüre meine Füße kaum und meine Hände sind steif. Aber viel schlimmer ist die Kälte in mir drin, als ob meine Knochen zu Eis gefroren wären.

Biene erwacht aus ihrer Starre. »Er wird sterben wie die anderen.« Dann geht sie zum Haus und knallt die Tür hinter sich zu.

Peter

Karl-Heinz und ich sind seit vier Tagen unterwegs. Gestern kamen wir durch Koscierzyna, eine richtige Stadt mit kleinen Geschäften und aus Stein gebauten Häusern. Wir eilten vorbei, keiner von uns hat Geld oder will die Aufmerksamkeit auf sich ziehen. Ein alter Mann mit dunklem, runzligem Gesicht, beobachtete uns von der Tür seiner reetgedeckten Hütte. Wir nickten grüßend, lächelten einander zu, weil es sich irgendwie wie ein erster Erfolg anfühlte. Endlich tun wir was, endlich gehen wir heim.

Das Wetter hält sich, zumindest gibt es keinen neuen Schnee oder arktische Temperaturen. Jeden Nachmittag suchen wir eine Scheune oder irgendein verlassenes Gebäude zum Schlafen. Bisher klappt es. Was mir am meisten Sorgen macht, ist, dass wir uns verlaufen könnten. Wir müssen uns südwestlich halten, um Richtung Heimat zu kommen, aber es gibt kaum Straßen, nicht mal Wege. Wir folgen Feldrändern und kreuzen Wälder, dann geht es wieder über offene Flächen. Das Land ist flach und nackt, irgendwie tot. Die Bäume strecken ihre Äste himmelwärts, als wollten sie beten. Der Himmel dehnt sich unendlich, er ist wie eine riesige weißliche Glocke und ich fühle mich unwichtig und klein wie eine Ameise.

Warum sollte die Rote Armee hierhin wollen?

Das Wandern ermüdet mich und obwohl wir unseren Proviant rationieren, schwindet er viel zu schnell. Bisher haben wir kaum fünf Menschen gesehen.

In diesem kalten verlassenen Vakuum wandern wir nebeneinander her, manchmal hintereinander. Wir sprechen nicht viel, meist nicht mehr als ein oder zwei Wörter. Wir halten, um zu pinkeln oder einen Stein aus dem Schuh zu entfernen. Dann dringt sofort die eisige Luft in unsere Kleider, schlüpft unter die Haut und lässt uns zittern, drängt uns, weiterzugehen.

»Du humpelst«, sage ich. Ich habe Karl-Heinz im Blick, der auf einem schmalen Pfad vor mir läuft.

»Meine Hacke schmerzt«, antwortet er über seine Schulter.

»Was ist passiert?«

»Nichts. Meine Schuhe sind zu eng.« Karl-Heinz hat riesige Füße, inzwischen ist er zehn Zentimeter größer als ich.

»Willst du eine Pause machen?«

»Nein.«

Also geht es weiter. Karl-Heinz hinkt vor mir her und ich versuche, die Mühsal in seinen Schritten zu ignorieren.

Als er abrupt anhält, laufe ich fast in ihn hinein.

»Hörst du das?«

Tatsächlich streiten irgendwo vor uns zwei Frauen miteinander. Eine Stimme ist jung und hoch, die andere rau und älter. Wir durchkreuzen einen Nadelwald, also können wir nicht weit sehen. Die Luft duftet wunderbar nach Harz.

»Meinst du, wir sollten warten?«, fragt Karl-Heinz. Herr Sommer riet uns, niemandem zu trauen und uns von Menschenmengen fernzuhalten.

»Vielleicht sollten wir uns anschleichen.«

Wir verlassen den Weg und arbeiten uns langsam in Richtung der Stimmen vor. Der Boden ist weich und matschig. Hier und da liegen vereiste Schneereste.

Auf der anderen Seite des Unterholzes entdecken wir zehn Menschen, allesamt Frauen und Kinder, die herumlungern oder sich an Bäume lehnen, mit Taschen und Wägelchen an der Seite. Die zwei Frauen, die wir hören, stehen sich gegenüber, beide sind rot im Gesicht, beide sprühen Feuer mit den Augen.

»Ich hätte nicht auf dich hören sollen«, sagt die Jüngere. Sie ist kaum älter als wir, ihr Haar bedeckt lang und dunkel ihren Rücken.

Ihr Gegenüber ist so alt wie Mutter und schrecklich hässlich. Ihre Nase, verbeult wie eine gefrorene Kartoffel, teilt ihr Gesicht in zwei Hälften, ihre kleinen Augen stehen weit auseinander. Ihre Fäuste ballen sich, als wollte sie die junge Frau angreifen. Die anderen beäugen die Streithähne müde — keiner von ihnen scheint Partei ergreifen zu wollen.

»Du nennst mich eine Lügnerin?«, knurrt Kartoffelnase.

»Genau das bist du.«

Die Augen der hässlichen Frau verengen sich. »Wenn es dir nicht passt, kannst du jederzeit abhauen.«

»Damit du die anderen herumkommandieren kannst?«

»Du hast mich nie leiden können. Gib's zu.«

»Das bedeutet nicht, dass du unseren Proviant stehlen oder so tun solltest, als würdest du den Weg kennen.«

»Genug!« Abrupt schmettert Kartoffelnase ihre Faust in das Gesicht der jungen Frau. Der Angriff erfolgt so plötzlich, dass das Mädchen sich nicht verteidigen kann und zu Boden sinkt. Blut läuft aus einem Schnitt an ihrer Wange, wo die Alte sie mit den Fingernägeln gekratzt hat.

Ohne abzuwarten, dreht Kartoffelnase sich zu den anderen um und klatscht in die Hände. »Marta kann allein weitergehen. Hat einer was dagegen?«

Keine der müden Gestalten gibt einen Laut von sich. Zunächst scheint es, als wollte die junge Frau argumentieren, aber dann lässt sie den Kopf sinken. Sie krabbelt zur Seite und lehnt sich an einen Baumstumpf. Ihre rechte Hand, mit der sie ihre Wange abgewischt hat, ist blutig, aber sie scheint es nicht zu bemerken.

In die Gruppe kommt Bewegung und langsam wandern die anderen davon. Die Alte fuchtelt mit den Armen und treibt sie an. »Kommt schon, schneller. Ist nicht mehr weit.«

Karl-Heinz und ich sehen uns an.

»Wir gehen besser«, flüstert er.

»Wir müssen ihr helfen.«

Karl-Heinz richtet sich auf und nimmt seine Tasche. »Warum? Sie wird uns behindern. Wir haben so schon genug am Hals.«

Ich schaue meinen Freund an, sehe Irritation und Fragen in seinem Blick, Fragen, die ich nicht beantworten kann. »Ich gehe nicht.«

Karl-Heinz zieht laut die Luft ein und stapft dann missmutig auf das Mädchen zu. »Also gut.«

Aus dem Versteck auftauchend, rufe ich: »Tut uns leid, wir haben gesehen, was passiert ist.«

Marta erwacht aus ihrer Starre, springt auf und kreischt: »Ich hab kein Geld. Bitte, lasst mich gehen, bitte tut mir nichts.«

Sie wendet sich ab, will davon laufen, doch in ihrer Eile stolpert sie und knallt auf den Boden. Das weiche Nadelpolster puffert ihren Fall, aber sie scheint kaum Luft zu kriegen. Unbeholfen kommt sie auf die Knie und versucht, aufzustehen. Ich flitze an ihre Seite und halte ihr eine Hand hin.

»Wir wollten dich nicht ängstigen«, sage ich.

»Wir tun dir nichts«, meldet sich Karl-Heinz zu Wort.

Der Blick des Mädchens springt zwischen uns hin und her. Sie wirkt wie ein verschrecktes Kaninchen. Offensichtlich versucht sie, sich ein Bild von uns zu machen.

»Wir wandern nach Hause … nach Solingen«, sage ich. »Es ist weit und wir machen uns jetzt wieder auf den Weg, aber du kannst gern mitkommen.«

Inzwischen steht Marta wieder. Sie wankt leicht, während sie ihr Bündel über die Schulter hängt. In dem Moment bemerkt sie ihre blutige Hand und hält inne. »Rita … Sie und ich …«

»Haben wir gemerkt. Sie scheint ziemlich unfreundlich zu sein.« Ich biete ihr mein Taschentuch an, das bessere Tage gesehen hat, aber Marta nimmt es.

Sie versucht sogar, zu lächeln. »Danke.«

»Das ist Karl-Heinz und ich bin Peter.«

»Marta.«

»Du fliehst?« fragt Karl-Heinz.

»Nach Berlin«, sagt Marta.

»Bist du sicher?«, frage ich. »In Berlin wird es schlimm werden, wenn die Russen kommen.«

»Glaubst du, dass sie so weit einmarschieren?« Furcht verdunkelt Martas Augen. Sie sind dunkelbraun, aber jetzt erscheinen sie eher schwarz. Sie reicht mir das noch schmutzigere Taschentuch und ich stopfe es in meine Hosentasche.

»Warum nicht?«, fragt Karl-Heinz. »Deutschland hat den Krieg verloren.«

Ich nicke. Die Worte aus Karl-Heinz' Mund machen das Ganze realer. Das Schaudern, das mir den Rücken hochkriecht, hat nichts mit der eisigen und grauen Umgebung des späten Winters zu tun.

Marta zieht die Brauen zusammen. »Wo wollt ihr nochmal hin?«

»Solingen«, wiederhole ich. Ich beobachte das Mädchen, das mich irgendwie an Hilda erinnert.

»Wie weit ist es bis dahin?«

»Vielleicht noch neunhundert Kilometer.«

Marta schlägt sich eine Hand vor den Mund. »Das dauert Monate.«

»Eher sechs Wochen.« Karl-Heinz klingt überzeugt, aber ich bin es ehrlich gesagt nicht. Wir haben keine Ahnung, wo wir sind, und es ist absolut möglich, dass wir im Kreis laufen.

Heute zumindest, immer wenn die Sonne rauskam, haben wir uns nach Westen und Süden gehalten.

»Ich muss darüber nachdenken. Zunächst werde ich mit euch kommen.«

Ich grinse und Karl-Heinz sagt: »Prima. Dann mal los. Wir haben noch drei Stunden Tageslicht.«

Ich werfe meinem Freund einen neugierigen Blick zu — seit wir den Gasthof verlassen haben, hat er nicht so viel gesprochen.

Während der ersten Kilometer folgen wir in den Fußstapfen von Martas ehemaliger Gruppe. Aber dann erreichen wir einen See, der so groß ist, dass das Ufer auf der anderen Seite mindestens einen Kilometer entfernt ist. Eiskrusten säumen die Ränder wie weiße zackige Bänder. Irgendwo im Schilf warnt ein Vogel. Wir müssen uns für eine Richtung entscheiden und wenden uns nach links. Es scheint, als gingen wir zurück nach Osten. Frustration macht sich in mir breit.

»Vielleicht hätten wir in die andere Richtung gehen sollen«, sage ich nach einer Weile.

In dem Moment schlägt sich das Mädchen vor die Stirn. »Ach, bin ich blöd.« Sie gräbt in ihrem Bündel und zieht ein gefaltetes Blatt Papier heraus. »Ich habe eine Karte.«

Ich verschlucke einen passenden Kommentar und studiere das Papier, ein ausgerissenes Stück, das Preußens Nordküste zeigt. Es reicht nicht mal bis Berlin, geschweige denn, dass es ganz Deutschland zeigt. Abgesehen von einigen Straßen und Städten, besteht ein großer Teil der Landschaft aus Feldern, Seen, Wiesen und Wäldern.

»Ich glaube, wir sind hier.« Karl-Heinz richtet einen dreckigen Zeigefinger auf eine blaue Stelle.

»Oder vielleicht hier«, sage ich und zeige auf einen anderen See.

Wir sehen einander an, bis Marta sich einmischt. »Ich bin ziemlich sicher, dass wir eben diesen Wald durchkreuzt haben. Peter hat wohl recht.«

Ich kann mir ein Grinsen nicht verkneifen, was sofort verschwindet, als ich Karl-Heinz ansehe. Ich will ihn nicht verärgern.

Als wir das Seeufer verlassen, dämmert es. Es gibt weder Scheunen noch andere Gebäude, nicht mal einen Jagdstand, kein Anzeichen dafür, dass jemals Menschen hier waren.

»Da können wir schlafen.« Marta zeigt auf einen Wald, dessen Tannen so dicht stehen, dass es darunter fast schwarz ist. Wir folgen ihr schweigend, weder Karl-Heinz noch ich haben Erfahrung mit dem Schlafen im Freien. Zwischen den Bäumen ist es fast windstill. »Hier ist eine gute Stelle.« Marta holt ein Stück fleckiges Segeltuch aus ihrem Bündel und drapiert es über einen querliegenden Baumstamm. Er ist so hoch, dass darunter noch einen Meter Platz ist. »Wenn wir davor ein Feuer machen, wird es warm genug sein.«

Im letzten Tageslicht eilen Karl-Heinz und ich herum und sammeln Holz und Reisig. Als wir zurückkehren, hat Marta das Segeltuch befestigt und am Boden mit Steinen beschwert. Eingewickelt in unsere Decken essen wir frisch geröstete Kartoffeln — Marta bekommt auch eine — und schauen ins Feuer. Mein Rücken ist kalt, aber dank der Abdichtung lässt es sich aushalten.

Als wir uns schlafen legen, rutscht Marta zwischen uns, ihre langen Haare liegen unter ihr wie ein Kissen. Ich stelle mir vor, wie sie unter den Kleidern aussieht, während mich Hilda mit ihrem speziellen Blick ausschimpft.

Es wird gerade hell, als ich aufwache. Die Stelle neben mir ist verlassen. Karl-Heinz liegt auf dem Rücken und schnarcht leise. Er sieht friedlich aus. Das Feuer ist aus und die Feuchtigkeit hat mein Rückgrat erreicht. Da fällt mir Marta ein. Sie muss uns verlassen haben. Sie hat unsere Sachen gestohlen und ist wortlos verschwunden.

Ich setze mich abrupt auf und knalle mit dem Kopf gegen den Baumstamm. Ich versuche, mich daran zu erinnern, wo ich meinen Beutel gelassen habe. Verdammte Diebin. Mädchen sind einfach nur schlecht. Schmerz breitet sich hinter meiner Stirn aus und ich betaste das wachsende Ei. Ich überlege, Karl-Heinz zu wecken, als im Dickicht hinter mir Äste knacken. Während ich mich viel zu langsam um die eigene Achse drehe, steht Marta schon vor mir. Sie trägt ein Bündel Zweige.

»Dachte, ein Feuer zum Frühstück wäre schön«, sagt sie. Sie lächelt mich arglos an — meine Wangen lodern. Sie hat ihr Haar geflochten und obwohl es dunkel und lang ist, erinnert sie mich wieder an Hilda.

»Eh, ja, gute Idee.«

Ich beschäftige mich mit meiner Decke und finde meinen Beutel unter der Leinwand, wo ich ihn als Kissen benutzt habe. Noch beschämter haste ich mit den Worten »Muss pinkeln!« davon.

Bei meiner Rückkehr beugen sich Marta und Karl-Heinz über die Karte.

»Wenn wir links weitergehen, müsste das Richtung Süden sein. Wir sollten auf die Straße nach Schlochau stoßen«, sagt Marta.

»Klingt richtig.« Karl-Heinz nickt mir zu. »Schau mal, ob du damit einverstanden bist.«

Misstrauisch studiere ich die Karte, kann aber keinen Fehler in Martas Plan entdecken. Also murmele ich »Alles klar.« und packe meine Decke ein.

In dem Moment beginnt der Boden unter uns zu vibrieren, die Bäume schütteln sich wie im Sturm. Ich erstarre, denn es gibt keinen Wind. So muss sich ein Erdbeben anfühlen. Irgendwo ertönt ein immer lauter werdendes Brummen.

»Panzer … Militär«, ruft Marta und sammelt in Windeseile ihre Sachen ein. Dann legt sie einen Zeigefinger an die Lippen.

Wortlos greifen wir uns unsere Sachen, zertreten die Überreste des Feuers und folgen Marta unter die Bäume. Nicht weit entfernt knacken und brechen Äste, Motoren heulen.

»Wer ist es?«, flüstere ich in Martas Ohr.

»Russen oder Wehrmacht.«

Zwischen den Bäumen bewegt sich etwas. Männer in bräunlichen Uniformen mit runden Helmen marschieren entlang einer Kolonne langsam rollender Laster. *Keine Deutschen*, geht mir durch den Kopf. Gleichzeitig ziehen Marta und Karl-Heinz mich zu Boden. Wir kriechen hinter einen umgestürzten Baum und liegen still.

Die Erde bebt noch stärker — Panzer. Über die Motorengeräusche hinweg höre ich gelegentliche Rufe, verstehe aber kein Wort. Ist sowieso egal, das Einzige, was mir wichtig ist, ist, dass wir nicht entdeckt werden. Von den Flüchtlingen weiß ich, was die Soldaten mit Mädchen machen. Bittere Galle steigt mir in den Hals. Vielleicht erschießen sie Karl-Heinz und mich oder nehmen uns gefangen. Niemand würde je erfahren, was mit uns passiert ist, wir wären einfach zwei Jungs, die im Wald verschwunden sind, zwei von insgesamt mehreren Millionen Vermissten.

Nach einer Weile, ich habe keine Ahnung, wie viel Zeit vergangen ist, wird es still. Wir lugen über den Baumstamm und setzen uns. Der Wald ist wieder ruhig. Irgendwo zwitschert ein Vogel.

»Lass uns noch etwas warten. Dann folgen wir ihnen

langsam.« Karl-Heinz streckt sich und hilft Marta, aufzustehen.

»Sie gehen nach Westen ... wie wir«, sage ich.

Das kann nur eins bedeuten: Der Krieg ist verloren — Deutschland ist verloren — und alles, was ich gehört habe, entspricht der Wahrheit.

Ich schlucke, um die aufsteigenden Tränen zurückzuhalten. Die anderen sollen nicht merken, wie sehr mich die Rote Armee ängstigt.

Wie wird es zu Hause sein? Wenn wir es überhaupt bis dorthin schaffen.

Buch drei: April 1945 — Juni 1945

KAPITEL FÜNFUNDZWANZIG

Hilda

Ich weiß nicht, wie ich den März durchgehalten habe. Es war der schlimmste Monat meines Lebens. Biene weigerte sich, mit mir zu sprechen, und ich wurde von Schuldgefühlen aufgefressen. Werde es immer noch. Warum nur musste ich mich einmischen? Meine Nase in anderer Leute Angelegenheiten stecken, versuchen, sie zu kontrollieren?

Wenigstens wäre Bienes Familie versorgt gewesen. Jetzt hungern sie wie wir, und wenn Theo etwas passiert, bin ich daran schuld. Vermutlich würde ich es nicht mal herausfinden. Biene habe ich nur einmal zufällig auf der Straße gesehen. Sie drehte sich augenblicklich weg und ignorierte meine Rufe. Ansonsten hatte ich keinen Kontakt mit ihr.

April bringt einigermaßen angenehmes Wetter, das heißt, ich bin in der Lage, einen schönen Berg Feuerholz anzuhäufen. Das Schneiden und Transportieren hilft mir, mit meinen Gefühlen fertigzuwerden. Zumindest tagsüber. Die Nächte sind eine andere Sache. Ich schlafe schlecht, wache oft auf.

Letzte Nacht träumte ich, dass Peter zurück wäre. Er stand mit dem Rücken zu mir in der Tür — ich wusste, dass er es war, obwohl ich sein Murmeln nicht verstehen konnte. Also bat ich ihn, mich anzusehen. Da begann er, zu lachen, und schaute mich an. Die rechte Seite seines Schädels fehlte und gab rosa Gehirnmasse frei.

Ich schrie und wachte auf, die Bettlaken waren um meine Beine gewickelt wie Ketten, mein Gesicht war nass vor Schweiß und Tränen. Hätte ich bei der SS keine Anzeige erstattet, wären Kurt und Biene noch ein Paar. Er könnte sich zumindest über etwas freuen, wo auch immer er nun ist.

Der einzige Lichtblick ist der amerikanische Handzettel, den ich heute gefunden habe. Die Amerikaner werfen sie zu Tausenden aus ihren Flugzeugen. Darauf steht, wir sollten aufgeben und weiße Tücher aus den Fenstern hängen. Vielleicht bedeutet es, dass der Krieg bald aus ist. Es muss einfach so sein.

Mama ist verärgert, als ich mit dem Papier nach Hause komme. Sie arbeitet wieder Teilzeit in einem anderen Gebäude.

»Sie erschießen dich, wenn du die Flugblätter auch nur anschaust.« Sie stopft den Zettel ins Herdfeuer und wirft die Klappe zu.

»Aber wir müssen den Amerikanern ein Zeichen geben.«

»SS und HJ haben Standrecht. Sie brauchen dich nicht mal zu fragen oder zu verhaften, sie schießen einfach.«

»Mama hat recht«, sagt Paul leise. »So sehr wir ein Ende herbeisehnen, wir können es uns nicht leisten …«

»Also wählen wir, ob wir uns von den Amerikanern oder von der SS umbringen lassen?«

Paul nickt langsam. »Wir greifen zum Laken, wenn die Zeit reif ist.«

Wann ist das?, will ich brüllen. Aber ich soll mit Paul nicht wütend sein oder in seiner Gegenwart meine Stimme erheben. Es regt ihn auf. Also schweige ich und mache mich daran, ein weiteres Mal wässrige Suppe zu kochen.

Mein erster Gang ist zum Wasserhahn. Die Versorgung kommt und geht. Vor ein paar Tagen war das Wasser braun und verschlammt. Die Behörden sagen, es stamme vom Rhein. Es ist weder trinkbar, noch kann man damit kochen.

Heute Morgen zischt wieder Luft aus dem Hahn, also greife ich mir zwei Eimer und laufe zur Pütt-Quelle. Kaum stehe ich in der Schlange, höre ich aus Richtung Widdert Explosionsgeräusche. Nicht aus der Luft, keine Minen oder Bomben, sondern Artillerie. Die wartenden Menschen um mich herum werden unruhig.

»Die Amerikaner kommen«, sagt eine Frau, deren Rücken

permanent gekrümmt zu sein scheint. »Ich habe Tücher hinausgehängt.«

»Ich auch«, sagt eine andere, die einen schwarzen fleckigen Schal um den Kopf trägt. »Ich kann es kaum erwarten, bis diese Katastrophe vorbei ist.«

»Glauben Sie, sie werden Frauen und Kinder angreifen, uns einsperren?«, fragt eine Dritte.

Wir sehen uns gegenseitig an. Der Führer lässt jedes andere Land wie den Teufel höchstpersönlich dastehen.

»Ich weiß nur, dass die Briten Frauen und Kinder zu Tausenden umgebracht haben. Wen sonst bombardieren sie in den Städten?« Die gekrümmte Frau presst die Lippen zusammen. »Dresden im Februar und jetzt Würzburg.«

»Wir zahlen den Preis«, sagt die Frau mit dem Schal.

»Sch«, sagen die anderen beiden.

In dem Moment dringt ein Dröhnen zu uns vor, ein Dröhnen, wie es große Motoren machen, schwere Räder rollen über Steine, zermalmen alles unter sich. Es kommt von der Hauptstraße, Brühler Berg. Wir sehen uns an, zugleich neugierig und entsetzt.

»Ich schaue nach«, sagt die Frau mit dem Schal.

»Ich geh heim«, sagt die gekrümmte Frau. »Sie schießen uns nieder wie Hunde.«

»Warum sollten sie?«, platzt es aus mir heraus. »Wenn wir uns doch ergeben.«

»Junge Frau, du versteckst dich besser. Man weiß nie, was diese Soldaten mit jungen Mädchen machen.«

Ich denke an Biene, an die Gerüchte über die Soldaten, die jede Frau und jedes Mädel vergewaltigen, die sie zu Gesicht bekommen. Trotzdem nagt die Neugier an mir.

»Glaubst du, sie kommen hier durch?«, fragt mich ein dünnes Ding mit noch dünneren Zöpfen, das nicht älter als acht sein kann.

»Dann verstecken wir uns.«

Von der Quelle sind es nur hundert Meter bis zur Hauptstraße. Ich verstecke meine Eimer in einem Busch und eile los. Ich muss selbst nachsehen, muss Gewissheit haben. Mit meinen Ohren auf Alarm gestellt, verlangsamen sich meine Schritte von allein. Ein Beben erfasst meine Füße und wandert von dort in meinen Körper und an meiner Wirbelsäule entlang. Was immer da vorn fahren mag, ist schwer — und riesengroß.

Kurz vor der Hauptstraße schleiche ich mich an einem Garten entlang hinter ein Gebäude. Zwischen Büschen und Bäumen hindurch habe ich einen akzeptablen Blick auf die Straße.

Aus Richtung Widdert kommen Panzer die steile Straße hinunter, grau-grüne Ungeheuer mit Schießtürmen und Geschützrohren und winzigen Rädern, die mit Ketten verbunden sind. Ein einziger weißer Stern prangt an den Seiten. Darauf thronen Männer in beigen Uniformen, schwarze Männer mit dunklen Augen. Auf der anderen Straßenseite werden hastig Laken aus den Fenstern gehängt. Frauen lehnen sich hinaus, eine davon winkt.

Zwei Jugendliche stehen am Rand und winken mit weißen Taschentüchern, ihre Augen haben sie vor Erstaunen und Furcht weit aufgerissen. Da hält einer der Panzer an, die ganze Reihe kommt zum Stoppen, genau wie mein Herz. Die Jungen werden erschossen, davon bin ich überzeugt.

Der amerikanische Soldat, der auf dem Schießturm sitzt, ruft etwas Unverständliches. Ich weiß, es ist Englisch, und ich weiß, ich sollte es verstehen können, aber mein Hirn ist völlig leer. In meinen Gedanken dränge ich die Jungs, davonzurennen und sich zu verstecken. Aber sie stehen nur da und starren. Idioten!

Da wirft der Soldat mit der glatten braunen Haut den Jugendlichen etwas zu. Einer fängt etwas auf, der andere bückt sich schnell, um ein weiteres Päckchen an sich zu nehmen. Sie untersuchen ihren Fang, das weiß-rote glänzende Papier.

»Gum«, ruft der Soldat und nickt grinsend. »Enjoy.«

Mein Herz springt gegen meine Rippen. Der Mann hat den Jungs Kaugummi geschenkt. Wie ist das möglich, wo der Führer doch jeden Ausländer als Monster bezeichnet, als Monster, das uns umbringen will. Der Führer lügt. Die Männer werfen Kaugummi, nicht Granaten. Und dann wird mir etwas anderes klar: *Es ist vorbei.* Der Krieg, dieser schreckliche, ewig dauernde Krieg, ist vorbei.

Ich überlege, aus meinem Versteck zu springen und mich neben die Jungs zu stellen, aber dann rollen die Panzer weiter. Ich drehe mich auf dem Absatz um, hole meine Eimer und renne, so schnell es mit überschwappenden Eimern möglich ist, nach Hause.

»Häng die Tücher raus«, rufe ich beim Eintritt in die Küche.

Paul, wie immer auf dem Sofa, liest eine zerfledderte Ausgabe von Bertold Brechts *Die Mutter*, die er von Frau Breuer ausgeliehen hat.

Er steckt bedächtig das Lesezeichen zwischen die Seiten und setzt sich auf. Er bewegt sich immer langsam, aber sein Blick zeigt den alten Funken, den ich aus der Zeit vor dem Krieg kenne. »Was ist passiert?«

»Die Amerikaner sind da.« Jetzt, da ich es laut sage, zittere ich am ganzen Körper. »Es ist vorbei, der Krieg ist vorbei.«

Paul versucht, aufzustehen, aber ich bin schneller. Wir umfangen uns, eine feste Umarmung.

Pauls Augen sind nass, als ich ihn loslasse. »Finde schnell was Weißes«, sagt er leise. »Dann sag Frau Breuer Bescheid.«

Während ich ein altes Tischtuch aus dem Wohnzimmerfenster hänge, beobachtet Paul mich. Er erinnert mich an eine Wachsfigur, irgendwie lebensecht, aber bewegungslos. Ein Gedanke wiederholt sich in meinem Kopf: *Endlich wird alles besser.*

Ich habe keine Ahnung, wie falsch ich damit liege.

Peter

Jeder Ort, den wir passieren, ist vom Krieg gezeichnet. Flüchtlinge, oft Hunderte, sitzen entlang der Straßen. Wir überholen viele, tauschen Grüße und Fetzen von Neuigkeiten aus: *Ivan gesehen, ja, Spuren von ihm, ja, Brände und Ruinen, ja, Tote vor den Häusern, erschossen, Frauen vergewaltigt und danach erschossen, Kinder, selbst kleine, tot, Bauernhöfe geplündert. Suchen nach Nahrung, hungrig, ja, gehen nach Westen.* Nie bleiben wir lange, die Informationen sind immer gleich. *Wohin wollt ihr? Seid vorsichtig, haltet die Augen offen, gute Reise.*

Straßen und Wege sind schlammige Löcher, Brücken sind zerstört, Gewässer verseucht. Unser Schlaf ist unruhig. Einer von uns versucht, Wache zu halten, aber egal, wer es ist, wir schlafen irgendwann ein, sind morgens erschöpft und fühlen uns schuldig.

Martas Karte hilft uns nicht mehr weiter. Wir sind irgendwo im Westen, Berlin liegt südlich von uns. Wo wir genau sind, wissen wir nicht.

In den letzten Tagen gab es weniger Anzeichen von Militär — als ob sie alle nach Berlin wollten. Ich denke an die ersten Flüchtlinge, die wir trafen — Maria und ihr kleiner Neffe Alexander, der nicht mehr spricht. Haben sie es nach Berlin geschafft? Greifen die Russen ihr neues Zuhause an?

Aber wir können keine Zeit an sie oder irgendjemand anderen

verschwenden. Wir müssen uns jede Minute jedes Tages aufs Überleben konzentrieren. Nahrung ist schwer zu finden und das Nagen im Bauch ist wie ein hässlicher Weggefährte, der einem nicht von der Seite weicht und ständig an einer alten Wunde pickt. Meistens stehlen wir und schaffen es trotz unserer Erschöpfung, weiterzugehen. Karl-Heinz stolpert manchmal und meine eigenen Beine scheinen aus weichen Knochen zu bestehen, die mich nicht länger aufrecht halten wollen.

Graue Schatten umringen Martas Augen. Wir haben herausgefunden, dass sie ein Jahr älter als wir ist, achtzehn, aber dass sie nur sieben Jahre Schule hatte. Danach half sie ihren Eltern auf dem Hof — einem Hof, der nicht mehr existiert, einem Vater, der zu Anfang des Krieges verschwand, und einer Mutter, die kurz darauf im Kindbett verstarb.

Der Krieg zehrt an uns allen, lässt uns leiden. Niemand entkommt ihm. Zumindest nicht Menschen wie wir, normale arbeitende Familien.

Welche Familien?

Es sind keine übrig. Mein eigener Vater kämpft seit Jahren, Mutter und Walter sind irgendwo allein ... Vielleicht sind sie alle tot. Ein Gurgeln entschlüpft mir, als ich mir Mutter im Schutt vorstelle, ihre Haut mit Staub gepudert, ihre Augen still. Wie an dem einen furchtbaren Tag im Hinterhof sehe ich Walters Gesicht blutverschmiert vor mir, während er wortlos an mir vorbeigeht. Und Hilda? Versucht sie wie ich, nach Hause zu laufen?

Ich ziehe scharf die Luft ein, um meinen Gedanken Einhalt zu gebieten. Genug. Ich muss mich konzentrieren, den anderen helfen. Wir haben in einer Hütte geschlafen, aber es gibt nichts Essbares. Der Schuppen ist Teil eines Schrebergartens, ein Ort, wo viele Leute Gemüsebeete pflegen und im Sommer einen Flecken Grün genießen. Die meisten Häuschen haben weder Strom noch fließendes Wasser, geschweige denn Klos.

Wie überall gibt es beobachtende Augen ... und die Leute hier kennen einander. Der Eigentümer dieser Hütte hat den Garten zum Pflanzen vorbereitet, aber es ist noch zu früh im Jahr. Das Winterbett ist leer, die braunen Halme sehen nach verrotteten Zwiebeln aus.

Mein Magen knurrt ärgerlich, als ich um den Schuppen herumgehe und in die Nachbargärten spähe. Nichts.

»He, was machst du da?« Die Stimme gehört einem alten Mann, der am Stock geht, mit dem er jetzt wie mit einem Schwert herumfuchtelt.

Ich rolle die Augen, bin zu müde, um mich zu fürchten.

Aber der Mann ist überraschend schnell und erreicht im Handumdrehen das Gartentor. »Du bist nicht Rufus' Junge?« Dschungelaugenbrauen senken sich herab, während er mich zornig anstarrt.

»Nein, brauchte einen Platz zum Schlafen.«

»Dann schlage ich vor, dass du verschwindest, bevor ich …«

Bevor was?, will ich sagen. Der Mann ist mindestens achtzig und kann kaum laufen. Doch ich ignoriere ihn einfach und rufe stattdessen nach drinnen: »Marta, Karl-Heinz, lasst uns aufbrechen.«

Beide erscheinen in der Tür. Die Haare stehen ihnen zu Berge und sie halten Mäntel und Taschen im Arm.

»Ich bin am Verhungern«, sagt Karl-Heinz. »Du hast nicht zufällig …« Sein Blick bleibt an dem Alten heften. »Vergiss es.«

»Lass uns gehen«, sage ich und ergreife mein Bündel. Es ist leicht und enthält nur eine Garnitur schmutziger Klamotten, eine Decke und ein fransiges Handtuch, die wir allesamt nicht waschen können.

»Macht, dass ihr wegkommt.« Der Alte schüttelt erneut den Stock.

Bald laufen wir einen schmalen Pfad entlang, der sich durch Felder und Wald schlängelt. Die Luft ist voller Vogelgezwitscher und dem würzigen Geruch zerfallender Blätter vom letzten Herbst. Dunstige Wolken eilen über Kopf und nieseln, gerade genug, um unsere Kleidung und Schuhe aufzuweichen.

Wir sind schon viel länger unterwegs, als ich angenommen hatte, zumindest kommt es mir so vor, und selbst jetzt wissen wir nicht mit Sicherheit, wo wir sind und ob wir in die richtige Richtung steuern. Wir sollten an Hannover vorbeigekommen sein, aber wir sind schon länger nicht mehr auf einer vernünftigen Straße mit Hinweisschildern gewesen.

»Ich kann nicht mehr«, sagt Marta irgendwann.

»Nur noch ein wenig«, meint Karl-Heinz.

Marta und Karl-Heinz sind sich nahegekommen, näher als Marta und ich. Manchmal frage ich mich, ob ich mich geirrt habe, ob Karl-Heinz tatsächlich Christian liebt … Jungs mag.

Marta stoppt und lässt ihr Bündel fallen. Sie ist dünn wie ein Strich, ihre Wangen treten hervor, ihre Augen sind beinahe hohl. »Ihr solltet vorgehen. Ich kann einfach nicht mithalten. Ohne mich seid ihr schneller.«

»Unsinn!« Karl-Heinz' Stimme bebt vor Entrüstung. »Du kommst mit uns.« Er dreht sich zu mir um. »Richtig, Peter?«

Ich nicke.

Marta sinkt auf den Boden und schließt die Augen. »Lasst mich schlafen.«

»Niemals.« Karl-Heinz zieht das Mädchen am Ärmel. »Komm schon, ich helfe dir.«

»Sicher führt der Weg irgendwohin«, füge ich hinzu und klopfe ihr leicht auf die Schulter.

Marta murmelt etwas, weigert sich aber, aufzustehen.

»Wenn ich muss, trage ich dich«, sagt Karl-Heinz. Er *klingt* forsch, aber Zweifel verdüstert seine Augen. Er sieht aus, als würde er selbst jeden Moment umkippen.

Mir geht's nicht anders, selbst meine mickrige Tasche scheint mitunter Tonnen zu wiegen.

»Vielleicht sollten wir versuchen, Hilfe zu finden«, sage ich nach einer Weile.

Karl-Heinz wirft die Hände nach oben. »Wo? Wie?«

»Ihr beide geht«, sagt Marta. »Na, macht schon.«

Ich ziehe Karl-Heinz, der aussieht, als würde er jeden Moment in Tränen ausbrechen, seitwärts. »Keiner von uns kann sie tragen. Es ist die einzige Möglichkeit. Es muss jemanden geben, der uns helfen kann. Je länger wir warten, desto schlimmer wird es.«

Endlich nickt Karl-Heinz.

Ich tätschele Marta den Kopf. »Wir kommen sofort wieder und holen dich. Rühr dich nicht von der Stelle, egal, was passiert.«

Ohne ein weiteres Wort stolpern Karl-Heinz und ich davon. Der Weg mäandert weiter durch den Wald und ich versuche, mir die Umgebung einzuprägen. Es sieht alles gleich aus – Bäume und Büsche mit frischem Grün behangen, die Wegränder voller Gräser. Der einzige Trost ist, dass der Weg trotz der Stille und momentanen Verlassenheit gut genutzt aussieht.

Irgendwann mündet der Pfad auf eine schmale Straße. Nichts bewegt sich, obwohl stellenweise Wagenräder tiefe Furchen hinterlassen haben.

Wir lehnen zwei große Äste an einen Baum, um den Weg zu markieren, und wenden uns nach rechts. Hier ist das Laufen noch schwieriger, weil die Senken in der Erde mit Matsch und Wasser gefüllt sind. Wir hüpfen nach links, dann nach rechts und wieder zurück, versuchen, unsere Füße halbwegs trocken zu halten.

Da bemerke ich ein dünnes Band Rauch, das sich himmelwärts kräuselt. Gleichzeitig steigt mir der Gestank nach frischem Mist in die Nase. Durch die Bäume sind zwei gemauerte Gebäude aus rotem Ziegelstein erkennbar — ein Bauernhof.

Ich stoße Karl-Heinz den Ellbogen in die Seite und grinse. Er nickt und wir hasten vorwärts. Vergessen sind Vorsicht und Zurückhaltung.

»Hallo, ist jemand zu Hause?«, rufe ich.

Hinter einem Zaun gackern ein Dutzend Hennen. Der einzige Hahn beobachtet uns misstrauisch, sein kümmerlicher Kamm hängt schlapp zur Seite. Hoffentlich ist der Bauer besserer Laune.

»Haut ab«, sagt eine Frauenstimme von einer Fensteröffnung her. Schwer zu sagen, wer da hinter dem Glas steht.

»Wir brauchen Hilfe«, sagt Karl-Heinz in Richtung des Fensters.

»Unsere Freundin ist schlecht dran«, füge ich hinzu.

»Ich kann euch nicht helfen«, meint die Stimme. Schwingt darin Angst?

»Bitte«, sagt Karl-Heinz. »Marta ist Hunderte Kilometer gelaufen. Sie ist müde und erschöpft. Können Sie uns nicht helfen?«

Stille senkt sich zwischen uns. Der Umriss eines Menschen steht wie festgefroren hinter der Scheibe. Karl-Heinz und ich sehen uns an. Irgendwo habe ich einmal gehört, man solle den Mund halten, wenn man etwas vorschlägt, um die Reaktion des Opponenten abzuwarten.

»Das ist bestimmt eine Lüge«, sagt die Stimme endlich. »Ich habe ein Gewehr, also geht jetzt.«

Ich atme tief durch und verschränke die Arme. »Also gut, dann müssen Sie schießen. Wir können nicht weiter und Marta braucht Hilfe. Es ist sonst niemand da. Wir versprechen, uns gut zu benehmen. Wir wollen nur nach Hause zu unseren Familien.«

»Wohin?«, kommt vom Fenster.

»Solingen, in der Nähe von …«

»Ich weiß, wo Solingen ist.«

»Wir haben unsere Mütter seit zwei Jahren nicht gesehen«, sagt Karl-Heinz.

Wieder folgt Stille.

»Wir können für Sie arbeiten«, sage ich endlich.

Als Antwort schlägt das Fenster zu. Enttäuschung malt sich auf Karl-Heinz' Zügen ab und er lässt die Schultern hängen. »Dann stehlen wir ein Huhn und gehen zurück zu Marta.«

Ich nicke.

Aber bevor wir es zum Hühnergehege schaffen, öffnet sich die schwere Eichentür des Bauernhauses. »Kommt näher.«

Wir drehen auf dem Absatz um und laufen zum Eingang, wo uns eine Frau erwartet. Im Zwielicht kann ich nicht erkennen, wie alt sie ist. Ich weiß nur, dass sie Schmerzen hat, weil sie irgendwie vornübergebeugt steht, mit einer Hand auf dem Bauch. Ein Gewehr sehe ich nicht.

»Ich heiße Peter, das ist Karl-Heinz.« Hoffnung breitet sich in mir aus, wie Sonnenschein nach einem langen Winter.

»Wo ist eure Freundin?«

»Im Wald, etwa einen Kilometer den Pfad hinauf.«

Die Frau zeigt auf die Scheune. »Nehmt den Handwagen.«

»Danke«, platzt Karl-Heinz heraus.

Als wir in der Dämmerung mit Marta zurückkehren, haben sich die Hühner nach drinnen verzogen. Ich rieche Holzfeuer und etwas anderes … Essen.

Mein Magen krampft sich, es ist ein Schmerz, der bis zum Hals geht und mein Hirn einnebelt. Wir stellen den Wagen ab und helfen Marta zum Haus.

Bevor wir klopfen können, geht die Tür auf. »Wascht euch am Brunnen und zieht eure Schuhe aus, wenn ihr reinkommt.« Ich höre kaum, was die Frau sagt, weil das Essensaroma so stark ist, dass mein Mund vor Spucke überläuft.

Etwas sauberer huschen wir ins Haus. Ich schäme mich für den Zustand meiner Socken, die aus Löchern und ein paar Fasern Garn bestehen. Karl-Heinz' und Martas sind nicht besser. Der Flur öffnet sich in eine großzügige Küche. Öllampen verbreiten warmes Licht. Der Tisch ist für vier gedeckt.

»Setzt euch«, sagt die Frau. Sie ist dabei, Teller zu füllen. Das Aroma ist so stark, dass ich fast ohnmächtig werde.

Ich lasse mich auf einen Stuhl sinken und entdecke einen riesigen Stapel Brot auf dem Tisch. Es ist richtiges Brot, nicht dieses Maiszeug. Ich schlucke so laut, dass es durchs ganze Zimmer hallt.

Martas und Karl-Heinz' Blicke wandern zwischen der Frau und dem Brot hin und her. Sie stellt dampfende Schüsseln vor uns. In dem dämmrigen Licht kann ich nicht sagen, was es ist, aber es duftet himmlisch. Wieder muss ich schlucken.

»Ich bin Frau Leitner.« Die Frau setzt sich zu uns. Ihre Augen wirken matt, als hätte sie seit Wochen nicht ordentlich geschlafen, die Haut auf den Wangen ist voller feiner Runzeln. Sie zeigt auf das Brot. »Greift zu.«

Wir langen gleichzeitig nach dem Brot, und als der erste Bissen auf meine Zunge trifft, schließe ich die Augen. Die Suppe ist cremig und sämig mit Kartoffeln, Möhren und Zwiebeln.

»Esst in Ruhe«, sagt Frau Leitner. »Sonst wird euch schlecht.«

Stille erfüllt den Raum. Ich versuche, langsam zu kauen, genieße das wunderbare Essen, das Gefühl, wie es durch die Kehle in meinen Magen gleitet und ihn füllt. Sollte es nicht eigentlich sonderbar sein, in einer fremden Küche zu sitzen, mit einer Frau, die wir noch nie gesehen haben? Aber es ist egal. Dies ist die Realität der neuen Welt, die die Menschen zusammenwürfelt.

»Das ist Marta«, sage ich in die Stille.

Marta lächelt. »Ich weiß nicht, wie ich Ihnen danken soll. Ich konnte nicht weiter.«

Frau Leitner tätschelt Martas Hand. »Ich weiß, mein Kind, ich weiß.«

»Ist ihr Mann … im Krieg?«, fragt Karl-Heinz.

Frau Leitner blinzelt. »Er ist vor drei Jahren fortgegangen. Seit Januar habe ich nichts mehr von ihm gehört.«

»Wo ist er?«, frage ich.

»Kurland.«

»Bei Russland?«

Sie nickt.

Ich denke an die Flüchtlinge und ihre Geschichten, an Arthurs Martyrium. Laut Arthur hatte die Rote Armee im Herbst 1944 damit begonnen, Kurland einzuschließen. Sie hatten immer wieder angegriffen, aber die Heeresgruppe Nord setzte sich zur Wehr. Frau Leitners Ehemann ist entweder tot oder in russischer Gefangenschaft.

Ich senke den Kopf, verberge meine Bedrückung, die sich sicher auf meinem Gesicht spiegelt.

KAPITEL SECHSUNDZWANZIG

Hilda

Zwei Wochen, nachdem die Amerikaner eingetroffen sind, haben sich manche Dinge verändert, anderes ist wie zuvor. Die meisten Häuser tragen weiße Zeichen der Kapitulation an ihren Fenstern. Die äußerlichen Reste des Dritten Reichs verschwinden. Es gibt weder Fahnen noch Hakenkreuze noch Männer in Wehrmachts- oder braunen Uniformen.

Bürgermeister Brückmann hat die Schlüssel der Stadt — oder besser die Schlüssel zu einem Haufen Trümmer — an die Amerikaner ausgehändigt.

Straßensperren und Stacheldrahtzäune wurden an strategischen Kreuzungen errichtet. Amerikanische Jeeps und Lastwagen patrouillieren. Major John O. Hall, ein amerikanischer Offizier, hat die Leitung übernommen, um die Besetzung zu organisieren. Der Oberbefehlshaber der Alliierten, General Dwight D. Eisenhower, verkündet mit seiner *Proclamation 1*, die auf Postern an Litfaßsäulen, Laternenpfählen, Hauswänden und Bäumen prangt, dass nun die Militärregierung das Sagen hat. Gerichte und Schulen sind geschlossen.

Mama arbeitet wieder Vollzeit. Die Amerikaner wollen einen Zusammenbruch der Verwaltung verhindern. Sie spricht ziemlich gut Englisch, besser als ich, und arbeitet für die Amerikaner, hilft ihnen bei der Koordination mit den städtischen Behörden.

Nachdem Papa uns verlassen hatte, waren wir pleite. Bis dahin hatte Mama nie gearbeitet, obwohl sie die mittlere Reife hatte. Während dieser ersten Zeit nach Papas Weggang dachte ich, wir würden alle sterben … vor Hunger und Herzeleid. Ich war damals neun, doch ich erinnere mich daran so lebhaft, als wäre es heute gewesen, wie ich Mama, die mehr und mehr Zeit im Bett verbrachte, zu wecken versuchte. Unsere Schränke gähnten vor Leere und ich war hungrig aus der Schule gekommen.

Ich kroch zu Mama ins Bett und schmiegte mich in ihre Arme. Zuerst schob sie mich fort, doch letztendlich gewann ich. Als sich die Dämmerung im Zimmer ausbreitete, das nach ungewaschenen Kleidern und Trauer roch, hatte Mama einen Weinkrampf. Ich wusste nicht, was ich tun sollte, und holte irgendwann Paul, der in der Küche Hausaufgaben machte. Zusammen kletterten wir ins Bett unserer Mutter und hielten sie fest.

»Mama, sterben wir jetzt?«, fragte ich.

Sie antwortete nicht, strich mir nur immer wieder über die Haare. Wir müssen eingeschlafen sein, aber als ich am nächsten Tag aufwachte, war Mama auf. Nicht nur das, sie hatte sich gewaschen und ihr bestes Kleid angezogen und zudem irgendwie ein paar Haferflocken und Nüsse zum Frühstück zusammengekratzt. Bevor wir uns zum Essen hinsetzten, verschwand sie.

Zwei Tage später begann Mama ihre erste Stelle als Büroassistentin bei der Stadt. Sie arbeitete hart und lernte oft abends. Unter anderem machte sie einen Auffrischungskurs in Englisch. Seitdem arbeitet sie und versorgt uns, zahlt sogar unser Schulgeld, damit wir zum Gymnasium gehen können. Allein dafür liebe ich sie.

Jetzt hilft sie bei Übersetzungen und heute habe ich beschlossen, sie abzuholen. Nicht nur, um ihre Tasche zu tragen, sondern weil ich neugierig auf die Männer bin, die unsere Stadt verwalten.

Ein Meer aus Stacheldraht umgibt das Gebäude und zwei GIs bewachen den Eingang mit Maschinengewehren. Hinter der Barrikade waschen mehrere Soldaten — so gut aussehend in ihren sauberen und gut geschnittenen Uniformen — Jeeps. Sie lachen und witzeln, aber ich kann ihre Akzente kaum verstehen. Außer einem gelegentlichen Pfeifen oder freundlichen Nicken ignorieren sie mich. Ich beneide sie um ihre weißen Zähne und gut genährten Körper.

Mamas neue Position verhilft ihr zu Extrarationen. Sie kommt oft mit einem Paket nach Hause und wir essen etwas besser.

Am 21. April, dem Geburtstag des Führers, kommt Mama nach der Arbeit aufgeregt in die Küche gerannt. In der Hand hält sie ein Stück von einem Poster, das sie augenscheinlich abgerissen hat.

»Paul, du musst dich melden.«

Paul legt ruhig die Zeitung weg und liest. Schließlich sieht er auf und lehnt sich zurück. Sein Ausdruck ist schwer zu lesen. Zeigt er Erleichterung? Oder Beklemmung?

»Alle Soldaten sollen sich bei der Polizei melden«, sagt er tonlos.

»Aber du bist Invalide.« Ich wollte es nicht sagen, hasse den Klang dieses Wortes.

Paul nickt. »Sie unterscheiden nicht zwischen Invaliden und anderen, es heißt nur *entlassene* Soldaten.«

»Sie werden dich verhaften«, jammert Mama.

»Ich habe keine Wahl.« Paul streckt sein zerfleddertes Bein aus. »Ich kann wohl kaum damit fortlaufen.«

»Ich komme mit«, sage ich.

»Quatsch, du kümmerst dich um die Dinge hier. Bleib bei Mama.«

Paul sieht in seiner Ungefährlichkeit lächerlich aus, als er am nächsten Morgen davonhumpelt.

Vieles, was weniger offensichtlich ist, hat sich nicht verändert. Manche quälende Situationen gibt es noch genauso wie vor dem Eintreffen der Amerikaner.

Die Läden sind weiterhin fast leer. Es gibt kaum Kohlen. Die Zeitung verkündet Änderungen am Rationssystem, doch es gibt immer nur weniger als im vorherigen Monat. Wenn es eine Lieferung gibt, formieren sich wie von Geisterhand lange Schlangen. Die meisten gehen mit leeren Händen nach Hause.

Viele Männer werden vermisst. Einige sind in dreckigen Uniformen eingetroffen, die Insignien auf Schultern und Ärmeln abgerissen. Sie sehen müde und geschlagen aus, oft krank, oder sie haben denselben glasigen Ausdruck in den Augen wie Paul. Aber die Männer, die ich wiedersehen will, kommen nicht. Es gibt weder von Peter noch von Kurt Nachrichten. Und jetzt ist Paul auch noch fort. Wo ist die Hoffnung, wenn ich sie dringend brauche?

Zum ersten Mal verspüre ich nur noch den Wunsch, mich im Bett zu verkriechen und zu heulen. Am Abend essen Mama und ich allein — das Sofa ist leer und kalt. Ohne Papa zu leben, ist Routine, dieses Loch in meinem Herzen habe ich vorsichtig und sorgsam abgedeckt. Tatsächlich bin ich erleichtert, nicht auf ihn warten oder mich wundern zu müssen, ob er lebt, selbst wenn ich jede Todesanzeige in der Zeitung überfliege. Dieser Tage sind es viele, oft dekoriert mit dem quadratischen schwarzen Kreuz der Wehrmacht.

Aber Pauls Abwesenheit setzt mir zu, sie schmerzt wie der Schnitt von einer Klinge.

»Morgen werde ich den neuen Bürgermeister nach Paul fragen.« Mamas Lippen pressen sich entschlossen zusammen.

»Neu?«

»Die Amerikaner haben Herrn Rieß ernannt.«

»Kennst du ihn?«

Mama schüttelt wortlos den Kopf. Ich liebe die Unerschrockenheit meiner Mutter.

Mich an diese neue Hoffnung hängend, verbringe ich eine fast schlaflose Nacht — nur um Paul am Morgen auf dem Sofa sitzend vorzufinden. Ich reibe mir die Augen, weil ich glaube, noch zu träumen, aber dann grinst er und sagt: »Guten Morgen, Schlafmütze.«

»Was ist passiert?«, schreie ich und werfe mich in seine Arme.

»Sie wollten den alten Invaliden nicht«, sagt Paul. »Die Gefängnisse sind voll und sie haben nicht genug Wachposten und Personal. Sie wollen hauptsächlich Nazis fangen. Also haben sie mich gehen lassen.«

»Wo ist er nur?«, fragt Frau Breuer, als ich eine Woche später ein Paket Mehl und eines mit Zucker bei ihr abliefere. Es ist reiner Luxus, aber Mama besteht darauf, zu teilen. »Glaubst du, er ist zum Volkssturm eingezogen worden?« Sie untersucht die Pakete und drückt mich an sich.

Sie war mal ziemlich vollbusig, aber jetzt sieht Frau Breuer wie die meisten Deutschen aus, dürr, fast ein wenig transparent an den Rändern. Sie ist schrecklich alt geworden, ihr Haar ist grau und strähnig, ihre Haut voller Falten. Doch ihr Mund ist entschlossen wie Mamas, das Kinn fest, als ob sie entschieden hätte, die Dinge abzuwarten, egal wie.

»Die Straßen sind bestimmt verstopft.«

Frau Breuer nickt. »Du bist zu liebenswürdig, mein Kind. Walter und ich wollen gerade essen. Willst du dich nicht anschließen?«

»Iss mit uns«, ruft Walter aus der Küche.

Er ist vor Weihnachten von einer Gastfamilie in Thüringen zurückgekehrt. Anders als mir hat es ihm größtenteils gut gefallen, seine Pflegeeltern waren nett und haben ihn großzügig versorgt. Selbst jetzt sieht er noch etwas runder aus als wir.

Stille breitet sich aus, während ich zu entscheiden versuche, ob ich die Einladung meiner Nachbarn, die wie wir rationieren müssen, annehmen soll oder nicht. Ich will absagen, aber mein Magen macht einen frohen Hüpfer. Irgendwie kann ich kein Essen ablehnen. Niemals. Auch wenn es schon nach neun Uhr ist.

»Wir sind spät dran, aber wen interessiert es?«, meint Frau Breuer mit einem Blick auf die Uhr. »Walter kann sowieso nicht zur Schule.«

Das Essen, eine Suppe aus verschiedenen Gemüsesorten, verläuft langsam. Wir mutmaßen über Peters Aktivitäten und Frau Breuer liest aus seinen spärlichen Briefen vor.

»Der letzte kam im Herbst«, sagt Frau Breuer nach kurzer Pause.

Aus dem Radio, das die ganze Zeit dröhnenden Wagner spielt, erklingt eine Stimme: »Mit dem Führer kämpfen wir gegen die Flut des Bolschewismus, die die Welt zu verschlingen droht.«

»Komisch, eigentlich haben sie angekündigt, es solle eine wichtige Nachricht kommen«, meint Frau Breuer. Doch die Wagnermusik geht weiter.

»Ach, Peter ist doch nur zu faul«, meint Walter. Doch in seinen Augen lese ich etwas anderes als Gleichgültigkeit, eine dunkle Sorge.

»Die Post kommt halt schlecht durch«, schlage ich vor. Gierig schaue ich auf Peters Briefe, auf die Handschrift, die mir so vertraut ist. Doch was bringt mir das? Mir hat er jedenfalls nicht geschrieben. Irgendwann stehe ich auf. »Es wird spät, ich gehe besser.«

In dem Moment bricht die Radiomusik abrupt ab. Drei Trommelwirbel folgen und Frau Breuers Hand legt sich auf meinen Arm.

»Aus dem Führerhauptquartier wird gemeldet, dass unser Führer Adolf Hitler heute Nachmittag in seinem Befehlsstand in der Reichskanzlei bis zum letzten Atemzuge gegen den Bolschewismus kämpfend für Deutschland gefallen ist. Am 30. April hat der Führer den Großadmiral Dönitz zu seinem Nachfolger ernannt. Der Großadmiral und Nachfolger des Führers spricht zum deutschen Volk ...«

In der kleinen Küche sehen wir uns an. Die nachfolgenden Worte von Dönitz höre ich nicht. Der Führer ist tot.

Frau Breuer massiert ihre Stirn. »Er ist weg. Endlich ist das Monster weg.«

Ich bin sprachlos. Weniger über Hitlers Tod als über den Hass in Frau Breuers Stimme. Ihre Schultern zittern und dann erhebt sich aus den Tiefen von Frau Breuers Brust ein Lachen.

»Endlich ist er fort. Ich wette, er hat sich das Leben genommen — der Feigling. Hat halb Deutschland auf dem Gewissen, unsere Jungen gestohlen.« Sie steht abrupt auf und zieht mich an sich. Dann schaut sie mich lächelnd an. »Jetzt haben wir eine Chance.« Sie lässt mich los und klatscht einmal in die Hände. »Ich werde einen Kuchen backen und euch allen ein Stück bringen.«

Ich habe mir nie viele Gedanken über Frau Breuer gemacht. Ich empfand sie nur als langweilig, fast willenlos. Wie sehr ich mich geirrt habe. Solange ich mich erinnern kann, wohnen wir nebeneinander. Und ich weiß nichts von ihr, habe ihr diese Eigenschaften nur deshalb unterstellt, weil sie nicht laut und fordernd war, wo sie doch wahrscheinlich wie wir auch einfach nur Angst hatte.

Tief in Gedanken kehre ich in unsere Wohnung zurück. Der Führer hat also einen riesigen Krieg gestartet, Millionen Menschen in vielen Ländern umgebracht und es sich dann leicht gemacht. Uns wehrlos zurückgelassen, um von Fremden regiert zu werden.

Meine Gedanken wandern zu Peter, von dem seit Monaten niemand gehört hat. Ich sehe seine blitzenden Augen vor mir, höre ihn aufgeregt über die KLV-Lager sprechen. Mein Herz zieht sich schmerzhaft zusammen. Inzwischen erkenne ich es als das, was es ist: Liebe — dasselbe, was zwischen Kurt und Biene passiert war. Doch Kurt ist noch im Krieg und Peter ist seit zwei Jahren fort. Wenn er überlebt, wird er mich kaum mehr erkennen.

Oder würde er wie Paul aussehen? Verletzt sein, die Augen mit leerem Blick in die Ferne starrend?

»Hilda? Ist alles in Ordnung?« Mama ist im Nachthemd.

»Der Führer ist tot.« Indem ich es laut ausspreche, wird mir die Endgültigkeit dieser Worte klar.

Ich sinke neben Paul auf einen Stuhl. Wie immer schont mein Bruder sein krankes Bein auf der Rückenlehne des Sofas. Jetzt versucht er, sich gerade hinzusetzen.

»Bist du sicher?«

»Kam im Radio.«

»Wann?« fragt Mama.

Ich blicke auf. »Wann, haben sie nicht gesagt. Frau Breuer meint, er habe sich umgebracht.«

»Das glaub ich gern!«, schreit Paul. Es ist das Lauteste, was ich von ihm seit seiner Rückkehr gehört habe. »Verdammter Feigling. Überlässt es uns, seinen Dreck wegzuräumen.«

Mama steht entschlossen auf und umarmt uns einen nach dem anderen. »Jetzt wird alles besser.«

Wie?, will ich fragen.

Das schrille Surren der Klingel bringt uns auseinander.

»Ist es nicht ein wenig spät für Besuch?«, fragt Mama. Sie wirft sich einen Morgenmantel über und eilt zur Tür. Sekunden später erscheint sie wieder. »Hilda, für dich. Er will nicht reinkommen.«

Mein Inneres macht einen Salto. Peter ist wieder da. Ich renne an Mama vorbei in den Flur, wo ich fast mit Kurt zusammenstoße. Zumindest glaube ich, dass es Kurt ist. Er ist dünn wie ein Bleistift, seine Wangen sind hohl.

Eine Prise Enttäuschung mischt sich mit Erleichterung.

»Du bist zurück!«, rufe ich und umarme ihn.

Er ist mindestens zehn Zentimeter größer als ich, aber irgendwie komme ich mir vor wie eine Mutter, die ihr Kind wiegt. Er hängt an mir, doch dann macht er sich los.

»Heute Nachmittag eingetroffen, konnte nicht warten«, sagt er. Da ist kein Lächeln, nicht mal eine Spur. In seinen Augen stehen schreckliche Geschichten geschrieben, Geschichten, die ich nicht nachvollziehen kann.

»Wie geht's dir?«, frage und schelte mich sofort. Wie kann jemand, der im Krieg war, darauf antworten?

Aber Kurt scheint nichts gegen die Frage zu haben. »Besser jetzt, wo ich daheim bin.«

»Wie geht's deiner Mutter?«

»Sie ist froh über meine Rückkehr.«

»Willst du nicht reinkommen?«

»Ist zu spät … Ich will Biene sehen.« Er streicht sich mit der Hand durchs Haar. »Ich war blöd. Das ist mir jetzt klar. Wir alle tun *Dinge*, um zu überleben. Es ist nicht immer schön.«

»Warst du bei ihr zu Hause?«

»Sie macht nicht auf.« Kurt ergreift meine Hand. Seine Finger sind knochig und rau, die Nägel weggebissen … wie Bienes. Solche Nägel waren in der KLV alltäglich. »Ich dachte, du könntest sie überreden, mit mir zu sprechen.«

Ich will den Kopf schütteln. Seit der damaligen Nacht haben Biene und ich nicht mehr miteinander gesprochen. Ich hab's mehrmals versucht, sogar einen Brief geschrieben, aber sie weigert sich, mich zu sehen.

»Ich werde mitkommen, aber Biene ist sauer auf mich, weil ich den Kohlenhändler angezeigt habe.«

»Das warst *du*?«

»Ich wollte Biene von dem Mann befreien … Weißt du, er wollte Dinge, widerliche Dinge.« Ich schnappe mir meinen Mantel und rufe einen Gruß in die Küche.

Kurt folgt mir nach draußen. »Das Schwein. Ich hätte es auch getan.«

Peter

Wir wohnen bei Frau Leitner. Marta kann nicht weiter und Frau Leitner kann unsere Hilfe gebrauchen. Ihr Hof ist in schrecklicher Verfassung. Die Maschinen stehen ungenutzt herum, ihre Felder sind von Unkraut überwachsen. Sie unterhält einen kleinen Gemüsegarten, aber es ist zu früh zum Ernten.

Also rupfen Karl-Heinz und ich Unkraut und pflanzen Kartoffeln. Wir organisieren den Heuschober und säubern den Hühnerstall.

Karl-Heinz hat im Schuppen einen Generator entdeckt, den er auseinandernimmt. Frau Leitner besitzt ein Radio, aber es gibt seit Monaten keinen Strom.

»Er war total verklebt«, ruft er. »Der Kühlventilator saß fest, das Ding wurde heiß.«

Ich schaue auf die Ansammlung der Teile, die er auf einer Decke ausgebreitet hat. »Kannst du das reparieren?«

»Vielleicht. Ich brauche Öl oder Schmiere.«

Mein Blick wandert über die rostigen Feldmaschinen und mir wird klar, dass ich keine Ahnung habe. »Hat der Traktor Öl?«

Karl-Heinz folgt meinem Blick. »Klar, ist ein *Deutz Bauernschlepper*.« Er grinst. »Der alte Kerl hat Öl.«

»Oh.«

Karl-Heinz rennt an mir vorbei und kriecht unter den Motor des Traktors. »Mein Opa hatte einen.« Er steht wieder auf und durchwühlt die Werkzeuge. »Brauch 'nen Schraubenschlüssel. Und such mir einen Eimer oder Behälter.«

Als ich mit einem verbeulten Blecheimer wiederkomme, wischt er gerade den Motorblock ab. Mit dem Schlüssel löst er darunter eine Schraube und Öl tropft heraus. »Nur nicht zu viel.«

»Wir haben ein paar Liter Benzin. Warum bearbeiten wir nicht die Felder?«, frage ich.

Karl-Heinz taucht wieder auf, seine rechte Wange ist schwarz verschmiert. »Der Alte hier braucht Diesel. Aber wir können das Benzin für den Generator benutzen.«

Und so erfahren wir am 2. Mai 1945 aus dem Radio von Hitlers Tod.

»Ich glaub's nicht.« Karl-Heinz starrt auf den verstummten Volksempfänger.

»Ich schon«, sagt Frau Leitner. »Er hat viele Unschuldige in den Tod geschickt. Uns allen befohlen, mutig und stark zu sein … zu kämpfen. Sprach von Ehre und Würden.« Sie seufzt laut auf. »Ich wette, er hat sich umgebracht.«

»Aber er hat versprochen, dass wir den Krieg gewinnen«, sage ich. Erst, als es heraus ist, merke ich, wie blödsinnig es klingt. Habe ich das wirklich geglaubt?

»Ich will nach Hause«, sagt Karl-Heinz. »Bestimmt ist der Krieg jetzt aus.«

»Aber es ist gefährlich«, meint Marta. »Die russischen

Soldaten, ihr habt sie doch gesehen … Sie erschießen uns.«

»Sch.« Frau Leitner tätschelt wieder Martas Hand. »Du kannst erst mal hierbleiben.«

»Ich nicht«, sagt Karl-Heinz.

Wir sehen uns an und ich nicke. »Ich auch nicht, muss nach meiner Mutter sehen.«

Am nächsten Morgen verlassen Karl-Heinz und ich den Hof. Marta hat unsere Adressen. Wir waren uns einig, dass es zu schwierig für sie wäre, mitzukommen, und dass sie besser zurückbleibt. Frau Leitner scheint froh darüber zu sein, Hilfe und Gesellschaft zu haben.

Am Ende des Pfades drehe ich mich noch mal um. Das Bauernhaus steht da wie zuvor. Ein dünner Rauchfaden steigt gen Himmel und löst sich im Wind auf. Es ist kalt heute, aber zumindest ist der Himmel klar. In mir breitet sich dieselbe Unruhe aus, die ich fühlte, als wir Herrn Sommers Gasthof verließen. Es ist nicht nur die Ungewissheit, die auf uns wartet, sondern die Furcht, was mit den Menschen passiert, die wir hinter uns lassen, die uns versorgt haben, uns in einer schwierigen Situation zur Seite standen, unsere Motive nicht hinterfragt haben — unsere Freunde.

Grinsend erinnere ich mich an Herrn Sommers gefassten Gesichtsausdruck, als Karl-Heinz ihm flüsternd von seinen juckenden Eiern erzählte. Wie hat der Mann so gelassen schauen können? Irgendwie schaffte er es. Nicht nur das, er sorgte dafür, dass wir Hilfe bekamen und gesund wurden. Erst jetzt begreife ich, welch ein bemerkenswerter Mann er war. Ich habe ihm nie richtig gedankt. Ich nehme mir fest vor, ihm zu schreiben, sobald wir zu Hause sind.

»Frau Leitner meinte, wir sollten die Stadt des KdF-Wagens in zwei Tagen erreichen«, sagt Karl-Heinz am Nachmittag. Es sind die ersten Worte, die er seit unserem Abmarsch äußert. Hitler hat die Stadt ins Leben gerufen damit Volkswagen dort Autos produziert. Ihr Motto hieß *KdF* — Kraft durch Freude. Genau wie wir alle Radios haben sollten, wollte Hitler, dass die Deutschen sich Autos leisten könnten. Frau Leitner erwähnte, die Stadt sei vor ein paar Jahren fast über Nacht aus dem Boden gestampft worden.

Wir sind auf der Suche nach einem passenden Schlafplatz. Dank der Bauersfrau haben wir, wenn wir sparsam damit umgehen, für eine ganze Woche genug zu essen.

Ich ziehe die grobe Zeichnung hervor, die ich von einer alten Karte auf Frau Leitners Bücherregal abgekritzelt habe. Sie nützt wenig, ausgenommen wir finden vernünftige Straßen und größere Städte.

Wir verbringen die Nacht in einem Schuppen und brechen in der Morgendämmerung auf. Vögel zwitschern und die ersten Sonnenstrahlen wärmen meine Haut. Selbst Karl-Heinz pfeift einige Töne, als wir auf eine breitere Straße einbiegen.

Plötzlich bricht zu unserer Rechten ein Tumult aus. Im Handumdrehen sind wir von einem Dutzend Männern in schmutzigen, zerrissenen Kleidern umgeben.

»Wo geht hin?«, fragt der Anführer. Bartstoppeln verdunkeln sein Kinn und seine Wangen. Auch seine Augen sind dunkel. Sie sprechen in gleichen Teilen von Intelligenz und Gerissenheit.

Die anderen Männer stehen so nahe, dass wir keinen Schritt tun können. Hände reißen an unseren Beuteln und zerren an unseren Jacken. Diese Leute sind wie hungrige Wölfe.

»Nach Hause«, sagt Karl-Heinz.

»Was wollt ihr?«, frage ich. Ich versuche, mich an das Trageband meiner Tasche zu klammern.

»Wir auch heim«, sagt der Mann.

Die anderen sprechen jetzt miteinander, vielleicht in Russisch oder einer anderen slawischen Sprache.

»Was soll das?«, schreit Karl-Heinz, aber es ist zu spät. Sein Bündel verschwindet in den gierigen Händen der Bande. Irgendetwas reißt und meine Tasche ist ebenfalls weg.

»Warum stehlt ihr unsere Sachen?«, frage ich.

Ein Mann zieht an meinem Beutel, Brot, Käse und Kartoffeln, die Frau Leitner so vorsichtig verpackt hat, kullern auf den Boden, wo die Männer sie sich schnappen und in den Mund oder ihre Taschen stopfen.

Meine Gliedmaßen zittern und ich schwanke. Der Proviant sollte uns am Leben erhalten.

»Ihr gut versorgt«, sagt der Anführer. Sein Blick gleitet über unseren sich auflösenden Proviant, die Handtücher und Ersatzkleidung. Ein Stück Papier fliegt unbemerkt in den Dreck — Marias Adresse in Berlin. Streit bricht unter den Männern aus, während sie an den neuen Decken – Geschenke von Frau Leitner –

zerren. Sie sind dunkelblau und aus schwerer Wolle.

Der Anführer brüllt etwas und der Kampf bricht ab. Alle sehen uns an.

»Woher ihr habt Sachen?«, fragt er.

Ich schlucke. Nicht in einer Million Jahren werde ich die liebe Frau verraten.

»Haben's gefunden«, sagt Karl-Heinz, der offenkundig ähnlich denkt. »In einem verlassenen Haus.«

»Wo?« Der Mann tritt näher, bis seine Nase nur noch zehn Zentimeter von Karl-Heinz' Stirn entfernt ist.

Karl-Heinz zeigt nach links. »In der Nähe von Berlin, nach den Bomben.«

»Wo kommt her?«

»Danzig«, sage ich.

»Geh wohin?«

»Solingen.«

»Wo Solingen?«

»Nähe Düsseldorf.«

Der Mann mustert uns misstrauisch, dann spuckt er auf den Boden und streckt die Hand aus. »Gib uns Mantel.«

»Der gehört mir«, sage ich, doch weiter beschwere ich mich nicht, weil mich einer so hart an den Schultern zieht, dass mir die Tränen kommen. Der Mantel — Herrn Leitners Ersatzmantel — gleitet von meinem Rücken und der Mann klemmt ihn sich unter den Arm. Er ist wesentlich größer als die anderen und das Stück wird ihm sicherlich nicht passen, aber es scheint ihm egal zu sein.

»Dein Hitler nimmt alles von uns«, sagt er. »Wir arbeiten drei Jahr, machen Autos.«

»Zwangsarbeiter«, murmelt Karl-Heinz.

Der Anführer wirft Karl-Heinz einen verächtlichen Blick zu, während unter den anderen erneut Streit ausbricht. Sie haben unsere Sachen untereinander aufgeteilt, einschließlich Karl-Heinz' Mantel. Einer untersucht das Kästchen, das Karl-Heinz mir zu Weihnachten geschenkt hat, und lässt es in seiner Tasche verschwinden.

Offensichtlich ist einer von ihnen leer ausgegangen. Nun versucht er, Karl-Heinz' Jacke zu zerreißen. Der Anführer brüllt den Mann an und dreht sich zu uns. »Wir leben in Stadt des KdF-Wagen, Tausende, einige ohne Essen, kein gute Betten, viele sterben. Amerikaner befreit uns.«

»Die Amerikaner sind hier?«, bricht es aus mir heraus.

»Wir alle frei, aber kein Essen und Haus.«

Ich nicke betäubt. Trotz meiner inneren Wut kann ich es den Männern nicht mal verdenken. Sie wurden aus ihrer Heimat entführt und gezwungen, in deutschen Fabriken zu arbeiten — als Hitlers Sklaven.

»Können wir gehen?«, fragt Karl-Heinz. Er kneift vor Zorn die Augen zusammen.

Der Anführer antwortet nicht, sondern schaut uns prüfend an, als müsste er erst eine Entscheidung fällen. Seine Männer lassen ihre Augen sprechen, wir verstehen sie auch ohne Worte. Sie wollen uns tot sehen.

»Also«, sage ich und versuche, stark zu klingen. »Sie haben uns *Kinder* in Lager geschickt. Jetzt wollen wir nur nach Hause zu unseren Müttern.«

»Wenn sie noch leben«, ergänzt Karl-Heinz.

Einen Augenblick lang schauen wir uns gegenseitig an, versuchen, das uns allen widerfahrene Unrecht zu verstehen, versuchen, zu ermessen, wie viel Schuld wir für das Leiden der anderen tragen. Zwei Männer sagen etwas zum Anführer, aber er hebt eine Hand, um ihnen das Wort abzuschneiden.

»Wie alt du zwei?«, fragt er.

»Siebzehn«, sagen wir beide.

»Du Soldat, du kämpfst?«

»Wir waren zu jung«, sage ich. »Wir gingen zur Schule im Lager in der Nähe von Danzig.«

»Was tust du im Lager?«

»Lernen und …« Wie soll ich dem Mann Zeiblers blödsinnige Kriegsspiele erklären, die Flaggenappelle, die Lieder von Ehre und Sieg?

»Wir mussten weg«, sagt Karl-Heinz. »Die Rote Armee kam.«

»Russische Soldaten«, schreit einer der Männer und pumpt mit der Faust. Die anderen fallen ein und grölen, einige lachen. »Deutschland kaputt.« Genugtuung spiegelt sich auf den schmutzigen Gesichtern wider und erneut will ich mich aufregen, in Rage geraten. Aber in mir ist nichts als Leere, ein riesiges Loch in meinem Körper, das mich verschlucken will.

Der Mann, der eben um ein Stück Mantel gestritten hat, zeigt jetzt auf meine Füße und schreit: »Schuhe, ich will.«

Ein zweiter Mann fuchtelt herum und deutet auf Karl-Heinz' Stiefel. »Wir nehmen.«

»Bitte«, jammere ich. »Wir haben nichts übrig. Wir wollen doch nur heim zu unseren Familien.«

»Wir keine Familie seit Jahren«, sagt der Anführer. »Mein Frau tot von deutschen Soldaten.«

»Aber wir können nicht barfuß gehen.« Karl-Heinz' Stimme bebt vor Verzweiflung.

»Vielleicht wir dich kaltmachen stattdessen. Dann ist dir egal.«

»Ja, töten, töten«, schreien die anderen.

Mir kommt es vor, als säße ich neben mir, während ich die Schuhe ausziehe. Karl-Heinz sackt neben mir zu Boden, Tränen tropfen von seinem Kinn hinunter.

»Wir haben nicht im Krieg gekämpft«, sage ich, während mir die Schuhe entrissen werden. Der Mann, der eben leer ausging, zieht jetzt Herrn Leitners Stiefel an. »Wir wollten nur zur Schule gehen.«

Ich sitze immer noch — habe momentan nicht die Kraft, aufzustehen — und riskiere einen Blick auf den Anführer.

Vielleicht sieht er mir meine Verzweiflung an, vielleicht ist er auch nur das Reden leid. »Du geh«, sagt er. »Sei vorsichtig. Nächste Männer dich töten.« Er grinst. »Nur zum Spaß.«

Als Karl-Heinz und ich forthumpeln, beginnen die Männer auf Russisch zu singen. Es klingt rau und gräbt sich kalt in meine Seele. Wir kommen nur wenige Hundert Meter weit, bevor wir anhalten. Meine Füße schmerzen bereits. Zweige und Blätter kleben unter den Sohlen.

»Vielleicht können wir unsere Socken mit Gras oder Stroh stopfen«, sagt Karl-Heinz.

»Und was dann?« Ich zittere und lasse mich auf den Boden fallen, sehe und höre die russischen Zwangsarbeiter erneut vor mir.

Karl-Heinz setzt sich neben mich. »Fast hätten sie uns ermordet.«

»Die nächsten werden es tun, wir haben nichts übrig.«

»Vielleicht sollten wir zum Bauernhof zurückkehren, Frau Leitner ...«

»Nein!« Obwohl unsere Situation ausweglos ist, kann ich nicht ... darf ich nicht zurück. Es wäre wie Aufgeben, eine Niederlage.

Das kann ich nicht zulassen.

»Aber was sollen wir tun?«

Ich schiebe die Hand in die Tasche, wo Walters altes Taschentuch wie eine Umarmung liegt. Dann beiße ich hart auf, bis meine Backenzähne knirschen und mein Kiefer schmerzt.

»Solange wir laufen können, gehen wir weiter.«

KAPITEL SIEBENUNDZWANZIG

Hilda

Kurts und mein Besuch bei Biene war umsonst. Sie öffnete nicht, antwortete auch nicht, als wir gegen die Tür schlugen. Trotzdem weiß ich, dass sie da war, wusste, dass sie unserem Flehen zuhörte.

Fast jeden Abend kommt Kurt, um mir sein Leid zu klagen. Er und ich haben uns zusammengetan, um gemeinsam Vorräte zu organisieren. Allein einen Mann an der Seite zu haben, ist eine riesige Entlastung. Er ist geschickt und ich kann ihm vertrauen. Paul mag ihn auch. Manchmal sitzen sie zusammen und unterhalten sich, aus Fragmenten bestehendes Männergeschwätz. Es macht mich glücklich, sie so zu sehen. Bisher hat Kurt nichts über die Zeit beim Volkssturm erzählt. Ich dränge ihn nicht, bin zu ängstlich, eine verborgene Wunde aufzureißen.

Seit Hitlers Selbstmord warten wir auf das offizielle Ende des Krieges. Die Fahnen sind alle weg, das Rot wirkt nun grell, die Hakenkreuze wie ein abstoßender Fleck auf der Geschichte alles Deutschen. Gerüchte von einer Kapitulation machen die Runde. Ich hoffe darauf.

Die Amerikaner, die ich bisher getroffen habe, sind nett. Das letzte Mal, als ich Mama abholte, schenkten sie mir Schokolade und Nylonstrümpfe. Was in aller Welt soll ich mit so feinen Strümpfen? Aber sie könnten zum Tausch nützlich sein.

Kurt war sauer, dass ich überhaupt in die Nähe unserer

ehemaligen Feinde ging. Sie haben einige Villen beschlagnahmt, die Verwaltung der Stadt übernommen und besetzen eine Grundschule, der Schulhof ist mit Wagen und Zelten verstopft.

Essen ist noch knapper geworden, also verbringen wir den ganzen Tag mit Suchen und manchmal Betteln. Wenigstens ist das Wetter nun besser und das meiste Holz bleibt fürs Kochen übrig. Ab und zu haben wir Gas im Erhitzer, ab und zu ist Wasser in der Leitung.

Das Beste ist, dass es Paul besser geht. Der alte Tierarzt kommt weiterhin vorbei, aber Paul geht nun öfter spazieren. Heute helfe ich ihm nach draußen. Wir laufen – besser gesagt, wir humpeln – eine Weile die Straße entlang zum Bismarckplatz und setzen uns in den Park. Kurt hat Paul einen neuen Wanderstab aus Haselnuss gefertigt. Die Bäume und Bänke sind verschwunden, aber es gibt noch etwas Grün von den Büschen.

»Was soll ich tun?«, fragt Paul. »Keiner will einen alten Krüppel.«

»Du bist kein Krüppel und du bist nicht alt.«

»Ich fühle mich alt.« Paul klopft sich auf die Brust. »Hier drin.«

Ich streichele seinen Unterarm. »Ich weiß.« Wenn sein Gesicht nicht so jung wäre, könnte mein Bruder leicht vierzig sein, Mamas Alter. »Glaubst du, Papa wird je zurückkommen?« *Warum frage ich das überhaupt?*

Der Tag, an dem ich heimkehrte und Papa dabei überraschte, wie er seinen Koffer packte, ist wie ein Muster in mein Hirn eingebrannt. Tagsüber war er nie da, weil er als Mechaniker bei Bremshey arbeitete. Mama saß in der Küche und als ich die Schultasche ablegte, bemerkte ich ihre Tränen.

»Was ist los?« fragte ich.

Sie schüttelte den Kopf und verbarg ihre Nase im Taschentuch. In dem Moment hörte ich jemanden im Schlafzimmer und fand Papa beim Packen vor. Er war so darin vertieft, dass er mich erst bemerkte, als ich neben ihm stand.

»Gehst du auf Reisen?«

Zu meiner Überraschung ließ er die Schultern sinken und sah mich nicht an. »Ich reise nicht.«

»Warum packst du dann?«

»Ich gehe weg.«

»Warum?«

Er zögerte und nahm mich bei den Armen. »Tut mir leid, Hilda, ich habe jemanden kennengelernt und …«

Papa war ein Mann weniger Worte. Meine Eltern hatten früh geheiratet, weil Paul unterwegs war. Es gehörte sich nicht und keiner sprach von Mamas Siebenmonatskind. Meine Eltern waren jung und passten vielleicht nicht sonderlich gut zueinander.

Aber damals verstand ich das nicht. Ich verstand weder Liebe noch soziale Erwartungen. Ich wusste nur, dass mein Vater, mit dem ich jeden Tag verbracht hatte, fortging.

Wobei ich *nie wieder* ebenfalls nicht verstand. Jahrelang erwartete ich, er würde heimkehren, während Mama sich weigerte, von ihm zu sprechen.

Inzwischen habe ich mich an das Loch in mir, das nicht heilen wird, gewöhnt. Der Schmerz ist vergraben.

Pauls Ausdruck verdunkelt sich bei meiner Frage. »Unwahrscheinlich. Nicht mehr.« Er räuspert sich. »Wir werden wahrscheinlich nie erfahren, wo er ist.«

Ich wünsche mir so sehr, dass Peter heimkommen würde. Ich wage es nicht, es laut auszusprechen, denn dann würden die Tränen kommen.

»Aber mal im Ernst, ich wollte Polizist werden.« Paul bewegt sein verwundetes Bein. »Ich könnte nicht mal 'ne Maus verfolgen, geschweige denn einen Kriminellen.«

»Vielleicht kannst du Polizeiberichte schreiben … oder Buchhalter werden.

Paul spuckt aus. »Ha, Buchhalter. Lieber grab ich mir ein Loch.«

Mein Mund steht offen, aber bevor ich Zeit habe, seine Worte zu verdauen, ruft er: »Tut mir leid, Hilda, das meinte ich nicht so. Ich weiß, wie hart du arbeitest, um uns zu versorgen. Ich fühle mich nur so nutzlos.«

»Du bist nicht nutzlos«, sage ich leise. »Und es geht dir besser. Wir finden eine Lösung, bestimmt.«

»Ich wünsche mir nur, dass ich die Familie unterstützen könnte.«

»Deine Heilung ist die beste Hilfe, die Mama und ich uns vorstellen können.« *Absolut richtig.*

In der Stille, die folgt, drückt Paul meine Hand. Eine einsame

Amsel singt über uns. Es ist der erste Gesang, den ich seit Langem höre. Die meisten Vögel sind verschwunden, weil die Leute sie jagen oder ihre Eier stehlen.

Ich bin dankbar, meinen Bruder wiederzuhaben, obwohl mein Herz schwer ist, weil ich weiß, dass ich ihm nicht helfen kann.

Abends eilt Kurt an mir vorbei in den Flur. »Es ist wirklich vorbei. Deutschland hat kapituliert.« Seine Augen tanzen, während er mich umarmt. »Der verdammte Krieg ist vorbei.«

»Woher weißt du das?«

»Sie haben es im Radio berichtet und die Amerikaner verteilen Flugblätter. Sie sind jetzt die offiziellen Besatzer.«

Ich ziehe ihn ins Wohnzimmer, wo Mama und Paul auf dem Sofa sitzen und Dame spielen.

»Der Krieg ist vorbei«, sage ich. Mit einem Mal werden mir die Knie weich und ich sinke auf einen Stuhl.

Kurt umarmt Paul. »Endlich wird alles besser.«

Mit Tränen in den Augen geht Mama zum Schrank und zieht eine zu zwei Dritteln volle Flasche Branntwein hervor, die sie nach einer Feier von den Amerikanern mitgenommen hat. »Lasst uns darauf trinken.«

Der Alkohol brennt auf der Zunge und bahnt sich einen feurigen Weg durch meinen Hals. Hitze breitet sich in mir aus und wärmt meine Wangen. Wir stoßen mehrmals miteinander an, das Klirren der Gläser klingt ungewohnt in der Nüchternheit des Zimmers. Seit Jahren hat hier niemand normal gefeiert — Geburtstage mit Kaffee und Kuchen, Feiertage mit Braten und Schokoladenpudding, mit Familie, Freunden und Nachbarn.

Mein Herz wird mir leicht, während ich mir vorstelle, wie unsere Leben wieder normal werden. Peter wird nach Hause kommen — er muss. Kurt erzählt Paul einen schmutzigen Witz, beide lachen und die Flasche leert sich.

Mama drückt mich an sich und streicht mir eine lose Strähne hinter mein Ohr. »Endlich können wir gesunden.«

Peter

Unser Fortschritt hat sich zum Schneckentempo reduziert. Wenigstens ist der Winter vorbei und der Boden, obwohl kalt, ist nicht länger gefroren. Aber unsere Füße sind nicht dazu gemacht, barfuß zu gehen, und jetzt, wo wir weder Schuhe noch Jacken haben, merke ich, für wie selbstverständlich wir Kleidung immer gehalten haben.

In Wahrheit fühle ich mich nackt, verletzt ... und verwundbar wie das Amselbaby, das ich vor gefühlt tausend Jahren gerettet habe. Der kleinste Fehltritt wird unser Ende bringen.

Das langsame Gehen hat zumindest einen Vorteil. Wir bemerken alles um uns herum. Und so hören wir zweimal an diesem Nachmittag und Abend Männer sprechen, bevor wir ihnen in die Arme laufen können. Jedes Mal kriechen wir tief ins Gebüsch und warten, bis sie fort sind.

Einmal kommt eine Gruppe mit dreißig oder mehr Menschen vorbei. Sie sehen wie die anderen aus, schmutzig und wütend. Vermutlich sind auch sie ehemalige Zwangsarbeiter.

Karl-Heinz und ich ducken uns tief ins Unterholz. Meine Haut juckt von den Mückenstichen, Kratzer bedecken Arme und Knöchel, Gesicht und Nacken. Ich komme vor Hunger fast um und bin schrecklich durstig — so durstig, dass sich meine Zunge geschwollen anfühlt und am Gaumen klebt.

Wir überqueren einen schmalen Fluss, doch es ist zu gefährlich, hier zu trinken. Wir brauchen eine Pumpe, einen Brunnen oder Wasserhahn. Aber wir haben Angst, uns den Dörfern mit den gefährlichen, hasserfüllten Ex-Häftlingen und den amerikanischen Besatzern zu nähern, also halten wir uns weiter Richtung Südwesten.

Sobald es dunkel ist, machen wir hinter einem alten Wohnhaus am Rande irgendeines Dorfes Rast. Wir schleichen uns in den Garten, wo Karl-Heinz einen Wasserhahn entdeckt. Wir trinken und trinken, waschen uns Hände und Gesicht, während unsere Ohren weiterhin auf Alarm geschaltet und unsere Nerven zum Zerreißen gespannt sind.

Sobald Mund und Kehle sich besser fühlen, setzt der Hunger ein. Er tost und ist zornig, löst in mir brodelnde Wut aus. Er pulsiert und übernimmt die Kontrolle über mein Denken, leert mein Gehirn, bis ich nur noch an eins denke ... *irgendetwas* essen.

Wir liegen Rücken an Rücken hinter einem Schuppen, um uns gegenseitig ein bisschen Wärme zu spenden. Ich wache mitten in der Nacht von einem schmerzhaften Pochen auf, weil mein leerer Magen sich krampft. Ich stehe leise auf und spähe um die Ecke.

Das Haus ist klein, das Dach muss repariert werden. Weder scheint ein Licht, noch höre ich Tiere. Wer auch immer hier lebt, hat nicht viel, ist wahrscheinlich allein. Aber die Zeiten, nett zu sein, sind vorbei. Ich muss jetzt essen.

Vorsichtig tapse ich zur Hintertür, die auf eine Veranda führt. Als sich nichts rührt, drehe ich den Knauf. Er öffnet sich quietschend und ich schleiche hinein. Noch zwei Schritte und ich bin an der Tür, die ins Haus führt. Auch diese Klinke lässt sich bewegen und ich bin drinnen. Inzwischen rast mein Herz, ein lautes Klopfen vibriert in meinen Ohren. Was tue ich hier?

Trotz meines Schuldbewusstseins treibt mein Körper mich vorwärts. Unter mir knacken die Bodenbretter. Ich stehe still und lausche. Nichts. Ich gehe noch einen Schritt, dann noch einen. Es ist so dunkel, dass ich nur Schatten wahrnehme ... den Umriss eines Schranks zu meiner Rechten ...

Aua, irgendwas drückt gegen meine Hüfte. Einen Bruchteil, nachdem ich den Tisch angerempelt habe, zersplittert unter mir Glas. Zumindest nehme ich an, dass es Glas ist. In der Stille ist der Lärm ohrenbetäubend. Ich drehe mich abrupt um, knalle mit der Stirn an den Türrahmen. Über mir erklingen Fußtritte, ein schleppendes, kratzendes Geräusch.

Gegen den Schwindel ankämpfend, schlüpfe ich auf die Veranda. In diesem Moment geht das Licht über mir an, die Helligkeit blendet mich. Ich bin wie gelähmt. Der Schmerz in den Augen vereint sich mit dem Hämmern im Schädel. Ich erkenne mich in der Glasscheibe der äußeren Tür, sehe die verdreckte Hose, die nackten Füße. Mein Hunger ist vergessen, ich weiß nicht mehr, warum ich hierherkam, meine Gedanken winden sich ... kreisförmig ... ins Leere.

»Bleib da stehen.« Die Stimme des Mannes ist tief und befehlsgewohnt ... und irgendwie verzerrt.

Ich nehme die Hände hoch. »Ich hab keine Waffe.«

»Dreh dich rum, aber langsam.«

Ich drehe mich um meine eigene Achse. Ein Glassplitter muss sich in meine rechte Fußsohle gebohrt haben. Der Schmerz sticht bis zum Knie und ich ziehe den Fuß hoch. Aber das lenkt mich nur für Sekundenbruchteile von dem Mann im Eingang ab. Er ist groß, mindestens einen Meter fünfundachtzig, seine Schultern sind breit und muskulös. Er hält ein Brecheisen in der Hand, aber ich sehe woanders hin: in sein Gesicht, an das ich mich bis zum Lebensende erinnern werde.

Ein Teil seiner rechten Wange und des rechten Kiefers fehlen. Stattdessen klafft dort ein Loch und dahinter leuchten Zähne, nicht Schneidezähne, die man sieht, wenn jemand den Mund aufmacht, sondern aufgereihte Backenzähne. Ich will wegsehen, kann es aber nicht — ich bin krankhaft fasziniert.

»Geschieht dir recht, mich so zu sehen«, grummelt der Mann. »Für ehrliche Menschen bedecke ich die Wunden.«

»Ich … Tut mir leid«, stottere ich. »Ich bin so hungrig, die Russen … uns angegriffen … uns alles gestohlen.«

»*Uns* alles gestohlen?«

»Ich meine, *mir* alles gestohlen.«

»Du bist ein schrecklicher Lügner. Wo ist dein Freund?«

Ich schüttele den Kopf, mein Blick haftet immer noch auf der entstellenden Verletzung. »Weiß nicht, wovon Sie reden. Ich bin allein.«

»Klar.« Der Mann dreht sich zur Seite und mustert die Schweinerei, die ich hinterlassen habe. Aus diesem Winkel sieht er wie ein normaler Mann aus, tatsächlich sogar sehr attraktiv. »Du könntest wenigstens aufräumen.«

Ich glotze erstaunt drein: zum Brecheisen, zur erhellten Küche dahinter und zu den Glassplittern am Boden. Ich stütze mich am Türrahmen ab, um nicht umzukippen, weil alles hin- und herwackelt.

»Besen ist in der Ecke.« Der Mann dreht mir den Rücken zu und geht ins Haus.

Ich werfe einen hilflosen Blick in die Nacht, sende Karl-Heinz eine stille Warnung und ergreife den Besen. Als ich in die Küche komme, hat der Mann sich einen Schal um den Hals gewickelt, und zwar so, dass man nur Nase und Ohren sieht. Das schreckliche Loch ist verdeckt, aber im Geiste sehe ich es noch deutlich vor mir.

»Das Kehrblech ist dort …« sein Blick fällt auf meine Füße, die blutige Abdrücke auf dem Linoleum hinterlassen. »Ach, vergiss es.« Er nimmt mir den Besen ab und beginnt, zu kehren, während ich wie ein Idiot danebenstehe.

»Willst du mir sagen, was du hier tust?«, fragt er. Seine Stimme wird durch den Schal gedämpft und ist nun noch undeutlicher als zuvor.

»Nach Essen suchen.«

Der Mann hält kurz inne und kehrt dann weiter. Das dezente Klirren der Splitter klingt laut in der Stille. »Nun setz dich schon«, sagt er endlich. Erneut pausiert er mit dem Kehren und schaut mich an. »Siehst wie ein Ferkel aus.«

Ich sinke auf einen Stuhl und beobachte, wie die Glassplitter in einem Eimer verschwinden.

»Das war die Obstschale meiner Mutter«, sagt er. »Mochte sie nicht sonderlich, aber …« Sein Blick ist wieder auf mich gerichtet, seine Augen haben das tiefe Blau von Enzian. »Bist ein Scheißdieb.«

»Entschuldigung, wollte nicht … Ihr Geschirr zerbrechen.«

Der Mann geht zum Schrank und entnimmt ihm ein eingewickeltes Paket.

»Hab's erst gestern Abend bekommen, du hast also Glück.«

»Was …«

Der Mann ignoriert meine halbe Frage und stöbert in einer Schublade herum. »Normalerweise esse ich nicht um diese Uhrzeit, aber warum zum Teufel nicht? Die Amerikaner könnten uns morgen verhaften, die Russen uns ermorden.«

Als der Mann zum Tisch zurückkehrt, versuche ich, zu verstehen, was er meint. Dann bekommt sich mein Hirn fast nicht mehr ein vor Freude. Essen! Wunderbares, leckeres Essen. Der Mann wickelt einen Brotlaib aus — dunkles, festes Brot, das ein Aroma aus Molasse und Roggen ausstrahlt. Sofort sammelt sich Spucke in meinem Mund, will überlaufen. Ich schlucke vernehmlich, ein Gurgeln entkommt meiner Kehle.

Eine Scheibe Brot erscheint vor mir auf einem Brett, daneben steht ein Glas Quittengelee.

»Mutters Rezept«, sagt der Mann. »Ich heiße Wolfgang.«

»Peter.«

Ich streiche Gelee auf das Brot und nehme einen Bissen, kaue wie von Sinnen, stoppe dann abrupt. Mein Blick trifft Wolfgangs, dessen Kinn noch immer im Schal steckt. Karl-Heinz ist draußen, guckt vielleicht in diesem Moment hier rein, sieht mich essen. Schuldgefühle überwältigen mich, drohen, mich zu verschlingen.

Wolfgang missversteht mich. »Mach schon, ich esse nicht … ist eine widerliche Sauerei.«

Ich nicke langsam, während er mich weiterhin anschaut.

»Es geht um was anderes, nicht wahr?«

Ich nicke kurz.

»Nun sag schon, aber schnell, was verheimlichst du mir?«, knurrt Wolfgang. Er erinnert mich an einen Bär, dessen Winterschlaf gestört wurde.

»Nicht wirklich verheimlichen … Mein Freund Karl-Heinz … ist draußen.«

»Ich wusste es!« Triumph spiegelt sich in Wolfgangs Augen. »Also gut, wo ist er?«

»Ich konnte nicht schlafen, er … wir waren hinter dem Schuppen.«

»Um von mir zu stehlen?«

»Das war meine Idee. Wir haben uns vor den Banden der Zwangsarbeiter versteckt.«

»Siehst du deshalb wie eine Müllhalde aus?«

»Sie haben uns alles genommen«, sage ich. Wieder sehe ich das barbarische Grinsen des Anführers vor mir, den Hunger und Hass in den Gesichtern der Männer. Ich schaudere.

»Krieg lässt Männer zu Tieren werden.« Wolfgang befestigt den Schal. »Du holst besser deinen Freund oder das Essen wird dir nicht schmecken.«

Ich springe auf, werfe dabei fast den Stuhl um, und rase nach draußen. Der Garten ist ruhig. Ich finde Karl-Heinz zusammengerollt hinter dem Schuppen.

Froh, ihm gute Nachrichten überbringen zu können, wecke ich ihn.

Wir bleiben drei Tage bei Wolfgang, helfen ihm im Haus im Tausch gegen Verpflegung und einen Schlafplatz auf dem Wohnzimmerboden. Er ist seit einem Jahr daheim, hatte gehofft, seine Mutter vorzufinden, doch sie war fort.

»Sie besuchte ihre Schwester in Darmstadt, wo sie bei einem Bombenangriff starb.« Wolfgangs Stimme ist ruhig … Akzeptanz schwingt darin mit.

»Was ist dir passiert?«, fragt Karl-Heinz. Ach, was bin ich manchmal froh, Karl-Heinz an meiner Seite zu haben. Er scheut sich nicht, nach Dingen zu fragen, die mir peinlich sind. Ich habe ihm von Wolfgangs Verletzung erzählt, als unser Gastgeber im Badezimmer war.

Wolfgang fingert an seinem Schal herum. Er vermeidet es, vor uns zu essen, und schickt uns dann weg, um irgendeine Arbeit zu erledigen. »Wurde ins Gesicht geschossen … verrückter Zufall. Ich hatte Glück.« So, wie er es sagt, ist klar, dass er sich eigentlich nicht glücklich schätzt. Ihm wäre es lieber, die Kugel hätte sein Gehirn getroffen.

»Was wirst du tun?«, frage ich.

Er zuckt die Schultern und beschäftigt sich mit dem Ofen, wo er eine Suppe kocht. »Ein Krüppel wie ich kann kaum was ausrichten. Die Leute wollen mich nicht ansehen. Ich habe früher Autos repariert. Bisher will mich keiner einstellen. Sie wollen ihre Kunden nicht vergraulen.«

»Du könntest in einer Werkstatt arbeiten, wo dich die Leute nicht sehen«, sagt Karl-Heinz.

»Es ist nur eine billige Ausrede.« Ein Schatten fällt über Wolfgangs vermummtes Gesicht. »Ich kann ihnen keinen Vorwurf machen. Ich habe mich in ein Monster verwandelt, ein widerliches Monster.«

»Du bist kein Monster! Das war Hitler, er ist schuld«, rufe ich.

Ein Hoffnungsschimmer flackert in Wolfgangs Blick auf, dann fallen wieder die Schatten darüber.

Wir schauen den jungen Mann an, der unser älterer Bruder sein könnte. Er wird niemals ein Mädchen finden und er wird niemals einer vernünftigen Arbeit nachgehen können — und alles nur wegen des Krieges.

Apropos Krieg: An unserem zweiten Tag bei ihm kehrt Wolfgang aus dem Dorf zurück und erzählt von der deutschen Kapitulation.

Der Krieg ist vorbei. Endlich!

Ein Generaloberst Jodl unterzeichnete die Papiere am 6. Mai — Deutschland hat den Krieg verloren. Am 8. Mai war es offiziell.

Als die russischen Zwangsarbeiter uns angriffen, hatte Deutschland bereits aufgegeben.

Trotzdem ändert sich nicht viel. Nicht für uns. Wir müssen noch wochenlang laufen, und wahrscheinlich werden wir auf weitere Räuber treffen.

Am vierten Tag haben Karl-Heinz und ich alte handgestrickte Pullover von Wolfgangs Mutter an. Karl-Heinz trägt Sandalen und ich ein paar ausgelatschte Sommerschuhe — einfach himmlisch.

Der Schnitt unter meinem Fuß schmerzt etwas, blutet aber nicht mehr. Ich habe sogar Walters Taschentuch gewaschen und trage es in der Brusttasche meines neuen Hemdes.

Eine große Traurigkeit macht sich in mir breit, als wir uns verabschieden. Wolfgang steht vor seinem kleinen Haus, ein Mann, dessen Leben zerstört wurde. Er winkt nicht, Mund und Kinn sind hinter dem Schal versteckt. Er wirkt wie die Statue eines Mannes, der all das repräsentiert, was mit dem Krieg nicht stimmt. Ein klein wenig kann ich verstehen, dass er sterben will.

»Ich kann mir nicht vorstellen, wie schwierig es sein muss, mit einem halben Gesicht herumzulaufen«, sage ich.

Karl-Heinz schweigt. Ich bin nicht mal sicher, ob er mich gehört hat. Doch mit einem Mal sagt er: »Weißt du, wir haben auch Löcher. Man sieht sie nur nicht.«

Ich starre meinen Freund an, den ehemaligen Witzbold, der ein Weiser geworden ist.

KAPITEL ACHTUNDZWANZIG

Hilda

Ermutigt von den guten Nachrichten, gehe ich am nächsten Tag zum Laden. Es gibt keine Schlange, also eile ich zum Eingang. Ich habe ein Bündel Bezugsscheine, die uns Mehl, Zucker, Fleisch und Fett versprechen.

Die Tür zum Geschäft ist abgeschlossen. Durch das Metallgitter sehe ich leere Regale. Ein Zittern wie von einem eisigen Wind kriecht an meinen Beinen empor. Aber dann fallen mir die Amerikaner ein und ich beschließe, ihnen einen Besuch abzustatten.

Ich bin nicht die Einzige, die sich über unsere mangelnde Versorgung wundert und Antworten bekommen will. Eine Schlange von Menschen in heruntergekommenen Kleidern windet sich um das Gebäude. Zwei Stunden später stehe ich vor einem amerikanischen Offizier.

»Name?«

»Hilda Hagedorn.«

»Wie kann ich dir helfen?«, fragt der Mann mit schwerem amerikanischem Akzent.

»Ich möchte wissen, wann die Läden wieder öffnen.« Ich schwenke die Bezugsscheine. »Jetzt, wo der Krieg vorbei ist und Sie uns verwalten …«

Der Mann hebt abrupt die Hand. »Kann nicht helfen. Wir

wissen nicht, wann es wieder Produkte gibt. Das britische Militär wird hier bald übernehmen. Du kannst sie fragen.«

»Wann werden *die* kommen?« Ich frage mich, was die Briten anders machen werden.

»Spätestens Ende Mai«, sagt der Offizier.

Also verlasse ich das Büro mit leeren Händen. Es gibt keine Versorgung und niemand weiß, wann sie wieder funktionieren wird. Mama bringt einige Sachen heim, aber es ist nicht genug, um uns satt zu bekommen. Ich muss Kurt um Hilfe bitten. Wir werden wieder stehlen.

Aus einer Laune heraus gehe ich an Bienes Haus vorbei. Eine Woche ist vergangen, seitdem wir es zuletzt versucht haben, und ich weiß nicht, warum ich nicht aufhöre, zu versuchen, mit ihr zu sprechen. Als ich in Bienes Straße einbiege, sehe ich sie in die andere Richtung davongehen. Ich erreiche sie schnell, weil sie dahereilt, als schliefe sie.

»Biene, warte«, sage ich zu ihrem Rücken.

Sie erstarrt und geht dann weiter. »Ich hab zu tun.« Sie läuft schneller, obwohl die einfache Aufgabe, davonzueilen, ihr schwerzufallen scheint.

Ich hole auf und bin versucht, ihren Ellbogen zu ergreifen. »Können wir nicht miteinander reden?«

»Ich hab nichts zu sagen.«

»Aber der Krieg ist vorbei.«

Biene dreht sich abrupt zu mir um. Ich gehe einen Schritt rückwärts, schlage mir fast die Hand vor den Mund. Sie sieht schrecklich aus, ihre Wangen sind kantig, ihre Augen groß und dumpf — ich habe ein Hungergesicht vor mir.

»Dank *dir* ist mein Krieg nicht vorbei. Und dank *dir* haben wir fast nichts zu essen.« Die Worte meiner Freundin schneiden wie eine Klinge.

»Aber der Mann hat dich missbraucht.«

Biene zuckt die Schultern. »Na und? Wenigstens hatten wir Essen und Kohlen.«

»Es war falsch.«

»Wer bestimmt denn, was richtig oder falsch ist, Fräulein *Alleswisser*? Wer hat dich zum Richter ernannt? Krieg ist falsch. Dass mein Vater im Gefangenenlager ist, ist falsch. Theos Schwierigkeiten sind falsch. Unser Hunger ist falsch. Richtest du über die auch?«

»Bist du nicht froh über das Ende des Krieges? Vielleicht können unsere Familien …«

»Nur weil die Idioten Papiere unterzeichnen, ändert sich nichts. Deutschland ist am Ende. Wir sind am Ende.«

Sie dreht sich auf dem Absatz um und geht davon.

Ich stehe da und starre ihr mit offenem Mund hinterher. Ich dachte, ich hätte richtig … ich hätte moralisch gehandelt. Aber was bedeutet Moral schon im Krieg? Sie geht als Erstes, beginnend mit der Regierung, die ihre Männer und Jungen in den Tod schickt.

Tränen laufen mir die Wangen hinunter, während ich dastehe. Biene hat recht. Es stand mir nicht zu, mich einzumischen, und jetzt müssen sie wegen mir leiden. Ich schlinge die Arme um mich und wandere heim, während ich mir wünsche, ich könnte alles rückgängig machen.

Wenn wir einen Bauernhof hätten, könnte ich Bienes Familie versorgen. Aber ich habe nichts zu verschenken, kann nur hoffen, dass die neue britische Regierung alles richten und uns etwas zu essen verschaffen wird.

Und dass sie vielleicht Peter findet.

Peter

Wir sind irgendwo in der Nähe von Hannover. Wolfgang meinte, dass die Innenstadt total zerstört sei, dass viele ihre Wohnungen verloren hätten.

Jedes Mal, wenn ich solche Sachen höre, wandern meine Gedanken nach Hause, zu dem Zustand unserer Stadt, und ich frage mich, ob Mutter und mein Bruder Walter in Sicherheit sind. Und ich denke an Hilda, obwohl meine Erinnerung an sie verschwommen bleibt. Die Eindrücke, die mein Hirn hervorbringt, sind vergänglich wie Nebel in der Sonne.

Nur in meinen Träumen erscheint sie deutlich. Letzte Nacht war sie eine erwachsene Frau in einem grün-weiß karierten Kleid mit kinnlangem Haar. Sie ging Hand in Hand mit einem Fremden in Hut und Mantel, ihr Lippenstift glühte rot wie Mohnblumen. Ich wusste, dass sie es war, weil sie dieses kleine Muttermal auf ihrer rechten Wange hat. Aber sie lächelte mich nicht an, sondern guckte irgendwie durch mich hindurch, als wäre ich unsichtbar. Sie sprach mit dem Mann darüber, eine Wohnung zu mieten und ein

Ledersofa für das Wohnzimmer zu kaufen. Ich versuchte, ihre Aufmerksamkeit zu erregen, wollte meine Hand heben, um ihr zuzuwinken, aber mein Arm bewegte sich nicht. Er hing leblos da. Und dann bemerkte ich, dass ich meinen Arm nicht fühlen konnte, und als ich hinsah, war da gar kein Arm mehr, sondern ein leerer Ärmel mit einem Knoten am Ende. Ich wachte schweißgebadet auf.

Komischerweise sprechen weder Karl-Heinz noch ich über daheim oder über die Sorge um unsere Liebsten. Es ist ein Thema, das wir sorgsam vermeiden. Wir diskutieren nur darüber, wann und wo wir uns ausruhen und wo wir vielleicht Essen auftreiben können.

Unser Tempo gleicht dem von alten Männern. Ich habe weiter abgenommen, meine Hose schlottert um die Hüften. Wolfgang hat uns etwas Brot gegeben, aber er hatte selbst nicht viel. Also müssen wir wieder etwas organisieren … oder betteln.

Am Anfang war es mir peinlich, an eine Tür zu klopfen oder ein Geschäft zu betreten. Inzwischen ist es mir egal. Mehr als Nein sagen können die Leute schließlich nicht. Und sollten sie das tun, gehen wir einfach und versuchen es anderswo. Natürlich braucht das Zeit. Ich hatte angenommen, wir wären längst zu Hause. Wie naiv ich doch war, als wir Herrn Sommers Gasthof verließen.

Wolfgang meinte, wir bräuchten noch zehn Tage und dass wir Richtung Hameln laufen sollten.

Heute öffnet sich der Himmel und der Regen weicht uns auf. Graue Wolken ziehen über uns dahin, der Wind kühlt uns bis auf die Knochen aus. Ich kann nur an Feuer denken, daran, meine Kleidung zu trocknen. Als das Straßenschild von Hameln erscheint, erhalten wir neue Energie und eilen vorwärts.

Als wir um die nächste Kurve gelaufen sind, bleiben wir abrupt stehen. Auf der Straße vor uns stehen zwei gigantische Panzer, dazwischen versperrt eine Schranke den Weg. Vier Wachsoldaten in Uniform und mit Maschinengewehren im Anschlag beobachten uns — amerikanische Truppen.

»Was sollen wir tun?«, haucht Karl-Heinz. Er klingt so atemlos, wie ich mich fühle.

Ich werfe einen Blick über die Schulter, aber den durchtrainierten Männern davonlaufen zu wollen, wäre ein Witz, vor allem, da meine Beine mit wässrigem Schlamm gefüllt zu sein scheinen.

»Komm her«, ruft einer der Soldaten von seinem Wachposten. Seine Haut glänzt schwarz unter dem plastikbedeckten Helm. Fasziniert beobachte ich, wie das Regenwasser von seinem Kinn tropft.

Wir nähern uns zögernd. Die anderen mustern uns von ihren Posten auf einem der Panzer.

»Wo ihr geht?« Der Akzent des Schwarzen ist kaum zu verstehen.

»Nach Hause«, sagen Karl-Heinz und ich gleichzeitig.

»Hier … Hameln?«

»Nein«, beeilt sich Karl-Heinz. »Solingen.«

»Wo ist das?«

»In der Nähe von Düsseldorf«, sage ich.

Ich war ziemlich gut in Englisch, aber als der Mann seinen Freunden etwas zuruft, verstehe ich kein Wort.

Ein zweiter Soldat eilt herüber und durchsucht uns, kontrolliert unsere Beutel, die Wolfgang uns geschenkt hat. Zum Vorschein kommen die Decke, die wir teilen, ein Handtuch und einige Krümel Brot. Alles verlangsamt sich, das rasierte Kinn des Mannes ist so nah, seine Finger suchen und zerren. In mir mischen sich Wut und Hilflosigkeit. Sie werden uns alles wegnehmen — schon wieder.

Zu meiner Überraschung reicht uns der Soldat unsere Taschen zurück.

»Komm«, sagt er.

Wir werden durch die Barrikade getrieben und marschieren die Straße hinunter. Neben einem Haus erhebt sich die amerikanische Fahne. Ein weiterer Panzer und vier Jeeps parken davor und an der Seite. Mehrere GIs stehen im Vorgarten und unterhalten sich, aber zwei Männer mit Maschinengewehren im Anschlag bewachen den Eingang.

Mal wieder werden mir die Beine weich, als wären sie mit Flüssigkeit gefüllt. Werden uns die Männer einsperren oder erschießen? Karl-Heinz ist blass und als sich unsere Arme zufällig berühren, spüre ich sein Zittern. Irgendwie überträgt sich das Beben auf mich.

Der Offizier hinter dem Schreibtisch ist deutlich älter als die Wachen und zeigt auf die zusätzlichen Stühle, während der

Wachposten in Englisch erklärt: »… angehalten … Düsseldorf … verdächtig.«

Der Offizier entlässt die Wachposten und blickt uns an. Sein kantiges Kinn ist perfekt glatt rasiert, seine Augen haben das Grau eines stürmischen Tags. Er strahlt Autorität aus, ohne zu sprechen. Zum Glück ist mein linkes Bein von ihm aus gesehen hinter dem Schreibtisch, weil es wie von selbst zuckt.

»Papiere?«

»Wir haben keine mehr«, sage ich.

»Namen, Alter und Adressen?« Der Mann hat kaum einen Akzent.

Wir geben ihm die gewünschten Informationen, die der Offizier auf einem Blatt Papier notiert.

»Was macht ihr in Hameln?«

Karl-Heinz und ich tauschen einen Blick aus, bevor er beginnt: »Vor zwei Jahren wurden wir in ein Lager in Körlin in der Nähe von Danzig verschickt. Es war schlecht, also zogen wir in ein anderes Lager.«

»Sie hatten die Schulen geschlossen und uns alle weggeschickt«, füge ich hinzu.

»Dann zogen wir in einen Gasthof«, sagt Karl-Heinz.

»Warum?«

»Das große Lager hatte nicht genug zu essen.«

Der Offizier lehnt sich zurück und faltet seine sehr sauberen Hände. »Warum seid ihr nicht nach Hause gefahren?«

Gute Frage, will ich sagen. Warum, zum Kuckuck, haben sie uns nicht heimgeschickt? Anstatt darauf zu warten, dass die Rote Armee uns schnappt.

»Ich glaube, sie haben gedacht, so sei es sicherer«, erwidert Karl-Heinz.

Aber das kann nicht gestimmt haben. Jeder, der irgendetwas wusste, vor allem Hitler und das deutsche Militär und dieser von Schirach, die überall ihre Spione und Truppen hatten, mussten über die Russen Bescheid gewusst haben.

Der Offizier sieht uns an. »Und was glaubt ihr?«, fragt er in einwandfreiem Deutsch.

»Unser Lehrer meinte, die Rote Armee würde nicht so weit kommen.«

Ungläubigkeit spiegelt sich in den Augen des Mannes, sein

rechter Mundwinkel bebt. Das Zucken verschwindet sofort wieder, was ich ihm hoch anrechne, und er fragt: »Warum seid ihr hier?«

»Wir gehen nach Hause, nach Solingen«, antwortet Karl-Heinz.

Der Offizier entfaltet seine Hände und beugt sich vor. »Von Danzig?«

Wir nicken.

»Das müssen ... sechs- oder siebenhundert Meilen sein.« Er mustert uns erneut. »Wie lange seid ihr schon unterwegs?«

Karl-Heinz und ich sehen uns an. »Welcher Tag ist heute?«, fragt er.

Der Mann überfliegt einen Kalender. »Der 12. Mai.«

»Dann sind es zweieinhalb Monate.«

»Ihr *wisst* aber, dass Deutschland kapituliert hat und dass wir hier die Leitung haben, oder?«

Karl-Heinz und ich nicken.

»Ihr wisst auch, dass euer ... Hitler Selbstmord begangen hat?«

Während das Wort *Selbstmord* durch meinen Kopf schwirrt, sehe ich Karl-Heinz an. Er starrt geradeaus, aber ich erkenne den Schock auf seinem Gesicht, bemerke, wie seine Schultern herabfallen. Also wählte er, nachdem er das Land zerstört hatte, den Weg eines Feiglings. Und ließ uns leiden. Auf einmal bekomme ich keine Luft mehr, der Kragen meines Pullovers ist zu eng und ich zerre heftig daran.

»Habt ihr Uniform getragen ... gekämpft?« Die Frage des Offiziers reißt mich aus meinen Gedanken. Bilde ich es mir ein oder ist sein Ausdruck nun milder?

»Nein«, sage ich. »Wir hatten Schule und später haben wir den Bauern geholfen, Proviant organisiert.«

Diesmal bleiben die Augen des Mannes ungerührt. Irgendwo im Hintergrund klappert eine Schreibmaschine. Draußen sprechen fremde Stimmen, gefolgt von Lachen, unbesorgt und heiter. Es ist ein sonderbares Geräusch, irgendwie außerirdisch, etwas, das ich so schon lange nicht mehr gehört habe.

Der Mann schreibt jetzt etwas auf das Formular. Sein Haar ist bis auf zwei Zentimeter geschoren, ein wenig grau an den Schläfen.

Mir steigt mein eigener Geruch in die Nase. Meine Achseln stinken und die Vorderseiten meiner Hosenbeine sind mit Dreck verklebt. Wir müssen gegenüber diesen adretten, rasierten Männern wie Schweine wirken.

»Also gut«, sagt der Mann endlich. »Ihr könnt gehen.« Er ruft einem Mann im Nachbarzimmer etwas zu. Sofort kommt er herbeigeeilt und winkt uns hinaus.

Ich werfe einen letzten Blick auf den Offizier, der hinter seinem Schreibtisch sitzt und nachdenklich wirkt. Dann ruft er unserer Wache etwas zu und wir marschieren nach draußen.

»Du komm«, sagt der Mann.

Ich schaue Karl-Heinz an, der die Schultern zuckt. Auf seiner dreckverschmierten Stirn hat sich eine neue Sorgenfalte gebildet. Hat der Offizier seine Entscheidung geändert? Werden sie uns doch verhaften?

Als wir die Straße hinuntergehen, komme ich kaum noch mit. Meine Beine sind wieder weich und ich bin so hungrig, dass mein Magen sich ständig krampft.

Nach etwa einem Kilometer biegen wir in eine Seitenstraße ein, wenden uns dann nach links und kommen vor einem riesigen, mit Stacheldraht umgebenen Gebäude zum Stehen. Zwei Soldaten stehen am Tor. Zwei mehr befinden sich direkt vor dem Eingang.

Jenseits liegt ein gähnender Raum mit Tischreihen und Bänken, einige davon sind mit Soldaten besetzt. Meine Augen fallen mir fast aus dem Kopf — sie essen.

»*Sit here*«, sagt unsere Wache. Er ist vielleicht ein Jahr älter als wir, sieht aber im Gegensatz zu uns in seiner blitzsauberen Uniform und den soliden Stiefeln unglaublich gut aus.

Ich lasse mich auf die Bank neben Karl-Heinz fallen und schaue mich um. Eine Gruppe von vier Soldaten hockt am benachbarten Tisch und unterhält sich leise, entspannt. Sie werfen uns einen neugierigen, aber gelassenen Blick zu, bevor sie ihre Unterhaltung wieder aufnehmen. Ich versuche, Worte herauszuhören, aber meine Ohren sind mit Watte gefüllt, mein Hirn hohl.

Im nächsten Moment erscheint vor uns ein Tablett, das Aroma von geröstetem Fleisch und Butter ist so berauschend, dass ich am liebsten mein Gesicht darin versenken würde. Stattdessen findet meine Hand die Gabel und ich beginne, die Köstlichkeiten in mich hineinzuschaufeln. Ich sehe nur noch das Essen vor mir. Das Fleisch ist dunkel. Es ist vom Rind, in cremiger Soße. Da sind

Pilze, oh, Bohnen in Butter und flockig lockerer Reis. Ich kaue und schlucke, kaue und schlucke. Ein Teller mit Brot erscheint und ich tunke und wische mit dem Brot, stopfe es in den Mund und ...

Als ich aufblicke, ist mein Tablett so sauber, als hätte es jemand gespült. Karl-Heinz neben mir poliert den letzten Fleck Soße mit seinem Brot vom Teller. Erst jetzt bemerke ich die zwei Flaschen Cola vor uns, echt amerikanische Getränke. Ich nehme einen Schluck, die Kohlensäure kitzelt mir in der Nase — süß und köstlich. Kein Wunder, dass diese Männer so zufrieden und entspannt aussehen.

»Sie haben uns zu essen gegeben«, sagt Karl-Heinz mit Staunen in den Augen. »Der Führer hat immer gesagt, sie wären unsere Feinde und würden uns alle ermorden.«

»Stimmt, vielleicht hatten sie Mitleid. Ich glaube ...«

»Aber sie hätten uns nicht versorgen müssen.«

»Hitler ist tot, der Krieg ist vorbei.« Tief in mir brodelt der altbekannte Zorn, während ich mich frage, was an dem, was sie uns in der HJ und im KLV-Lager erzählt haben, der Wahrheit entsprach.

»Glaubst du, dass es stimmt? Dass er sich umgebracht hat?«

Ich beiße mir auf die Lippen, hart, bis ich Blut schmecke. »Er hat unsere Väter auf dem Gewissen ... unser Land zerstört.« Die Worte herauszupressen, ist anstrengend. Was sollte nur all dieser Quatsch mit Ehre und Opfer? »Hitler war verrückt ... und letztendlich ... ein Feigling.«

»Du kann gehen.« Der junge Soldat von vorhin ist zurück und wir stehen schnell auf. Er händigt uns zwei grüne Leinentaschen und zwei Blätter Papier aus. »Passierschein. Du zeigen.«

»Thanks«, sage ich auf Englisch.

Der Soldat nickt und flitzt in die andere Richtung davon.

Wir laufen einige Hundert Meter, bevor meine Beine sich weigern, auch nur noch einen einzigen weiteren Schritt zu gehen. Mein Magen ist so voll, dass mir schlecht ist.

»Sie haben uns gehen lassen«, meint Karl-Heinz. Wie immer spricht er die Dinge aus, die ich denke, als wären wir ein altverheiratetes Paar, bei dem einer ständig die Sätze des anderen beendet.

Ich werfe einen Blick über meine Schulter. Die Straße ist verlassen. Hier und da hängen weiße Tücher aus den Fenstern.

»Wie lange noch, glaubst du?«

Karl-Heinz sagt nichts, offensichtlich rechnet er nach. »Wolfgang schätzte zehn Tage, vielleicht zwei Wochen«, sagt er nach einer Weile.

Ich schiebe die Beutel auf meine andere Schulter und lege sie dann auf den Boden. Ich muss wissen, was die Amerikaner uns mitgegeben haben.

KAPITEL NEUNUNDZWANZIG

Hilda

Kurt und ich haben uns zusammengetan, um nach Essbarem zu suchen. Er wollte auch Biene fragen, aber sie weigert sich, ihn zu sehen.

Jeden Tag streifen wir durch die Landschaft. Manche Stellen im Tal der Wupper sind wunderschön, die Wiesen stehen voller Blumen und die Obstbäume blühen. Ab und zu tue ich so, als ob es keinen Krieg gegeben hätte und dies ein Frühling wie jeder andere wäre.

Viele Anwohner hier haben Gärten, aber sie sind eingezäunt und fast immer bewacht. Kurt hat mir beigebracht, wie man Brennnesseln erntet. Sie wachsen überall entlang der Pfade und am Fluss, sind saftig und manchmal fast zwei Meter groß. Und sie schmecken wie Spinat. Zum Ernten braucht man Handschuhe, denn die feinen Haare an Blättern und Stämmen brechen auf und geben Ameisensäure frei, eine Flüssigkeit, die auf der Haut wie Feuer brennt. Wir beide haben alte Kissenbezüge dabei und während Kurt schneidet, sammele ich die Brennnesseln mit einem Paar alter Gartenhandschuhe ein, die Kurt aus einem Schuppen gestohlen hat.

Man braucht eine Menge Nesseln, um einen Topf zu füllen, denn sie schmecken nicht nur wie Spinat, sie schrumpfen auch ebenso zusammen. Wir sammeln auch Löwenzahnblätter,

Sauerampfer, Vogelmiere und Pimpernelle. Besonders mag ich den wilden Knoblauch oder Bärlauch. Kurt hat mir ein Buch geliehen, das er unbewacht auf einer Veranda gefunden hat. Dessen Zeichnungen und Beschreibungen regionaler Pflanzen habe ich mir eingeprägt.

Wir klettern auch in Büsche und auf Bäume, um Vogeleier zu stehlen. Wir bevorzugen Taubeneier, weil sie ziemlich groß sind — doch es gibt nur wenige.

Auf dem Heimweg sammeln wir dazu noch frische Blätter der Rotbuche und die frischen Sprossen der Fichte. Laut Kurts Buch sind sie alle essbar. Natürlich trägt Kurt das Buch nicht länger bei sich, er hat ja mich.

Was wir nicht haben, sind Butter und Öl. Fett in jeglicher Form ist fast nicht zu bekommen, auch wenn unsere Bezugsscheine uns eigentlich dazu berechtigen. Die letzte Fettration von 109 Gramm pro Monat gab es während des Krieges.

»Willst du später noch etwas unternehmen?«, fragt Kurt, als wir unsere Nachbarschaft erreichen.

Es ist früher Nachmittag und unsere Taschen sind prall gefüllt mit Brennnesseln und Bärlauch. Wir haben ein paar Kartoffeln übrig und ich will eine Suppe kochen.

»Was denn?«

»Bisschen laufen, vielleicht sehen, ob in der Stadt was offen ist?«

Ich zucke die Schultern. Ich habe kein Geld, aber wäre es nicht schön, die hübschen Kleider, Schuhe oder selbst Werkzeuge in den Schaufenstern anzusehen? Kurt zappelt von einem Fuß auf den anderen, seine Wangen glühen.

»Alles klar, dann hole ich dich um sieben ab.«

Mit dem Geschmack der Suppe noch im Mund schlendern wir in die Stadt. Pfade führen an Trümmerhalden vorbei. Hier und da passieren wir andere Menschen, doch sie scheinen nur Augen für die Ruinen zu haben, wo sich vielleicht ein verlorener Schatz finden lässt.

Der Gestank der Feuer und verwesenden Leichen ist größtenteils verflogen, aber die Umgebung ist so fremd, so hässlich, dass sich in mir alles zusammenkrampft. Es gibt weder Geschäfte noch Auslagen.

»Lass uns umkehren«, sage ich. »Ich möchte lieber durch

unsere Nachbarschaft oder zum Park gehen.«

Kurt antwortet nicht, aber dann nimmt er meine Hand. »Sicher, tut mir leid. Das war eine dumme Idee.«

Ich lächele grimmig. »Du konntest es ja nicht wissen. Es ist nur … so eine riesige Aufgabe. All der Schutt, die Zerstörung. Wie soll man das jemals wieder sauber bekommen?«

Wir landen in dem kleinen Park am Bismarckplatz und lassen uns auf zwei Baumstümpfen nieder. Irgendjemand hat es geschafft, sie abzusägen und das Holz zu entfernen. Der Park sieht ebenso zerhackt aus wie Teile des Waldes.

Wieder lasse ich den Kopf hängen.

Bis Kurt seinen Arm um mich legt. »Du bist traurig«, sagt er einfach.

Seine Nähe ist beruhigend. Irgendwann verlagere ich mein Gewicht und als Nächstes ist Kurts Gesicht ganz nah und seine Lippen auf meinem Mund.

Sie sind weich, aber nicht allzu erfahren. Doch wer bin ich, das zu beurteilen? Es macht Spaß – und ist doch eigenartig.

»Bist du nicht in Biene verliebt?«, frage ich, als er eine Pause einlegt. Ich lege eine Hand gegen seine Brust und er zieht sich sofort zurück.

»Biene spricht nicht mal mit mir. Dich mag ich auch.«

»Aha.«

»Nein, es stimmt.« Kurt stellt sich vor mich hin, sein Blick ist ernst. »Du bist ein nettes Mädchen, Hilda. Siehst auch gut aus. Wir haben Spaß zusammen.«

Ich bin nicht so attraktiv wie Biene und so, wie wir uns dieser Tage anziehen, fühle ich mich nicht mal fraulich. Nur nach dem Bad, wenn ich mich im Spiegel anschaue, sehe ich die weiblichen Rundungen, respektable, wenn auch winzige Brüste und lange Beine. Ich habe nicht mal richtige Hüften, mein Bauch ist flach und mager. Die Bilder der Filmstars wie Marlene Dietrich zeigen kurvige und verführerische Frauen. Aber was hilft es, verführerisch auszusehen, wenn unsere Schränke leer sind?

»Willst du mit mir gehen?«, fragt Kurt. Er ergreift wieder meine Hand und drückt sie.

Ich schaue den jungen Mann an, der so alt ist wie Peter, aber irgendwie anders. Mein Herz sagt mir, dass Kurt ein guter Kerl ist, der sich um mich kümmern wird. Er kann organisieren und uns helfen.

Also nicke ich und im nächsten Moment küsst er mich erneut. Diesmal steckt er seine Zunge in meinen Mund. Ich mag das Gefühl nicht sonderlich, aber ich weiche nicht zurück. Wer weiß, vielleicht finden wir ja mit der Zeit heraus, wie wir es besser hinbekommen. Kurt scheint zu schwitzen und atmet heftig.

»Ich geh besser heim«, sage ich schnell. Kurts Gebaren ist mir suspekt.

Kurt zieht sich zurück und drapiert einen Arm um mich. »Natürlich, ich bring dich nach Hause.«

Brauchst du nicht, will ich sagen, aber dann erinnere ich mich daran, dass wir *zusammen gehen*, wir sind ein Paar.

An der Tür küsst Kurt mich wieder, aber ich schiebe ihn weg, murmele etwas von spionierenden Nachbarn.

Nachdem Kurt davongegangen ist, eile ich ins Bad. Außer den geröteten Wangen ist das Bild im Spiegel unverändert. Erleichtert wasche ich meine Hände und gehe in die Küche.

Peter

Karl-Heinz und ich sind gut vorangekommen. Es scheint, als hätten die Amerikaner uns ihr Selbstvertrauen eingeträufelt. Vielleicht liegt es auch daran, dass wir nun genug Proviant haben, bis nach Hause zu kommen.

Als wir endlich unsere Taschen öffnen, finden wir jeder dreißig rechteckige Kartons, ein Kochgeschirr, eine Thermoskanne und eine Gabel.

»Was glaubst du, was in den Kartons ist?« Karl-Heinz dreht einen der Behälter um und rüttelt daran. Ich hebe ein Paket an meine Nase. Nichts. *Supper Ration Type K* ist in Grün aufgedruckt, mehr Text steht darunter.

»Hör dir das an.« Vor Aufregung kriege ich die Worte kaum heraus. »Kaffee, Biskuits, Bouillon, Konfektion, Zigaretten, Zucker und Kaugummi.« Ich drehe den Karton um. »Was zum Kuckuck ist Konfektion? Glaubst du, all das ist hier drin?«

»Wäre toll«, meint Karl-Heinz. »Klingt nach Abendessen?«

»Bestimmt eine Soldatenration.«

»Wir laufen besser eine Weile, bevor wir essen.«

»Hast recht.«

Am Nachmittag halten wir es nicht mehr aus. Wir entdecken

eine verlassene Scheune, deren Dach fast gänzlich eingefallen ist, ein Teil der Wände fehlt. Nach näherer Untersuchung entscheiden wir uns, zu bleiben. Es ist genug vom Dach übrig, um uns zu schützen, falls es regnen sollte — was es jeden Moment tun könnte — und die Wände bieten Schutz vor dem Wind.

Der dritte Grund ist ständig präsent und folgt uns wie eine Giftwolke: die Sorge, dass uns andere ehemalige Zwangsarbeiter finden und wir erneut alles verlieren. Und dass sie uns vielleicht ermorden. Ich habe Albträume von dem Anführer, der darin mit dem Messer herumfuchtelt und Karl-Heinz' Kehle durchschneidet. Ich kann meinem Freund nicht mal davon erzählen, weil es mich wahnsinnig aufwühlt.

Karl-Heinz macht es sich in der Ecke der Scheune bequem. »Lass mal sehen, was wir haben.« Seine Augen blitzen, während er den Karton der US-Armee prüfend in Augenschein nimmt und dann aufreißt. Heraus fallen kleine Pakete, eine Dose und ein Packen Biskuits in Zellophan. »Schau mal.« Karl-Heinz' Stimme ist voller Triumph. »Das ist Schokolade.« Tatsächlich steht auf zwei Packungen *Nestlé's Sweet Chocolate Bar*.

Ich starre verwundert auf meine eigene Ration, die außerdem Pulverkaffee, Zucker, Streichhölzer und Zigaretten enthält.

Karl-Heinz kichert und ich falle ein. Wir schnüffeln an jedem Paket, legen es hin und nehmen das nächste. Ich lasse eine Prise Zucker auf der Zunge zergehen. Himmlisch! Die Schokolade verwahre ich für später.

»Wie sollen wir das Fleisch kochen?«, fragt Karl-Heinz.

Ich erinnere mich an den Apparat in der Tasche, ein faltbares Stativ mit drei Füßen, in dessen Mitte man ein brennbares Heizelement legen kann. Wir öffnen den metallischen Dosendeckel mit dem Schlüssel und wärmen das Essen in unseren Pfannen. Der Duft von gekochtem Essen steigt wie ein Wunder in meine Nase und mir läuft schon wieder die Spucke in den Mund. Diesmal essen wir langsam, genüsslich.

»Wir brauchen eine Tasse, um Wasser heiß zu machen«, sage ich nach einer Weile. »Für den Kaffee und die Bouillon.«

»Wir nehmen die Pfannen.«

Und so trinken wir unsere erste Fleischbrühe und dann Kaffee, knabbern an der Schokolade. Der Geschmack ist ungewohnt und so fabelhaft, dass ich mich zwicken muss, um zu glauben, dass ich nicht träume.

Da wir beide nicht rauchen, verstauen wir die Zigaretten für später. In dieser Nacht schlafe ich gut, mit ruhigem Magen und entspannten Gedanken. Mit Karl-Heinz' regelmäßigem Atem neben mir, denke ich an die Zeit, als es normal war, sich satt zu essen und ohne Angst zu leben. Als mein Vater jeden Abend nach der Arbeit nach Hause kam und Mutter an den Wochenenden Braten kochte und das Schlimmste in meinem Leben die Sorge um vergessene Hausaufgaben war. Ich sehne mich nach dieser Zeit zurück, aber während ich unter Wolfgangs fadenscheiniger Decke liege, wächst in mir wie eine schreckliche Wunde die Erkenntnis: Ich trauere um diese Zeit, weil sie für immer verloren ist.

KAPITEL DREISSIG

Hilda

Heute besuche ich wieder Frau Breuer. Sie und Walter waschen im Spülbecken Wäsche, in Wohnzimmer und Küche hängt eine Sammlung verschlissener Kleidungsstücke.

Nichts von Peter zu hören, macht mich verrückt. Es ist Mitte Mai und in Solingen ist der Krieg seit einem Monat vorbei.

Warum kommt er also nicht? Die Möglichkeit, dass Peter vermisst sein könnte, hält mich nachts wach. Ich stelle mir schreckliche Dinge vor, Übelkeit steigt in mir auf wie giftiger Nebel. In diesen Momenten glaube ich, dass er niemals zurückkommen wird, und der Schmerz ist wie das Maul eines Ungeheuers, das mich mit Haut und Haaren verschluckt.

Ich lehne mich gegen den Türrahmen, hoffe, dass Peters Mutter meine Verzweiflung nicht bemerken wird, hoffe, dass meine Beine nicht zusammenbrechen werden.

»Ich habe die Mutter von Dieter Maier getroffen.« Frau Breuer trocknet sich die Hände und wendet sich mir zu. Ihre Finger sind von dem kalten Wasser verschrumpelt und rot. »Er ist Peters Klassenkamerad. Sie hat vor zwei Monaten einen Brief von ihm erhalten. Dieter schrieb, dass sie in einem Gasthof in der Nähe von Danzig wohnen.«

»Aber das ist …«

»Das Gebiet der Roten Armee, ich weiß.«

»Muss Peter gegen die Russen kämpfen?«, fragt Walter.

»Unsinn!«, ruft Frau Breuer. »Der Brief ist mindestens acht Monate alt. Sie sind sicherlich längst fort.« Sie wuschelt durch Walters Haare und sieht mich erneut an. »Oder sie warten darauf, dass die Dinge sich beruhigen.«

»Richtig.« Innerlich bin ich eiskalt. Irgendetwas stimmt nicht. Warum hat Peter nicht geschrieben wie Dieter? Was wollen die Russen mit einem Haufen Jungs? Vielleicht ist Peter in einem russischen Gulag, wie Bienes Vater. Er kommt vielleicht nie mehr heim.

Meine Gliedmaßen werden schwer, ich kann mich nicht mehr bewegen. Ich sehe auch nichts mehr, weil meine Sicht verschwimmt.

»Mutter, Hilda weint«, sagt Walter.

Ich will mein Gesicht abwischen, aber ich kann nicht mal den Arm heben. Im nächsten Moment ist Frau Breuer bei mir und ich verschwinde in ihren Armen.

»Armes Kind, du vermisst ihn ebenso sehr wie wir.« Sie streichelt über meinen Rücken, während ich bebe und weine.

Walter tätschelt mir unbeholfen die Hand. »Er ärgert uns bloß, weil er weiß, wie sehr wir auf ihn warten.«

Ich schluchze und lache, löse mich von Frau Breuer. »Das könnte sein, in so etwas war er schon immer gut.«

»Na, na«, sagt Frau Breuer. »Sollst sehen, er kommt bald zurück, um uns auf Trab zu halten.« Ihre Augen glänzen, aber sie lächelt. In diesem Moment bin ich für Frau Breuers ermutigende Worte und ihre Hoffnung unglaublich dankbar.

Walter rennt davon und erscheint wenig später mit einem dunkelblauen Schal, der bessere Zeiten gesehen hat. »Das ist Peters. Du kannst ihn behalten, bis er zurück ist.«

Neue Tränen drohen, sich ihren Weg nach oben zu bahnen, während ich mir den Schal um den Hals wickele.

»Haben Sie etwas von Ihrem Mann gehört?«, frage ich.

Frau Breuer betupft ihre Augen und antwortet: »Zuletzt war er an der Baltischen See.«

»Sicher vergnügt er sich mit Peter«, sagt Walter. »Ich kann mir gut vorstellen, wie sie am Strand liegen und uns völlig vergessen haben.«

Wieder grinse ich.

Vielleicht ist es sogar besser, dass Papa uns vor dem Krieg verlassen hat. Zumindest brauche ich nicht auf ihn zu warten. Ich atme tief durch und verabschiede mich. Komischerweise geht's mir besser.

Peter

Am folgenden Nachmittag nähern wir uns Paderborn. Zumindest ist das der Plan, bis wir mal wieder auf amerikanische Soldaten stoßen. Diesmal versperren zwei Jeeps die Straße.

»Wohin wollt ihr?«, fragt einer der Wachposten aus dem Auto.

»Wir wollen nach Solingen.« Ich zeige ihm unsere neuen Passierscheine.

»Unmöglich«, sagt der Mann in schlechtem Deutsch.

»Was? Aber warum?«, ruft Karl-Heinz. »Wir wollen nicht hierbleiben, nur durchlaufen.«

Die zwei Amerikaner sehen sich an und schütteln dann beide den Kopf. »Stadt kaputt, die Straßen unpassierbar. Ihr müsst anderen Weg finden.«

Er händigt uns unsere Papiere aus und deutet über seine Schulter. »Zurück und außen rum.«

Wortlos marschieren wir den Weg, den wir gekommen sind, wieder zurück. Meine Beine wehren sich, wollen nicht einen Meter in die falsche Richtung laufen, was mehr Zeit und Energie bedeutet und außerdem mehr Gefahren mit sich bringt.

Karl-Heinz zieht die Brauen zusammen. »Welchen Umweg sollen wir gehen?«

»Was bedeutet unpassierbar?«

Da die Posten inzwischen außer Sicht sind, nehmen wir bei der nächsten Gelegenheit eine schmale Seitenstraße. Hier sind keine Uniformen zu sehen, also eilen wir auf eine Reihe von Häusern zu.

»Sieht total normal aus«, meint Karl-Heinz. Seitdem wir Proviant haben, hat er bedeutend bessere Laune.

Komisch ist nur, dass wir gar niemanden sehen, nicht nur keine Uniformierten. Die Straße ist verlassen, die Häuser schweigen.

Um die nächste Ecke grüßen uns Schutthaufen, so groß wie Häuser. Sie bestehen aus geschwärztem Stein, verbogenem Metall und stinken. Während der letzten Meter hat die Luft einen scharfen, verbrannten Geruch angenommen, der in der Nase ätzt. Schlimmer ist die darunterliegende Verwesung. Irgendwo in der Nähe liegen Tote.

Karl-Heinz hält sich die Nase zu, während wir in einen Hinterhof abbiegen. Hier stehen noch alle Häuser, bis wir zur Ecke kommen. Das Land vor uns fällt flach ab und öffnet sich gen Westen. Scharfkantige Ruinen ragen gen Himmel, dazwischen häufen sich Trümmer — nicht ein einziges Haus scheint intakt zu sein. Es ist wie ein schwarzes Wüstenland nach der Apokalypse.

Meine Lunge droht, zu kollabieren. Obwohl sie mich anwidert, ziehe ich Luft ein, nein, ich schnappe sogar danach, weil die Schlinge um meinen Hals von unsichtbaren Händen zugezogen wird. Galle steigt meine Kehle empor. Die Amerikaner hatten recht — Paderborn ist tot.

Ich drehe mich auf dem Absatz um und gehe zurück. Jetzt ist es mir egal, ob wir einen Umweg laufen, solange wir nicht durch diesen grauenhaften Friedhof gehen müssen. Karl-Heinz folgt mir, aber im Moment kriege ich kein Wort raus. Ich kann nichts sagen, denn ich habe keine Worte, mit denen ich das, was ich gesehen habe, beschreiben könnte – und wie es mir dabei geht.

Meine Gedanken galoppieren davon. Was ist, wenn es in Solingen auch so aussieht?

Wir rennen weiter. Weil heute die Sonne scheint und eine gute Orientierung bietet, schaffen wir es, auf die Reichsstraße 1 in Richtung Dortmund zurückzukehren. Den Rest des Tages laufen wir fast ohne Pause. Ich kann nicht anhalten und Karl-Heinz beschwert sich auch nicht. Tatsächlich sprechen wir überhaupt nicht miteinander. Keiner von uns sagt auch nur ein Wort. Nichts.

Am Abend, als meine Beine einzuknicken drohen, verlassen wir die Straße und lassen uns kurz darauf hinter einem Gebüsch auf den Boden sinken. Karl-Heinz ist neben mir und ich bin außerordentlich dankbar für seine Nähe. Schweigend packen wir eine weitere Ration der US-Armee aus, wortlos öffnen wir die Dosen und essen das kalte Fleisch.

Danach stecke ich mir eine Zigarette an. Ich hab nur einmal im sechsten Schuljahr geraucht, als Karl-Heinz zwei Zigaretten von seinem Vater hatte mitgehen lassen und wir uns damit im Keller versteckten. Karl-Heinz starrt mich einen Moment an, bevor er sich ebenfalls eine seiner Zigaretten anzündet. Stinkenden Rauch paffend, sitzen wir im schwindenden Licht. Eine Amsel singt über uns ein frohes Lied. Meine Zunge brennt von dem ekligen Geschmack des brennenden Tabaks, aber es ist mir wurscht. Ich will leiden, Schmerz spüren, will mein Hirn betäuben und mit sinnlosem Rauch füllen.

Wir rupfen einige Farne ab und rollen uns, in unsere Decke gehüllt, darauf ein. Ich schlafe gleich ein, wache aber mitten in der Nacht auf. In der Stille, die uns umgibt, ist nur Karl-Heinz' ebenmäßiger Atem zu hören.

Ich liege da und lausche ihm. Der Rauchgeschmack liegt noch bitter auf meiner Zunge.

KAPITEL EINUNDDREISSIG

Hilda

Eine weitere Woche ist vorüber. Obwohl ich jede Menge Arbeit habe, uns zu versorgen und mir Kurt vom Leib zu halten, begleitet mich die Sorge um Peter in jeder Sekunde eines jeden Tages. Sie ist ein konstanter Gefährte, ein widerwärtiger, schwarz-kapuziger Kerl, der längst all meine Hoffnung verdrängt hat und mir seine boshaften Kommentare ins Ohr flüstert, wann immer ich eine Pause einlege.

Paul und Mama schauen mich oft komisch an, weil sie sich wundern, was mit mir los ist. Zumindest ist das bei Mama so. Ich glaube, Paul weiß Bescheid. Irgendwie hat er herausgefunden, was mich plagt.

»Tut mir leid, Hilda.« Mama lehnt am Türrahmen. »Ich hätte schon längst mit dir über deinen Vater sprechen sollen.«

Ich lasse die Kartoffelbürste fallen und drehe mich zu ihr um. Irgendwie missversteht sie meine düstere Stimmung und meint, sie hätte mit Papa zu tun.

»Ist er ... tot?« In den Winkeln meines Hirns stelle ich mir vor, wie Papa in einem Graben liegt, den Helm weggeschossen, Gehirnmasse in den Dreck sickernd.

Mama kommt zu mir herüber und umfasst mein Gesicht mit ihren Händen. Sie ist fast zehn Zentimeter kleiner als ich, ihre Finger liegen weich auf meiner Haut. »Er hat sich nie wieder gemeldet. Anfangs habe ich ihn ein paar Mal mit einer jungen Frau zusammen gesehen, aber ich glaube, er ist irgendwann umgezogen. Ich weiß nicht, ob er den Krieg überlebt hat.« Ich will wegschauen, aber Mama hält meinen Kopf fest und sie blickt mir weiterhin in die Augen. »Du hattest nichts mit seinem Weggang zu tun. Ich glaube, er hat irgendwas vermisst.«

Ich lehne mich an meine Mutter, bin dankbar für ihre Stärke. Ich spüre, wie diese neue Erkenntnis meine Beklemmung, die so lange an mir nagte, auflöst. Ich hatte angenommen, ich sei mit schuld.

Ist das der Grund, warum ich immer versuche, alles zu richten? Tillys Problem, Bienes Vereinbarung, Pauls Kampf. Manche Dinge lassen sich nicht reparieren. Menschen kann man nicht wie tropfende Wasserhähne ausbessern. Liebe ist nicht perfekt, Freundschaft ebenso wenig.

Mamas Blick ruht noch immer auf mir. »Ich habe auch mit Paul gesprochen. Er war so lange wütend.«

»Wir werden wohl nie verstehen, was manche Menschen antreibt«, sage ich und denke daran, wie Schwester Rose sich in einem Kloster versteckte oder wie Bienes Mutter ihre Tochter zwang, mit einem alten Mann zu schlafen.

Mama tätschelt meine Wange. »Traurig, aber wahr. Ganz egal, wie gut wir jemanden zu kennen glauben, so ist das doch nie vollständig der Fall. Indem dein Vater uns verließ, bin ich gewachsen, stärker geworden, und dafür bin ich dankbar.« Sie löst sich sachte von mir. »Ich habe deinem Vater schon lange vergeben. Es ist Zeit, dass du das auch tust.«

Ich starre Mama an, schlucke den Klumpen in meinem Hals herunter. Sie hat recht. Ich habe mich verantwortlich gefühlt, aber ich habe auch ihn für die Zerstörung unserer Familie verantwortlich gemacht. Ein Teil von mir wird ihn immer vermissen und sich fragen, was passiert ist, aber es tut nicht mehr weh, es ist nur noch etwas empfindlich, wie eine frisch verheilte Wunde, an der die neu gebildete Haut noch zart und dünn ist.

»Unsere Familie ist perfekt, wie sie ist«, sage ich laut.

Das ist sie.

Ich breche gerade zum Schwarzmarkt auf, um einen Sack Brennnesseln zu tauschen, als es an der Tür klingelt.

Und da, eingewickelt in einen zu großen Mantel, steht Tilly. Meine Gedanken springen sofort zu den Monaten im Kloster, zu den feuchten Wänden und den kalten Augen der Oberin.

»Ich bin so froh, dass es dir gut geht«, sagt Tilly ein wenig atemlos. Sie ist gewachsen, auch ihr weißblondes Haar ist länger als in meiner Erinnerung. Bevor ich etwas sagen kann, wirft Tilly sich in meine Arme.

»Ist alles in Ordnung?«, frage ich erstaunt.

Tilly nickt begeistert. »Ich wollte schon länger kommen. Unsere Wohnung wurde ausgebombt und ich musste für eine Weile fort.«

Ich ziehe sie ins Haus und wir sitzen Hand in Hand auf dem Sofa. Paul und Mama sind unterwegs, um sich nach Klassen über technisches Zeichnen zu erkundigen. Paul will eine Ausbildung finden, bei der er hauptsächlich sitzen kann.

Tilly drückt meine Finger. »Ich habe von eurem Brief erfahren. Als Direktor Schmidt meine Mutter informiert hat, bekam sie fast einen Herzinfarkt. Es hat lange gedauert, bis sie es schaffte, zu mir zu reisen.«

»Ich bin froh, dass es geklappt hat.«

»Ilse erzählte mir von eurer Heimfahrt. Es tut mir so leid. Ich werde Fräulein Heinrich vermissen … und Karin. Sie und ich wurden Freundinnen, nachdem …«

Unsere Blicke treffen sich. Karin war boshaft – bis sie die Nachricht vom Tod ihres Vaters erhielt.

Tilly lächelt. »Ich möchte mich auch bei Biene bedanken. Ich dachte, du und ich könnten sie besuchen. Es wäre schön nach all dieser Zeit.

Ich presse die Lippen zusammen.

Mein Gesicht muss Bände sprechen, denn Tilly schreit: »Was ist passiert? Was ist mit Biene?«

»Nicht das«, beeile ich mich, zu sagen. Wie soll ich unseren Streit erklären, Bienes Probleme, meine Fehleinschätzung? Als Tilly stumm bleibt, fahre ich fort: »Wir haben uns gestritten und sie spricht nicht mehr mit mir.« Ich tätschele Tillys blasse Hand. »Ich bin sicher, sie wäre froh, dich zu sehen.«

»Aber ihr wart unzertrennlich. Das verstehe ich nicht.«

Ich erwidere nichts darauf, weil ich es jetzt, wo ich darüber nachdenke, auch nicht verstehe.

Peter

Heute Morgen erreichen wir Wuppertal. Die Kletterei durch mein geliebtes bergisches Land hat begonnen. Im Tal der Wupper sind die Berge steil, bewachsen mit Bäumen, Büschen und Brombeeren, und oft unzugänglich. Einige Abhänge sind völlig kahl. Die Menschen brauchen Holz und bedienen sich — auch, wenn es verboten ist.

Mein Herz flattert, als wir die Straße nach Stöcken erklimmen. Von der Innenstadt sind es nur noch fünfzehn oder zwanzig Minuten bis nach Hause. Die Straße führt zum Theater und zum Rathaus. Nicht mehr weit.

Wir stoppen abrupt, denn vor uns liegt eine Wüste. Das Rathaus ist eine Ruine, dahinter türmen sich riesige Berge Schutt. Wände von Häusern, jetzt nur mehr zackige Spitzen, ragen gen Himmel, ihre Fenster sind leer und hohl wie tote Augen. Schmale Pfade führen durch diese sonderbare Welt der Zerstörung. Rauf und runter geht es über die Steine, vorbei an Türschwellen ohne Türen, Häusern ohne Dächer und Fenstern ohne Glasscheiben.

Die alte Stadt zu unserer Linken mit den Fachwerkhäusern und gemütlichen Läden ist verschwunden. Es gibt nichts außer schwarzen Trümmern. Am Dreieck steht einsam und allein das Eckhaus, wo ich unsere Schulsachen kaufte. Drum herum ist alles verschwunden. Der Gestank der Vernichtung und Verwesung liegt wie eine Wolke über uns. Wieder kriege ich kaum Luft, wir ziehen beide die Pullover über unsere Nasen. Frauen, die ihre Haare in Schals eingewickelt haben, säubern und stapeln Ziegelsteine.

Zwei ältere Männer schieben eine Schubkarre mit eisernen Balken.

Als wir an ihnen vorbei sind, entwickeln meine Beine ein Eigenleben. Sie bewegen sich schneller und schneller, springen und klettern, stolpern und rennen über die Steine und den Dreck, schlängeln sich zwischen den Menschen hindurch, immer auf der Suche nach trittsicheren Stellen in diesem rollenden stinkenden Chaos. Meine Lungen bekommen nicht mehr genügend Luft und Übelkeit erfasst mich und windet sich meine Kehle empor. Die Stadt ist ebenso tot wie Hameln und trotzdem renne ich wie ein Irrer.

Karl-Heinz folgt. Je näher wir unserer Nachbarschaft kommen, desto schneller laufen wir. Ich weiß nicht mehr, wie ich den letzten Hügel hinaufkomme, am Park vorbei, der gleichzeitig vertraut und fremd ist. Meine Augen eilen voraus, die Straße entlang.

Auch wenn hier und da kaum noch Dachpfannen liegen, stehen die Häuser, die ich Hunderte oder Tausende Male passiert habe, noch. Allein das bestätigt zu bekommen, bringt solche Erleichterung, dass alles vor meinen Augen verschwimmt. Ich schlucke und seufze gleichzeitig.

Am Kreisverkehr halten wir an.

»Sieht aus, als wäre alles in Ordnung.« Karl-Heinz nickt zu den Häusern, die den kleinen Park und Kreisverkehr umzingeln.

»Wenn was passiert ist, komm zu mir«, sage ich.

Karl-Heinz will zu seiner Tante, wo seine Mutter nach dem Luftangriff Unterschlupf gefunden hatte. Zumindest war das vor einem Jahr der aktuelle Stand . Wer weiß, ob das Haus seiner Tante noch steht. Schon wieder wollen Tränen in mir aufsteigen. Hier steht mein ältester Freund, mit dem ich drei Monate lang gewandert bin. Der mir half, als ich am Boden lag, und für mich eintrat, wenn ich es nicht konnte.

»Jetzt hau ich ab«, sagt Karl-Heinz. »Wir sehen uns?« Er zögert, klopft mir dann grinsend auf die Schulter. Nicht das alte Grinsen, die sorglose Art, die ich von früher kenne, sondern ein vorsichtiges, bemessenes. »Wir haben's geschafft.«

Ich drücke seinen Arm und grinse zurück. »Und ob.«

Kurz darauf stehe ich am Eingang meines Hauses, während die Erinnerungen an Mutter und Walter auf mich einstürzen. All diese Zeit habe ich vermieden, allzu oft an sie zu denken, weil es zu gefährlich war … Ich hätte es nicht ausgehalten.

Ich will gerade klingeln, als die Eingangstür auffliegt und ein Junge an mir vorbeieilt und mich dabei anrempelt.

»Oh, Entschuldigung«, ruft er.

Er ist schon an mir vorbei, als er abrupt stehen bleibt. Wie von einem Gummiband gezogen, dreht er sich zu mir um und schreit: »Peter?«

»Walter.« Der Junge vor mir hat das gleiche braune Haar und ist mindestens zehn Zentimeter gewachsen — mein kleiner Bruder.

»Du bist zurück.« Er wirft sich gegen meine Brust, ein Schluchzer erhebt sich zwischen uns. Ich weiß nicht, wem er gehört. Früher ging mir seine übermütige Art auf den Nerv. Jetzt ziehe ich ihn an mich und möchte ihn am liebsten nie wieder loslassen. »Du bist zurück«, sagt er erneut. Die Worte sind kaum zu verstehen, weil er sein Gesicht in meinem Pullover vergraben hat.

»Wie geht's Mutter?«, frage ich.

Er zuckt die Schultern. »Sie beißt sich durch ... den Umständen entsprechend.« Er reißt sich los und ergreift meine Hand. »Komm schnell. Sie wird sich so freuen.«

Wie vertraut mir die Gerüche im Flur sind: etwas Zedernholz — Mutters Versuch, Motten zu bekämpfen —, ein Hauch von Leder und Seife und Wolle, ein Duft, den ich jederzeit wiedererkennen würde. Aber Walter erlaubt mir nicht, mich langsam einzufinden.

Er brüllt bereits: »Mutter, komm her, schnell!«

Ich höre sie drinnen etwas fallen lassen und da ist Mutter in der Tür ... und ich blitzartig in ihren Armen. Genau wie Walter eben vergrabe ich mein Gesicht. Allerdings an ihrer Schulter, weil ich einige Zentimeter größer als sie bin. Ich kann nicht sprechen, der Klumpen in meiner Kehle ist so groß und fest wie eine Apfelsine.

»Oh, Peter, mein Junge, du bist da«, sagt Mutter leise. Dann stehen wir nur da und halten einander. Meine Schuldgefühle darüber, wie ich sie am Bahnhof behandelt habe, wie ich gar nicht schnell und weit genug wegfahren konnte, kehren zurück.

Deshalb lauten die ersten Worte aus meinem Mund: »Es tut mir so leid.«

Mutter beugt sich zurück und sieht mich eindringlich an. Sie hat neue Falten um Augen und Mund und ihr Haar ist fast grau. Sie sieht so alt aus.

»Was ist passiert?«, fragt sie. Und dann beginnt sie, mit den Armen zu rudern und einen Aufstand zu machen, etwas, das mich früher so störte. Aber jetzt liebe ich es und grinse durch den Tränenschleier. »Oh, komm schnell, du musst erschöpft sein.«

Ich folge ihr ins Wohnzimmer. Alles ist noch da — die Couch, die Deckchen und Topfpflanzen. Ich sinke in den Sessel, stehe sofort wieder auf. »Ich muss mich erst waschen.«

»Ich mache dir was zu essen.« Mutter klopft mir auf den Rücken und ich bin versucht, sie wieder zu umarmen. Aber dann bin ich an ihr vorbei und im Bad.

Im Spiegel sehe ich ein sonderbares Geschöpf mit dreck-und

tränenverschmiertem Gesicht und längerem Haar, das in alle Richtungen absteht. Meine Wangen haben scharfe Konturen und ich habe ein Kinn wie der amerikanische Soldat. Bräunliche Haare sprießen daraus. Aber vor allem erwecken die Augen meine Aufmerksamkeit. Sie haben dieselbe Erdfarbe wie früher, aber darin stehen Dinge geschrieben, die ich nicht wieder aufgreifen will. Abrupt beuge ich mich über das Waschbecken und lasse Wasser einlaufen.

»Was machen deine Schulkameraden?«, fragt Mutter, als ich mich zu einem Mahl aus wässriger Suppe und etwas Maisbrot hinsetze.

Ich versuche, ein Stück Brot zu schlucken, doch es klappt nicht, weil es so trocken am Gaumen ist, also schütte ich ein halbes Glas Wasser hinterher. »Karl-Heinz ist mitgekommen.«

Mutter lässt sich mir gegenüber auf den Stuhl fallen. »Was meinst du?«

»Wir haben Danzig Ende Februar verlassen und sind zu Fuß gegangen.« Jetzt, da ich es laut ausspreche, erscheint es mir verrückt — geradezu irrsinnig.

»Wie kann das sein? Warum ist die Klasse nicht zusammen nach Hause gereist?«

»Unser Lehrer wollte nicht. Er meinte, es sei ungefährlich, wo wir waren, und dass die Russen nicht so weit kommen würden.«

»Ha«, entfährt es Mutter. »Ihr zwei seid allein gelaufen?«

Ich nicke. Was kann ich sagen? Wie soll ich den Hunger und die Angst erklären, die russischen Zwangsarbeiter beschreiben, die uns ermorden wollten, weil wir Essen und Schuhe hatten, von Wolfgang erzählen, dem jungen Mann mit dem halben Gesicht, den Amerikanern?

»Wir haben Glück gehabt«, erkläre ich schließlich schlicht. »Was ist hier passiert?«

»Im April sind die Amerikaner gekommen und gerade erst hat das britische Militär die Stadtverwaltung übernommen.« Mutters Finger trommeln Stakkato auf dem Tisch. »Wir glaubten, es würde alles besser. In Wahrheit ist es schlimmer.«

»Wie kann es schlimmer sein? Der Krieg ist vorbei.«

»Es gibt nichts zu essen. Die Geschäfte sind leer, auch wenn wir neue Bezugsscheine bekommen.« Mutter schüttelt den Kopf. »Ich sehe nicht, wie es besser werden kann. Der neue

Bürgermeister hat nichts zu sagen. Frau Hagedorn meint, die britische Besatzung sei unfähig und es sei ihr egal, wie es uns ergehe. Unterdessen hungern die Leute.« Mutter beugt sich zu mir heran und ergreift meine Hand. »Aber das ist im Moment egal. Du bist daheim.« Neue Tränen sammeln sich in ihren Augen.

Meine Gedanken rasen zu dem Mädchen nebenan. »Wie geht's Hilda?«

»Sie arbeitet hart, hilft ihrer Mutter und Paul.«

»Paul ist zurück?«

Mutter nickt. »Er ist invalide. Noch so jung und sein Bein ...« Sie räuspert sich und steht auf. »Ich muss das Abendessen planen. Morgen gehen wir zur Verwaltung und lassen dich registrieren, damit du Rationsmarken bekommst.«

Ich springe abrupt auf und murmele etwas, bevor ich hinauslaufe. Ich muss Hilda sehen. Jetzt, sofort.

Die Klingel krächzt wie immer. Das vertraute Geräusch versetzt mich in die Vergangenheit ... Hunderte Male habe ich es schon gehört und nie darüber nachgedacht. Mein Herz hämmert gegen die Rippen.

Ein Mann öffnet, er füllt den Türrahmen aus. »Ja bitte?«

Ich sehe genauer hin, die Augen des Mannes sind mir vertraut ... Hildas Augen. »Eh, Paul?«

Der Mann mustert mich. »Und du bist ...?«

»Peter ... von nebenan.«

Das Wiedererkennen kriecht in Pauls Ausdruck, gefolgt von einem Lächeln. »Natürlich, komm rein. Du bist bestimmt wegen Hilda hier.«

Als ich an Paul vorbeischlüpfe, merke ich, wie schrecklich er humpelt. Er stützt sich schwer auf einen Stock und schwankt beim Gehen hin und her. Sofort denke ich an Wolfgang, der nicht viel älter als Paul ist — beide Männer sind Invaliden.

»Hilda, du hast Besuch.«

KAPITEL ZWEIUNDDREISSIG

Hilda

Warum ist Kurt schon so früh hier? Er weiß doch genau, dass ich mit dem Kochen fertig werden muss, bevor Mama heimkommt.

»Bin noch nicht fertig«, sage ich, wobei ich nicht mal versuche, meine Gereiztheit zu verbergen.

»Hallo, Hilda.«

Die Kartoffel, die ich gerade in Scheiben schnitt, gleitet aus meinen Fingern und fällt in den Topf, das Messer zu Boden. Ich drehe mich zu dem Jungen um, den ich seit mehr als zwei Jahren vermisse, von dem ich angenommen habe, er wäre tot. Aber was sag ich da? Der Kerl vor mir ist kein Junge. Er ist groß, hat kantige Schultern und einen Bartschatten. Peter ist ein Mann.

Ich öffne den Mund, aber es kommt nichts heraus. Peters Gesicht scheint vor mir zu schwanken. Mein Blick wird trüb, dann wieder scharf. Im nächsten Moment ist er bei mir … hält mich fest.

»Ich bin zurück«, flüstert er in mein Ohr.

Etwas Nutzloseres hätte er nicht sagen können. Weiß ich es etwa nicht, sehe es nicht … fühl es nicht? Ich lehne mich an ihn, meine Wange liegt an seinem Schlüsselbein. Der Stoff seines Hemdes kratzt. Ich rieche Seife. Er hat sich gewaschen, bevor er hierherkam.

»Ich habe dich so vermisst«, sage ich irgendwann. Es ist nicht meine Stimme, nicht mal mein Körper. Ich schwebe.

Peter streicht mir über den Rücken. »Du bist ganz zittrig.« Verwunderung schwingt in seiner Stimme, die so vertraut ist und doch so anders – und definitiv tiefer, als in meiner Erinnerung.

Doch nun erfasst mich Wut und ich entziehe mich seiner Umarmung. Warum soll ich denn nicht zittern? Hatte ich etwa keinen Grund, anzunehmen, er sei tot … oder zumindest verletzt und leidend wie Paul? Und doch steht er hier unversehrt vor mir. Als ob er davon ausginge, gleich wieder in mein Leben einziehen zu können, das Leben, das er in Fetzen gerissen zurückließ.

»Was ist passiert?«, frage ich, bange, meine Stimme zu testen.

»Was meinst du?«

Der Zorn in mir schwillt an und ich beginne, hin- und herzulaufen.

»*Ich meine*, wie ist es dir ergangen? Wir haben seit über einem Jahr nichts von dir gehört.« Ich weiß, dass ich hysterisch klinge, auf jeden Fall anklagend. »Du bist nicht heimgekommen, als der Krieg aus war. Die meisten KLV-Lager hat man schon im letzten Winter aufgelöst. Die Leute kamen nach Hause.« Ich hole tief Luft. »Du hast nicht mal deiner Mutter geschrieben, mir überhaupt nicht. Ich habe mich schrecklich gesorgt.«

Peters Augen, die eben noch Verwunderung und so etwas wie Zärtlichkeit — nein, das muss meine kranke Einbildung gewesen sein — ausdrückten, sind nun umwölkt.

»Wenn du nicht so viel schwatzen würdest, könnte ich es erklären«, sagt er. Als ich stumm bleibe, fährt er fort: »Unser Lehrer hat entschieden, es sei besser, dortzubleiben. Also sind Karl-Heinz und ich allein abgehauen. Wir sind Ende Februar los und gerade angekommen. Heute.«

Ich halte mich am Stuhl fest, weil das Zittern volle Kanne zurück ist. Peter hat mitten im Krieg das Land durchquert. Kaum vorzustellen, was er dabei gesehen haben muss. Wie muss er gelitten, gehungert haben. Er ist so dünn, selbst seine Hände sind knochig.

Die Erinnerung an unser letztes Treffen vor tausend Jahren hier in der Küche kehrt zurück. Er freute sich so darüber, von hier wegzukommen und Abenteuer zu erleben. Es dauert nur den Bruchteil einer Sekunde, bis meine Wut in voller Stärke zurück ist.

»Du hast nicht mal geschrieben«, sage ich.

»Habe ich doch.«

»Nicht an mich.«

»Doch, an dich.« Auf Peters Gesicht zeigt sich Verwirrung.

Aber ich bin in Fahrt. »Du wolltest unbedingt weg«, schreie ich. »Wenn du geblieben wärst … Dann wäre auch ich geblieben und zusammen …«

Es klingelt. Ich höre wie Paul, der uns allein gelassen hatte, die Tür öffnet.

Peter starrt mich an, aber ich kann seinen Ausdruck nicht lesen. Es ist so lange her. Da sind neue Linien in seinem Gesicht, um seinen Mund.

Kurt eilt auf mich zu und küsst mich. »Ich bin etwas zu früh.« Er hat Peter, der hinter der Tür steht, nicht bemerkt. »Wollte keine Zeit verschwenden, sondern dich so schnell wie möglich sehen.«

Über Kurts Schulter hinweg sehe ich, wie Peter zusammenzuckt. Er schrumpft förmlich, bevor er sich auf dem Absatz umdreht und die Tür hinter sich zuschlägt.

Er ist fort, hallt es durch meinen Kopf.

Plötzlich fühle ich mich, als würde mich eisiger Wind umgeben. Ich schiebe Kurt weg und schlinge die Arme um mich. Peter war zwei Jahre lang weg, und doch ist sein jetziges Verschwinden schrecklicher. Es hinterlässt eine gähnende Leere. Ich bin erstaunt, als Kurt mich berührt — ich hatte ihn völlig vergessen.

Er sieht verwundert aus. »Du hattest Besuch?«

»Mein alter Nachbar«, flüstere ich. Ohne Kurt anzusehen, kehre ich an meinen Kochtopf zurück. »Verdammter Idiot.«

Ich weiß nicht, ob ich Peter oder mich damit meine.

Peter

Keine Ahnung, wann ich nach Hause kam. Es war dunkel und ein kühler Nieselregen hatte mich bis auf die Haut aufgeweicht. Zunächst hatte ich es nicht bemerkt, war nur nach draußen gegangen und davongelaufen. Ich war über zwei Jahre fort gewesen, war über tausend Kilometer gelaufen, man hatte auf mich geschossen, mich bedroht und ausgeraubt. Ich hatte Hass und verblüffende Freundlichkeit erlebt, hatte gehungert und gefroren.

Hatte irgendwann verstanden, dass ich nichts mehr wollte, als nach Hause zu gehen. Nicht nur wegen Mutter und meinem Bruder Walter — sondern vor allem wegen Hilda. Ich hatte sie vermisst. Zunächst wie eine Kameradin, eine normale Freundin, aber später erschien Hilda öfter und öfter in meinen Gedanken. Bis ich eines Tages begriff, dass ich sie liebte und dass ich gleichzeitig Angst davor hatte. Hatte ich deshalb die KLV so bewundert? Nein, ich war gedankenlos abgehauen, hatte mich von Strandurlaub und Spielen blenden lassen.

Jetzt war ich daheim, hatte dem Moment entgegengefiebert, Hilda wiederzusehen. Hatte mir vorgestellt, wie sie in meine Arme sprang, mich an sich drückte, so, wie ich sie an mich drückte. Ich hatte ihr im Brief erklärt, wie sehr ich sie vermisste … und sie hatte ihn nie erhalten. Hatte Arthur den Brief verloren, war ihm etwas zugestoßen oder hatte die Post mal wieder versagt?

So oder so ist alles vorbei. Nichts von dem, was ich mir ausgemalt habe, stimmt. Hilda ist sauer auf mich. Sie war es damals, als ich ging, und sie ist es noch immer.

Nach dem ganzen Leiden und Sehnen war alles bloß ein Trugschluss. Nichts ist wie früher. Sie hat einen Freund und ich jage einem Regenbogen nach. Blöde Mädchen.

Ich schleppe mich ins Bett, rolle mich auf der Matratze zusammen. Nicht mal die sauberen Laken, die weiche Unterlage oder mein geliebtes Oberbett kann ich genießen. Mir ist alles egal. Das Sehnen nach meinem Zuhause wurde abgelöst von dem Sehnen nach Hilda. Jetzt, wo ich weiß, dass ich sie nicht haben kann, zerreißt mein Herz. Die Freude von heute Nachmittag darüber, Mutter und Walter sicher in unserem Haus vorzufinden, ist verdunstet. Natürlich bin ich froh, dass sie am Leben sind. Aber diese neue Erkenntnis dämpft alles.

Beim Frühstück setze ich ein fröhliches Gesicht auf. Mutter hat den Tisch für drei gedeckt. Nur Vater fehlt noch. Er kommt vielleicht nie heim, vielleicht marschiert er aber auch eines Tages wie ich einfach zur Tür herein. Wir wissen es nicht. Immerhin haben wir einander. Ich achte darauf, Mutter zu umarmen, bleibe viel länger an ihrer Brust, als ich je für möglich gehalten hätte. Anstatt mich ruhiger zu fühlen, drängen wieder Tränen empor.

»Was ist passiert?«, fragt sie.

Ich schüttele nur den Kopf und setze mich wortlos hin. Das Frühstück besteht aus Maisbrotscheiben und roter Johannisbeermarmelade. Von den übrig gebliebenen amerikanischen Rationen macht Mutter Instantkaffee. Sie ist völlig hin und weg wegen der Zigaretten.

»Heute besuchen wir den Schwarzmarkt«, sagt sie und nippt am Kaffee.

»Welcher Schwarzmarkt?«

»Am Grünewald«, mischt sich Walter ein. Ich kann immer noch nicht glauben, wie sehr er gewachsen ist.

»Sie fingen gleich nach Ende des Krieges an«, ergänzt Mutter.

»Warum kaufen wir nicht im Geschäft?«

Mutter schaut mich mit einem wissenden Ausdruck an. »Dank dem Verrückten in Berlin hat Deutschland nichts mehr, kein Essen, keine Glühbirnen, keine Schnürsenkel, keine Kohle, nichts. Und die Reichsmark verliert jeden Tag an Wert.« Sie kaut auf der Unterlippe. »Ich fürchte, es wird lange dauern, bevor wir wieder normal leben können. Wenn es überhaupt jemals wieder möglich sein wird.«

Wie kannst du das behaupten?, will ich sagen. *Wer hat dich zum Experten gemacht?* Aber ich bleibe stumm, weil ich feststelle, dass Mutter wesentlich schlauer ist, als ich gedacht habe. Als ich 1943 von hier fortging, sah ich nur eine alternde Frau in einem schlabbrigen schwarzen Kleid, für die ich mich schämte.

Jetzt schäme ich mich über mich selbst.

Als ich aufblicke, sieht sie mich an. Sie lächelt. Und hinter dem Lächeln liegt bedingungslose Liebe — für mich.

Ich erwidere ihr Lächeln und lege meine Hand auf ihre, voller Bewunderung über die Großartigkeit ihres Herzens. »Ich bin so glücklich, wieder hier zu sein.«

»Diese amerikanischen Zigaretten werden Wunder auf dem Schwarzmarkt wirken. Auf dem Weg holen wir deine Bezugsscheine.« Sie steht auf und macht Wasser heiß. »Ich trinke einen zweiten Kaffee ... die Rückkehr meines Sohnes muss gefeiert werden.«

Zu meinem Erstaunen hat Walter kein Wort gesagt, sein Blick, mit dem er mich betrachtet, wirkt ausnahmsweise sogar nachdenklich.

Der Schwarzmarkt findet auf einem leeren Grundstück statt und besteht aus herumschlendernden und herumstehenden Männern, Frauen und Jugendlichen. Direkt daneben stechen scharfgeschnittene Ruinen in den Himmel. Manche Verkäufer legen ihre Waren auf dem Boden aus ... ein Hammer und rostige Nägel, handgestrickte Socken, zwei Dutzend braune Eier ... etwas Brot.

Manche zeigen nichts, halten ihre Waren in Taschen und alten Pappkoffern verborgen.

Wir vereinbaren, uns jeweils allein umzusehen, und dann gemeinsam zu entscheiden, was wir uns leisten können. Mutter hat zwei der Zigarettenpackungen mit je vier Zigaretten mitgebracht.

»Ich werde die Leute da drüben fragen.« Walter hüpft zum hinteren Teil des Marktes, wo Männer in Hüten herumstehen, die ihre Hände in den Taschen vergraben haben.

Ich nähere mich zwei Frauen, die ihre Haare in Tücher gebunden haben. Die eine beginnt zu murmeln: »Sahne, leckere frische Sahne.«

Die andere sagt: »Roggenbrot, drei Laibe, Roggenbrot, frisch gebacken.«

»Kann ich das Brot sehen?«, frage ich.

Die Frau beugt sich vor und zieht das Papier von einer Kante. »Nicht anfassen.«

Ich atme die Luft tief ein, rieche aber nichts. Es ist Brot, aber welche Art oder wie alt, kann ich nicht sagen. Trotzdem, richtiges Brot wäre toll. »Wie viel?«

»Was hast du?«

»Zigaretten, echte amerikanische Camels.«

Die Frau, deren Gesicht nur aus Falten besteht, schaut mich interessiert an, vielleicht ist es Gier. »Vier Zigaretten pro Laib. Zehn für alle drei.«

»Ich komme wieder.«

Mutter spricht gerade mit einem Jugendlichen in meinem Alter. Er verkauft Roggen- und Weizenkörner in Papiertüten. Mutter untersucht die Verpackungen genau, verlangt, dass der Junge zwei Körner auf ihre Hand legt. Sie sieht sie sich wie ein Detektiv an, steckt sie dann in den Mund. »Wie viel für zwei Tüten?«

»Sechs Zigaretten«, meint der Junge.

»Vier.« Mutters Ausdruck verrät nichts. Wer ist diese Frau?

»Fünf.«

Ich gebe dir fünf für die zwei Pakete, wenn du noch diese verschrumpelten Kartoffeln dazutust.« Neben den Körnern liegen ein paar Überreste der letzten Ernte — gesprossene Kartoffeln.

Der Blick des Jungen wandert zwischen seinen Tüten und Mutter, die sich scheinbar abwendet, hin und her.

»Also gut.«

»Da drüben gibt's Eier«, ruft Walter hinter uns.

Mutter händigt die Zigaretten aus und bedeutet uns, die Körner und Kartoffeln einzustecken.

»Die Frau da hinten hat Brot«, sage ich.

»Dann schauen wir mal nach beidem.« Mutter versteckt die restlichen Zigaretten in der Tasche und geht voraus.

Die Brotverkäuferin, ermutigt von meinem Wiedererscheinen, beginnt wieder, zu murmeln. »Leckeres Roggenbrot, frisch gebacken.«

Mutter zeigt auf eins der eingewickelten Pakete. Offensichtlich versteht die Frau, weil sie dasselbe Paket, das sie mir gezeigt hat, erneut öffnet. Mutter beugt sich darüber und schnüffelt.

»Zeigen Sie mir den ganzen Laib.«

Widerstrebend zieht die Frau das Papier ab. An den unteren Ecken sprießt grüner Schimmel.

»Dachte ich mir«, sagt Mutter. Sie dreht sich einfach um und zieht Walter mit sich. »Zeig mir die Eier.«

Hinter uns brummt die Frau etwas, das wie *alte Ziege* klingt.

Der Eierverkäufer bietet mehrere Schüsseln voller Eier an.

»Darf ich eins nehmen?« fragt Mutter den Mann, der sich schwer auf einen Stock stützt.

»Natürlich.«

Mutter legt sich ein Ei auf die Hand, betrachtet es, schnüffelt daran und konzentriert sich dann auf den Mann mit dem Stock. »Wie alt sind sie?«

»Frisch, nicht mehr als zwei Tage alt.«

Sie nickt und betrachtet wieder das Ei in ihrer Hand, als könnte es ihr seine Wahrheit zuflüstern. »Wie viel für Zigaretten?«

»Vier Zigaretten für sechs.«

»Ich gebe Ihnen drei Zigaretten für sieben.«

Der Mann schaut sie an, dann seine Eier, während er offensichtlich versucht, seine Chancen abzuschätzen. »Drei für sechs dann.«

»Abgemacht.« Mutter zieht zwei Trockentücher aus ihrer Tasche und beginnt, die Eier einzuwickeln und in ihrem Korb zu verstauen. Dann schaut sie uns an, ein Funken Stolz glimmt in ihren Augen. »Zeit zum Backen.«

Als wir den Markt verlassen und ich mir im Geiste bereits das frisch gebackene Brot schmecken lasse, kommen uns Hilda und ihr Freund entgegen. Aus der Entfernung sieht sie so dünn aus, als könnte ein einziger Windhauch sie umhauen. Noch schlimmer ist, dass ich mich nicht wegdrehen kann, weil ich Mutter beim Tragen helfe. Selbst, wenn ich es wollte, meine Augen wandern wie magisch angezogen zu den sich nähernden Gestalten. Der Kerl quatscht, obwohl ich den Eindruck habe, dass Hilda nicht zuhört. Sie sieht in unsere Richtung, tatsächlich liegt ihr Blick wie eine Berührung auf mir.

Meine Wangen werden heiß und ich versuche, normal zu atmen. Walter neben mir sagt etwas, doch ich verstehe kein Wort. Zwanzig Meter ... Hildas Haare sind zu einem Pferdeschwanz zusammengebunden. Sie sieht verletzlich aus, irgendwie zerbrechlich. Meine Brust schmerzt. *Atme, du Idiot.* Zehn Meter ... Hilda sagt etwas, aber ihr Blick klebt weiter auf mir, als ob sie ein Magnet wäre und ich das Eisen.

»Guck mal, da ist Hilda«, sagt Mutter. Ich murmele etwas Unverständliches. Als wir einander passieren, ruft sie: »Hilda, warum kommst du nicht heute Abend rüber? Ich werde backen. Ist es nicht wundervoll, dass Peter daheim ist?«

Hilda lächelt, doch es ist ein gequältes Lächeln. Ihre Augen glänzen feucht. »Natürlich, Frau Breuer.«

Sie hasst es, uns zu besuchen, traut sich aber nicht, es meiner Mutter gegenüber zuzugeben. Meine Zähne mahlen aufeinander. *Warum stehen wir hier?* Wut brodelt in mir, ein giftiges Gebräu, das sich jeden Moment ergießen kann. Ich werde diesem Kerl neben ihr eine knallen.

Meine Finger zucken und ich erinnere mich an das Korn. »Ich geh schon mal«, sage ich laut, erhasche einen letzten Blick auf Mutters überraschte Miene. Dann laufe ich, zunächst langsam, dann schneller und schneller, bis meine Rippen vor Erschöpfung pochen. Ich sollte mich nicht so anstrengen, wenn ich von der Wanderung noch so entkräftet bin.

In dem Moment denke ich an Karl-Heinz. Ich muss mit ihm sprechen.

Sofort.

KAPITEL DREIUNDDREISSIG

Hilda

Ich achte kaum darauf, was auf dem Markt geschieht. Peter auf mich zukommen zu sehen, nimmt mein Hirn voll und ganz in Anspruch. Frau Breuer hat nichts gemerkt. Sie ist nett wie immer, lud mich sogar zum Abendessen ein. Ich kann nicht hingehen, hatte aber nicht die Kraft, Nein zu sagen. Frisches Brot zu essen, ist ein starker Anreiz, zumal ich meiner Familie damit helfen kann.

»Was ist denn mit *dir* los?«, fragt Kurt, als wir den Schwarzmarkt verlassen. Wir haben ein Kilo Zwiebeln, einige Stangen Lauch und einen Sack Kartoffeln erstanden. Das Brot war entweder zu teuer oder sah alt aus, also haben wir uns für Gemüse entschieden. Im Tausch dafür gab Kurt sein geliebtes Taschenmesser ab.

Ich war dagegen, aber er meinte, wir müssten essen und dass sein Messer unsere Mägen nicht füllen kann. Natürlich hat er recht. Und dennoch, was sollen wir denn nächstes Mal und in der Zeit danach machen? Die neue britische Regierung hat keine Erleichterung gebracht, die Läden bleiben fast leer. Diese Woche erschien ein Poster, das ankündigte, was in der folgenden Woche angeboten wird. An manchen Tagen ist es fast nichts, selbst mit den neuen Bezugsscheinen.

»Ich denke darüber nach, was wir mit dem Essen machen«, lüge ich.

»Wirst du heute Abend deine Nachbarn besuchen?«

»Wahrscheinlich.«

»Dann komme ich morgen vorbei, so um sieben?« Kurt versucht seit Neuestem, mich in sein Zimmer zu bekommen. Seine Mutter geht früh zu Bett und er hat mir erzählt, sie würde nicht merken, wenn wir da sind. Bisher habe ich mich geweigert. Es ist nett, geküsst zu werden, etwas nass vielleicht, aber in Ordnung, doch mehr kann ich mir nicht vorstellen.

Vor Kurts Haus teilen wir das Gemüse auf. Es ist unfair, weil es sein Messer war. Kurt findet, es sei seine Verantwortung, für uns zu sorgen. Ich erhebe keine Einwände.

Den ganzen Nachmittag über laufe ich hin und her. Ich habe ein neues Buch mit einer der Nachbarinnen getauscht, doch ich kann mich nicht darauf konzentrieren. Die Suppe ist fertig, aus den Zutaten vom Schwarzmarkt zusammengewürfelt, mit Maisbrot dazu. Ich kann immer noch nach nebenan gehen und mich entschuldigen, Frau Breuer sagen, ich sei krank oder dass Paul meine Hilfe brauche. Jede Ausrede wäre mir willkommen, trotzdem gehe ich nicht. Stattdessen beobachte ich, wie die Uhr stur weitertickt. Mama erscheint gegen sechs.

Sie wirft mir einen neugierigen Blick zu, sagt aber nichts. Paul auch nicht. Er geht jetzt jeden Tag spazieren und wird kräftiger. Sein Hinken ist nach wie vor schlimm, aber er ist nicht mehr so blass. Manchmal besucht er den alten Tierarzt und die zwei quatschen stundenlang. Es tut ihm gut, weil er danach jedes Mal mit glühenden Wangen und einer Art Lächeln zurückkommt.

Manchmal begleitet er mich sogar beim Organisieren.

»Ich habe gehört, dass du bei den Breuers zum Essen eingeladen bist «, sagt Mutter unschuldig. »Ist es nicht wunderbar, dass Peter wieder da ist? Frau Breuer hat erwähnt, es sei schrecklich gewesen. Stellt euch nur mal vor, er ist monatelang gelaufen, fast allein … Und diese Zwangsarbeiter haben ihm sogar die Schuhe gestohlen.«

»Er hatte Karl-Heinz dabei.« Es kommt total falsch heraus, wie ein Vorwurf. *Wieso kennt Mama so viele Einzelheiten?*

Mama stürzt sich darauf, ihre Augen sind mit einem Mal mit Zorn gefüllt. »Ich muss schon sagen, ich bin erstaunt, wie du Peter so zusetzen kannst.« Ich kann mich nicht erinnern, wann sie das letzte Mal sauer auf mich war.

Tränen drohen, hervorzuschießen, also springe ich auf und gehe ins Bad. *Reiß dich zusammen.* Aber egal, wie sehr ich es versuche, ich beginne, zu schluchzen. Peter litt, und ich bin eine gemeine Person. Ich bin grausam und … was? Das Abbild im Spiegel antwortet nicht, reflektiert nur rote Augen und fleckige Haut.

Ich wasche mein Gesicht mit einem kalten Waschlappen. Zeit zum Essen.

Frau Breuer umarmt mich. »Wie schön, dich zu sehen.« Sie sieht mich genauer an. »Ist etwas passiert … mit Paul?«

Ich zwinge ein Lächeln hervor. »Alles in Ordnung. Bin nur müde von all der Rennerei.«

Frau Breuer schüttelt den Kopf und führt mich in die Küche, die mit den wunderbarsten Aromen gefüllt ist. »Ja, ja, ich weiß. Was wir alles durchmachen, nur um zu essen.«

Walter ruft von seinem Stuhl: »Endlich! Ich verhungere.«

Das makellose Tischtuch ist unter einem großen Korb frischer Brotscheiben, roter Marmelade und Rühreiern mit Zwiebeln begraben.

Diesmal grinse ich wirklich. »Tut mir leid, mein Herr, dass ich zu spät bin.«

»Du bist nicht zu spät.« Peter kommt mit ausgestreckten Armen auf mich zu. Er lächelt. »Schön, dass du hier bist.«

Ich blinzele. Zweimal. Ist das derselbe Mann, den ich vorhin auf der Straße gesehen habe, derselbe Mann, der davongerannt ist, nur, damit er mich nicht länger ansehen musste?

Peter

Nachdem ich Hilda auf dem Schwarzmarkt gesehen hatte, brachte ich die Einkäufe nach Hause und lief dann zu Karl-Heinz. Ich rammte meine Faust auf den Klingelknopf, der sich lauthals beschwerte.

Karl-Heinz öffnet die Tür, seine Haare stehen in alle Richtungen. Wie ich hat er seit Monaten keinen Frisör gesehen. »Komm rein, sieht aus, als würdest du gleich explodieren.«

Ich folge ihm in das halbdunkle Wohnzimmer. Schwere blutrote Gardinen bedecken die Fenster und anstatt Glasscheiben ist da immer noch eine Behelfsabdeckung aus Pappe, Linoleum und Holz.

»Mutter und Tante sind unterwegs«, sagt er. »Gerade, als ich dachte, ich hätte endlich einen Moment für mich allein, kreuzt du auf.« Er grinst. »Nur ein Witz.«

Ich starre ihn an. Was ist ein Witz? Wann hat Karl-Heinz zuletzt etwas Lustiges gesagt? Nicht, dass mir nach Lachen zumute wäre. Er ist kein bisschen amüsant. Ich lasse mich auf die Couch fallen. In meinem Kopf schwirren lauter Gedanken, die ich nicht ausdrücken kann.

Karl-Heinz setzt sich mir gegenüber. Er trägt ein sauberes blaues Hemd mit Kragen und schwarze Hosen, die ich nicht kenne. »Raus damit. Was ist passiert?«

Ich seufze und schaue die ernsthaften Männer und Frauen in den Bilderrahmen an. Einer von ihnen ist Karl-Heinz' Vater.

Abrupt beugt Karl-Heinz sich vor. »Ist was mit deiner Mutter oder Walter?«

Ich merke, dass er nicht nach Vater fragt. Keiner von uns fragt dieser Tage nach unseren Vätern.

»Hilda hat einen Freund.«

»Was?«

»Hab sie gestern besucht und sie … ich …«

»Du hast erwartet, dass sie in deine Arme springt und dich mit Küssen bedeckt.«

Ich schaue auf. Woher weiß Karl-Heinz das?

Karl-Heinz schüttelt den Kopf und sagt: »Komm schon, erzähl.«

»Dieser Idiot rauscht herein und tut so, als gehörte sie ihm.«

»Der Mann ist eifersüchtig.« Lachen schallt durch das Wohnzimmer und Karl-Heinz schlägt sich auf die Beine.

Ich runzele die Stirn. Neuer Zorn braut sich in mir zusammen. »Was ist so komisch?«

Karl-Heinz müht sich, ernst zu werden. Es klappt nur halb. »Du. Du bist der Idiot, Peter. Hast du dir je überlegt, was Hilda durchgemacht hat? Hast du sie danach gefragt? Sie musste bestimmt für alle sorgen, vielleicht war sie in einem schrecklichen Lager. Hast du überhaupt richtig mit ihr gesprochen?«

Ich denke an den gestrigen Abend, an die Szene in der Küche.

»Hab ich mir gedacht«, sagt Karl-Heinz.

Seit wann ist er der Experte?, schießt es mir durch den Kopf. *Er hat nicht mal 'ne Freundin.*

»Vielleicht brauchte sie seine Hilfe.« Karl-Heinz sieht mich an. »Warst du nicht derjenige, der vor zwei Jahren davonlief?«

Ich nicke. Kaum zu glauben, dass ich mich so gefreut habe, wegzukommen. Ein neues Gefühl gesellt sich zur Wut: Schuld. Wäre ich daheim gewesen, hätte Hilda es einfacher gehabt. Wir wären zusammen … ein Paar.

Es ist alles meine Schuld.

»Ich glaube, du solltest mit ihr sprechen, herausfinden, was sie erlebt, was sie durchgemacht hat. Sei der Freund, den sie zwei Jahre lang vermisst hat. Sei der Freund, der du mir warst.« Tränen schimmern in Karl-Heinz' Augen.

Meine Kehle wird eng, also krächze ich nur: »Ja.«

Karl-Heinz wischt sich mit dem Handrücken über das Gesicht. »Ich hoffe, dir ist klar, dass ich ohne dich tot wäre.«

Wir sehen einander an. Karl-Heinz' Blick ist alt wie die Welt.

»Das gilt für uns beide.«

Karl-Heinz grinst wieder. »Genau. Jetzt geh und hol dir deine Freundin zurück.«

Den ganzen Nachmittag über mache ich mir Sorgen, Hilda könnte nicht kommen. Ich helfe Mutter, die Körner in der alten Kaffeehandmühle zu mahlen. Helfe ihr, den Teig zu mischen, bereite die Rühreier zu und decke den Tisch. Ich hole sogar eine Handvoll Gänseblümchen, die im Vorgarten blühen. Die Natur ist sonderbar. Sie ignoriert uns Menschen − oder versucht es zumindest.

Jetzt sitzt Hilda mir gegenüber. Sie macht ein ernstes Gesicht und hält ihren Blick fast ausschließlich auf den Teller gerichtet. Allerdings kann ich sehen, wie gut es ihr schmeckt.

»Es muss schrecklich gewesen sein, als die Bomben flogen«, sage ich. »Mutter hat erzählt, sie seien am Wochenende gekommen und alles Fensterglas sei innerhalb von Sekunden zerborsten.«

Ein Hauch von Überraschung zeigt sich in Hildas geweiteten Augen. »Es war schlimm. Wir haben uns im Keller versteckt, aber dann konnte Paul …«

»Was war mit Paul?«

Hilda erzählt uns vom Granatenschock ihres Bruders, wie sein Bein aussah. »Seit der Krieg aus ist, macht er gute Fortschritte.«

»Das freut mich.« Ich stelle mir meinen Bruder Walter mit einer solchen Verletzung vor und unterdrücke ein Schaudern. »Ich möchte euch gern helfen, sag einfach, was ich tun kann.«

Da ist wieder die Überraschung in Hildas Blick. Ihr Nicken werte ich als gutes Zeichen.

»Was hast *du* erlebt?«, fragt sie.

In schneller Folge spielen sich in meinem Kopf Szenen ab. Der gemeine HJ-Mann Zeibler, der Moment, in dem ich dachte, die Zwangsarbeiter würden uns ermorden, Karl-Heinz halbtot mit Diphtherie, die Krätze und Karl-Heinz' Angst um seine Eier. Ein Grunzen entspringt meinem Hals.

»Es muss auch lustig gewesen sein«, kommentiert Mutter trocken.

Ich breche in Lachen aus, die anderen starren mich an. »Tut mir leid, ich kann nicht … Es war … Karl-Heinz würde mich umbringen, wenn ich das erzähle.« Ich wische mir die Lachtränen aus dem Gesicht. Was ist nur mit mir los?

Stille macht sich breit, bis ich irgendwann sage: »Ich werde euch davon erzählen. Aber nicht jetzt. Es ist … schwierig.«

Alle nicken und ich fühle Hildas Blick auf mir wie eine glühende Hand.

»Paul will auch nicht darüber sprechen«, sagt sie.

Auf einmal fühle ich es, die Wärme und Besorgnis, die Hilda immer für mich empfand. Sie sind noch hier, befinden sich zwischen uns, schweben über dem Tisch, ergreifen mich wie eine Umarmung. Ich grinse wieder. Ich weiß jetzt, dass ich sie liebe, und dass ich ihr helfen werde, egal, was kommt oder ob sie meine Liebe erwidert. Wenn sie diesen Kerl heiraten will, dann soll es eben so sein. Ich werde da sein, und wenn es mich umbringt.

»Es war schön«, sagt Hilda an der Tür. Sie hat sich überschwänglich bei Mutter bedankt und betont, es sei das beste Brot ihres Lebens gewesen. Mutter freut sich so sehr über das Kompliment, dass ihre Augen leuchten. Warum fallen *mir* keine netten Dinge ein?

»Ich bin froh, dass du da warst.« Ich berühre leicht Hildas Schulter.

Sie nickt und wendet sich fast schüchtern zum Gehen. »Gute Nacht.«

Sie hat nichts von einem weiteren Treffen erwähnt. Aber

früher brauchten wir das nie. Heißt das, ich kann sie besuchen? Oder hat sie vorläufig genug von mir?

Wieder einmal bin ich verwirrt, wünsche mir, ich könnte Karl-Heinz danach fragen.

Ich denke auch an Walter, der heute Abend fast kein Wort gesagt hat. Irgendetwas stimmt definitiv nicht mit ihm.

KAPITEL VIERUNDDREISSIG

Hilda

Der Schlaf will nicht kommen. Ich bin viel länger bei den Breuers geblieben, als ich erwartet hatte. Ich hatte auch nicht gedacht, dass ich dort so viel Spaß haben würde. Es war fast wie in alten Zeiten, als wir uns gegenseitig zum Abendessen besuchten. Peter war so aufmerksam — er hörte mir wirklich zu.

Kurt muss gegen halb neun vorbeigekommen sein, wie Paul mir erzählte. Er wusste, dass ich zum Essen weg war, warum also kam er dann trotzdem? Schuld und Verärgerung setzen mir zu, aber das ist nicht der Grund, weshalb ich nicht einschlafen kann. Es liegt an Peter ....

Es klingelt. Als ich das Licht anmachen will, falle ich fast aus dem Bett. Es ist nach Mitternacht. Was könnte so wichtig sein, uns alle zu wecken?

Ich eile zum Eingang, als auch Paul und Mama im Flur erscheinen.

In der Tür steht Bienes Mutter. Ich habe sie seit Monaten nicht gesehen und erkenne sie kaum wieder. Sie war immer sehr akkurat und etwas rundlich, ihre Haare waren stets perfekt frisiert und ihre Kleidung teuer. All das ist nun anders. Die Frau vor uns wirkt hager, ihre Haare sind strähnig und nicht besonders sauber, ihre Kleidung ist zusammengewürfelt und ungepflegt. Um ehrlich zu sein, sehen die meisten von uns immer so aus, aber es ist schockierend, Frau Fuchs so zu sehen.

»Es geht um Biene, ich brauche Ihre Hilfe«, heult sie.

»Was ist passiert?«, fragt Mama hinter mir. »Kommen Sie doch rein.«

»Keine Zeit. Sie ist fort … verschwunden.« Frau Fuchs' Hände flattern wie die Flügel einer Motte.

»Vielleicht ist sie spät ausgegangen?«, werfe ich ein. Immerhin ist Biene siebzehn.

»Sie war in so einer Verfassung. Ich habe versucht …« Der Atem der Frau kommt stoßweise.

Mama schreitet entschlossen zur Schwelle und führt Bienes Mutter ins Wohnzimmer. »Paul, hol Frau Fuchs ein Glas Wasser. Hilda, hilf ihr zum Sofa.«

Ich geleite Bienes Mutter zur Couch, helfe ihr mit dem Mantel, obwohl ich sie am liebsten in den Hintern treten würde.

Sobald wir alle versammelt sind, fragt Mama, »So jetzt mal von Anfang an, was ist passiert?«

Frau Fuchs erzählt von Biene, davon, wie sie sich in der letzten Zeit benahm. Sie lässt aus, dass sie ihre Tochter zwang, mit dem alten Kohlenhändler zu schlafen.

»Warum meinen Sie, dass sie sich etwas antun könnte?«, fragt Mama.

Frau Fuchs sieht von ihrem Wasserglas auf. »Ist nur ein Gefühl. Sie geht nie fort, es sei denn, sie holt Rationen, schon gar nicht abends. Sie war so traurig in der letzten Zeit, weigerte sich aber, darüber zu sprechen, saß einfach nur da. Manchmal blieb sie den ganzen Tag im Bett, egal, was ich sagte.« Tränen rollen über Frau Fuchs' Wangen. »Ich habe versucht, sie aufzuheitern, Theo auch. Theo hat Probleme, aber er merkt, dass mit seiner Schwester etwas nicht stimmt.« Frau Fuchs nimmt einen Schluck Wasser. »Dann traf sie gestern Nachmittag diesen Kurt im Laden, den jungen Mann, den sie so mochte. Ich weiß nur davon, weil meine Nachbarin die beiden gesehen hat. Anscheinend gab es Streit zwischen Biene und Kurt. Und als sie heimkehrte, ging sie in ihr Zimmer … aß nicht mal Abendbrot.«

Mama wendet sich mir zu. »Ist dieser Kurt nicht dein Freund?«

Hitze brennt auf meinen Wangen. »Er hilft mir, Holz und Vorräte zu organisieren.«

Frau Fuchs ignoriert uns und fährt fort: »Ich saß in der Küche, als sie einfach an mir vorbeimarschierte. Sie sagte nichts, antwortete nicht auf meine Fragen, ging einfach raus.« Frau Fuchs stellt das Glas auf den Tisch und umschlingt sich mit den Armen. »Natürlich blieb ich auf. Aber Biene ist noch immer nicht zurück. Wissen Sie vielleicht, wo sie hingegangen sein könnte?«

Ich blicke in die bittenden Augen und sage nichts. Vor langer Zeit gingen Biene und ich oft in den kleinen Park an der Quelle — damals, bevor der Krieg uns auffraß. Würde sie auch allein dahingehen? Warum? Vor allem aber frage ich mich, worüber Biene und Kurt gestritten haben.

»Warum haben Sie Biene diese Dinge tun lassen?« Ich erkenne meine Stimme kaum, sie ist so scharf wie Mamas bestes Küchenmesser. Die anderen starren mich an, aber ich konzentriere mich ganz auf die Frau mit dem abgeriebenen Lippenstift und der losen Haut am Hals.

Bienes Mutter öffnet den Mund, schließt ihn wieder, die welke Haut zittert. »Ich weiß nicht, was du meinst.«

»Der Kohlenhändler«, flüstere ich.

»Hilda, was soll das bedeuten?«, fragt Mama.

Ich ignoriere sie. »Sie haben Biene gezwungen, mit einem alten Mann zu schlafen.«

Mama ringt hörbar nach Luft, aber ich konzentriere meinen Blick weiterhin auf die Frau vor mir. Sie verschwimmt an den Rändern, ich bekomme einen Tunnelblick, weil die Wut und die Trauer, die ich für meine Freundin in mir trage, herauswollen.

Bienes Mutter schluckt, bevor sie ausruft: »Ach, mein armes Kind!« Sie schluchzt theatralisch.

Mama bietet ihr ein fein gebügeltes Taschentuch an, wobei sie mit fragendem Blick zwischen mir und Paul hin- und herschaut.

»Ich muss nach Hause«, sagt Frau Fuchs. »Theo ist allein und er hat leicht Angst.«

»Wir sollten Ihre Tochter suchen«, sagt Paul. »Ist nur schwierig im Dunkel. Wir könnten direkt an ihr vorbeilaufen, ohne sie zu bemerken, oder in einen Bombenkrater fallen.«

Als sich die Tür hinter Frau Fuchs schließt, eilen Mama und Paul zu mir.

»Was sollte das bedeuten?« Die Schärfe ist aus Mamas Stimme verschwunden. »Ist alles in Ordnung?«

Ich bin hundemüde, kann mich nicht bewegen, nicht mal den Kopf drehen. Der Druck, der sich seit Monaten in mir aufgebaut hat, setzt sich frei. Ich weine, wie ich noch nie im Leben geweint habe, nicht mal, als ich verstand, dass Papa niemals zurückkehren würde.

Endlich bekomme ich wieder so viel Luft, dass ich sprechen kann. »Sie hat Biene gezwungen, mit dem Kohlenhändler im Tausch für Essen und Kohlen zu schlafen. Biene war angewidert … ich versuchte zu helfen.« Nach und nach kommt alles heraus. Der SS-Mann Linker … Bienes Besuche bei dem alten Mann … mein Verrat.

Es heißt, ein Geheimnis in sich zu tragen, vergifte langsam von innen. Ich kann bezeugen, dass ich in dem Moment, in dem ich alles los war, Erleichterung verspürte.

Bis der Gedanke, Biene könnte von der Müngstener Brücke springen, der höchsten Eisenbahnbrücke Europas gleich hier im Tal der Wupper, mich erneut wie eine Giftwolke umnebelt.

Frau Fuchs und Theo sind morgens um sechs zurück, Mama ist bei der Begrüßung eindeutig kühler. Theo sieht schläfrig aus, lebt aber sofort auf, als Mama ihm eine Scheibe Brot mit Brombeermarmelade anbietet. Er schlingt sie hinunter, während wir über unsere Wege und Treffpunkte beratschlagen.

Obwohl ich fast den ganzen Rest der Nacht wach war, bin ich froh, etwas zu unternehmen. Ich beschließe, an Kurts Haus im Unnersberg vorbeizugehen. Es ist nicht weit vom Pütt, dem Park mit der Quelle. Paul wird Richtung Krahenhöhe laufen, Mama zu meiner alten Schule und Frau Fuchs und Theo werden in die Stadt gehen.

Wenn wir sie nicht finden, wollen wir uns um zehn Uhr hier treffen und neu entscheiden. Frau Fuchs erwähnte etwas von Polizei und britischer Besatzung.

Äußerlich bin ich ruhig, aber mein Herz pocht, als ich den Berg hinunter zu Kurt laufe. Es ist früh, selbst für ihn.

»Biene wird vermisst«, sage ich, als er die Tür öffnet. »Wir suchen nach ihr.«

Er ist nur halb angezogen und trägt eine Hose, die viel zu kurz ist, und ein Unterhemd voller Löcher. Selbst im düsteren Eingang bemerke ich, wie er kreidebleich wird.

Seine Unterlippe zittert, als er mich hineinwinkt. »Ich komme mit.«

Ich warte darauf, dass er sein Treffen mit Biene erwähnt, aber er sagt nichts. Er würgt ein Glas Wasser hinunter und winkt mich wieder raus.

»Vielleicht ist sie zum Pütt gegangen.« Ich muss jetzt ruhig bleiben. »Wir sind dort öfter gewesen, bevor ...«

»Vielleicht.«

»Ich versteh nur nicht, warum sie weggelaufen ist.«

Kurt antwortet nicht. Er starrt geradeaus, seine Arme schwingen ungeduldig an seinen Seiten, während er im Rekordtempo losmarschiert.

In wenigen Minuten sind wir im Park. Neben dem Pumphaus gurgelt das Wasser in die Rinne. Es ist kühl hier, feucht und schattig unter den Bäumen. Wir machen eine schnelle Runde. Biene ist nicht da.

»Verdammt. Ich dachte sie ...«

»Gehen wir!« Kurts Worte klingen wie eine Anschuldigung.

»Wohin?«

Aber Kurt sagt nichts. Er rennt die Straße rauf in Richtung Schrebergärten. Er ist so schnell, dass ich kaum hinterherkomme.

Zu meiner Überraschung hält er an einem der Gärtchen in der Nähe des Teichs und der Gaststätte. Er öffnet das Gatter und geht auf eine Hütte zu. Sie ist heruntergekommen, Farbe blättert vom Fensterrahmen, Dachpfannen fehlen.

Er fühlt entlang des Türrahmens, der nicht breiter als sechzig Zentimeter sein kann, und findet nichts. Ganz leise drückt er die Klinke hinunter und guckt hinein.

Im Halbdunkel erkenne ich eine Liege. Biene liegt schlafend unter einer mottenzerfressenen Decke auf der Seite. Die Haut ihres nackten Unterarms schimmert bleich, fast durchsichtig. Sie ist dünner als in meiner Erinnerung.

Meine Beine geben vor Erleichterung fast nach. Bis zu diesem Moment wusste ich nicht, ob Biene noch am Leben war. Irgendwie bemerke ich mit meinem benebelten Gehirn, wie Kurt sich hinkniet und Bienes Hand nimmt.

»Hallo«, flüstert er. Die Geste ist so zärtlich, dass ich mich wie ein Eindringling fühle. Die Hütte hat einen schmalen Ofen und ein paar Regale, auf denen verbeulte Töpfe und ein paar Gartengeräte liegen.

Die Liege quietscht. Biene öffnet die Augen und wirkt zunächst verwirrt, dann fokussiert sich ihr Blick auf Kurt ... und auf mich. Sie blinzelt, sieht wieder zu Kurt. »Woher wusstest du, dass ich hier bin?«

»Ich wusste es nicht, zumindest nicht sicher.« Kurts Stimme ist heiser und als ich ihn von der Seite ansehe, fallen mir die Tränen auf seinen Wangen auf. »Nachdem wir hier waren.« Er drückt ihre Hand. »Es tut mir so leid wegen gestern. Es ist nur ... Ich hatte Hilda versprochen ...«

»Was hast du versprochen?«, frage ich.

Kurt zuckt die Schultern. »Dass wir zusammen ... gehen.«

»Ihr wart zusammen hier?«, frage ich leise. Ich bin gespenstisch ruhig, obwohl ich keine Ahnung hatte, dass die beiden miteinander geschlafen haben.

»Es ist Monate her«, sagt Biene. »Ich habe kein Recht darauf, verärgert zu sein, aber als ich dich gestern gesehen habe, konnte ich einfach nicht mehr — nicht mit all den anderen Schwierigkeiten.«

Ich starre meine beste Freundin und meinen Freund an. Sie lieben sich, selbst ein Blinder sieht das. Komischerweise bin ich nicht wütend. Ein wenig enttäuscht vielleicht, aber das ist mehr verletzter Stolz als alles andere.

»Ihr könnt machen, was ihr wollt«, sage ich. »Ich gehe jetzt heim und sage den anderen Bescheid.« Mein Blick trifft Bienes. »Deine Mutter war schrecklich besorgt.«

Kurt holt mich am Tor ein. »Tut mir leid, Hilda. Ich wusste nicht ... Aber dann ...«

»Warte!«, schreit Biene. Sie eilt aus der baufälligen Bude, als wäre ein böser Geist hinter ihr her. Dann wirft sie ihre Arme um mich und beginnt zu weinen.

Meine beste Freundin, der ich Unrecht getan habe, zittert und jetzt stürzen die Schuldgefühle, die ich mit mir herumgetragen habe, mit voller Macht auf mich ein. Tränen brennen in meiner Kehle. Meine Augen laufen über. »Es tut mir leid«, heule ich, während ich mich an ihr festklammere. »Ich hätte dich nicht verurteilen dürfen. Du wolltest deiner Familie helfen.«

Biene wischt meine Tränen ab und lächelt. »Du wolltest mich beschützen. Ich weiß das jetzt. Ich wollte dir Kurt nicht wegnehmen ... Es ist nur ... ich liebe ihn.«

Ich lege einen Zeigefinger an ihre Lippen. »Ich weiß. Es ist gut.«

Und das ist es.

Peter

Ich bin früh wach. Mein Magen knurrt und meine Gedanken schwirren um Hilda. Gestern Abend habe ich gelogen, habe sie belogen und auch mich selbst. Ich glaube kaum, dass ich mit ihr befreundet sein kann, wie Karl-Heinz vorschlug. Allein der Gedanke, dass dieser Kurt Hilda anfasst, macht mich krank. Ich werde eine Weile Distanz wahren, mich darauf konzentrieren, Essen zu organisieren, zusehen, ob ich irgendwo zur Schule gehen oder zumindest Arbeit finden kann.

Die paar Teile, die ich im Laden bekommen konnte, sind lachhaft. Ein wenig Brot, einige Zwiebeln, eine Dose Fleisch und ein Pfund Sauerkraut. Wie sollen wir davon zu dritt einen Monat überleben? Der Ladenbesitzer sagte, es gebe jede Woche neue Anzeigen, die weitere Lebensmittelausgaben ankündigten. Aber die Mengen sind so gering, dass es fast egal ist. Wir werden alle an Hunger sterben. Was der Krieg nicht geschafft hat, wurde nur aufgeschoben — Hitlers Vermächtnis.

Mehr und mehr Nachrichten über die Konzentrationslager kommen ans Tageslicht. Nicht Lager wie für uns, um darin zu studieren und zu spielen, sondern Todeslager, getarnt als Arbeitslager. Oh, wie ich mir wünsche, in der Zeit zurückreisen und mich vor zwei Jahren zur Vernunft bringen zu können. Wie konnte ich einem solchen Monster folgen? Nicht nur ihm, sondern auch diesen Typen wie Goebbels und Himmler.

Sie führten Krieg mit über dreißig Ländern, ermordeten Millionen, zerstörten Deutschland und zwangen Jungen und Männer in den Krieg. Ich habe Glück gehabt, nicht kämpfen zu müssen. Karl-Heinz und ich haben wohl den letzten Volkssturm im März verpasst, als Hitler die Jungen meines Alters verfeuerte. Viele dieser Jungen sind jetzt tot. Zumindest glauben das viele, weil sie nicht aus dem Krieg zurückgekommen sind. Vater ist immer noch fort — vielleicht in einem der alliierten Gefangenenlager. Oder er wird vermisst ... ist tot.

Mein Magen knurrt vernehmlich, der Hunger treibt mich aus dem Bett. Draußen wird es hell, die Vögel singen fröhlich. Ich schleiche in die Küche und durchsuche den Schrank. Wir haben ein Ei übrig, etwas Brot und jede Menge Körner. Es war schlau von Mutter, Körner anstatt Mehl einzutauschen. Aus Körnern kann man Mehl herstellen und wir könnten Pfannkuchen machen.

Pfannkuchen. Spucke läuft mir im Mund zusammen, während ich mir die brutzelnde Pfanne vorstelle. Aber ich fülle nur ein Glas mit Wasser und trinke es aus. Und noch eins. Ich kann unseren Proviant nicht anrühren, ohne um Erlaubnis gebeten zu haben.

»Was machst du?« Walter steht in der Tür. Seine Haare sind zerzaust, der Schlafanzug, den er von mir geerbt hat, ist zerknautscht.

»Wasser trinken.«

Schweigend stellt er sich neben mich und füllt sein eigenes Glas.

»Du bist in letzter Zeit schrecklich still«, bemerke ich.

»Was geht dich das an?« Walters Ton ist geradezu aggressiv und als ich meine Hand auf seine Schulter lege, reißt er sich los und lässt sich aufs Sofa fallen.

»Hast wohl schlechte Laune«, sage ich lächelnd. »Bist du mit dem falschen Fuß zuerst aufgestanden?«

Walter zuckt die Schultern und ignoriert mich.

»Na, komm schon, was ist dir über die Leber gelaufen? Mädchenprobleme vielleicht?«

Walters Wangen glühen, also habe ich ins Schwarze getroffen. Er springt auf und verlässt wortlos das Zimmer. Sekunden später ist er zurück und wedelt mir mit dem rot-grün karierten Taschentuch vor dem Gesicht herum.

»Kannst du das erklären?«

Mein Mund ist mit einem Mal staubtrocken. Ich lehne mich zurück und schaue das Stück Stoff an, das mich über zwei Jahre begleitet hat. »Ist ein Taschentuch, na und?«

»*Mein* Taschentuch.« Walter pocht mit dem Zeigefinger auf die Initialen WB. »Das bin ich.« Als ich nicht antworte, sagt er: »Woher hast du es?«

Die Worte weigern sich, meinen Mund zu verlassen. Sie hängen hinten im Hals — die Szene im Hinterhof wiederholt sich. Zwei Tunichtgute verprügeln Walter, sein tränennasses Gesicht, die gedämpften Schreie, Dreck auf seinem Hemd, das zerschrammte Kinn und die Fäden in der Augenbraue. Als ich damals aus der

Schule kam, heuchelte ich Erstaunen, tätschelte ihm den Kopf und half, ihn auf das Sofa zu betten.

»Ich weiß nur, dass ich es im Hof hinter dem Haus liegengelassen hatte.« Walters Augen sind mit Tränen gefüllt. »Ich wollte es niemals wiedersehen, weil es mich an Ralf und Otto erinnerte, die mich vor der Schule so zugerichtet haben.« Trotz der Tränen lacht er verächtlich auf. »Und gestern kommt Mutter und gibt mir das saubere und gebügelte Taschentuch. Sie fragte sich, wo es die ganze Zeit über geblieben war und warum es so abgenutzt aussieht.«

»Ich muss es gefunden haben«, lüge ich.

Walter stampft mit dem Fuß auf und schreit »Quatsch!«, bevor er davonrennt und die Tür hinter sich zuschlägt.

Die Ruhelosigkeit in mir wird unerträglich und ich beginne, den Tisch zu umrunden, einmal, zweimal … dreimal. Ich will der Erinnerung an Walter, wie er blutend im Dreck liegt, davonlaufen … und meinem Zögern, meiner Schadenfreude.

Ich habe versagt. Er hat mich damals genervt, aber er war unschuldig und hätte mich gebraucht, seinen großen Bruder, doch ich habe nur kaltherzig zugesehen.

Und Walter weiß es.

Jetzt wird mein Gesicht heiß, mein Körper folgt. Ich schwitze, bis mir das Hemd an der Haut klebt. Ich muss hier raus … weg.

Als ich das Haus verlasse, will ich am liebsten nach nebenan. Ich brauche eine Ablenkung von Walters Gefühlsausbruch und Hildas Wohnung zieht mich mit unsichtbaren Fäden an — als würde mich jemand wie einen Fisch an Land ziehen. Aber dann fällt mir Kurt in Hildas Küche ein und ich gehe schnell davon. Ich muss meine Gedanken irgendwie zerstreuen, also gehe ich wieder Karl-Heinz besuchen. Ich könnte wirklich ein paar aufmunternde Worte gebrauchen.

Als niemand aufmacht, klopfe ich an die Tür. »Karl-Heinz? Ich bin's.« *Warum klinge ich so verzweifelt, geradezu erbärmlich?*

Karl-Heinz öffnet. »Was ist jetzt wieder passiert?«, fragt er unwirsch.

»Ich muss mit dir reden«, sage ich und schiebe mich an ihm vorbei in den Flur. »Ich halte das nicht durch.«

Karl-Heinz schließt die Tür hinter mir, bewegt sich aber nicht von der Stelle.

»Wer war's denn?«, ruft jemand vom Wohnzimmer her — Christians Stimme.

»Peter ist hier.« Bevor ich Zeit habe, etwas zu sagen, bedeutet mir Karl-Heinz, ihm zu folgen.

»Schön, dich heil zu sehen.« Christian sitzt auf der Couch, seine Arme und Beine sind so schlaksig wie eh und je.

Beim Eintreten habe ich das Gefühl, die beiden bei irgendetwas unterbrochen zu haben. Tatsächlich flammt Christians Hals so rot wie Karl-Heinz' Gesicht.

»Ich kann später wiederkommen«, sage ich.

»Unsinn.« Karl-Heinz sinkt neben Christian auf die Couch und zeigt auf einen Stuhl. »Was ist passiert? Ich bin mir sicher, dass Christian nichts verraten wird.«

Christian tappt mit dem Zeigefinger auf seine geschlossenen Lippen und schüttelt den Kopf. Jetzt komme ich mir albern vor.

Ich sehe meine beiden Kameraden an — Karl-Heinz, mein ältester Freund, und Christian, unser Schulfreund. Auf einmal weiß ich genau, was hier vorgeht. Ich hatte die ganze Zeit über recht. »Ich will euch nicht stören«, sage ich und drehe mich zur Tür.

»Peter, warte. Ich muss dir was sagen.« Das Beben in Karl-Heinz' Stimme zwingt mich zur Umkehr. »Setz dich bitte.«

Karl-Heinz schluckt so laut, als hätte er einen Ball in der Kehle. Er sieht Christian an, dann mich. »Ich habe dich angelogen. Ich hatte Angst, du würdest es nicht verstehen … aber als du mir von Hilda erzähltest, ich …« Er schaut hilflos seinen Freund an, der ihm die Hand tätschelt und dann seine Finger mit Karl-Heinz' verschränkt.

»Ich liebe Christian. Ich dachte … Wir dachten, hofften … es würde vielleicht weggehen. Dass wir einen Weg finden, Mädchen zu wollen.« Wieder der hilflose Blick. Ich starre zwischen den beiden Jungs hin und her. »Du bist mein bester Freund. Ich platze, wenn ich es keinem erzählen kann. Und als du wegen Hilda hier warst, dachte ich …«

»Du hast behauptet, ich könnte ihr Freund sein, einfach eine Schulter zum Ausweinen«, brülle ich los. »Und hier sitzt ihr wie die Turteltäubchen.«

»Tut mir leid«, sagt Karl-Heinz. »Vielleicht war's verkehrt, aber ich glaube immer noch …«

Ich springe auf und schreie: »Was weißt *du* schon über

Mädchen?«

Karl-Heinz zuckt die Schultern und drückt Christians Hand. »Ist nicht so anders.«

»Oh, tatsächlich?«

Den Rest von Karl-Heinz' Worten höre ich nicht, nur dass er und Christian hinter mir herrufen. Die Tür schlägt zu und ich renne die Straße rauf. Idiot.

Er hatte Angst, weist mich die Stimme in meinem Kopf zurecht. *Wie du Angst hattest, über Hilda zu sprechen, bis du an die Decke gingst.* Für Karl-Heinz war es unglaublich viel schlimmer, weil die Nazis Homosexualität abartig fanden und die Menschen bestraften, vielleicht sogar umbrachten. Und ich bezweifle, dass das Gesetz sich geändert hat.

Und du wusstest es sowieso, sagt die Stimme zu mir. *Dein Bauch wusste es schon seit Jahren.* Es stimmt, Karl-Heinz zeigte nie Interesse an Mädchen, sprach nie über sie. *Wärst du nicht so abgelenkt und egozentrisch gewesen, hättet ihr darüber sprechen, hättest du deinen Freund unterstützen können.*

Ich bin gerade dabei, meine Haustür aufzuschließen, als ich zögere. Es war sehr mutig von Karl-Heinz, mir die Wahrheit zu sagen. Wesentlich mutiger als mein Eingeständnis über Hilda. Auf einmal bereue ich meine Reaktion, mein Weglaufen. Es ist nur … ich fühle mich irgendwie sitzen gelassen … sogar eifersüchtig.

Meine Brust zieht sich vor Beschämung zusammen. Oder ist es Neid? Zuerst hat Hilda einen Liebhaber, jetzt Karl-Heinz. Wo bleibe ich?

Ich schwebe ziellos herum — in einem Vakuum. Keine Schule, keine Arbeit, ich gehöre nirgendwo hin. Noch vor wenigen Tagen wollte ich nur überleben und meine Familie wiedersehen. Das reicht nicht länger aus.

Ich finde Walter lesend in der Küche vor. Er ignoriert mich, als ich mich neben ihn setze. Die Schultern meines kleinen Bruders sind breiter geworden und an den Hosen, die er trägt, sind unten die Knöchel zu sehen. Er ist ein junger Mann.

Ein Klumpen formt sich in meinem Hals, also würge ich ihn hinunter und platze mit den Worten »Es tut mir schrecklich leid!« heraus. Als er nicht antwortet, fahre ich fort: »Ich habe gesehen, was passiert ist … Die Jungen haben dich verdrescht. Ich kam kurz darauf wieder, aber da warst du schon weg. Ich habe dein

Taschentuch aufgehoben und …« Meine Augen schwimmen in Tränen, aber es ist mir egal. »Es war fürchterlich, dich so zu sehen … danach.«

Walter sieht mich an, seine Augen sind ebenso nass wie meine. Noch immer sagt er nichts.

»Du musst es mir glauben«, flehe ich. »Ich hab's seitdem jeden Tag bereut.«

»Du hast mein Taschentuch mitgenommen?« Walters Stimme ist so leise, dass ich sie kaum hören kann.

Ich nicke, denke an die Zeiten, in denen ich das Tuch in meiner Tasche berührte, die Erleichterung, die ich fühlte, als die Zwangsarbeiter es mir nicht auch noch stahlen. »Es war ein kleiner Teil von dir.« Ich ergreife Walters Hand, die fast so groß ist wie meine. »Ich hätte dich beschützen müssen. Kannst du mir vergeben?«

In der darauffolgenden Stille knackt das Feuer im Küchenofen. Draußen grüßt ein Nachbar den anderen. Ich warte mit klopfendem Herzen, die Sekunden dehnen sich bis zur Unendlichkeit.

Mit einer plötzlichen Bewegung wirft sich Walter an meine Brust und wir umarmen uns, wie wir es noch nie getan haben. Wir sagen nichts, sitzen nur da, während die Last, die ich mit mir herumgeschleppt habe, verfliegt.

Ich habe meinen Bruder wieder.

Am Nachmittag gehe ich nach nebenan. Ich muss noch eine Sache klären und kann keine Minute länger warten. Hilda öffnet, ihre Augen haben das schöne Grau eines frühen Winterabends, an dem man mit einer Tasse Kakao am Feuer sitzt. Selbst im düsteren Flur bemerke ich die Neugier darin.

»Ich muss dich sprechen«, flüstere ich.

Hilda öffnet die Tür zur Wohnung. »Sie sind alle unterwegs.«

Bevor sie hineinschlüpfen kann, ergreife ich ihren Arm. »Ich muss dir was sagen. Ich war ein Idiot, ich … liebe dich. Ich wollte dir sagen, dass ich auf dich warten und alles tun werde, um dir zu helfen. Selbst, wenn du Kurt magst.« *Soviel zu deinen früheren Gedanken*, stichelt mein Hirn.

Zu meiner Überraschung wirft mir Hilda ihre Arme um den Hals. »Oh, Peter, *ich* war der Idiot. Ich wollte gar nicht mit Kurt gehen. Es war einfacher, als den ganzen Tag mit Sorgen um dich zu verbringen und mich zu fragen, ob du wohl jemals heimkommen würdest. Was ich meine … ich liebe dich auch.«

Ich lehne mich ein wenig zurück, um sie besser ansehen zu können. »Was ist mit Kurt?«

»Er liebt Biene, hat er schon immer getan.« Hilda lächelt, Tränen schimmern in ihren Augen. »Er und ich waren irgendwie verloren, das verstehen wir jetzt.«

Es wird still, während wir ineinander versinken. Ich denke nicht mehr, fühle nur: Hildas Körper an meinem, der leichte Druck ihrer Brust, der Duft von Seife auf ihrer Haut, ihr beschleunigter Atem und das Glitzern ihrer Augen. Ich ziehe sie an mich und wir küssen uns.

Ich bin angekommen.

Ende

EPILOG

Juli 1948
Hilda
Hätten wir Kurt, Karl-Heinz und Peter nicht gehabt, so hätten wir die letzten drei Jahre sicherlich nicht überlebt. Peters Vater, der vor drei Jahren zu Fuß von der Ostsee heimkehrte, war uns ebenfalls eine große Hilfe. Nicht nur, weil er Hamstertouren organisierte, um Nahrung zu besorgen, sondern auch, indem er Peters Familie wieder vervollständigte.

Jegliches Essen, alle Haushaltsgüter waren weiterhin knapp und im Hungerwinter 1946/1947 glaubten wir alle, wir würden umkommen. Aber das Leben ging irgendwie weiter und endlich, im letzten Monat, führte die Regierung die neue Währung ein, die Deutsche Mark. Über Nacht hungerten wir nicht länger und mussten nicht mehr in langen Schlangen vor den Läden warten. Über Nacht flossen die Regale der Geschäfte über mit allem, was wir acht Jahre lang nicht gesehen hatten: Schokolade, Honig, Nudeln, Lakritz, Kameras, Glühbirnen, Regenschirme und Frauenmode.

Schwarzmärkte schlossen, die Bezugsscheine verschwanden.

Als es klingelt, eile ich zur Tür. Peter umarmt mich wild und zieht mich ins Haus. Er trägt sein Haar jetzt länger, sodass sich Locken um seine Ohren kringeln.

»Bist du soweit?«, fragt er. »Ich habe Butterbrote mit richtigem Käse und Bier.« Er küsst mich stürmisch und ich schmelze bei der Berührung seines Körpers dahin. Es sollte nicht erlaubt sein, sich so glücklich zu fühlen.

»Karl-Heinz und Biene kommen gleich«, sage ich atemlos. »Wir holen Christian auf dem Weg ab.«

»Heißt das, wir haben noch einige Minuten für uns?«

Ich grinse und wir schlüpfen in die Wohnung.

Peters Hände wandern unter meine Bluse zum Büstenhalter, lockern die Träger. Seine Fingerspitzen fühlen sich auf meiner Haut weich an. Während ich ihn zur Couch dränge, ziehe ich mein Höschen aus. Seine Hände finden mich zwischen den Kissen. Körper und Atem vereinen sich — nichts anderes zählt. Wenn jetzt jemand hereinkommt, werden wir nicht aufhören.

Als es wieder klingelt, sitzen wir am Küchentisch und trinken Pfefferminztee, unser Geheimnis höchstens noch für besonders aufmerksame Leute an unseren glühenden Wangen erkennbar.

»Bist du so weit?« Biene steht da Arm in Arm mit Kurt.

Peter und ich wechseln einen Blick, bevor wir beide grinsen.

»Haben wir was verpasst?«, fragt Kurt.

»Sind nur froh, rauszukommen.« Peter greift nach seiner Tasche. »Dann wollen wir mal.«

Auf der Wanderung durch den Wald zum Strandbad beobachte ich meine Freunde. Biene und Kurt halten Händchen. Sie sind in sich gekehrt — ebenso still wie Karl-Heinz und Christian. Wir wissen, dass sie ein Paar sind, aber wir sprechen nicht darüber. Es ist gefährlich — Homosexualität ist noch immer ein Verbrechen. Und da ist Peter neben mir. Ich fühle seinen Blick auf mir wie eine Liebkosung.

Peters Rückkehr hat mich erkennen lassen, dass ich meinen Vater nicht länger brauche. Gewissermaßen hat Peter mich befreit. Ich habe nicht mehr das Bedürfnis, alles zu kontrollieren oder richten zu wollen.

Die Zukunft sieht endlich besser aus, selbst, wenn wir zu viel feiern und zu oft trinken. Ich glaube, wir suchen ein Gefühl der Normalität. Nichts Besonderes, nichts Außergewöhnliches, nur ein angemessenes Leben mit etwas Spaß und normalen Dingen, die Jugendliche nun mal so tun. Ist es tatsächlich so ungewöhnlich, dass wir stärker danach streben als Menschen, die keinen Krieg erlebt haben? Oder wollen wir uns nur ablenken, zumindest so tun, als wären wir typische Jugendliche? Gibt es so etwas überhaupt in Deutschland, wo doch fast jeder eine entsetzliche Kindheit hatte?

Jeder von uns trägt eine Last mit sich, ein Paket der Erfahrungen und Erinnerungen. Sie sind unsichtbar und doch ebenso wirklich wie die Kleidung auf unserer Haut. Wenn man sorgfältig hinschaut, bemerkt man Bienes ernste Miene, die Müdigkeit in ihren Bewegungen. Diese Erschöpfung ist immer noch da, auch vier Jahre später noch. Da ist Kurt, der uns noch immer nicht erzählt hat, was er in den letzten zwei Monaten des Krieges erlebt hat. Karl-Heinz' Gesicht ist friedlich, aber Peter erzählte mir, dass Karl-Heinz fast im Lager gestorben wäre, weit weg von allen und allem, was ihm lieb war, und dann noch mal auf dem langen Weg nach Hause.

Wir haben später erfahren, dass die meisten Jungs, die bei dem alten Nazi-Lehrer Stiefel geblieben waren, Anfang März zum Volkssturm eingezogen worden waren. Sie sollten Gräben ziehen, um damit den Ansturm der Russen aufzuhalten. Die meisten von Peters Kameraden sind nicht nach Hause zurückgekehrt — sie verschwanden als Hitlers Kanonenfutter.

Ich weiß es nur deshalb, weil Peter, meine Liebe, mir brockenweise davon erzählte, nachdem einer seiner Klassenkameraden, ein Dieter Maier aufgetaucht war. Er war nur deshalb entkommen, weil er für Zeibler, einen ehemaligen HJ-Führer, etwas erledigen musste und unterwegs war, als die Rote Armee mit ihren Panzern durchrollte. Er schaffte es, sich zu verstecken und zu fliehen. Laut Dieter war Zeibler noch schlimmer gewesen als zu der Zeit, als er das KLV-Lager in der Nähe von Körlin terrorisierte. Jetzt ist er tot ... mitsamt Peters alten Kameraden.

Nachts suchen uns die Erinnerungen in unseren Träumen heim, die grausame Oberin, die SS-Männer ... Fräulein Heinrich mit den starrenden Augen. Wir sind auf ewig vernarbt, und doch hatten wir Glück — wir haben das Monster und den Irrsinn des Dritten Reichs überlebt. Ich kann noch immer nicht das Böse, das Hitler und seine Gefolgsmänner verbreiteten, begreifen, kann nicht nachvollziehen, wie er Millionen Juden umbringen konnte und wie er das Land, das er beschützen sollte, mit solcher Verachtung behandeln und zerstören konnte, wie er es fertigbrachte, Millionen

Familien für immer zu schädigen.

Ich weiß nur eins: Für mich war die KLV ein Reinfall. Ja, wir waren zum Teil vor den Bomben sicher, ja, wir lernten, ohne unsere Familien auszukommen und unabhängiger zu werden. Aber die emotionalen Narben, die wir nach Hause trugen, werden vermutlich niemals so ganz heilen. Die Ängste und Grausamkeiten, die wir erlebten, hätten wir bei unseren Müttern nicht erlebt.

Am Ende erfüllten wir einen Zweck für Hitler und seine irrsinnigen Ideale. Selbst, wenn manche Kinder eine gute Zeit erlebten — das war nie Hitlers Intention. Er wollte uns von unseren Familien separieren, um uns besser zu Nazis formen zu können.

Ich bin froh, dass es nicht geklappt hat, dass wir durchgehalten haben.

Thomas Mann sagte in seiner letzten Radiorede im Mai 1945, dass er sich sowohl über den Sieg der Alliierten freue als auch Trauer empfinde. Doch er sagte auch, dass es eine große Stunde war: die Rückkehr Deutschlands zur Humanität.

Ich weiß, dass wir alle hart daran arbeiten werden, dass es gelingt.

AUTORENKOMMENTAR

Obwohl dieser Roman fiktiv ist, basiert die Geschichte auf den Erlebnissen von Zeitzeugen — sie ist eine Art Verschmelzung der Ereignisse vieler KLV-Teilnehmer. Mein Ziel ist es, mit dieser Erzählung einen Einblick in den Zustand Deutschlands in den späteren Kriegsjahren zu vermitteln. Mal wieder schreibe ich aus der Perspektive der Kinder und Jugendlichen, die mit Situationen fertigwerden mussten, die selbst für Erwachsene kaum zu bewältigen waren – und die auch für sie überwältigend gewesen sein müssen.

Was mich beim Recherchieren der zahlreichen Bücher über die Kinderlandverschickung, beim Lesen und Anschauen der mehr als hundert Zeitzeugenaussagen zunächst erstaunte, war der Mangel an Emotionen. Das Leben in den Lagern, die Umstände, mit denen die Kinder und Jugendlichen dort konfrontiert waren, wurden mit einer verblüffenden Nüchternheit erzählt. Das gilt sowohl für positive Begebenheiten, wie beispielsweise die Kameradschaft unter den Teilnehmern, als auch für die Grausamkeiten, denen sie dort ausgesetzt waren. Psychotherapeuten bezeugen diese Haltung der ehemaligen Kriegskinder. Ich glaube inzwischen, dass manche Schmerzen zu tief sitzen, um sie in Worte zu fassen. Trotzdem überstanden diese Jugendlichen nicht nur den Krieg, sondern auch Hitlers propagandistisches Verschickungsprogramm.

Wahrscheinlich teilen KLV-Teilnehmer nur Ausschnitte ihrer

Erinnerungen mit, manche, weil sie traumatisiert sind und sich nicht erinnern können, andere, weil sie sich nicht an ihre eigenen Überzeugungen der NS-Lehren erinnern möchten – oder sie vielleicht gar nicht als solche erkennen.

Welche Verantwortung tragen also diese Kinder und Jugendlichen, die nach den nationalsozialistischen Idealen erzogen wurden? Sollten sie Rechenschaft für die Verbrechen der Nazis ablegen?

Für mich ist es wichtig, die Problematik Deutschlands und der schuldbeladenen Geschichte mit Ehrlichkeit zu begegnen. Egal, wie viel Zeit vergeht, wir können uns nie wirklich davon trennen. Stattdessen sollten wir weiter jedwede Aspekte der Wahrheit untersuchen, in der Hoffnung, dass solcher Horror sich nie mehr wiederholen kann — nicht in Deutschland und auch nirgendwo sonst auf der Welt. Besonders in Anbetracht der wieder erstarkenden rechtsradikalen Parteien, der immer häufiger werdenden rechten Regierungen und Diktaturen.

Ich lade Sie ein, mir Ihre Gedanken und Fragen unter hello@annetteoppenlander.com mitzuteilen.

Die erweiterte Kinderlandverschickung (KLV)

Im September 1940 setzte Hitler Baldur von Schirach als Leiter der neuen erweiterten Kinderlandverschickung (KLV) ein. In drei Kategorien eingeteilt, sollte die KLV alle deutschen Kinder berücksichtigen.

Kinder im Alter bis zu fünf Jahren sollten von ihren Müttern begleitet mehrwöchige, ferienähnliche Aufenthalte unternehmen, Schulkinder zwischen sechs und zehn sollten bei Pflegefamilien untergebracht werden und Kinder beziehungsweise Jugendliche zwischen elf und vierzehn gingen in Lager. Ältere Jugendliche, die zu diesem Zeitpunkt an der Hitlerjugend (HJ) oder dem Bund Deutscher Mädel (BDM) teilnahmen, wurden verschickt, um solche Lager mitzuführen.

Zu Beginn fuhren die Kinder für einige Wochen weg, in manchen Fällen für drei bis sechs Monate. Als der Krieg 1943 eskalierte, wurden Schulen geschlossen und ganze Klassen gingen mit ihren Lehrern auf längere Reisen. Manche Kinder verbrachten die letzten zwei Kriegsjahre in Lagern, in manchen Fällen sogar über den Krieg hinaus.

Das Wort Evakuierung durfte nicht benutzt werden, weil es den falschen Beiklang trug, eine Assoziation, die für die Propaganda des Dritten Reichs inakzeptabel war. Stattdessen wurde die KLV den Eltern als Urlaub und verlängerte Freizeit verkauft. Ihre Kinder würden in gesunder Umgebung lernen, Sport treiben und spielen, natürlich gut essen und sich enorm vergnügen. Poster zeigten fröhliche Kinder bei der Abreise, Zeitungen brachten wunderschöne Geschichten von Sommerausflügen und freudigen Eltern, die ihre Kinder fortschickten.

Trotz der Propaganda waren die meisten Eltern eher misstrauisch, ihre Kinder für längere Zeit wegzugeben. Sie leisteten Widerstand und weigerten sich zum Teil, ihre Kinder teilnehmen zu lassen, oder holten sie vorzeitig ohne Erlaubnis aus den Lagern zurück. Immerhin sollte die KLV ein freiwilliges Programm sein. Viele Eltern taten jedoch, was ihnen gesagt wurde — einige voller Enthusiasmus, andere, weil sie Angst hatten, und viele, weil sie einfach den Status quo akzeptierten.

Mit den wachsenden Luftalarmen und Bombenangriffen der späteren Kriegsjahre verwandelte sich die KLV in etwas ganz anderes. Arbeitgeber, Schulen und Gemeinden begannen, Druck auf die Eltern auszuüben. Ihnen wurde unterstellt, sie gefährdeten die Leben ihrer Kinder. Die deutsche Schulpflicht gab den Behörden ein weiteres Druckmittel. Wenn Schulen geschlossen wurden, konnten Kinder nicht mehr lernen. Aber die KLV bot Unterricht an, da jeweils ein Lehrer eine Klasse begleitete. Und so sahen sich viele Eltern gezwungen, ihre Kinder teilnehmen zu lassen. Für die NS-Regierung war es ein willkommenes Argument. In vielen Fällen wurde Eltern damit gedroht, ihre und/oder die Bezugsscheine für ihre Kinder zu verlieren.

Niemand weiß, wie viele Kinder an der KLV teilnahmen. Am Ende des Krieges wurden die Dokumente entweder durch deutsche Verwalter oder durch die Verwüstung alliierter Bombenangriffe zerstört. Dokumentierte Teilnehmerzahlen reichen von achthunderttausend bis zu mehr als fünf Millionen Kinder. Viele Historiker schätzen die Beteiligung auf zwei Millionen. Wenn man bedenkt, wie viele Kinder verschickt wurden, sind relativ wenige Zeitzeugenberichte veröffentlicht. Wenn man diese untersucht, stellt sich heraus, dass die KLV-Erfahrungen so unterschiedlich waren wie die Kinder und Jugendlichen, die teilnahmen. Statistische Analysen sind deshalb nicht möglich.

Manche Jugendliche waren mehrere Wochen bis zu sechs Monaten fort, andere Jahre. Manche blieben in einem Lager, andere waren in fünf verschiedenen untergebracht, manche sogar in bis zu sieben. Einige genossen ihren Aufenthalt — die meiste Zeit —, andere hatten Albträume, litten unter grausamen Klassenkameraden und Lagerführern, lebensbedrohlichen Krankheiten und Ungeziefer. Manche aßen gut und reichlich, andere erhielten magere Rationen, weil das Küchenpersonal Vorräte veruntreute oder es einfach nicht genug gab — vor allem in den späteren Jahren.

Zweifellos rettete die KLV Leben. Mit den wachsenden Angriffen der britischen Bomber auf deutsche Städte und später der hochentwickelten Strategie der Tausenden von Luftminen, Schlag- und Brandbomben, die ganze Häuser in Sekunden dem Boden gleichmachten, erlagen Zivilisten, Frauen und Kinder oft in Feuerstürmen. Auf der anderen Seite begegneten Kinder in den Lagern im Osten und im Westen, darunter in den deutsch besetzten Regionen in Polen, Ungarn und Frankreich, lebensbedrohlichen Situationen, als die Rote Armee und die Alliierten in diese Gebiete vordrangen.

Ob Baldur von Schirach und seine KLV-Verwaltung unfähig oder schlecht informiert waren oder ob es ihnen egal war, ist nicht bekannt. Tatsache ist, dass Kindern und Lagerführern befohlen wurde, sich *nicht vom Fleck zu rühren*, man erzählte ihnen, dass der Feind nicht so weit kommen würde.

Aus der Forschung wird deutlich, dass viele Lehrer weit über sich und ihre Aufgaben hinauswuchsen, indem sie ihre jugendlichen Schützlinge nicht nur unterrichteten, sondern auch beschützten und trösteten. Ohne ihren Einsatz wäre der Schaden ungleich größer gewesen. Natürlich gab es auch unfähige Lehrer oder eifrige NSDAP-Mitglieder, die ihre Schüler indoktrinierten und davonliefen, als die Alliierten kamen.

Dass Kinder schlimme Traumata erfuhren, wird aus den häufigen Vorkommnissen des Bettnässens, Nägelkauens und den ernsthaften Krankheiten — von Diphtherie bis zu Hungertyphus — deutlich. Verseuchungen mit Wanzen, Läusen und Krätze waren verbreitet und schwierig zu bekämpfen. Schwächere Kinder, Bettnässer und sensiblere Kinder wurden von Klassenkameraden und Lagerführern verprügelt und gequält.

Die Kinder hatten oft Heimweh und sorgten sich um ihre Lieben daheim. Man kann sich kaum vorstellen, was sie fühlten oder dachten, wenn Nachrichten von Bombenangriffen, gefallenen Vätern und verschollenen Familienmitgliedern — oft mit monatelanger Verspätung — eintrafen. Die dauernde Besorgnis und Ungewissheit müssen grauenvoll gewesen sein.

Aber diese Leiden interessierten Hitler und die Führung des Dritten Reichs nie. Sie planten, Deutschlands Kinder und Jugendliche vom Einfluss ihrer Familien, Freunde und Kirchen zu trennen und sie nach dem Ebenbild der NS-Philosophie zu erziehen. Jungen mussten zäh und heroisch sein und wurden Soldaten. Mädchen mussten stark und mutig sein, aber auch schön und gesund, um Mütter zu werden und dem Dritten Reich mehr Soldaten und Mütter zu produzieren.

Die KLV war ein weiteres Programm, um die Bevölkerung zu kontrollieren, aber indem sie Kinder und Jugendliche betraf, trug sie zusätzlich zu den bereits bestehenden Kriegstraumata bei. Solche Traumata beeinflussen eine Person nicht nur lebenslang, die Forschung zeigt, dass sie sich auch genetisch manifestieren und von zukünftigen Generationen übernommen werden.

Wenn man realisiert, wie Hitler Deutschlands Kinder *miss*brauchen wollte, und dies zum Genozid der Juden und anderen Minoritäten hinzufügt, zu den Kriegen, die er mit mehr als dreißig Ländern begann, zu der Art, wie er die Leben so vieler Millionen Menschen zertrampelte, versteht man, was Diktatur wirklich bedeutet — die komplette Verachtung für das eigene Volk. Dass Hitler wahrscheinlich der schlimmste und weitreichendste Diktator der Geschichte ist, soll aber nicht heißen, dass wir unsere Augen vor diktatorischen Bewegungen und Plutokratien — Regierungen, die von wenigen Superreichen kontrolliert werden — verschließen sollten.

Alle haben eins gemeinsam: ihr Volk zu ihrem eigenen Vorteil auszunutzen.

Solingen

Zuerst erwähnt im Jahr 1067, ist Solingen eine Industriestadt im Bergischen Land in der Nähe von Wuppertal und Köln, eine Stadt mit 155.000 Einwohnern, die für ihre Schneidwarenindustrie berühmt ist, also für alles mit einer Klinge wie etwa Messer und Scheren.

Obwohl Solingen einer der Hauptspielorte des Romans ist, könnte diese Geschichte in jeder anderen Stadt stattgefunden haben. Dasselbe gilt für die Protagonisten, die, obwohl fiktiv, die Erfahrungen der deutschen Jugend im Krieg und der KLV widerspiegeln.

Tatsächlich berichtete Solingens Tageszeitung am 8. November 1944 nicht vom größten Angriff in der Geschichte der Stadt, von den vernichtenden Luftangriffen am 4. und 5. November 1944, als mindestens 1.700 Zivilisten ihr Leben verloren und Tausende Häuser und Wohnungen einschließlich der historischen Innenstadt in einem wochenlangen Feuer zerstört wurden. Propagandaminister — ja, das war sein offizieller Titel — Joseph Goebbels hatte den Medien verboten, über die Zerstörung der Alliierten zu berichten. Nicht nur das, Fotografieren und Filmen von Bombenschauplätzen waren bei Strafe verboten. Deshalb existiert aus dieser Zeit kaum deutsches Bildmaterial.

Aber was ist von einem solchen Mann und dieser Regierung zu erwarten, wenn er *dies* am 21. April 1945 (neun Tage vor Hitlers Selbstmord und zweieinhalb Wochen vor Deutschlands totaler Kapitulation) zu den Männern und Frauen seines eigenen Ministeriums sagte:

»Alles ist verloren … eine Nation von Feiglingen! Es lässt seine Frauen vergewaltigen. Es erlaubt, seine Erde zu besudeln. Im Osten flieht es. Im Westen ergibt es sich. Es ist dem Nationalsozialismus unwürdig. Aber seine Feigheit, seine Niederlage, seine Demütigung werden teurer sein als der Sieg, dessen Preis zu hoch für diese Nation war.«

Thomas Mann

Thomas Mann, der im Roman eine wichtige Rolle übernimmt, war deutscher Autor, der den Nobelpreis für Literatur für seine Familiensaga *Die Buddenbrooks* erhielt.

Schon früh kritisierte er den Rechtsruck Deutschlands und nannte den Nationalsozialismus » eine Riesenwelle exzentrischer Barbarei und primitiv-massendemokratischer Jahrmarktsrohheit«. Er ging 1933 ins Exil, zunächst in der Schweiz und ab 1938 in den USA. Er ließ sein Vermögen in Deutschland zurück, verlor

Mitgliedschaften und Ehren, bevor der Zweite Weltkrieg begann. Zwischen 1940 und 1945 machte er fünfundfünfzig Radioansprachen, die er immer mit »Deutsche Hörer« begann und die von der BBC ausgestrahlt wurden.

Thomas Mann ist nicht ohne Kritiker und manche betrachten ihn als unkreativ, da er lebende Personen und wahre Begebenheiten in seinen Geschichten verarbeitete. Allerdings war er einer der Ersten, der die Gefahren des Nationalsozialismus erkannte und sich anders als viele andere nicht davor scheute, sich Gehör zu verschaffen — auch, wenn es später aus dem Exil geschah. Von manchen wurde er für seinen Weggang kritisiert und dafür, dass er Deutschland aus der Ferne adressierte. Gleichzeitig übernahm er die wichtige Rolle, Deutschlands Gewissen anzusprechen, selbst, wenn nur wenige ihn hörten — einem Feindsender zu folgen, wurde mit der Todesstrafe geahndet — und das deutsche Volk später nicht mehr in der Lage war, gegen Hitlers Diktatur zu rebellieren.

CHRONIK

1. September 1939
Unter dem Vorwand, polnische Soldaten hätten ein deutsches Büro überfallen, greift Deutschland Polen an. In Wirklichkeit hatte Hitler schon seit Jahren geplant, Polen den Krieg zu erklären. Die Attacke war von der SS inszeniert worden und begann mindestens eine Stunde früher als angekündigt. Zwei Tage später erklären Frankreich und Großbritannien Deutschland den Krieg. Polen wird innerhalb von zwei Wochen überrannt und zwischen Deutschland und Russland (UdSSR) aufgeteilt.

Frühjahr 1940
Ermutigt von seinem raschen Sieg, greift Hitler Dänemark und Norwegen an. Deutsche Soldaten dringen als Nächstes in Frankreich ein. Beide Offensiven erfordern viele Truppen, was mehr und mehr Männer aus ihren Heimen zwingt. Erste Angriffe auf deutschem Boden erfolgen. Hitler befiehlt das Bauen zusätzlicher Bunker.

11. Mai 1940
Die britische Luftwaffe (RAF) beginnt mit Attacken auf Deutschland.

September 1940
Hitler gibt den Befehl alle deutschen Kinder in der KLV zu erfassen und langfristig über verschiedene Programme zu evakuieren. Er ernennt Baldur von Schirach zum Reichsjugendführer der KLV.

Oktober 1940
Die ersten KLV Teilnehmer reisen in Sonderzügen ab.

1941
Hitler bricht seine Abmachungen mit der UdSSR und greift an.

11. Dezember 1941
Deutschland erklärt den USA den Krieg.

30. Mai 1942
Die RAF bombardiert Köln mit mehr als 1.000 Bomben. 262 Attacken werden folgen.

13. September 1942
Die Schlacht um Stalingrad beginnt.

1942/43
Der Winter in Stalingrad wendet das Blatt zugunsten der Alliierten und der UdSSR und führt letztendlich zum Untergang Deutschlands. Mehr als 700.000 Menschen — Russen und Deutsche — sterben während der Kämpfe.

2. Februar 1943
Die deutsche Wehrmacht kapituliert in Stalingrad. Groß angelegte Luftangriffe verwüsten deutsche Städte. Die Zivilbevölkerung, hauptsächlich Frauen und Kinder, ohne Nahrung und Wärme, nimmt Zuflucht in Bunkern und Kellern.

18. Februar 1943
Der nationalsozialistische Propagandaminister Goebbels erklärt den »totalen Krieg« — die Reaktion des Dritten Reiches auf die Niederlage in Stalingrad.

19. April 1943
Die verbliebenen Juden des Warschauer Gettos beginnen, die deutsche SS zu bekämpfen, und halten bis zum 16. Mai stand.

1943
Um die deutsche Zivilbevölkerung einzuschüchtern, verüben britische und amerikanische Luftwaffe großflächige Luftangriffe mit Teppichbomben, Phosphorbomben und Schlagbomben. Die deutsche Flak, die das Land beschützen soll, kann die hoch fliegenden Bomber nicht stoppen.

Mai/Juni 1943
Aufgrund der vermehrten Luftangriffe werden Schulen großflächig geschlossen. Mehr und mehr Jugendliche reisen mit einem Lehrer pro Klasse in KLV Lager.

6. Juni 1944
Die alliierten Mächte landen in Frankreich.

22. Juni 1944
Zwischen den deutschen militärischen Führungskräften bricht Uneinigkeit aus, Hitlers Machtposition zu beenden.

20. Juli 1944
Oberst von Stauffenbergs Attentat auf Hitler scheitert.

11. September 1944
Die alliierten Mächte dringen auf deutschen Boden vor.

Anfang Oktober 1944
Die erste Welle des Volkssturms sendet Jugendliche und Männer über sechzig in die Verteidigung des Vaterlands.

16. Oktober 1944
Die Rote Armee dringt auf deutschen Boden vor.

4./5. November 1944
Solingen wird bombardiert und brennt eine Woche lang. Die Bombardierung am 5. November dauert 18 Minuten und

verursacht 100 große, 300 mittlere und 500 kleine Brände. 921 Tonnen Bomben und Luftminen, gefolgt von 138 Tonnen Phosphorbomben fallen. Tausende sterben und mehr als 20.000 Menschen verlieren ihre Wohnungen. Am 5. November 1944 erklärt das britische Radio: »Solingen, das Herz der Stahlindustrie, ist eine zerstörte, tote Stadt!«

Oktober 1944 bis März 1945
Während es der deutschen Wehrmacht an Nahrung und Munition mangelt und sie sich an allen Fronten zurückzieht, wird die Zivilbevölkerung vom Naziregime erneut aufgefordert, Opfer zu bringen. Das Dritte Reich spricht vom »Endsieg« und zieht dafür alle Männer zwischen 16 und 60 Jahren ein. Trotzdem bewegen sich die Alliierten inzwischen fast ungehindert durch Deutschland. Immer noch fallen flächendeckend die Bomben. Die Rote Armee befreit das Konzentrationslager (KZ) Auschwitz — die meisten Gefangenen sind bereits in von der SS organisierten Gaskammern und auf Todesmärschen ums Leben gekommen.

13. Februar 1945
Dresdens Bombardierung durch die RAF und USAAF fordert 18.000 bis 25.000 Menschenleben. Die Stadt brennt komplett aus.

März 1945
In der letzten verzweifelten Welle des Volkssturms befiehlt Hitler allen Jungen der Jahrgänge 1928 und 1929, das Vaterland zu verteidigen. Obwohl russische und amerikanische Truppen fast das gesamte Deutschland besetzt haben, droht das Deutsche Reich, jeden hinzurichten, der weiße Fahnen oder Betttücher als Zeichen der Kapitulation heraushängt.

16./17. April 1945
Amerikanische Truppen erreichen Solingen. Die Anwohner geben kampflos auf.

21. April 1945
In der Schlacht um Berlin umzingeln 2,5 Millionen Rotarmisten die Stadt. Eine Million deutsche Soldaten kämpfen zum letzten Mal. Die verbleibenden Fanatiker der SS und Hitlerjugend schaffen

Stehtribunale für Fahnenflüchtige und sich ergebende Zivilpersonen und erschießen sie auf der Stelle.

30. April 1945
Hitler begeht Selbstmord.

May 1, 1945
Magda Goebbels, die Frau von Propagandaminister Joseph Goebbels, vergiftet ihre sechs Kinder mit Zyanid. Beide Eltern begehen Selbstmord.

June 5, 1945
Baldur von Schirach, der sich zunächst vor den Behörden versteckt, ergibt sich und steht 1946 in Nürnberg vor Gericht.

2. bis 8. Mai 1945
Die deutsche Regierung kapituliert.

Sommer 1945
Britisches und amerikanisches Militär entlassen den größten Teil ihrer Gefangenen. Die UdSSR füllt ihre Lager mit Millionen Soldaten.

1945 bis 1948
Aufgrund der landesweiten Zerstörung der Infrastruktur und der Produktionsstätten hungert die deutsche Bevölkerung weiter. Familien gehen auf Hamstertouren, um ihre letzten Wertgegenstände auf dem Land gegen Nahrungsmittel zu tauschen. Schwarzmärkte übersäen das Land. Die Reichsmark erlebt eine galoppierende Inflation.

1946
Amerikanische, britische und französische Besatzer verabschieden »Entnazifizierungsgesetze«, um ehemalige NS-Anhänger daran zu hindern, erneut Führungspositionen zu übernehmen. Die meisten deutschen Erwachsenen sollen einen Fragebogen über ihre Rolle in Nazideutschland ausfüllen.

Juni 1948
Die Deutsche Mark (DM) wird eingeführt. Jeder Deutsche erhält
40 DM. Geschäfte, die seit Monaten Güter gehortet haben, sind
über Nacht wieder mit Waren gefüllt. Schwarzmärkte und das
Rationensystem verschwinden.

1966
Baldur von Schirach wird aus dem Gefängnis entlassen und
verbringt den Rest seiner Tage in einer kleinen Pension in Kröv an
der Mosel. Umsorgt von zwei ehemaligen BDM Damen, stirbt er
1974, anscheinend noch immer überzeugt von Hitlers Weltbild.

ÜBER DIE AUTORIN

Annette Oppenlander ist eine preisgekrönte Schriftstellerin und unterrichtet kreatives Schreiben. Als erfolgreiche Autorin von historischen Romanen ist Oppenlander für ihre authentischen Figuren und auf wahren Geschichten basierenden Romane bekannt. Gekonnt verbindet Oppenlander historische Personen und Geschehnisse mit ihren Plots und vermittelt damit Lesern Einblicke in die Geschichte, verpackt in eine spannende Erzählung. Sie verbrachte die erste Hälfte ihres Lebens in Deutschland und die nächsten 30 Jahre in verschiedenen Teilen der USA. Oppenlander inspiriert ihre Leser, indem sie Themen beleuchtet, die heute ebenso relevant sind wie in der Vergangenheit.

Oppenlanders wahre Geschichte *Surviving the Fatherland*, die englische Version von *Vaterland, wo bist du?*, wurde zum Amazon Bestseller und gewann in den USA den National Indie Excellence Award 2017, den Indie B.R.A.G. Award 2018, den Readers' Favorite Book Award und den Chill with a Book Readers' Award 2017. Das Werk erhielt den Readers' Favorite Book Award und wurde mit fünf Sternen ausgezeichnet und war Finalist der Kindle Book Awards 2017.

Oppenlander vermittelt ihre Kenntnisse sowohl in deutscher als auch in englischer Sprache durch Workshops, unterhaltsame Präsentationen und Autorenbesuche an Colleges, Universitäten, Büchereien und Schulen. Sie ist Mutter von Zwillingen und einem Sohn und lebt seit 2017 wieder in ihrer alten Heimat Solingen in Deutschland.

»Fast jeder Ort birgt irgendein Geheimnis, etwas, das Historie lebendig macht. Wenn wir Menschen und Orte genau untersuchen, ist Historie nicht länger ein Datum oder eine Nummer, sie wird zur Erzählung oder Geschichte.

Vielleicht benutzen wir deshalb das Wort Geschichte im Sinne von Historie, aber auch im Sinne von Erzählung.«

Liebe Leser,

herzlichen Dank, dass Sie *Erzwungene Wege* gelesen haben. Ich hoffe sehr, Sie fanden darin ebenso viel Vergnügen wie ich beim Schreiben.

Wenn Sie einen Moment Zeit haben, würde ich mich über Ihre Rezension auf einer öffentlichen Seite wie Amazon, LovelyBooks, Apple iTunes, Kobo, Goodreads oder Ähnlichem freuen. Auch lade ich Sie ein, mit mir unter hello@annetteoppenlander.com Kontakt aufzunehmen und sich für gelegentliche E-Mails auf meiner Webseite annetteoppenlander.com anzumelden.

Herzliche Grüße,
Annette Oppenlander

Wo Sie mich finden

Ich freue mich jederzeit über Ihre Bemerkungen und Anregungen. Ich stehe außerdem für Besuche in Schulen, Bibliotheken, Universitäten, Seniorenheimen, und bei privaten Events zur Verfügung. Melden Sie sich einfach.

Email: hello@annetteoppenlander.com
Webseite: annetteoppenlander.com
Facebook: facebook.com/annetteoppenlanderauthor
Twitter: @aoppenlander
Pinterest: @annoppenlander